W0212660

COLLECTION FOLIO

Tracy Chevalier

La dernière fugitive

Traduit de l'américain
par Anouk Neuhoff

Quai Voltaire

Titre original :

THE LAST RUNAWAY

© 2013 by Tracy Chevalier.
© Quai Voltaire / La table ronde, 2013,
pour la traduction française.

Carte de John Gilkes.
www.editionslatableronde.fr

Tracy Chevalier est américaine et vit à Londres depuis 1984. Elle est l'auteur du best-seller *La jeune fille à la perle* (1999, publié en France à Quai Voltaire en 2000). Elle a écrit cinq romans depuis, dont *Le récital des anges* (Quai Voltaire, 2002), *La Dame à la Licorne* (Quai Voltaire, 2003) et *Prodigieuses créatures* (Quai Voltaire, 2010).

Ce livre est dédié au camp d'été quaker de Catoctin et à l'Oberlin College : deux lieux qui ont façonné et guidé ma jeunesse.

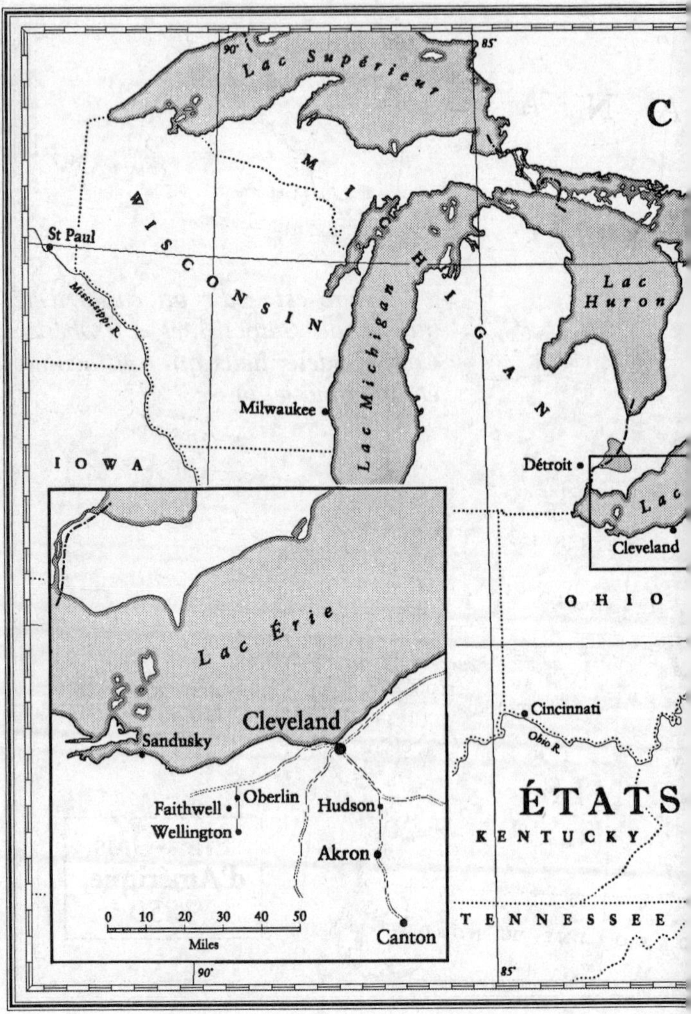

Lac Supérieur
C
M I C H I G A N
W I S C O N S I N
St Paul
Mississippi R.
Lac Michigan
Lac Huron
Milwaukee
I O W A
Détroit
Lac
Cleveland
O H I O
Lac Érie
Cleveland
Sandusky
Oberlin
Faithwell
Wellington
Hudson
Akron
Canton
0 10 20 30 40 50
Miles
Cincinnati
Ohio R.
ÉTATS
K E N T U C K Y
T E N N E S S E E
90°
85°

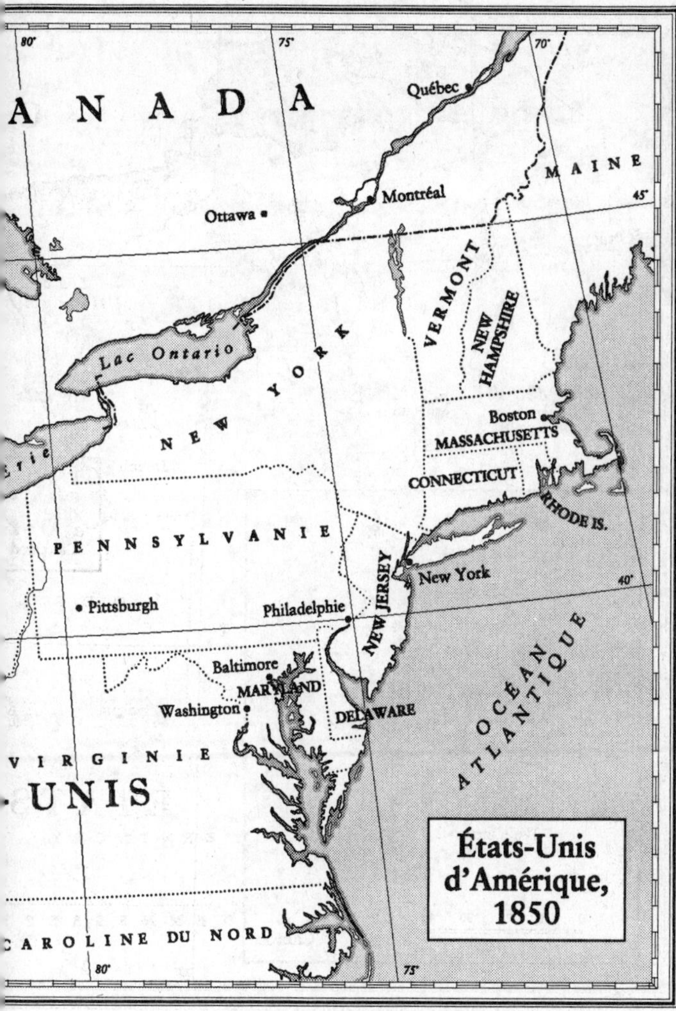

80°
75°
70°
45°
40°
ANADA
Québec
Montréal
Ottawa
MAINE
VERMONT
NEW HAMPSHIRE
Lac Ontario
NEW YORK
Boston
MASSACHUSETTS
CONNECTICUT
RHODE IS.
Érie
PENNSYLVANIE
NEW JERSEY
New York
Pittsburgh
Philadelphie
Baltimore
MARYLAND
Washington
DELAWARE
OCÉAN ATLANTIQUE
VIRGINIE
-UNIS
CAROLINE DU NORD
États-Unis d'Amérique, 1850

HORIZON

Elle ne pouvait pas revenir en arrière. Quand Honor Bright avait brusquement annoncé à sa famille qu'elle allait accompagner sa sœur Grace en Amérique — quand elle avait trié ses objets personnels, ne gardant que le nécessaire, quand elle avait fait don de tous ses patchworks, quand elle avait dit au revoir à ses oncles et tantes, et embrassé ses cousins et cousines et ses neveux et nièces, quand elle était montée dans le coche qui allait les arracher à Bridport, quand Grace et elle s'étaient donné le bras pour gravir la passerelle du bateau à Bristol —, tous ces gestes, elle les avait effectués en se disant en son for intérieur : Je pourrai toujours revenir. Sous cette pensée, toutefois, était tapi le soupçon que dès que ses pieds auraient quitté le sol anglais, sa vie serait irrévocablement transformée.

Au moins l'idée de rentrer un jour adoucit-elle les semaines qui précédèrent son départ, telle la pincée de sucre ajoutée en secret à une sauce pour en dompter l'acidité. Cette idée lui permit de rester calme, et de ne pas pleurer comme le fit son amie Biddy lorsqu'elle lui donna le quilt qu'elle venait de terminer : un patchwork de losanges marron, jaunes et blanc cassé assemblés en étoile de Bethléem à huit branches, surpiqué de motifs de harpes, sans oublier la bordure de plumes pour laquelle elle était connue. La communauté lui avait offert un quilt de l'amitié dont chaque bloc avait été confectionné et signé par une amie ou une parente différente, or elle n'avait pas la place pour les deux courtepointes dans sa malle. Le quilt de l'amitié n'était pas aussi bien exécuté que le sien, mais naturellement c'était celui-là qu'elle devait emporter. « Il est mieux en ta possession, pour te faire penser à moi, avait insisté Honor alors que son amie en pleurs tentait de lui rendre de force le quilt étoile de Bethléem. Des couvre-pieds, je pourrai en faire d'autres dans l'Ohio. »

Pour ne pas penser au voyage lui-même, Honor tendit plutôt son esprit vers sa destination, à savoir la maison en bardeaux dont son futur beau-frère avait envoyé des croquis à Grace dans ses lettres de l'Ohio. « C'est une maison solide, même si elle n'est pas bâtie dans la pierre à laquelle tu es accoutumée, avait écrit Adam Cox. La plupart des maisons ici sont en bois. C'est seulement quand une famille s'est bien établie et ne risque plus guère de repartir qu'elle construit une maison en briques.

« Elle est située au bout de Main Street, à l'entrée du village, poursuivait-il. Faithwell est encore un petit bourg, avec une quinzaine de familles d'Amis. Mais il va grandir, par la grâce de Dieu. Le magasin de mon frère se trouve à Oberlin, une ville plus importante à cinq kilomètres de distance. Lui et moi espérons le transporter à Faithwell une fois que l'agglomération sera assez grosse pour accueillir une boutique de drapier. Ici on appelle cela un “magasin de nouveautés”. Il y a beaucoup de mots nouveaux à apprendre en Amérique. »

Honor ne se voyait pas vivre dans une maison en bois, qui brûlait à toute vitesse, gauchissait pour un rien, émettait des grincements et des gémissements, mais ne procurait aucun sentiment de permanence, contrairement à la brique ou la pierre.

Elle avait beau s'efforcer de restreindre ses inquiétudes à sa crainte de vivre dans une maison en bois, elle ne pouvait s'empêcher de penser à la traversée sur l'*Adventurer*, le navire sur lequel elles franchiraient l'Atlantique. Honor connaissait bien les bateaux, comme tout résident de Bridport. Elle accompagnait de temps en temps son père au port quand une cargaison de chanvre arrivait. Elle était même déjà montée à bord, et avait regardé les marins ferler les voiles, enrouler les cordages et laver les ponts. Mais elle n'avait jamais pris la mer. Un jour, quand elle avait dix ans, son père avait emmené la famille passer la journée dans le village d'Eype, et Honor, Grace et leurs frères étaient allés faire un tour en canot à rames. Grace avait adoré naviguer : elle avait poussé des cris perçants, ri à gorge déployée et fait semblant de tomber à l'eau. Honor, quant à elle, s'était agrippée au rebord de la barque pendant que ses frères ramaient, s'évertuant à ne pas paraître affolée par le tangage, et par l'étrange et désagréable sensation de ne plus avoir la terre ferme sous ses pieds. Elle avait regardé sa mère qui arpentait la plage avec sa robe foncée et son bonnet blanc, impatiente de voir ses enfants revenir sains et saufs. Après cette expérience, Honor avait fui les bateaux.

Elle avait entendu parler de traversées difficiles mais espérait affronter ce péril comme elle affrontait les autres épreuves, avec constance. Or elle n'avait pas le pied marin, conclurent les matelots. Peut-être aurait-elle dû s'en rendre compte lors de sa sortie en mer dans le canot à rames. Après avoir quitté Bristol elle demeura sur le pont avec Grace et d'autres passagers, à regarder le Somerset et la côte nord du Devon se dérouler à côté d'eux. Pour ses voisins, le manque de stabilité constituait une nouveauté amusante, mais Honor se sentait de moins en moins à l'aise, et face au mouvement du navire elle plissait le front, contractant les épaules, avec la sensation d'un poids dans ses entrailles, comme si elle avait avalé une enclume. Elle résista aussi longtemps que possible, mais au moment où l'*Adventurer* dépassait l'île de Lundy, son estomac fut saisi de spasmes et Honor vomit sur le pont. Un marin s'esclaffa. « Déjà malade, et on est à peine sortis du canal de Bristol ! railla-t-il. Attendez qu'on soit sur l'océan. *Là* vous verrez ce que c'est que le mal de mer ! »

Honor fut malade sur l'épaule de Grace, sur ses couvertures, sur le sol de leur minuscule cabine, dans une cuvette en émail… Elle vomit alors qu'elle n'avait plus rien à régurgiter, son corps tel un magicien qui réussit à faire surgir quelque chose du néant. Elle ne fut pas soulagée pour autant. Lorsqu'ils atteignirent l'Atlantique et que le navire commença son interminable roulis, sa nausée persista. À présent Grace était barbouillée elle aussi, comme nombre de passagers, mais leur malaise se dissipa dès qu'ils furent habitués au nouveau rythme du bateau. Honor ne s'y fit jamais ; la nausée ne la lâcha pas de tout le mois que dura la traversée.

Quand elle n'avait pas elle-même le mal de mer, Grace soignait Honor : elle rinçait ses draps, vidait la cuvette, lui apportait du bouillon et des biscuits de marin bien durs, lui lisait des passages de la Bible ou des rares livres qu'elles avaient emportés : *Mansfield Park, Le Magasin d'antiquités, Martin Chuzzlewit*. Pour distraire sa sœur, elle parlait sans cesse de l'Amérique, l'encourageant à penser à ce qui les attendait et non à l'instant présent, si accablant. « Qu'est-ce que tu préférerais voir, un ours ou un loup ? demandait-elle, avant de répondre à sa propre question. Un ours, je crois, car les loups sont comme des chiens en plus grand, alors qu'un ours ne ressemble qu'à un ours. Comment préférerais-tu voyager : en bateau à vapeur ou en train ? »

Honor geignait à la pensée d'un autre bateau. « Oui, en train, acquiesçait Grace. J'aimerais qu'il y ait un train qu'on puisse prendre de New York jusqu'à l'Ohio. Il y en aura un jour. Oh, Honor, imagine un peu : bientôt nous serons à New York ! »

Honor faisait la grimace, regrettant de ne pas être capable comme Grace de voir ce voyage comme une merveilleuse aventure. Dans la famille Bright, sa sœur avait toujours été la plus remuante, la plus empressée à accompagner leur père quand il devait se rendre à Bristol, à Portsmouth ou à Londres. Elle avait même accepté d'épouser un homme plus âgé et plus ennuyeux pour la simple raison qu'il incarnait la promesse d'une vie loin de Bridport. Si Grace connaissait les Cox, une famille de cinq frères, depuis qu'ils avaient quitté Exeter quelques années plus tôt pour ouvrir un commerce de tissus dans la ville, elle n'avait montré de l'intérêt pour Adam que lorsqu'il avait décidé d'émigrer dans l'Ohio. Un frère, Matthew, était déjà là-bas mais il était tombé malade, et sa femme avait écrit pour demander qu'un de ses quatre beaux-frères vienne donner un coup de main à la boutique. Une fois Adam installé en Amérique, Grace et lui avaient correspondu régulièrement, et à force de discrètes allusions, elle l'avait amené à l'inviter à le rejoindre dans l'Ohio. Il allait l'épouser, et tous deux tiendraient le magasin avec Matthew et Abigail.

Les Bright furent surpris du choix de Grace ; Honor pensait qu'elle épouserait quelqu'un de plus vivant. Mais Grace était tellement exaltée à la perspective de vivre en Amérique que la nature réservée de son futur mari ne semblait pas la déranger.

Grace avait beau être patiente et s'en vouloir d'infliger ainsi à sa sœur des semaines de nausée, elle finit par s'agacer du mal de mer persistant d'Honor. Au bout de quelques jours elle cessa de la presser de manger, Honor s'avérant incapable de rien garder plus de quelques minutes. Elle commença à la laisser seule dans leur cabine pour aller se promener sur le pont, ou bien coudre et bavarder avec les autres femmes du bateau.

Honor essaya d'accompagner Grace à une Réunion de culte organisée par la poignée d'autres Amis présents à bord, mais, assise en silence avec eux dans une petite cabine, elle ne parvenait pas à vider son esprit, redoutant, si elle le faisait, de perdre le peu d'empire sur soi qu'elle possédait et de vomir devant eux. Les balancements du navire et les soulèvements de son estomac ne tardèrent pas à l'obliger à s'enfuir de la cabine.

De temps en temps, lors de cette éprouvante traversée de Bristol à New York, recroquevillée comme une crevette sur son étroite couchette ou courbée en deux au-dessus d'un vase de nuit, Honor revoyait sa mère plantée sur les galets de la plage d'Eype avec son bonnet blanc, et elle se demandait pourquoi elle avait quitté le refuge qu'était la maison de ses parents.

Mais elle savait pourquoi. Grace le lui avait demandé, espérant qu'une vie nouvelle apaiserait le chagrin de sa sœur. Honor avait été abandonnée et, même si son tempérament était moins aventureux, l'idée de demeurer dans une communauté qui la plaignait l'avait poussée à suivre Grace. Elle n'avait jamais souffert d'insatisfaction à Bridport jusqu'au jour où Samuel avait rompu leurs fiançailles. C'est là qu'elle s'était révélée aussi impatiente de s'en aller que sa sœur.

Tous ses vêtements étaient imprégnés d'une affreuse odeur aigre qu'aucun lavage ne parvenait à faire partir. Honor évitait les autres passagers, et même sa sœur : elle ne supportait pas le dégoût mêlé de pitié qu'elle lisait sur leurs visages. Sur le pont, elle s'était trouvé un abri entre deux tonneaux à l'écart des marins affairés et des passagers curieux, mais assez près de la rambarde pour pouvoir s'y précipiter et vomir par-dessus sans attirer l'attention. Elle demeurait sur le pont même sous la pluie et dans le froid, préférant cela à la minuscule cabine avec sa planche en guise de lit et l'odeur fétide de ses couvertures. Elle était, toutefois, indifférente au paysage — ce ciel et cette mer immenses qui offraient un si grand contraste avec les collines et les haies du Dorset, tellement vertes et disciplinées. Tandis que d'autres étaient fascinés par les nuages d'orage, les arcs-en-ciel et le soleil qui changeaient les flots en une nappe argentée, par les bancs de dauphins qui suivaient le navire, par la queue d'une baleine qui surgissait soudain, pour Honor, la monotonie de sa nausée anéantissait tout l'émerveillement qu'elle aurait pu éprouver face à pareils prodiges de la nature.

Quand elle n'était pas penchée par-dessus le bastingage, elle essayait d'oublier son mal au cœur en sortant son patchwork. En vue de son voyage, sa mère lui avait découpé des centaines d'hexagones en tissu jaune et blanc cassé et autant de gabarits en papier afin qu'elle les assemble en forme de rosaces. Honor avait espéré achever un quilt jardin de grand-mère au cours de la traversée, mais les oscillations du pont lui interdisaient d'adopter un rythme suffisamment régulier pour réussir les petits points impeccables qui étaient sa marque de fabrique. Même la tâche ultra-simple consistant à bâtir les hexagones de tissu sur les gabarits en papier — premier exercice de couture qu'elle ait maîtrisé du temps de son enfance — exigeait plus de concentration que le mouvement de l'océan n'en autorisait. Il devint bientôt évident que quel que soit le tissu manipulé celui-ci serait à tout jamais contaminé par la nausée, ou la crainte de la nausée, ce qui revenait au même. Après s'être escrimée pendant plusieurs jours à coudre les rosaces, Honor attendit qu'il n'y ait personne aux alentours, puis jeta les hexagones par-dessus bord : elle était sûre d'être malade si elle revoyait un jour ces morceaux d'étoffe... C'était un gaspillage scandaleux et elle aurait dû faire don de ce précieux tissu à Grace ou à d'autres femmes du bateau, mais elle avait honte de l'odeur qui y était incrustée, autant que de sa faiblesse. En voyant les hexagones voltiger jusqu'à la surface et disparaître dans l'eau, Honor sentit son estomac se calmer un bref instant.

« Regardez l'horizon, lui ordonna un jour un marin après avoir observé ses hoquets. Allez à la proue et braquez vos yeux droit devant. Faites pas attention aux secousses et au roulis. Fixez quelque chose qui bouge pas. Vos haut-le-cœur s'arrêteront. »

Honor hocha la tête, bien qu'elle sût que la méthode ne fonctionnerait pas : elle l'avait déjà tentée. Elle avait essayé tout ce qu'on pouvait lui suggérer : le gingembre, la bouillotte sur les pieds, la poche de glace sur la nuque. Intriguée, elle lorgnait le marin du coin de l'œil, car jusqu'alors elle n'avait jamais vu de près un homme noir. Il n'y en avait pas à Bridport, et à Bristol, une fois, elle avait vu passer un fiacre avec un cocher noir, mais l'homme avait disparu avant qu'elle ait pu l'étudier à loisir. Honor examinait la peau du marin : elle était de la couleur d'un marron d'Inde, mais rugueuse et tannée et non polie et brillante. Il lui faisait penser à une pomme qui aurait pris en mûrissant une riche teinte rouge foncé pendant que ses voisines sur l'arbre demeuraient d'un vert pâle. Son accent était impossible à identifier, à la fois de partout et de nulle part.

Le marin la lorgnait lui aussi. Peut-être n'avait-il pas vu beaucoup de quakers auparavant, ou était-il curieux de savoir à quoi elle ressemblait quand ses traits n'étaient pas ravagés par la nausée. D'ordinaire le front d'Honor était lisse, rehaussé de sourcils comparables à deux ailes au-dessus de grands yeux gris. Son mal de mer, toutefois, creusait des rides où il n'y en avait pas, altérant la beauté placide de son visage.

« Le ciel est tellement grand qu'il me fait peur, dit-elle, se surprenant elle-même d'oser parler.

— Vaudrait mieux vous habituer. Tout est vaste en Amérique. Pourquoi que vous y allez, d'ailleurs ? Pour vous dégoter un mari ? Les Anglais sont pas assez bien pour vous ? »

Le fait est que non, songea Honor. « J'accompagne ma sœur. Elle va épouser un homme dans l'Ohio.

— L'Ohio ! pouffa le marin. Restez près de la côte, ma jolie. Toujours sentir le parfum de la mer, voilà mon conseil. Vous allez étouffer là-bas au milieu de tous ces bois. Ah, voilà que ça la reprend. » Il recula tandis qu'Honor se penchait une fois de plus par-dessus la rambarde.

Le capitaine de l'*Adventurer* déclara que c'était la traversée de l'Atlantique la plus paisible et la plus rapide que le navire ait jamais connue. Honor n'en fut que plus tourmentée. Après trente jours en mer elle débarqua, trébuchante et squelettique, sur les quais de New York, avec l'impression d'avoir rendu absolument tout ce qu'elle avait dans le corps, si bien qu'il ne subsistait d'elle qu'une coquille vide. À sa grande horreur, le sol se soulevait et retombait à peu près de la même manière que le pont du bateau, et elle vomit une dernière fois.

Elle comprit alors que si elle n'était pas capable de supporter la traversée la plus facile que Dieu puisse lui réserver, elle ne pourrait jamais retourner en Angleterre. Pendant que Grace, agenouillée sur les quais, remerciait le Seigneur de leur avoir permis d'atteindre l'Amérique, Honor se mit à pleurer, sur l'Angleterre et sur son ancienne vie. Un océan monstrueux s'étendait désormais entre elle et son foyer. Elle ne pourrait jamais retourner là-bas.

Mansion House Hotel
Hudson, Ohio
26e jour du 5e mois 1850

Mes chers Mère et Père, mes chers William et George,

C'est avec un cœur affreusement lourd que je dois vous annoncer le décès aujourd'hui de notre Grace bien-aimée. Dieu l'a prise si jeune, et alors qu'elle était si près d'accéder à sa nouvelle vie en Amérique.

Je vous écris d'un hôtel à Hudson, dans l'Ohio, où Grace a été obligée de demeurer durant l'ultime phase de sa maladie. Au dire du médecin, il s'agissait de la fièvre jaune, apparemment plus courante en Amérique qu'en Angleterre. Je ne puis qu'admettre son diagnostic, vu mon ignorance de ce mal et de ses symptômes. Ayant assisté au douloureux trépas de ma sœur, je puis affirmer que le Dorset est heureux de se voir épargner un aussi horrible fléau.

Je vous ai déjà fait le récit de notre traversée. J'espère que vous avez reçu mes lettres de New York et de Philadelphie. Je ne suis pas toujours certaine quand j'envoie des lettres que celles-ci atteindront leur destination. À New York nous avons changé nos projets initiaux, et décidé de voyager par voie de terre : nous irions en diligence à Philadelphie, avant de traverser la Pennsylvanie pour rejoindre l'Ohio. Nous avons préféré cela aux bateaux qui auraient emprunté fleuves et canaux pour nous emmener jusqu'au lac Érié, puis jusqu'à Cleveland. On a eu beau me répéter que ces bateaux n'avaient rien à voir avec les navires maritimes, je ne me suis pas senti la force de naviguer à nouveau. J'ai bien peur à présent que mon manque de courage n'ait été fatal à Grace, car elle n'aurait peut-être pas attrapé la fièvre si nous avions choisi le bateau. Avec votre pardon et la mansuétude divine, il me faut vivre avec ce sentiment de faute.

À part un léger accès de mal de mer, Grace s'est très bien portée durant la traversée, et jusqu'à Philadelphie, où nous avons habité une semaine chez des Amis afin de nous remettre du voyage. Pendant notre séjour là-bas, nous avons pu aller à la Réunion de culte d'Arch Street. Je n'aurais jamais imaginé qu'une Réunion puisse être aussi fréquentée : il devait y avoir cinq cents Amis dans la salle, vingt fois plus grande que celle de Bridport. Je suis contente que Grace ait pu assister à une Réunion d'une telle ampleur dans sa vie.

Lorsqu'on se rend dans l'Ohio, il existe à travers la Pennsylvanie un réseau bien établi de quakers chez qui on peut loger. Tout le long du chemin — dans de grandes villes comme Harrisburg et Pittsburgh mais aussi de plus petits hameaux —, nous avons été bien accueillies, même quand Grace a manifesté les premiers signes de la fièvre jaune, deux jours après avoir quitté Harrisburg. Elle avait de la fièvre, des frissons et des nausées, symptômes qu'on peut imputer à un grand nombre de maladies, si bien qu'au début le plus important était de veiller au confort de Grace lors de nos différents trajets en diligence.

Nous avons fait étape quelques jours à Pittsburgh, où elle a semblé se requinquer suffisamment pour exiger que nous poursuivions notre route. Je regrette de l'avoir écoutée et de ne pas avoir suivi mon propre instinct, qui me disait qu'elle avait besoin de davantage de repos, mais nous étions pressées l'une et l'autre d'arriver à Faithwell. Malheureusement, au bout d'une journée, sa fièvre était revenue, accompagnée cette fois du vomi noir et de la coloration jaune de la peau dont je sais à présent qu'ils confirment la fièvre jaune. Ce n'est qu'avec beaucoup de difficulté que j'ai réussi à convaincre les cochers de ne pas nous déposer au bord de la route, et de nous emmener jusqu'à Hudson. Je suis au regret d'avouer que j'ai été contrainte de leur crier après, bien qu'il ne soit pas dans la nature d'une Amie de se comporter de la sorte. Les autres passagers ont refusé que nous restions assises à côté d'eux par crainte de la contagion, et les cochers nous ont obligées à nous jucher sur les bagages sur le toit de la diligence. C'était une position très instable, mais j'ai calé Grace contre moi et l'ai serrée bien fort pour l'empêcher de tomber.

À Hudson elle n'a tenu qu'une nuit avant que le Seigneur ne la rappelle à Lui. La plupart du temps elle délirait, mais quelques heures avant de mourir elle a recouvré sa lucidité un moment, et a pu exprimer son amour pour chacun d'entre vous. J'aurais préféré l'emmener à Faithwell pour qu'elle soit mise en terre parmi des Amis, mais elle a été inhumée dès aujourd'hui à Hudson, car tout le monde redoute la contamination.

Étant si près du but, je suis bien décidée à continuer ma route. Faithwell ne se trouve qu'à une soixantaine de kilomètres à l'ouest d'Hudson, ce qui n'est rien après les huit cents kilomètres que nous avons parcourus depuis New York, sans oublier les milliers d'autres à travers l'océan. Quel chagrin de penser que Grace était si proche de son nouveau foyer, et que désormais elle ne le verra jamais. J'ignore ce que je ferai une fois là-bas. Adam Cox n'est pas encore averti de la triste nouvelle.

Si Grace a enduré bien des souffrances et les a supportées vaillamment, elle est désormais en paix auprès de Dieu. J'ai la conviction qu'un jour nous la reverrons, et cette certitude doit nous apporter un peu de réconfort.

Votre fille et sœur affectueuse,
Honor Bright

QUILT

Honor n'en revenait toujours pas d'avoir dû se reposer si entièrement sur des inconnus pour être hébergée, nourrie, aller d'un lieu à un autre, et même pour enterrer sa sœur. Elle n'avait pas beaucoup voyagé en Angleterre : à part de brèves excursions jusqu'à des villages voisins, elle n'était allée qu'à Exeter pour une Assemblée annuelle des Amis, et une fois à Bristol, où son père devait se rendre pour affaires. La plupart du temps, elle connaissait les gens qu'elle côtoyait, et n'avait pas besoin de se présenter, ni de s'expliquer. Elle n'était pas une grande bavarde ; elle préférait le silence, qui lui offrait l'occasion d'observer les choses, et de réfléchir. Dans la famille, la babillarde était Grace, parlant souvent à la place d'Honor, et lui évitant ainsi de prendre la parole. À présent, sans sa sœur, Honor était forcée de s'exprimer davantage : elle dut décrire sa situation à maintes reprises aux divers inconnus qui lui prêtèrent assistance quand elle se retrouva en plan à l'hôtel à Hudson où la diligence les avait déposées.

Après l'inhumation, Honor ignorait si elle devait faire prévenir Adam Cox et l'attendre sur place, ou bien se débrouiller pour rejoindre Faithwell. Elle découvrit que les Américains étaient des êtres pleins de ressources et de sens pratique : l'hôtelier lui avait déjà déniché quelqu'un pour l'emmener. Un homme âgé du nom de Thomas était de passage à Hudson, mais habitait près de Wellington, une ville située à une dizaine de kilomètres au sud de Faithwell. Il proposa d'embarquer Honor avec lui. Une fois à Wellington, elle trouverait quelqu'un pour la conduire chez Adam Cox, ou ferait demander à celui-ci de venir la chercher. « Seulement, il nous faut partir de bonne heure, lui précisa Thomas. Je veux arriver chez moi dans la journée. »

Ils se mirent en route alors qu'il faisait encore nuit, la malle d'Honor derrière eux dans la charrette. Son bagage était bourré des vêtements de Grace, car Honor avait abandonné la malle de sa sœur pour ne pas surcharger Thomas. Elle avait en outre été contrainte de renoncer au quilt qu'elle avait fait spécialement pour le mariage de Grace : un couvre-pied blanc d'un seul tenant, surpiqué d'un délicat médaillon central en forme de rose et de bordures géométriques très élaborées, avec des losanges superposés dans l'espace intermédiaire. Honor, qui avait effectué elle-même tout le matelassage, était ravie du résultat. Mais l'hôtelier avait insisté pour qu'elles utilisent leur propre literie, et après la mort de Grace le médecin avait expliqué à Honor que la courtepointe, ainsi que tous les vêtements portés par la malade, devaient être brûlés afin de parer à la contagion.

Avant de mettre les vêtements en ballot pour les livrer aux flammes, Honor brava les ordres du médecin : elle sortit ses ciseaux et découpa un morceau de la robe marron de Grace. Un jour elle s'en servirait pour un quilt. Et si ce bout de tissu était infecté par la fièvre jaune et qu'il la tuait, eh bien ce serait la volonté de Dieu.

Elle n'avait pas pleuré au moment du décès de sa sœur — Grace était dans un tel état à la fin qu'Honor avait prié Dieu de la délivrer de ses souffrances — mais, après s'être séparée des vêtements et du quilt, elle alla se réfugier dans sa chambre et fondit en larmes.

Thomas semblait priser le silence autant qu'Honor ; il ne posa pas de questions, et pour la première fois depuis qu'elle avait débarqué en Amérique elle put regarder tranquillement autour d'elle sans être gênée par la présence d'autres passagers ou l'inquiétude que lui causait sa sœur. Ils progressaient dans l'obscurité, mais bientôt le soleil se leva derrière eux, baignant les bois environnants d'une douce lumière. Le ramage s'intensifia au point de devenir un babil frénétique, dont les sons, pour la plupart, lui étaient inconnus. Elle fut surprise également par le plumage éclatant des oiseaux, en particulier celui, écarlate, d'un oiseau huppé à tête noire, et celui d'un oiseau bleu aux ailes rayées de noir et de blanc : leurs cris rauques effarouchaient leurs congénères plus petits à la livrée plus terne. Elle avait envie de demander leurs noms, mais n'osa pas déranger Thomas. Son compagnon était assis tellement immobile qu'elle l'aurait cru endormi si, tous les quelques kilomètres, il n'avait tapé deux fois du pied et secoué les rênes, semblant vouloir rappeler sa présence à la grosse jument grise qui tirait leur charrette. L'animal n'allait pas vite, mais son pas était régulier.

Ils se trouvaient sur une route beaucoup plus petite que toutes celles qu'Honor avait parcourues en diligence dans le New Jersey et en Pennsylvanie. Là-bas, sa sœur et elle avaient emprunté des itinéraires très fréquentés, où les routes étaient larges et parsemées de maisons et de villes, avec des relais où changer les chevaux, se restaurer et dormir. Ici il s'agissait davantage d'un chemin de boue desséchée tout creusé d'ornières qui coupait à travers des arbres denses. Il n'y avait pas beaucoup d'habitations, ni de clairières, ni grand-chose d'autre que des bois. Après plusieurs kilomètres dans la même forêt sans signe de vie à proximité, Honor commença à se demander pourquoi une telle route existait. En Angleterre, la plupart des routes avaient une destination précise. Ici la destination était bien plus lointaine et bien moins évidente.

Mais elle ne devait pas comparer l'Ohio au Dorset. Cela n'était d'aucun secours.

De temps en temps, le long de la route, il y avait une trouée dans les arbres où se dressait une maison, et Honor se surprenait à expirer, puis à inspirer et à retenir son souffle tandis que les bois se refermaient à nouveau sur eux. Non pas que les maisons soient très impressionnantes : de simples cabanes en rondins, en général, entourées de souches. Tantôt un gamin était dehors en train de fendre du bois, tantôt une femme s'employait à aérer un quilt, tantôt une jeune fille sarclait un carré de légumes. Ils les regardaient passer d'un œil scrutateur, sans répondre au salut de Thomas lorsqu'il levait la main. Le vieil homme n'avait pas l'air de s'en formaliser.

Ils étaient partis depuis une heure quand ils descendirent une petite vallée jusqu'à un pont enjambant une rivière. « La Cuyahoga, murmura Thomas. Nom indien. » Mais Honor n'écoutait pas, ni ne contemplait le cours d'eau. Elle regardait en l'air, car le pont droit en bois sur lequel ils roulaient avec fracas était pourvu d'un toit. Thomas avait dû remarquer sa perplexité. « Pont couvert, dit-il. Vous en avez jamais vu ? »

Honor fit non de la tête.

« Ça protège de la neige, et ça empêche le pont de geler. »

Dans son enfance, les ponts franchissant ruisseaux et rivières étaient en pierre et en dos-d'âne. Honor n'avait pas pensé qu'un ouvrage aussi banal qu'un pont puisse être à ce point différent en Amérique.

Ils s'arrêtèrent au bout de quelques heures pour donner de l'eau et de l'avoine au cheval, et manger cette bouillie de maïs froide que les habitants de l'Ohio aimaient prendre au petit déjeuner. Ensuite, Thomas disparut dans les bois. Pendant son absence Honor resta debout près de la charrette à examiner les arbres de l'autre côté du chemin. Eux aussi lui semblaient étranges. Même des arbres bien connus comme les chênes et les châtaigniers paraissaient différents : les feuilles de chêne étaient plus pointues et moins recourbées, et les feuilles de châtaignier n'étaient pas disposées en éventail comme elle y était habituée. Le sous-bois avait un aspect exotique, touffu et primitif, fait pour dissuader les gens d'y pénétrer.

À son retour, Thomas indiqua les bois d'un mouvement du menton. « Vous avez sûrement besoin de vous soulager.

— Je... » Honor s'apprêtait à protester, mais à en juger par le ton autoritaire du vieil homme, il était clair qu'elle devait obéir, comme on obéit à un grand-père. De toute manière, elle ne pouvait pas avouer que les bois de la région lui faisaient peur. Il allait bien falloir qu'elle s'y accoutume à un moment ou à un autre.

Elle quitta le chemin et s'enfonça sous les arbres, plaçant son pied avec prudence sur les feuilles mortes, les pierres moussues et les branches tombées. Partout alentour flottait une odeur sauvage, un peu terreuse, de fougères et d'humus ; on entendait aussi des bruissements, qu'Honor s'efforça d'ignorer, se disant qu'ils devaient provenir de souris, d'écureuils gris ou de ces drôles d'écureuils bruns à la queue touffue et au dos rayé de noir et de blanc dont elle avait appris qu'ils s'appelaient des tamias. Elle avait entendu dire que les bois abritaient des loups, des panthères, des porcs-épics, des mouffettes, des opossums, des ratons laveurs, ainsi que d'autres animaux qui n'existaient pas en Angleterre. Pour la majorité d'entre eux, elle ne les reconnaîtrait même pas si elle les voyait — ce qui, d'une certaine façon, les rendait plus effrayants encore. Il y avait paraît-il aussi beaucoup de serpents. Elle espérait juste qu'il ne s'en trouvait aucun dans cette partie de la forêt ce matin-là. Lorsqu'elle fut à une dizaine de mètres du chemin, Honor respira profondément et s'obligea à se retourner pour faire face à la charrette : dans son dos pullulaient les arbres sans nombre qui cachaient peut-être des bêtes redoutables. Se plaçant à un endroit où elle était invisible de Thomas, elle souleva ses jupes et s'accroupit.

Hormis le frémissement du vent dans les frondaisons et le chant des oiseaux, le silence régnait. Honor entendit Thomas ouvrir le banc à charnières sur lequel ils étaient assis, et qui devait servir de rangement. Elle l'entendit qui parlait à voix basse, sans doute à l'adresse du cheval, sur un ton rassurant : Honor elle aussi aurait eu bien besoin d'être rassurée, et d'avoir la certitude que des loups et des panthères ne rôdaient pas dans les parages. Le cheval répondit par un petit hennissement.

Honor se releva et rajusta ses jupes. Elle était incapable de se soulager : ainsi exposée au milieu des bois, elle se sentait trop tendue. Elle regarda autour d'elle. Me voilà décidément bien loin de chez moi... songea-t-elle. Et seule. Elle frissonna, puis courut retrouver le refuge de la charrette.

Lorsqu'elle eut grimpé sur le banc, Thomas tapa deux fois du pied et ils repartirent. Le petit déjeuner l'avait apparemment réveillé. Toujours sans souffler mot, il se mit à fredonner un air qu'Honor ne reconnut pas, sans doute un hymne quelconque. Au bout de quelque temps, le chantonnement de Thomas, le grincement de la charrette, le cliquettement de la bride, le souffle du vent, le gazouillement des oiseaux... ce concert de sons finit par la bercer, tout comme le chemin qui s'étirait à l'infini devant eux, et les arbres qui défilaient en ondoyant. Elle ne s'endormit pas, mais sombra dans cet état méditatif propre aux Réunions de culte. Elle se serait crue à une Réunion à deux avec le vieil homme, ici même sur la charrette — bien que les Amis n'eussent pas pour habitude de fredonner pendant le culte. Honor ferma les yeux et laissa son corps se balancer naturellement, et épouser le rythme de la charrette. Enfin tranquille et sereine, elle se retira en elle-même pour attendre la Lumière intérieure.

Il n'était que trop facile de se laisser distraire durant les Réunions de culte. Parfois ses pensées étaient hantées par une crampe qu'elle avait à la jambe, une course qu'elle avait oublié de faire pour sa mère, ou une tache qu'elle avait remarquée sur le bonnet blanc d'une voisine. Il fallait de la discipline pour parvenir à la sérénité. Honor accédait souvent à une sorte de paix, mais la véritable profondeur de la Lumière intérieure, ce sentiment que Dieu la guidait, était plus difficile à atteindre. Elle n'avait guère d'espoir de l'atteindre au milieu des bois de l'Ohio, avec un vieux bonhomme qui fredonnait des cantiques à côté d'elle.

Or, voilà qu'assise dans cette charrette qui l'emmenait vers l'ouest Honor commença à percevoir une présence, comme si elle n'était pas seule. Bien sûr, Thomas était avec elle, mais il s'agissait de quelque chose d'autre, de quelque chose de spécial : il y avait presque une vibration dans l'air, une épaisseur qui lui donnait la sensation d'être accompagnée dans son voyage au fin fond de l'Ohio. Honor n'avait jamais éprouvé cela de manière aussi tangible auparavant, et pour la première fois, après toute une vie de Réunions de culte, elle se sentit poussée à prendre la parole.

Elle ouvrit la bouche, et c'est alors qu'elle l'entendit. Loin derrière eux, une sorte de grattement... Au bout d'un moment, le bruit se transforma en battement de sabots. Un martèlement rapide.

« Quelqu'un vient », annonça Honor. C'étaient

ses premiers mots à Thomas de toute la journée, mais ce n'étaient pas ceux qu'elle s'apprêtait à prononcer.

Thomas tourna la tête et écouta, les yeux dénués d'expression jusqu'à ce que, à son tour, il discerne le bruit. Son regard sembla devenir plus intense, reflet d'une pensée qu'Honor n'arriva pas à déchiffrer. Le vieil homme la fixa comme s'il voulait lui faire comprendre tacitement quelque chose, mais elle ignorait quoi.

Elle se retourna pour regarder derrière. Un point était apparu au bout de la route.

Thomas tapa trois fois du pied. « Parlez-moi de votre sœur.

— Pardon ?

— Parlez-moi de votre sœur… celle qui est morte. Comment s'appelait-elle ? »

Honor se renfrogna. Elle n'avait pas envie de parler de sa sœur maintenant, avec ce cavalier qui approchait et cette tension nouvelle dans l'atmosphère. Mais Thomas ne lui avait pas posé beaucoup de questions pendant le trajet, et elle céda. « Grace. Elle avait deux ans de plus que moi.

— Elle devait épouser un homme de Faithwell ? »

Le son était plus net à présent : un seul cheval, lancé au galop, doté de fers épais qui émettaient un bruit sourd très particulier. Il était difficile de ne pas y prêter attention. « Il… il est anglais. Adam Cox. De notre village. Il a émigré dans l'Ohio pour aider son frère à tenir un magasin à Oberlin.

— Quel genre de magasin ?

— Une boutique de drapier. »

Devant l'expression perplexe de Thomas, Honor

repensa à la lettre d'Adam. « Un magasin de nouveautés. »

Le visage de Thomas s'éclaira. « Cox, magasin de nouveautés ? Je connais. Sur Main Street, au sud du Collège. Un des deux frères est plutôt mal en point. » Il tapa à nouveau trois fois du pied.

Honor jeta un autre coup d'œil en arrière. Le cavalier était visible à présent : un homme monté sur un étalon bai.

« Pourquoi avez-vous suivi votre sœur ?

— Je... » Honor ne pouvait pas répondre. Elle n'avait pas envie de raconter sa mésaventure amoureuse à un étranger.

« Vous allez faire quoi maintenant que vous êtes ici sans elle ?

— Je... je ne sais pas. » Les questions de Thomas étaient directes et piquantes. La dernière agit d'ailleurs comme une aiguille qui aurait percé un furoncle. L'abcès éclata, et Honor se mit à pleurer.

Thomas hocha la tête. « Je vous demande pardon, mademoiselle, chuchota-t-il. Mais ces larmes nous seront peut-être utiles. »

Le cavalier les rattrapa. Il arriva à la hauteur de la charrette, et Thomas arrêta la jument grise. L'étalon hennit, mais la jument ne broncha pas, apparemment indifférente à son nouveau compagnon.

Honor s'essuya les yeux et jeta un regard vers l'homme avant de joindre ses mains sur ses cuisses, paupières baissées. Même à cheval il était évident que l'homme était très grand, avec la peau tannée des gens qui passent leur vie dehors. Ses yeux marron clair se remarquaient sur son visage carré au teint boucané. Il aurait été beau s'il y avait eu un peu de chaleur dans son expression, mais son regard était si impassible qu'Honor se sentit parcourue d'un frisson glacé. Elle prit soudain conscience de leur isolement sur cette route. Et puis Thomas n'avait sûrement pas un revolver comme celui qui dépassait sur la hanche de l'homme.

Si Thomas nourrissait des pensées similaires il ne les trahit pas. « Bonjour, Donovan », dit-il au nouveau venu.

L'homme sourit, ce qui n'affecta en rien sa physionomie. « Ce vieux Thomas, avec une jeune quaker, je me trompe ? » Il tendit le bras et chercha à relever le bonnet d'Honor. Alors qu'elle écartait brusquement la tête il éclata de rire. « Je vérifiais, c'est tout. Vous pourrez dire aux autres quakers que vous connaissez de pas s'embêter à déguiser les nègres avec leurs habits. Je suis pas dupe. Cette astuce est banale. »

Il ôta son chapeau cabossé et salua Honor. Elle le dévisageait, déroutée, car ses paroles n'avaient aucun sens pour elle.

« Vous n'avez pas à vous décoiffer devant les quakers, dit Thomas. Ils ne croient pas à ces gestes. »

L'homme pouffa. « Je vais pas changer mes bonnes manières rien que parce qu'une petite quaker voit pas les choses pareil. Dites, ça vous dérange pas si je me décoiffe pour vous, mademoiselle ? »

Honor baissa la tête.

« Vous voyez ? Ça la dérange pas. » L'homme s'étira. Sous son gilet marron sa chemise blanche sans col était tachée de sueur.

« On peut faire quelque chose pour vous ?

demanda Thomas. Sinon, il faut qu'on reparte… on a une longue route devant nous.

— Vous êtes donc si pressés ? Vous allez où ?

— Je ramène cette jeune femme avec moi à Wellington, répondit Thomas. Elle est venue d'Angleterre pour aller dans l'Ohio, mais elle a perdu sa sœur à Hudson, de la fièvre jaune. Vous pouvez voir à ses larmes qu'elle est en deuil.

— Vous êtes anglaise ? » demanda l'homme.

Honor acquiesça de la tête.

« Dites quelque chose, alors. J'ai toujours aimé l'accent anglais. »

Comme Honor hésitait, l'homme répéta : « Allez, dites quelque chose. Quoi, vous êtes trop fière pour m'adresser la parole ? Dites : "Comment allez-vous, Donovan ?" »

Plutôt que de garder le silence et de risquer que l'insistance de l'homme ne se transforme en colère, Honor plongea son regard dans ses yeux amusés et dit : « Comment te portes-tu, monsieur Donovan ? »

Donovan pouffa. « Comment je me *porte* ? Je me *porte* bien, merci. Ça fait des années qu'on m'a pas appelé M. Donovan. Vous autres quakers, vous me faites rigoler. Comment tu t'appelles, petite ?

— Honor Bright.

— Tu comptes faire honneur à ton nom, Honor Bright ?

— Un peu de bonté envers une jeune fille qui vient d'enterrer sa sœur en pays inconnu… intervint Thomas.

— Y a quoi là-dedans ? » Donovan changea subitement de ton, indiquant la malle d'Honor à l'arrière de la charrette.

— Les affaires de Mlle Bright.

— Je vais y jeter un œil. Cette malle a la taille idéale pour planquer un nègre. »

Thomas fronça les sourcils. « Ça ne se fait pas de fouiller dans la malle d'une demoiselle. Mlle Bright va vous dire elle-même ce qu'elle contient. Vous savez bien que les quakers ne mentent pas. »

Donovan regarda la jeune femme comme s'il attendait quelque chose. Honor secoua la tête, déconcertée. Toujours stupéfaite qu'il ait osé lui relever son bonnet, elle avait du mal à suivre leur conversation.

Soudain, avec la rapidité de l'éclair, Donovan sauta de son cheval dans la charrette. Honor sentit dans son ventre un élancement de peur, car l'homme était beaucoup plus grand, plus rapide et plus costaud que Thomas et elle. Quand Donovan découvrit que la malle était verrouillée, sa peur poussa Honor à lui remettre la clé, qu'elle avait gardée autour du cou accrochée à un mince ruban vert durant son long voyage.

Donovan ouvrit le couvercle et sortit de la malle la courtepointe qu'Honor avait apportée en Amérique. Elle croyait qu'il allait la mettre de côté, mais au lieu de cela il la secoua et l'étendit sur le plancher de la charrette. « Qu'est-ce que c'est ? demanda-t-il en plissant les yeux. J'ai jamais vu d'inscriptions sur un quilt.

— C'est un quilt de l'amitié, expliqua Honor. Les amis et la famille ont confectionné des blocs qu'ils ont signés. Ils me l'ont offert pour mon départ pour l'Amérique. Pour me dire au revoir. »

Chaque bloc était composé de carrés et de triangles marron, verts et blanc cassé, avec une partie blanche au milieu signée par son auteur. À l'origine, le quilt avait été commencé pour Grace, mais quand Honor avait décidé à la dernière minute de partir elle aussi, les couturières avaient modifié l'agencement des noms de sorte que le sien figure dans le bloc central, tandis que ceux des membres de la famille se trouvaient dans les carrés autour, et ceux des amis encore au-delà. Présentant un simple motif en losanges, le patchwork n'était pas particulièrement beau : son exécution variait en fonction de l'habileté des couturières, et sa conception d'ensemble n'était pas celle qu'Honor aurait choisie. Mais elle n'aurait jamais pu le donner à quiconque : il avait été fabriqué pour elle en souvenir de la communauté.

Accroupi sur le plateau de la charrette, Donovan étudia le quilt tellement longtemps qu'Honor commença à se demander si elle avait dit quelque chose qu'il ne fallait pas. Elle lança un coup d'œil à Thomas, qui demeura imperturbable.

« Ma mère faisait des édredons, déclara enfin Donovan, promenant ses doigts sur le nom de Rachel Bright, une des tantes d'Honor. Mais rien de comparable. Le sien avait une grande étoile au milieu, composée d'une foule de petits losanges.

— Ce motif s'appelle "étoile de Bethléem".

— Ah bon ? » Donovan la regarda ; ses yeux marron s'étaient un peu adoucis.

« C'est un motif que j'ai déjà exécuté, ajouta-t-elle, repensant au quilt qu'elle avait laissé à Biddy. Ce n'est pas le plus facile : il n'est pas évident de faire coïncider les pointes des différents losanges. Il faut coudre avec une grande précision. Ta mère devait être très adroite à l'aiguille. »

Donovan acquiesça, puis ramassa le patchwork pour le fourrer à nouveau dans la malle. Il la referma à clé, puis sauta de la charrette. « Vous pouvez partir. »

Sans un mot, Thomas secoua les rênes et la jument grise se mit en marche. Une minute plus tard Donovan reparut à côté d'eux. « Tu t'installes à Wellington ?

— Non, répondit Honor. À Faithwell, près d'Oberlin. C'est là qu'habite le fiancé de ma sœur regrettée.

— Oberlin ! » Donovan cracha, puis, piquant des éperons, s'éloigna à bride abattue. Honor fut soulagée, car elle se demandait comment elle aurait supporté qu'il chevauche à leurs côtés jusqu'à Wellington.

Le bruit de sabots persista, de plus en plus faible, durant de longues minutes, puis s'éteignit enfin. « Très bien », fit doucement Thomas. Tapant deux fois du pied, il secoua à nouveau les rênes sur le dos de la jument. Il ne fredonna plus, cependant, de tout le reste du voyage.

Ce ne fut que des kilomètres plus tard qu'Honor s'aperçut que Donovan ne lui avait pas rendu la clé de sa malle.

Magasin de modes Belle Mills,
Main St.
Wellington, Ohio
30 mai 1850

Cher Monsieur Cox,

J'ai sous mon toit la sœur de votre fiancée, Honor Bright. Navrée de vous annoncer que votre promise n'est plus. Fièvre jaune.

Honor a besoin de se reposer quelques jours, mais vous pourriez, s'il vous plaît, venir la chercher ce dimanche après-midi.

Fidèlement à vous,
Belle Mills

BONNETS

Honor avait dormi dans un si grand nombre de lits avant d'arriver à Wellington qu'à son réveil elle ne savait plus où elle était. Sa robe et son châle étaient posés sur une chaise, mais elle ne se rappelait pas s'être déshabillée ni les avoir mis là. Elle se redressa, certaine que ce n'était pas le petit matin, moment habituel de son lever. Elle était vêtue d'une chemise de nuit en coton trop longue pour elle qu'elle ne connaissait pas, et recouverte d'une courtepointe légère.

Où qu'elle se trouvât, il ne faisait aucun doute que c'était en Amérique. La qualité du soleil était différente ; plus jaunes et plus farouches, ses rayons transperçaient l'air pour venir la réchauffer. En réalité, la journée s'annonçait torride, même s'il faisait encore assez frais pour qu'Honor soit bien contente d'avoir cet édredon. Elle passa sa main dessus : contrairement à la plupart des quilts américains qu'elle avait vus jusqu'à présent, celui-ci n'était pas réalisé avec des appliqués ni constitué de carrés assemblés. C'était un authentique patchwork anglais, bien exécuté, et le tissu avait beau en être décoloré, il ne comportait aucun jour entre les pièces ni aucune couture défaite. Le dessin présentait des losanges orange, jaunes et rouges qui formaient une étoile au centre du quilt. Une étoile de Bethléem comme le quilt de Biddy, et comme ceux que confectionnait la mère de Donovan, d'après ce qu'il avait dit. Repensant à cette rencontre, Honor frissonna.

Bien que la pièce fût de bonne taille, et contînt le lit où elle avait dormi, ce n'était pas tant une chambre à coucher qu'une réserve. Des rouleaux de tissu étaient appuyés contre les murs : beaucoup de tissus blancs, mais il y avait aussi des tissus unis, écossais et des imprimés à fleurs. Débordant de commodes aux tiroirs ouverts, jaillissaient des gants, des rubans, du fil de fer, de la dentelle et des plumes teintes dans des couleurs très vives. Dans un angle, dominant la pièce, des blocs en bois lisses aux formes ovales et cylindriques étaient empilés à la diable, tout comme de drôles d'anneaux elliptiques ou circulaires pareils à des roues ou à des beignets troués ; certains étaient en bois, d'autres dans une matière blanche et dure qu'Honor ne reconnut pas. Elle se pencha en avant pour les étudier de plus près. Les blocs lui faisaient penser à des têtes. Quand Thomas l'avait déposée tard la veille au soir, elle était entrée dans une sorte de boutique. Si, sur le moment, elle avait été trop fatiguée pour s'en apercevoir, à présent elle en avait la certitude : elle se trouvait dans la réserve d'un magasin de modes.

Les femmes quaker ne portaient pas de chapeaux, mais des coiffes et des bonnets tout simples, qu'elles fabriquaient en général elles-mêmes. Honor n'était allée chez la modiste de Bridport qu'en de rares occasions pour acheter du ruban. Mais elle avait fréquemment regardé la vitrine, où elle admirait les dernières créations posées sur leurs supports. C'était un lieu féminin bien rangé, avec un plancher peint en bleu-vert et, contre les murs, de longues étagères remplies de chapeaux.

Sur le dessus de la commode aux fanfreluches trônait un broc en porcelaine décoré de roses roses placé dans une cuvette assortie. Ce genre de services de toilette, Honor en avait vu partout en Pennsylvanie. Elle se lava, puis s'habilla et lissa ses cheveux bruns, notant au moment de mettre sa coiffe que son bonnet avait disparu. Avant de descendre, elle jeta un coup d'œil par la fenêtre, qui donnait sur une rue où circulaient piétons, chevaux et charrettes. Cela faisait du bien de revoir du monde après cette journée à travers bois sur une route déserte.

Honor descendit l'escalier à pas de loup et pénétra dans une petite cuisine pourvue d'une cheminée et d'un fourneau, d'une table avec des chaises, ainsi que d'un buffet contenant peu de vaisselle. La pièce semblait à peine utilisée, comme si on y préparait rarement à manger. La porte de derrière était ouverte, laissant entrer une brise qui traversait la cuisine pour rejoindre la pièce située sur l'avant. Honor suivit le courant d'air en direction du cœur de la maison.

À de nombreux égards la boutique ressemblait au magasin de modes de Bridport : il y avait des chapeaux sur des étagères le long des murs, des chapeaux et des bonnets sur des supports posés çà et là sur des tables, des vitrines présentant des gants, des peignes et des épingles à chapeaux. Un grand miroir était accroché à un des murs, et deux fenêtres, sur la rue, contribuaient à rendre la pièce à la fois claire et spacieuse. Le plancher n'était pas peint, mais tellement usé par les pieds des clientes qu'il en était devenu tout lisse et tout brillant. Dans un angle, sur une table de travail, se trouvaient des chapeaux à divers stades de fabrication : des couches de paille, moulées autour de formes en bois sculpté, étaient en train de sécher ; des passes ovales attendaient leur calotte ; des capotes galonnées côtoyaient un amas de fleurs en soie perdues dans un fouillis de rubans et de fil de fer. Il n'y avait pas beaucoup d'ordre sur cette table ; l'ordre résidait dans les produits finis.

D'un autre côté, la boutique était complètement différente de celle de Bridport, comme tant de choses en Amérique. Alors que le magasin de modes de Bridport était ordonné à dessein, l'agencement de celui-ci semblait être le fruit du hasard. Certaines étagères regorgeaient de chapeaux tandis que d'autres en étaient totalement dégarnies. La pièce était lumineuse mais les fenêtres pleines de poussière. Si le sol avait l'air balayé, Honor soupçonnait que les coins abritaient des moutons. La boutique de Wellington donnait l'impression d'avoir surgi sans crier gare, alors que le magasin de Bridport existait déjà du temps de l'arrière-grand-mère d'Honor, qui s'y procurait sans doute ses modestes rubans.

Les chapeaux et les bonnets étaient singuliers eux aussi. Bien que peu experte en fanfreluches puisque n'en portant pas elle-même, Honor n'en resta pas moins stupéfaite devant certains des articles. Un chapeau de paille à fond plat piqué d'un énorme bouquet de roses en tissu écossais. Un autre chapeau plat bordé d'un flot de rubans de couleur attachés par de la dentelle. Une capote plus profonde assez proche du bonnet d'Honor, mais avec le dessous de la passe garni de plumes blanches au lieu du ruché habituel. Honor ne pourrait porter aucune de ces coiffures, car les quakers observaient des règles de simplicité tant dans l'habillement que dans la conduite. Quand bien même elle l'aurait pu, elle n'était pas certaine qu'elle l'aurait voulu.

Pourtant, ces chapeaux devaient se vendre : la boutique était pleine de femmes et de jeunes filles, assemblées autour des tables, qui furetaient parmi les bonnets à volants et les capotes à bavolet, qui fouillaient dans les corbeilles de rubans déjà découpés et de fleurs en tissu, qui riaient, bavardaient et s'apostrophaient.

Au bout d'un moment elle remarqua une femme derrière le comptoir du fond, qui surveillait les lieux d'un œil exercé. C'était la propriétaire, qu'Honor avait rencontrée brièvement la veille au soir. La femme croisa son regard et hocha la tête. Elle ne correspondait pas du tout à l'image qu'on pouvait se faire d'une modiste. Grande et maigre, elle avait un visage osseux et une expression sceptique. Ses yeux noisette étaient légèrement globuleux, leur blanc teinté de jaune. Pour une modiste, elle portait une coiffe blanche étonnamment sobre, d'où dépassait, sur son front, une touffe de pauvres cheveux blonds. Sa robe marron clair pendait sur ses épaules, dévoilant des clavicules décharnées. Honor pensa aux épouvantails sur leurs armatures en bois dans les jardins du Dorset. Le contraste entre son physique anguleux et les fanfreluches qu'elle vendait avait quelque chose de comique.

« Qu'est-ce qui te fait sourire, Honor Bright ? »

Honor sursauta. Donovan était entré dans la boutique ; son pas lourd avait réduit les clientes au silence, qui, en chœur, avaient reculé d'un pas.

Honor demeura immobile. Elle ne voulait pas causer d'embarras, aussi se borna-t-elle à dire : « Je te souhaite le bonjour, monsieur Donovan. »

Donovan la fixa du regard. « Je passais devant le magasin et je t'ai vue à l'intérieur. Je me suis dit : "Pourquoi diable ce vieux Thomas a-t-il laissé une jeune quaker chez Belle Mills alors qu'elle ne peut porter aucun de ces chapeaux ?"

— Donovan, ne sois pas si grossier avec notre invitée, sinon elle va rentrer tout droit en Angleterre et elle racontera à tout le monde que les hommes américains sont des malappris. » Belle Mills avait abandonné son comptoir et s'intéressait maintenant à Honor. « Vous êtes bien anglaise, hein, mademoiselle Bright ? Je l'ai deviné aux points de votre encolure. Impeccables, d'ailleurs. Simples. Efficaces. Y a qu'une Anglaise pour trouver une idée pareille. J'ai jamais vu un tel sens du détail, en tout cas pas sur une robe de quaker. Ce point, vous l'avez imaginé ou vous l'avez copié sur quelque chose ?

— C'est moi qui l'ai inventé. » Honor baissa les yeux sur le V de toile blanche qui bordait le décolleté de sa robe vert foncé. Il n'était plus d'un blanc aussi immaculé que lorsqu'elle avait quitté l'Angleterre. Mais rien n'était tout à fait aussi propre en Amérique que dans son pays.

« Dites, vous avez apporté des magazines anglais avec vous ? *Ladies' Cabinet of Fashion* ou *Illustrated London News* ? »

Honor fit non de la tête.

« Dommage. J'aime bien y copier des chapeaux. Au fait, si vous vous demandez où est passé votre bonnet, il est ici. » Belle Mills indiqua une étagère derrière elle. Le bonnet d'Honor — vert pâle, la calotte et le bord se fondant en une seule ligne horizontale — avait été placé sur une des formes. « Il avait besoin d'être un peu retapé. Je l'ai juste brossé et aspergé d'amidon. Accordez-lui une heure et il aura retrouvé son volume. Vous l'aviez acheté neuf pour le voyage ?

— C'est ma mère qui l'a fait. »

Belle approuva de la tête. « Beau travail. Et vous, vous savez coudre aussi bien que ça ? »

Mieux, songea Honor mais sans le dire. « Elle m'a appris.

— Peut-être que, pendant votre séjour, vous pourrez me donner un coup de main. D'habitude je ne suis pas aussi débordée après la période des chapeaux de Pâques, mais ça s'est animé d'un coup et voilà que tout le monde a envie d'un nouveau bonnet, ou d'une nouvelle garniture sur son chapeau. »

Honor acquiesça, embarrassée. Elle ne comptait pas rester à Wellington, mais partir sur-le-champ pour Faithwell. Ce n'était qu'à onze kilomètres, et elle espérait trouver un autre fermier avec une charrette pour l'emmener, ou charger un gamin d'aller là-bas à cheval demander à Adam Cox de venir la chercher. La pensée de le voir dans si peu de temps l'emplissait de crainte ; elle ne savait pas s'il l'accueillerait avec autant de chaleur sans Grace à ses côtés.

Donovan interrompit ses réflexions. « Bon Dieu, c'est donc de ça que les filles parlent à longueur de journée ? De robes et de bonnets ? »

Rassurées par le bavardage de Belle, les clientes

avaient recommencé à examiner les marchandises. Mais, effrayées par le ton de Donovan — si incongru dans un magasin de modes —, elles se pétrifièrent à nouveau.

« Personne ne t'a demandé de venir nous écouter, répliqua Belle. Sors d'ici… tu fais peur à mes clientes.

— Alors, comme ça, Honor Bright, tu habites *ici* ? s'enquit Donovan. Tu ne me l'avais pas dit. Je croyais que tu allais à Faithwell.

— Laisse-la donc tranquille, intervint Belle. Le vieux Thomas m'a dit que tu l'avais embêtée sur la route. Il a fallu que cette pauvre Honor tombe sur le pire coquin de l'Ohio avant même d'avoir eu la possibilité de reprendre son souffle. »

Donovan ne prêtait pas attention à Belle : ses yeux étaient toujours posés sur Honor. « Eh bien, dans ce cas, je suppose que je te reverrai à Wellington, Honor Bright.

— Monsieur Donovan, est-ce que je pourrais ravoir ma clé ?

— Seulement si tu m'appelles Donovan tout court. Ce “monsieur” m'indispose.

— Très bien… Donovan. J'aimerais récupérer ma clé.

— Bien sûr, ma mignonne. » Donovan leva la main, avant de suspendre son geste. « Oh, désolé, Honor Bright, je l'ai perdue en route. » Il soutint son regard de manière qu'elle comprenne qu'il mentait sans pouvoir l'en accuser. Sa mine n'était plus méfiante, mais attentive, et intriguée. Honor sentit ses entrailles se nouer sous l'effet de la peur et de quelque chose d'autre. De l'excitation… Cet émoi était si inconvenant qu'elle rougit.

Donovan sourit. Il salua la compagnie en soulevant son chapeau puis fit demi-tour pour s'en aller. Alors qu'il atteignait la porte Honor aperçut sur sa nuque une mince bande de ruban vert foncé.

Dès qu'il fut parti les femmes se mirent à jacasser comme des poules énervées par la vue d'un renard.

« Eh bien, Honor Bright, on dirait que vous avez déjà fait une conquête, commenta Belle. Mais pas quelqu'un de très recommandable, je vous le garantis. Bon, vous devez mourir de faim. Vous n'avez rien mangé hier soir, et pas grand-chose sur la route, je parie. Mesdames, poursuivit-elle d'une voix plus forte, rentrez donc chez vous préparer le repas. Il faut que je nourrisse cette voyageuse épuisée. Si vous voulez acheter quelque chose, revenez dans une heure ou deux. Madame Bradley, votre bonnet sera prêt demain. Le vôtre aussi, mademoiselle Adams. Maintenant que j'ai une bonne couturière avec moi je vais pouvoir rattraper mon retard. »

Honor regarda les femmes sortir docilement à la queue leu leu, et elle se sentit envahie par le désarroi. De toute évidence, son existence se trouvait entre les mains de personnes étrangères : non seulement où elle allait, mais aussi où elle logeait et pour combien de temps, ce qu'elle mangeait et même ce qu'elle cousait... Il semblait à présent qu'il allait lui falloir confectionner des bonnets pour une femme qu'elle venait à peine de rencontrer. Les larmes lui montèrent aux yeux.

Belle Mills avait dû les remarquer, mais elle ne souffla mot ; elle se contenta d'accrocher un écriteau FERMÉ sur la porte puis regagna la cuisine, où elle mit une grosse tranche de jambon et plusieurs œufs dans un poêlon. « Allez, venez manger », ordonna-t-elle quelques minutes plus tard, en plaçant deux assiettes sur la table. Manifestement, cuisiner n'était pas une activité à laquelle elle consacrait beaucoup de temps. « Tenez, il y a du pain de maïs, là, et du beurre. Servez-vous. »

Honor contempla le jambon trop gras, les œufs mouchetés de graisse et le pain de maïs indigeste auquel elle avait eu droit à chaque repas en Amérique. Elle ne pensait pas être capable d'avaler quoi que ce soit, mais comme Belle l'observait, elle découpa un minuscule triangle de jambon qu'elle fourra dans sa bouche. Son goût un peu sucré surprit ses papilles et lui ouvrit l'appétit. Elle se mit à manger de bon cœur, même le pain de maïs dont elle était tellement dégoûtée.

Belle hocha la tête. « Je me disais aussi. Vous étiez vraiment livide. Quand êtes-vous partie d'Angleterre ?

— Il y a huit semaines.

— Et votre sœur est morte quand ? »

Honor dut réfléchir. « Il y a quatre jours. » Cela lui paraissait déjà tellement loin. Ces soixante-cinq kilomètres entre Hudson et Wellington l'avaient bien plus dépaysée que tout le reste du voyage.

« Mon chou, pas étonnant que vous ayez une sale mine. Thomas m'a raconté que vous alliez à Faithwell, retrouver le fiancé de votre sœur. »

Honor opina.

« Bon, je lui ai fait dire que vous étiez ici. Je lui ai demandé de venir vous chercher dimanche après-midi. J'ai pensé que vous aviez besoin de quelques jours pour vous remettre. Vous pourrez m'aider en faisant un peu de couture si vous voulez. Gagner votre pitance… »

Honor n'arrivait pas à se rappeler quel jour on était.

« D'accord, accepta-t-elle sans barguigner, soulagée de laisser Belle prendre les choses en main.

— Bon, voyons ce que vous savez faire avec une aiguille. Vous avez vos ustensiles à vous ou bien vous voulez utiliser les miens ?

— J'ai une boîte à couture. Mais elle est enfermée dans la malle.

— Maudit Donovan. Remarquez, j'arriverai sans doute à l'ouvrir avec un marteau et un burin, si ça vous dérange pas que je casse la serrure. D'accord ? On n'a pas vraiment le choix. »

Honor se résigna.

« Vous vous chargez de la vaisselle et moi je m'occupe de la malle. » Belle contempla la table. L'assiette d'Honor était toute propre, alors qu'elle avait à peine touché à la sienne. Ramassant cette dernière, elle la posa sur le buffet avec une serviette par-dessus. Puis elle disparut à l'étage. Quelques minutes plus tard, alors qu'Honor récurait la casserole, elle entendit un claquement suivi d'un cri triomphant.

« Les serrures anglaises valent pas plus cher que les américaines, annonça Belle en redescendant. Elle est cassée maintenant. Allez chercher votre matériel de couture. Je vais finir de nettoyer ici. »

Lorsque Honor reparut avec sa boîte, Belle était en train de tirer un fauteuil à bascule par la porte de derrière.

« Installons-nous sur la véranda, pour profiter de la brise. Vous voulez ce rocking-chair, ou une chaise à dossier droit ?

— Je vais aller chercher une chaise. » Honor

avait vu des rocking-chairs partout où elle était allée en Amérique ; ils étaient bien plus courants qu'en Angleterre. La sensation qu'ils procuraient lui rappelait trop les balancements du bateau. Et puis, pour coudre, elle avait besoin d'une immobilité absolue.

Tandis qu'elle attrapait une chaise dans la cuisine, elle s'aperçut que l'assiette de Belle sur le buffet n'était plus là.

Le magasin de modes se trouvait au bout d'une rangée de bâtiments comprenant une épicerie, une sellerie, une confiserie et un drugstore. Les jardins situés à l'arrière de ces établissements étaient peu exploités, même si l'un d'eux possédait un potager, et que, dans un autre, du linge était mis à sécher. Il n'y avait rien dans le jardin de Belle à l'exception d'une pile de planches et d'une chèvre à la longe au milieu des mauvaises herbes. « N'approchez pas du tas de bois, l'avertit Belle. Y a des serpents dedans. Et laissez cette chèvre tranquille. Elle est aux voisins, et elle est mauvaise comme la gale. » Il y avait par ailleurs des toilettes extérieures, ainsi qu'un appentis adossé à la maison pour remiser le bois, mais il était clair que l'énergie de Belle allait à sa boutique.

Honor s'assit et, ouvrant sa boîte à couture, en sortit ce dont elle avait besoin. Ce rituel, au moins, lui était familier. La boîte à couture avait appartenu à sa grand-mère, qui, lorsque sa vue avait commencé à baisser, l'avait transmise à la plus douée d'entre ses petites-filles. La boîte, en noyer, était capitonnée et recouverte d'une tapisserie montrant des brins de muguet dans les verts, jaunes et blancs. C'était une vision qu'Honor connaissait depuis sa petite enfance ; les yeux fermés, elle pouvait la recréer sans difficulté dans sa tête, comme elle l'avait fait à maintes reprises sur le bateau pour oublier son mal de mer. Le plateau supérieur accueillait un porte-aiguilles confectionné par Grace, brodé de brins de muguet comme le couvercle de la boîte ; un enfile-aiguilles en fil de fer ; un dé en porcelaine que sa mère lui avait offert, décoré de roses jaunes ; un coussinet à épingles perlé que son amie Biddy lui avait fabriqué ; des pochettes d'épingles enveloppées dans du papier vert ; une petite boîte en fer-blanc contenant un morceau de cire d'abeille qui lui servait à enduire son fil à patchwork ; et, à l'abri de leur étui en cuir souple, les petits ciseaux de couture de sa grand-mère avec leurs anneaux en émail vert et jaune.

Belle Mills se pencha en avant pour inspecter les ustensiles d'Honor. « Joli… C'est quoi ça ? » Elle s'empara de morceaux de métal de différentes formes. Des hexagones, des losanges, des carrés, des triangles…

« Des gabarits pour découper les pièces de patchwork. Mon père les a fait fabriquer pour moi.

— Une quilteuse, alors ? »

Honor acquiesça.

« Y a quoi en dessous ? »

Honor souleva le plateau pour dévoiler des bobines de fils de diverses couleurs, chacune bien encastrée dans son compartiment.

Belle marqua son approbation d'un hochement de tête, avant de glisser ses doigts entre les bobines pour attraper un petit dé en argent. « Vous ne voulez pas mettre ce dé sur l'étage du haut avec les autres accessoires ?

— Non. » Samuel lui avait offert ce dé lorsque leurs sentiments mutuels avaient atteint leur maturité. Elle ne s'en servirait plus désormais, mais ne pouvait se résigner à s'en débarrasser.

Belle haussa les sourcils. Comme Honor ne développait pas, elle laissa retomber le dé au milieu des bobines, y semant le désordre. « Très bien, Honor Bright, gloussa-t-elle. Chacun ses petits secrets… Maintenant, au travail. Vous avez déjà cousu sur de la paille ? »

Honor fit non de la tête. « Je n'ai jamais fait de chapeaux, seulement des bonnets.

— Je parie que vous n'en avez que deux. Un pour l'hiver, un pour l'été. Vous autres quakers, vous êtes pas trop portés sur la mode, je me trompe ? Bon, alors, on va vous faire travailler sur du tissu, pour commencer. Y a une capote pour Mme Bradley qu'il faut terminer. Facile… pas de structure en paille, juste du gros-grain. La plupart des femmes se les fabriquent elles-mêmes, mais Mme Bradley s'est mis en tête qu'il n'était pas question pour elle de toucher une aiguille. Vous pensez y arriver ? Tenez, voilà le fil. J'ai utilisé une aiguille numéro six. » Elle tendit à Honor un bonnet souple qui avait déjà été découpé et faufilé, et qu'il ne restait qu'à coudre ; il était de forme assez simple, avec un grand bavolet de toile pour protéger le cou du soleil. L'étoffe était un écossais bleu ciel barré de fines rayures jaunes et blanches. Honor ne connaissait pas bien ce genre de modèles — aucune Anglaise n'aurait voulu laisser autant de tissu lui battre autour du cou —, mais le soleil tapant plus fort ici, une telle protection était peut-être nécessaire. En tout cas, cet ouvrage ne lui poserait aucun problème.

Honor attrapa une bobine et son enfile-aiguilles. Elle en enfila six avec promptitude, qu'elle planta dans la pelote à épingles, prêtes à servir. Le regard scrutateur de Belle avait beau l'intimider, dans le domaine de la couture, au moins, elle était sûre de ce qu'elle faisait. Elle entreprit d'assembler la calotte et le bord du bonnet à l'aide d'un point arrière pour la solidité, fronçant le tissu de la calotte au fur et à mesure. Comme couturière, Honor était à la fois rapide et précise, mais elle procédait plus lentement sur ce bonnet, pour bien veiller à faire ce que désirait Belle.

Assise dans le rocking-chair à côté d'elle, Belle cousait une soie couleur crème sur la passe ovale d'une capote en paille. De temps en temps elle jetait un coup d'œil au travail d'Honor. « Je vois que je n'ai pas besoin de vous surveiller, déclara-t-elle lorsque Honor eut terminé. Bon, regardez les plis que je suis en train de faire pour que le tissu s'ajuste bien à plat autour du bord. Vous voyez, comme ça… Vous pensez y arriver ? Tenez, essayez. Servez-vous de cette aiguille. Une aiguille de modiste. Elles marchent mieux pour la paille. »

Quand Belle en eut vu suffisamment pour être satisfaite, elle se leva et s'étira. « Je crois que j'ai eu raison de vous héberger. Quand vous aurez fini avec ça, vous pourrez travailler sur ceux-là. » Elle tapota une pile de bonnets à différents stades de confection qu'elle avait placés sur une table entre elles. « Je les garnirai plus tard. Si vous avez des questions je serai dans la boutique. Faut que j'ouvre pour l'après-midi. »

Il faisait chaud à présent ; le soleil était haut dans le ciel et la véranda moins ombragée. Honor n'avait pas été souvent seule depuis qu'elle avait débarqué en Amérique, et elle était contente de rester tranquillement assise par un bel après-midi de printemps avec une tâche familière à accomplir mais sans qu'on attende rien de plus de sa part. Elle aurait aimé avoir sous les yeux un petit jardin à l'anglaise, avec de joyeux parterres de fleurs comme ceux que faisait pousser sa mère, pleins de lupins, de delphiniums, d'ancolies, de nigelles de Damas et de myosotis. Elle ne savait même pas si ces fleurs existaient en Amérique, ou si les Américains cultivaient ce type de jardins. Elle soupçonnait que non : ce n'était pas pratique, surtout ici, où il fallait encore tailler dans la nature sauvage pour y forger la société, et où les efforts étaient plus orientés vers la survie que vers l'agrément. N'empêche, songea-t-elle en contemplant la pile de bonnets que lui avait confiés la modiste, les femmes de l'Ohio s'autorisaient bel et bien une certaine frivolité dans leurs coiffures : les bonnets n'étaient que vichy et chintz aux couleurs vives.

Elle termina le bonnet blanc cassé et en attrapa un autre. En tissu vert pâle piqueté de minuscules pâquerettes, son bord pouvait être rabattu pour laisser voir une autre couleur, en l'occurrence du beige. Honor aurait choisi du rose, mais n'aurait jamais osé en faire la suggestion. Tandis qu'elle travaillait sur ce deuxième bonnet, elle se trouva bientôt happée par le rythme régulier de sa besogne : son caractère répétitif et envoûtant favorisait la méditation et lâchait la bride à ses pensées, un peu comme le silence des Réunions de culte. Elle sentit ses épaules commencer à s'affaisser, et la tension qui crispait ses muscles depuis son départ d'Angleterre se relâcher un peu. Atteignant la fin de son aiguillée, elle posa le bonnet sur ses genoux et ses mains par-dessus, puis elle ferma les yeux. Ce calme, allié à sa solitude, lui permit de s'absorber dans ses réflexions. Elle repensa à Samuel lui annonçant qu'il en aimait une autre et à sa propre décision de s'exiler. Elle repensa aussi à la mort de sa sœur, qui l'avait laissée tellement seule dans ce pays inconnu. Là, enfin, Honor se mit à pleurer, des sanglots douloureux comparables aux haut-le-cœur dont elle avait souffert à bord de l'*Adventurer*.

Le soulagement apporté par ses larmes fut pourtant de courte durée. Entre ses hoquets étouffés, elle avait l'étrange sensation, exactement comme sur la route d'Hudson à Wellington, qu'elle n'était pas seule. Elle jeta un coup d'œil derrière elle, mais Belle n'était pas dans l'encadrement de la porte ni dans la cuisine ; en fait, elle entendait sa voix au loin dans la boutique. Il n'y avait personne non plus dans les cours voisines. Soudain, elle reconnut derrière elle, dans l'appentis adossé à la maison, le bruit d'une bûche tombant d'un tas de bois.

Il pouvait s'agir d'un chien, se dit-elle, s'essuyant les yeux avec sa manche. Ou d'un de ces animaux qu'on n'avait pas en Angleterre, un opossum, un porc-épic ou un raton laveur. Mais elle savait qu'ils étaient peu susceptibles de renverser une bûche. Et elle savait, sans pouvoir expliquer comment, que la présence qu'elle sentait en cet instant, et qu'elle avait sentie sur la route, était une présence humaine.

Honor ne s'était jamais considérée comme une personne courageuse. Avant de venir en Amérique, sa bravoure n'avait pas réellement été mise à l'épreuve. Là, malgré sa forte envie d'aller chercher Belle, elle résista et, mettant le bonnet de côté, elle se leva de sa chaise pour descendre à pas de loup le perron de derrière. Hésiter ne servirait à rien... Elle respira à fond et, retenant son souffle, rejoignit l'appentis pour regarder dedans.

La lumière ne se répandait que sur une cinquantaine de centimètres à l'intérieur du bûcher. Ensuite régnait la pénombre, puis l'obscurité. Durant quelques secondes, le temps que ses yeux s'habituent, Honor ne vit plus rien. Puis elle discerna sur la droite une grande pile de bois ; à gauche, entre les bûches et le mur, une étroite brèche permettait d'accéder au tas de bois et, dans cette brèche, se tenait un homme noir. Honor, qui retenait déjà son souffle, aspira brusquement avant d'expirer d'un seul coup. Elle dévisagea l'homme. De taille et de corpulence moyennes, il avait des cheveux crépus et de larges pommettes. Il était pieds nus et portait des vêtements usés et crasseux. Ce fut tout ce qu'elle put noter, car elle n'était pas assez familiarisée avec les traits négroïdes pour être à même de les juger, de les comparer ou de les décrire. Elle ne savait pas si l'homme était effrayé, en colère ou résigné. À ses yeux, il était noir, un point c'est tout.

Ne sachant quoi dire, ni si elle devait parler, elle s'abstint et sortit à reculons. Elle courut jusqu'à la véranda, où elle entreprit de ranger ses ustensiles dans sa boîte à couture. Entassant les bonnets par-dessus, elle ramassa le tout et l'emporta à l'intérieur.

Belle ne parut pas étonnée de la voir. « Trop de soleil ? » demanda-t-elle alors qu'elle ajustait un chapeau sur la tête d'une cliente. Elle l'inclina davantage avant de le fixer avec une épingle. Les deux femmes contemplèrent l'effet obtenu dans la glace. « C'est mieux, non ? Ça vous va bien.

— Je sais pas trop, répondit la femme. Vous avez lésiné sur les violettes.

— Vous trouvez ? Je peux vous en faire d'autres, maintenant que j'ai dégoté une assistante. Un penny la violette, c'est bon ? » Belle fit un clin d'œil à Honor. « Vous avez fini le bonnet de Mlle Adams ? Le vert. Oui ? Bien. Vous n'avez qu'à vous mettre dans l'angle près de la fenêtre… c'est là qu'il y a la meilleure lumière. » Avant qu'Honor ait pu dire quoi que ce soit, Belle s'était déjà retournée vers sa cliente pour discuter violettes.

Elle travailla tout l'après-midi sur les bonnets, et peu à peu ses mains cessèrent de trembler. Au bout d'un moment elle se demanda même si elle n'avait pas inventé la scène. Peut-être la chaleur et la lumière, ajoutées à son récent choc émotionnel, lui avaient-elles fait imaginer un homme à la place d'un chien ou d'un raton laveur. Elle décida de ne rien dire à Belle.

Dans la boutique, les clientes défilaient. Si toutes observaient Honor comme une bête curieuse, elles adressaient plutôt leurs questions à Belle. « Que fait cette quaker près de la fenêtre, Belle ? demandaient-elles. D'où vient-elle ? Où va-t-elle ? Pourquoi est-elle là ? » Belle répondait sans se lasser. À la fin de la journée toutes les femmes de Wellington devaient savoir qu'Honor venait d'Angleterre et se rendait à Faithwell, mais qu'elle faisait escale chez Belle et lui donnait un coup de main pendant quelques jours. Honor devenait même le fleuron de la boutique : « Elle est très bonne couturière… meilleure que moi, même. Commandez un bonnet aujourd'hui et je lui demanderai de s'en charger. Il vous durera la vie entière, tant ses points sont solides. À la longue, vous n'en pourrez plus de le voir et vous rêverez de le remplacer. Alors vous vous mordrez les doigts d'avoir acheté un bonnet fait par Honor Bright… Pas moyen qu'il se découse et vous offre une excuse pour en racheter un neuf ! »

Plus tard, alors que la lumière baissait, Belle ferma sa boutique et emmena Honor faire un tour dans Wellington. Se réduisant à une poignée de commerces et d'habitations autour d'un carrefour, la ville ne comptait que quelques rues assez larges disposées en quadrillage du nord vers le sud et de l'est vers l'ouest. Main Street avait été élargie pour former une grand-place rectangulaire autour de laquelle se trouvaient une mairie, une église, un hôtel et divers magasins, dont la chapellerie de Belle. Les établissements des rues environnantes comprenaient plusieurs magasins généraux, ainsi qu'un cordonnier, un tailleur, un forgeron, un menuisier, un briquetier et un charron. La plupart des bâtiments étaient en bois et faisaient deux étages, avec des auvents et de grandes vitrines où étaient exposées les marchandises. Une école avait été bâtie, et la gare était presque achevée car la ligne de chemin de fer était censée rallier Wellington plus tard dans l'été. « Cette ville va exploser quand le train y passera, déclara Belle. C'est bon pour les affaires. Bon pour les chapeaux. »

Tandis qu'elles se promenaient, Honor éprouvait cette sensation déconcertante qui l'avait souvent envahie alors qu'elle traversait les villes américaines situées sur son parcours : l'impression qu'elles avaient été construites très vite, et pouvaient être détruites tout aussi vite, par un incendie ou par ces fameuses outrances du climat comme les ouragans, les tornades ou le blizzard. Les façades avaient beau être relativement neuves, elles avaient déjà subi les ravages du soleil et de la neige. La route était à la fois sèche et détrempée, poussiéreuse et boueuse.

Où qu'elles aillent, la chaussée et les planches installées sur la boue étaient couvertes de crachats. En arrivant à New York, Honor et Grace avaient été frappées de voir que les hommes américains crachaient en permanence : ils avaient sans arrêt dans les joues une chique qu'ils expulsaient avec un jet de salive. Chose tout aussi stupéfiante, personne d'autre ne semblait remarquer cette manie ou s'en formaliser.

Belle saluait tous les gens qu'elles croisaient, et disait un mot ou deux à certaines des femmes. La plupart portaient des bonnets de tous les jours, mais quelques-unes arboraient des chapeaux à coup sûr signés Belle, à en juger par leurs ornements singuliers. Belle le lui confirma. « Certaines font elles-mêmes leurs bonnets, mais tous les chapeaux sont mon œuvre. Tu en verras encore plus le dimanche, le jour de l'église. Elles n'oseraient pas porter un chapeau acheté à Oberlin : elles savent que je ne les servirais plus jamais après ça. J'ai rien contre Oberlin, mais on se fournit chez soi, pas vrai ? » Belle, quant à elle, était coiffée d'une capote en paille munie d'un large ruban orange, et décorée de fleurs formées de brins de paille.

À un des angles de la grand-place se dressait l'hôtel de la ville. Pour une si petite bourgade, il était étonnamment majestueux : un long bâtiment de deux étages, le premier pourvu d'un balcon courant tout le long de la façade, et soutenu par plusieurs paires de colonnes blanches. « Le Wadsworth Hotel, commenta Belle. Le seul endroit en ville où on puisse boire un verre... non pas que ça te concerne. Vous autres quakers ne buvez pas d'alcool, si ? »

Honor fit non de la tête.

« Eh bien, moi, je bois mon whisky à domicile. Et voilà pourquoi. » Belle indiqua une des extrémités de l'édifice, qui faisait face à sa boutique de l'autre côté de la grand-place. Des hommes se prélassaient sur la véranda, des bouteilles à portée de bras. Donovan était parmi eux, les pieds appuyés sur une table. En apercevant Belle et Honor, il leva sa bouteille vers elles, puis but une lampée.

« Charmant. » Belle accéléra l'allure. Alors qu'elles passaient devant la dernière paire de colonnes, Honor remarqua une affiche placardée sur l'une d'elles. Ce n'était pas la mention « RÉCOMPENSE : 150 $ » en grosses lettres qui avait attiré son regard, mais la silhouette d'un homme courant avec un baluchon sur l'épaule. Elle s'arrêta pour étudier l'affiche.

RÉCOMPENSE : 150 $

Esclave en fuite parti de la ferme du signataire près de Clarksburg, en Virginie, le 15 mai 1850, homme noir du nom de JONAS. La trentaine, mesurant dans les un mètre soixante-quinze, corpulence trapue. Peau moyennement foncée, pommettes larges, nez africain. Cheveux en broussaille portés avec la raie très bas sur le côté. Gaucher. Beau parleur, c'est un individu rusé. J'offrirai la récompense ci-dessus à quiconque l'enverra derrière les barreaux, de sorte que je lui remette la main dessus, quel que soit le lieu de sa capture.

H. Browne

Bureau de poste de Clarksburg 26 mai 1850

La description était remarquablement précise. Honor se représenta l'homme qu'elle avait aperçu dans l'appentis. Maintenant qu'il y avait des mots pour le dépeindre, des adjectifs comme *trapu, africain* et *rusé,* elle pouvait le revoir : ses yeux scrutateurs qui la jaugeaient, la force dans ses épaules — et ses cheveux, broussailleux mais avec la raie sur le côté.

Donovan l'observait.

« Continue à marcher », ordonna Belle d'un ton sifflant, l'attrapant par le bras et l'obligeant à tourner dans Mechanics Street.

Lorsqu'elles furent hors de portée de voix, Honor demanda : « Cette affiche, c'est Donovan qui l'a mise ?

— Oui. Il est chasseur d'esclaves. Tu l'avais compris, non ? »

Honor hocha la tête, même si elle ignorait qu'il existait un nom pour cette activité.

« Il y a des chasseurs d'esclaves dans tout l'Ohio. Ils viennent du Kentucky ou de Virginie pour essayer de ramener les Noirs à leurs propriétaires. On a plein de fugitifs qui passent par ici en allant vers le Canada. En fait, il y a beaucoup de passage dans l'Ohio, dans un sens comme dans l'autre. Bon Dieu, il suffit de te poster à ce carrefour pour le voir. De l'est vers l'ouest, tu as les colons qui migrent pour trouver de nouvelles terres. Du sud vers le nord, tu as les esclaves en fuite qui cherchent la liberté. C'est drôle que personne veuille aller vers le sud ou vers l'est... Y a que le nord et l'ouest qui donnent à espérer.

— Pourquoi les Noirs ne restent-ils pas dans l'Ohio ? Je croyais que l'esclavage n'avait pas cours ici.

— Oui, y en a bien qui s'arrêtent dans l'Ohio — tu verras des Noirs libres à Oberlin —, mais au Canada la liberté est garantie. Pays différent, lois différentes, ce qui fait que les chasseurs d'esclaves n'ont aucun pouvoir là-bas. » Belle marqua une pause. « Mais tu as tapé dans l'œil de Donovan, reprit-elle. C'est drôle, d'habitude, il se méfie des quakers. Il aime citer un politique qui a dit que les quakers refusaient de défendre le pays en temps de guerre, mais n'hésitaient pas à se mêler des affaires des autres en temps de paix... En tout cas, vaut mieux pas attirer son attention : sinon, après, t'auras du mal à te débarrasser de lui. Il viendra t'embêter jusqu'à Faithwell. Il est bigrement têtu, comme loustic. Je suis bien placée pour le savoir. » Devant le regard interrogateur d'Honor, Belle sourit. « C'est mon frère. »

Elle gloussa en voyant le changement sur les traits d'Honor. « Deux pères différents, voilà pourquoi on se ressemble pas beaucoup. On a grandi dans le Kentucky. Mais notre mère était anglaise... Lincolnshire. »

Honor eut une illumination. « Ce ne serait pas elle qui a fait le quilt sur mon lit ?

— Eh si ! Donovan essaie tout le temps de me le reprendre. Le maudit gredin. C'est sûr, on a suivi des directions différentes, même si on vient tous les deux du Nord. Bon, il est temps de rentrer, maintenant. » Belle se planta devant Honor. « Écoute, mon chou, je sais que t'as vu des choses bizarres chez moi, mais il vaut mieux que t'en saches pas davantage. Comme ça, si Donovan t'interroge, t'auras pas à mentir. Les quakers ne sont pas censés mentir, je me trompe ? »

Honor fit non de la tête.

Belle lui reprit le bras et elles firent demi-tour vers le magasin de modes. « Sacré bon Dieu, je suis contente de pas être quaker. Pas de whisky, pas de couleurs, pas de plumes, pas de mensonges... Alors qu'est-ce qui reste ?

— Pas de jurons non plus », ajouta Honor.

Belle éclata de rire.

Honor sourit. « Nous nous qualifions nous-mêmes de "gens étranges", car nous savons bien que c'est l'impression que nous donnons aux autres. »

Belle continua à glousser, mais son rire cessa lorsqu'elles repassèrent devant le bar de l'hôtel. Donovan n'y était plus.

Les deux jours suivants, Honor passa son temps à coudre, tout d'abord dans l'angle de la boutique près de la fenêtre le matin, puis sur la véranda de derrière l'après-midi.

Belle la fit à nouveau travailler sur des bonnets, la chargeant de terminer ceux que les clientes devaient venir chercher. Elle en borda un de dentelle, un autre d'un double ruché, après quoi elle fixa des grappes de pensées en tissu sur la passe intérieure d'un bonnet vert rigide auquel elle attacha de larges rubans vert pâle à nouer sous le menton. « Tu sauras faire d'autres fleurs comme ça si je te donne les pétales ? » demanda Belle quand Honor eut fini.

Honor fit oui de la tête : bien qu'elle n'eût jamais fabriqué de fleurs, les quakers n'en portant pas, leur confection ne pouvait pas être plus difficile que celle de certains quilts très élaborés qu'elle avait assemblés.

Belle lui remit une boîte remplie de pétales et de feuilles. « J'ai découpé les pétales quand tu étais couchée hier soir. Rien que moi, le whisky et les ciseaux... Des conditions qui me plaisent bien. » Elle montra à Honor comment fabriquer les pensées, puis les violettes, les roses, le trèfle, ainsi que de petites touffes de dentelle censées imiter les gypsophiles. Honor regrettait que Grace ne soit pas là pour voir les merveilles qu'elle réalisait : des créations de plus en plus colorées et de plus en plus compliquées.

Les clientes de Belle continuaient à gloser sur la présence d'Honor, même celles qui étaient venues au magasin la veille et avaient déjà bavardé sur son compte. « Seigneur, regardez-moi cette jeune quaker avec toutes ces fleurs sur les genoux ! s'écriaient-elles. N'est-ce pas la chose la plus amusante ! Vous allez la convertir, Belle, aucun doute ! »

Mais Honor ne constituait qu'une brève distraction, sur laquelle, éventuellement, elles reviendraient plus tard. Une fois leurs remarques émises, les clientes s'attelaient à la tâche plus importante consistant à inspecter les dernières nouveautés et à obtenir des rabais. Tandis qu'elles essayaient les divers bonnets et autres chapeaux posés sur les supports, elles contestaient les choix esthétiques de Belle et critiquaient la forme et les ornements de ses modèles afin d'en faire baisser le prix. Belle étant tout aussi décidée à maintenir ses tarifs, s'ensuivaient alors de longues tractations.

Honor était perturbée par ces marchandages,

qui sous-entendaient que la valeur d'un objet pouvait varier en fonction du désir qu'une personne pouvait avoir de l'acquérir ou de s'en séparer. L'absence de prix fixe conférait aux chapeaux de Belle une qualité temporaire. Les quakers ne marchandaient jamais, mais déterminaient ce qu'ils considéraient comme un juste prix pour les matériaux et la main-d'œuvre. Chaque produit possédait selon eux son mérite intrinsèque, que ce soit une carotte, un fer à cheval ou une courtepointe, et ce mérite ne changeait pas sous prétexte que beaucoup de gens avaient besoin d'un fer à cheval ou de telle autre chose. Honor savait qu'il y avait des commerçants à Bridport qui marchandaient, mais ils s'abstenaient lorsqu'elle se rendait dans leurs magasins ou à leurs étals. Les marchandages auxquels elle avait assisté étaient badins, voire gênés, comme si les participants ne s'y livraient que pour plaisanter, parce que c'était ce qu'on attendait d'eux. Ici le marchandage paraissait plus féroce, comme si les deux parties étaient absolument convaincues de leur bon droit et que l'autre avait non seulement tort, mais était suspecte sur le plan moral. Certaines des clientes de Belle s'échauffaient tellement durant la discussion qu'Honor se demandait si elles refranchiraient un jour la porte de la boutique.

Belle, de son coté, semblait amusée par ces empoignades, et pas vraiment ennuyée quand, bien souvent, ces négociations n'aboutissaient à rien et que le chapeau demeurait invendu. « Elles reviendront, disait-elle. Où veux-tu qu'elles aillent ? Je suis la seule modiste de la ville. »

Et en effet, malgré leur impuissance à faire descendre les prix, de nombreuses femmes passaient commande. Belle prenait rarement leur tour de tête : en général, elle l'avait déjà ; quant aux nouvelles venues, elle savait évaluer leurs mensurations d'un simple coup d'œil. « Cinquante-trois centimètres, pour la plupart, expliqua-t-elle à Honor. Les têtes allemandes sont un peu plus grosses, mais toutes les autres se valent à peu près, quelle que soit la quantité de matière grise à l'intérieur. »

Pour ce qui était des formes et des ornements, ses goûts étaient souvent insolites, mais la majorité des clientes acceptaient son jugement, préférant chicaner sur le prix plutôt que sur le style. D'après ce qu'Honor pouvait voir des clientes qui venaient rechercher leurs chapeaux, Belle avait généralement raison de leur choisir des couleurs et des styles qui différaient de ce qu'elles portaient d'habitude. « Parfois, sur la tête, un chapeau peut perdre tout son cachet, affirma-t-elle à une femme qu'elle venait de convaincre d'acheter un chapeau teint en vert agrémenté de brins de paille reproduisant des épis de blé. Il faut étonner les gens avec des choses originales, pour qu'ils vous voient sous un jour différent. Une femme qui porte toujours un bonnet bleu avec une garniture de dentelle finit par ressembler à son bonnet, même quand elle ne le porte pas. Il lui faut quelques fleurs près des yeux, ou un ruban rouge, ou un bord qui mette en valeur son visage. » Elle scrutait si ostensiblement le bonnet tout simple d'Honor que celle-ci baissa la tête.

« Mais vous, Belle, vous portez bien la même chose tous les jours », objecta la cliente.

Belle tapota sa coiffe. Elle était presque aussi

sobre que le bonnet d'Honor, malgré son bord volanté et son cordon derrière qui, lorsqu'on tirait dessus, formait une petite fronce dans l'étoffe. « Pas question de porter des choses trop raffinées dans la boutique, dit-elle. Je voudrais pas faire de l'ombre à mes clientes. C'est à elles de paraître à leur avantage. Mes chapeaux, je les porte dans la rue pour me faire de la publicité. »

Malgré le marchandage, les ornements frivoles, l'impression d'être une curiosité pour les porteuses de chapeaux de Wellington, Honor aimait bien travailler pour Belle. Quelle que soit sa besogne, au moins elle était occupée. Elle n'avait pas le temps de réfléchir aux drames du passé, à l'incertitude du présent, ou à la grande inconnue que constituait l'avenir.

Assise près de la fenêtre ouverte, Honor entendit par deux fois le cheval de Donovan, puis le vit qui passait. Un après-midi le chasseur d'esclaves se posta au bar de l'hôtel de l'autre côté de la place et s'appuya contre la rambarde, les yeux braqués sur le magasin de modes et, lui sembla-t-il, sur elle. Elle se recroquevilla sur son siège, mais, ne pouvant se soustraire à son examen, elle gagna bientôt la véranda de derrière, loin de son regard inquisiteur.

Belle avait confié à Honor une pile de bonnets, et avant de se mettre à l'ouvrage la jeune quaker resta là quelques minutes, l'oreille aux aguets. Il n'y avait aucun bruit en provenance du bûcher, mais Honor sentait que quelqu'un s'y cachait. Maintenant qu'elle savait qui c'était, et qu'elle pouvait même nommer et décrire le fugitif, elle était un peu moins effrayée. Après tout, c'était plutôt à lui d'être effrayé par elle.

Belle avait parlé des esclaves de manière extrêmement terre à terre, mais la notion était encore aussi nouvelle que choquante pour Honor. Certes les Amis de Bridport discutaient du scandale de l'esclavage américain, mais il ne s'agissait que d'indignation verbale ; personne n'avait jamais vu d'esclave en chair et en os. Honor n'en revenait pas qu'il s'en cache un à cinq petits mètres de distance.

Elle s'empara d'un bonnet gris presque assez sobre pour être porté par une quaker. Sa doublure était d'un jaune primevère plutôt pâle, et elle devait y coudre des brides moutarde, et ajouter un cordon jaune au bavolet sur la nuque : l'étoffe pouvait ainsi être resserrée pour créer une petite collerette. Malgré ses doutes initiaux sur cet assortiment de couleurs, quand elle eut terminé, il lui fallut reconnaître que le jaune rehaussait le gris, tout en étant assez pâle pour ne pas rendre le bonnet trop voyant, même si les brides étaient d'une teinte plus soutenue qu'elle n'aurait choisi. Belle avait des goûts peu orthodoxes, mais elle savait les mettre à profit.

Durant une accalmie dans la boutique, Belle apporta de l'eau à Honor dans une tasse en fer-blanc. Tandis qu'Honor buvait, elle s'accouda à la rambarde en contemplant la cour. « Il y a un serpent qui se chauffe au soleil sur le bois, annonça-t-elle. Une vipère cuivrée. Vous en avez, des vipères cuivrées, en Angleterre ? Non ? Faut t'en méfier… leurs morsures peuvent te tuer, et une mort pas bien jolie, en plus. » Elle disparut à l'intérieur, puis revint avec un fusil. Sans prévenir, elle visa le serpent et fit feu. Honor sursauta et ferma les yeux avec force, en laissant tomber sa tasse. Lorsqu'elle osa les rouvrir, elle vit le corps sans tête du serpent qui gisait dans l'herbe, non loin des planches. « Et voilà ! déclara Belle, satisfaite. Mais y a sûrement un nid. Je demanderai à des gamins de m'en débarrasser. Faudrait pas que des serpents entrent dans la remise à bois. »

Honor pensa à l'homme qui s'y terrait, et qui, confiné depuis presque trois jours dans la chaleur et l'obscurité, avait dû entendre le coup de feu. Elle se demanda comment Belle s'était retrouvée à le cacher. Quand ses oreilles eurent cessé de tinter, elle l'interrogea : « Tu as dit que l'État du Kentucky était partisan de l'esclavage. Est-ce que ta famille possédait des esclaves ? » C'était la question la plus directe qu'elle eût osé poser.

Adossée à la rambarde et tenant toujours le fusil, sa robe flottant autour de son corps, Belle la dévisagea avec des yeux jaunis. Honor se dit que la modiste devait souffrir d'une maladie latente pour être aussi maigre et avoir aussi mauvaise mine. « Notre famille était trop pauvre pour posséder des esclaves. C'est pour cette raison que Donovan fait le métier qu'il fait. Les Blancs pauvres sont ceux qui détestent le plus les Noirs.

— Pourquoi ?

— Ils pensent que les gens de couleur prennent le travail qu'ils devraient avoir, et qu'ils en diminuent le prix. Les Noirs, vois-tu, sont beaucoup plus précieux. Un planteur paiera mille dollars pour un homme de couleur, mais un homme blanc pauvre n'a aucune valeur.

— Mais toi tu ne les hais pas. »

Belle eut un petit sourire. « Non, mon chou, je ne les hais pas. »

Sur la porte de la boutique, la cloche résonna, annonçant une cliente. Belle ramassa son fusil. « Donovan est parti, au fait. Le samedi soir il va toujours se saouler chez Wack à Oberlin... ça au moins, c'est une chose dont tu peux être sûre. J'imagine qu'il attaque de bonne heure aujourd'hui. Tu peux reprendre ta place dans la boutique, si tu veux. »

Magasin de modes Belle Mills,
Main St.
Wellington, Ohio
1er jour du 6e mois 1850

Très chère Biddy,

C'est avec beaucoup de chagrin que je dois t'annoncer que Dieu nous a repris Grace, il y a six jours, emportée par la fièvre jaune. Je n'entrerai pas dans les détails : mes parents pourront te faire lire la lettre que je leur ai écrite. J'aimerais tant que tu sois ici avec moi en ce moment, pour me tenir la main et me réconforter.

Je pense que tu serais étonnée de voir où je me trouve à l'instant présent. Je suis assise sur la véranda située à l'arrière du magasin de modes Belle Mills à Wellington, dans l'Ohio. La véranda est orientée à l'ouest, et là je regarde le soleil qui se couche sur un terrain vague, au bout duquel miroite le sentier métallique d'une voie ferrée. Quand elle sera terminée, elle courra vers le sud jusqu'à Columbus, et vers le nord jusqu'à Cleveland. Les résidents de Wellington sont tout excités, comme nous le serions si le chemin de fer en Angleterre devait se prolonger jusqu'à Bridport.

Belle fait partie des nombreux inconnus qui ont eu pitié de moi et qui m'ont aidée durant mon périple. En fait, Belle s'est montrée particulièrement bonne. Sa boutique ne se trouve qu'à onze kilomètres de chez Adam Cox, et pourtant, quand je suis arrivée, elle ne s'est pas empressée de m'expédier à Faithwell. Elle a compris tout naturellement que j'avais besoin de souffler pour rassembler mes esprits après la mort de Grace, et m'a donc invitée à habiter chez elle pendant quelques jours. En échange, j'ai eu l'occasion de l'aider dans des travaux de couture. J'étais heureuse de retrouver une activité familière et d'avoir l'impression de me rendre utile, plutôt que de devoir me reposer entièrement sur les autres, ou sur ma propre bourse, pour subvenir à mes besoins.

Je n'en reviens toujours pas que Grace soit partie depuis quelques jours seulement. Le temps et l'espace m'ont joué des tours étranges : la traversée n'a duré qu'un mois mais elle m'a semblé interminable, et je me sens déjà bien loin d'Hudson, où Grace est enterrée, alors que cela fait à peine trois jours que je suis à Wellington. Pour quelqu'un dont la vie était si bien réglée et dénuée de surprises, énormément de choses me sont arrivées en un bref laps de temps. J'ai dans l'idée que l'Amérique n'a pas fini de me surprendre.

Déjà je suis déroutée par les gens, qui sont si différents des Anglais. Ils parlent plus fort, pour commencer, et ils disent ce qu'ils pensent avec une franchise dont je n'ai pas l'habitude. Ils ont beau être accoutumés aux quakers, ils me trouvent bizarre. Les clientes de la boutique de Belle ne se sont pas privées de le clamer, et ce avec une outrecuidance qui a de quoi heurter. Tu sais que je ne suis pas bavarde ; être entourée d'Américains m'a rendue encore plus silencieuse.

Ils entretiennent malgré tout des secrets. Par exemple, je suis presque certaine que, à cinq mètres à peine de l'endroit où j'écris cette lettre, se cache un esclave en fuite. Je commence aussi à soupçonner qu'il était tapi dans la charrette qui m'a amenée à Wellington. Mais je n'ose pas vérifier, car il y a des hommes qui le recherchent, et tu sais que je n'ai pas le droit de mentir si on m'interroge. À Bridport, il était assez facile d'être sincère et franche. J'étais rarement obligée de dissimuler des choses à ma famille ou à toi. Seule ma mésaventure avec Samuel a été délicate de ce point de vue-là. À présent, toutefois, je dois me tenir sur mes gardes. J'aurais horreur de mentir impudemment, mais ce principe d'honnêteté se révèle plus difficile à respecter ici.

Avec toi, au moins, ma plus chère amie, je peux faire preuve d'honnêteté. Je t'avoue que je suis inquiète de l'arrivée d'Adam Cox demain. Il est parti pour l'Ohio en pensant que seule sa future épouse viendrait le rejoindre, et voilà qu'il se retrouve avec moi sur les bras, mais sans Grace. Bien sûr je les connaissais lui et son frère Matthew depuis que leur famille s'était installée à Bridport, mais ils sont l'un et l'autre plus âgés que moi, et ce ne sont pas des gens dont j'étais proche. Désormais ils seront les seuls visages familiers parmi des étrangers.

S'il te plaît ne dis rien de tout cela à mes parents, car je ne veux pas qu'ils se fassent du souci pour moi. Je ne crois pas qu'il soit malhonnête de taire les sentiments qui m'agitent : ce ne sont pas des faits, et ils sont susceptibles de changer. La prochaine fois que je t'écrirai, j'espère pouvoir te raconter que j'ai été bien accueillie à Faithwell et que je suis heureuse de vivre là-bas. En attendant, chère Biddy, garde-moi dans tes pensées et dans tes prières.

Ta fidèle amie,
Honor Bright

SILENCE

Le dimanche, Honor se réveilla de bonne heure. Adam Cox ne viendrait la chercher que l'après-midi, quand la Réunion de culte à Faithwell serait terminée, mais l'angoisse l'empêchait de se rendormir et elle demeura allongée dans son lit, écoutant le chœur matinal de ces oiseaux américains qu'elle ne connaissait pas, promenant ses doigts sur les contours de l'étoile de Bethléem au centre de sa courtepointe, et attendant que les changements surviennent.

Bien que Belle eût veillé une grande partie de la nuit en compagnie d'une bouteille, elle se leva elle aussi de bonne heure. Tandis qu'elles prenaient leur petit déjeuner — encore des œufs au jambon, avec du gruau de maïs, une sorte de porridge blanc pas très épais dont Belle avait été nourrie durant toute son enfance dans le Kentucky —, Honor se demandait si la modiste se rendrait à l'église. Mais Belle n'avait pas l'air de vouloir bouger ; après avoir mis la cuisine en ordre, elle s'installa sur la véranda de derrière pour lire le *Cleveland Plain Dealer*, qu'une cliente avait laissé la veille. Honor hésita, puis alla chercher sa Bible dans sa malle avant de la rejoindre.

Aussitôt assise, elle comprit que l'homme n'était plus dans l'appentis. Elle sentait une subtile modification dans l'atmosphère, mais aussi chez Belle, qui paraissait plus détendue. La modiste jeta un coup d'œil vers le volume posé sur les genoux d'Honor. « En ce qui me concerne, je ne vais pas beaucoup à l'église. Le pasteur et moi, on n'est pas d'accord sur grand-chose. Mais je t'emmènerai si tu veux. Tu as le choix entre les congrégationalistes, les presbytériens et les méthodistes. J'ai un penchant pour les congrégationalistes… de meilleurs chanteurs. Je les ai entendus en passant devant.

— Ce n'est pas la peine. »

Belle se balançait dans son fauteuil et Honor ouvrit sa Bible, essayant de se rappeler ce qu'elle avait lu en dernier, avec sa sœur sur son lit de mort, il y avait une éternité. Elle lut des passages par-ci par-là, sans réussir à se concentrer sur les mots.

Belle se balançait plus vite. « Il y a une chose qui me titille à propos des quakers », commença-t-elle, abaissant son journal.

Honor leva les yeux.

« Votre culte est silencieux, je me trompe ? Pas de cantiques, pas de prières, pas de prêtre pour vous pousser à méditer… Pourquoi donc ?

— Nous écoutons.

— Vous écoutez quoi ?

— Dieu.

— Et Dieu, vous ne l'entendez pas dans un sermon ou dans un cantique ? »

Honor se revit devant l'église St Mary à Bridport, juste en face de la maison quaker. Les fidèles chantaient, et un bref instant elle leur avait envié cette musique.

« On est moins distrait dans le silence, expliqua-t-elle. Le silence prolongé permet de vraiment écouter ce qu'il y a au fond de soi. Nous appelons cela attendre dans l'espérance.

— Vous ne pensez donc pas simplement à votre menu du soir, ou à ce qu'untel a pu dire sur tel autre ? Moi, je penserais au prochain chapeau que je vais faire... »

Honor sourit. « Il m'arrive de penser au quilt auquel je travaille. Cela prend du temps de libérer son esprit des pensées de tous les jours. C'est plus facile quand on est avec d'autres gens qui attendent eux aussi, et qu'on ferme les yeux. » Elle essaya de trouver les mots pour décrire ce qu'elle ressentait aux Réunions de culte. « Une fois l'esprit libéré, on se retire en soi-même et on plonge dans une profonde quiétude. On éprouve alors une sensation de paix, et de puissante communion avec ce que nous appelons l'Esprit intérieur, ou la Lumière intérieure. » Elle s'interrompit. « Je n'ai pas encore ressenti cela en Amérique.

— Tu es allée à beaucoup de Réunions en Amérique ?

— Seulement une. Avec Grace, à Philadelphie. C'était... ce n'était pas pareil qu'en Angleterre.

— Le silence n'est pas le même partout ?

— Il y a différentes sortes de silences. Certains silences sont plus profonds et plus féconds que d'autres. À Philadelphie, j'étais distraite, et je n'ai pas trouvé la paix que je recherchais ce jour-là.

— Je croyais que les quakers de Philadelphie étaient les meilleurs qui se puissent trouver. Des quakers de première qualité.

— Nous ne raisonnons pas ainsi... » Honor

hésita. Elle n'aimait pas critiquer des Amis devant des non-quakers. Pourtant elle était tenue de poursuivre maintenant qu'elle avait commencé. « Arch Street est une grande Assemblée — les Amis sont nombreux à Philadelphie — et quand Grace et moi sommes entrées dans la salle, il n'y avait plus beaucoup de bancs libres. Nous en avons quand même trouvé un, mais on nous a expliqué que c'était le banc des Noirs et on nous a demandé de nous déplacer.

— Qu'est-ce que c'est que ça, le banc des Noirs ?

— Le banc réservé aux quakers noirs. »

Belle dressa les sourcils. « Ah bon, il y a des quakers de couleur ?

— Oui. Je l'ignorais. Aucun n'est venu à la Réunion ce jour-là et la place est restée vide, alors que les autres bancs étaient bondés. »

Belle ne dit rien. Elle attendit.

« Cela m'a étonnée que des Amis séparent ainsi les Noirs des autres.

— Et c'est ce qui a empêché ta communion avec Dieu ce jour-là.

— Peut-être. »

Belle grogna. « Honor Bright, tu es bien naïve. Tu t'imagines que sous prétexte que les quakers disent que tous les êtres sont égaux aux yeux de Dieu, ils le sont à leurs propres yeux ? »

Honor courba la tête.

Belle haussa les épaules et reprit son journal. « De toute façon, moi, j'adore les cantiques. Je les préfère mille fois au silence. » Elle se mit à fredonner une petite mélodie répétitive, se balançant en cadence dans son fauteuil.

Plus tard, Belle demanda aux fils des voisins

de descendre la malle d'Honor, afin qu'elle soit prête quand Adam Cox arriverait. Après le déjeuner, elles s'installèrent dans la boutique pour l'attendre. Bien que les autres magasins fussent fermés eux aussi, des flâneurs déambulaient dans la rue, regardant les vitrines.

« Merci de ton aide, dit Belle tandis qu'elles patientaient. Grâce à toi, je suis à jour. Maintenant les affaires vont être plus calmes jusqu'en septembre, quand les clientes m'apporteront leurs bonnets d'hiver à redécorer.

— Je te suis très reconnaissante de m'avoir hébergée. »

Belle agita la main. « Mon chou, ce n'est rien. C'est drôle, d'habitude, j'aime pas trop la compagnie, mais avec toi, ça allait. Faut dire que tu parles pas beaucoup. Est-ce que tous les quakers sont aussi silencieux que toi ?

— Ma sœur n'était pas silencieuse, répondit Honor en s'empoignant les mains pour qu'elles ne tremblent pas.

— En tout cas, reprit Belle après un temps mort, tu peux revenir quand tu veux. La prochaine fois je t'apprendrai à faire les chapeaux. Tiens, au fait, j'ai quelque chose pour toi. » Belle alla derrière le comptoir et attrapa sur une étagère le bonnet gris et jaune dont Honor s'était occupée la veille. « Une nouvelle vie exige un nouveau bonnet, et ce bonnet a besoin d'aventure. » Comme Honor ne le prenait pas, Belle le lui mit d'autorité dans les mains. « C'est bien le moins, après tout le travail que t'as fait. Il t'ira à merveille, en plus. Vas-y, essaie-le. »

Honor enleva à contrecœur son vieux bonnet. Elle avait beau aimer le gris perle de la calotte, elle ne pensait pas que le bord jaune lui irait. Pourtant, en se regardant dans la glace sur le mur de la boutique, elle eut la surprise de constater que Belle avait raison. La bordure jaune décrivait comme un doux halo qui venait éclairer son visage.

« Impeccable, décréta Belle, satisfaite. Te voilà élégante pour Faithwell, et peut-être un tout petit peu plus à la mode. Et puis, tiens, emporte un peu de ce jaune qui me reste... y en a plus assez pour une doublure, et il me servira pas à grand-chose. Mais je sais que vous les quilteuses vous aimez bien les chutes de tissu. »

Consciente de sa sottise, Honor s'était demandé tout d'abord si Adam Cox s'était montré aussi froid avec elle parce qu'il n'aimait pas son nouveau bonnet.

En entendant une charrette arriver du nord, les deux femmes sortirent du magasin pour accueillir Adam. Honor avait le ventre noué. Bien qu'elle redoutât d'avoir à lui raconter en détail la mort de Grace, et de voir son chagrin ravivé au spectacle de sa propre détresse, elle était pourtant impatiente de contempler un visage familier. Lorsqu'il s'arrêta devant la boutique, plein de lenteur et de prudence, elle se précipita à sa rencontre mais fut coupée dans son élan par son regard hautain — comme s'il se trouvait très loin et que la scène le laissait totalement indifférent. Il n'y avait pas moyen qu'il croise son regard. Elle s'écria malgré tout : « Adam, je suis contente de te voir. »

Adam Cox descendit de la charrette. Honor n'avait jamais compris que Grace ait choisi de l'épouser. Grand, avec le dos voûté d'un boutiquier, de longs favoris sur les joues, des vêtements sobres et un chapeau à large bord, il la salua de la tête en approchant de la véranda, mais sans la prendre dans ses bras comme l'aurait fait un membre de la famille. Il avait l'air mal à l'aise, et Honor eut la confirmation, avant même qu'il prononce une parole, que les retrouvailles allaient être difficiles. Il n'y avait ni liens de sang ni liens d'affection pour les unir, seulement les circonstances et le souvenir de Grace. Elle sentit les larmes lui monter aux yeux, et s'efforça de les réprimer.

« Moi aussi, Honor, je suis content de te voir. » Son ton n'avait rien de content.

« Je te remercie d'être venu me chercher », lâcha Honor d'une voix étranglée.

Belle les observait, les bras croisés sur la poitrine. Son opinion sur Adam Cox était faite, mais elle demeura courtoise. « Je suis vraiment navrée du décès de votre promise, monsieur. Dieu nous mène la vie dure, ça c'est sûr. Il faut vous occuper d'Honor, à présent. Elle en a vu de toutes les couleurs. »

Adam la dévisagea.

« En plus, c'est la meilleure couturière de la ville, ajouta Belle. Je l'ai bien fait trimer. Bon alors, Honor, j'imagine que je te reverrai pas très souvent… Faithwell est plus près d'Oberlin que d'ici, et vous irez sûrement là-bas pour vous ravitailler. Méfie-toi des gens de cette ville : ils ont un avis sur tout et ils se feront une joie de te le donner. Si jamais t'en as assez de ce petit monde,

t'auras qu'à revenir ici… y aura toujours du travail pour toi. Mais enfin, voyons, c'est quoi, ça ? »
Honor pleurait en effet à chaudes larmes. Belle l'enlaça et la serra fermement contre son corps squelettique. Pour une femme aussi maigre, elle avait beaucoup de force.

La route vers le nord après Wellington était plus large et mieux tracée que celle qu'Honor et Thomas avaient empruntée pour venir d'Hudson. Les arbres avaient été coupés plus loin sur les côtés si bien que la forêt était moins oppressante, et on longeait de temps en temps des fermes et des champs de maïs ou d'avoine, ainsi que des pâturages où des vaches broutaient. Mais il n'y avait pas beaucoup de circulation, car on était dimanche.

Bientôt, Honor comprit un peu mieux le malaise d'Adam Cox : au bout de deux kilomètres, il lui apprit, laconique, que son frère Matthew était mort trois semaines auparavant. Il avait succombé à la consomption qui avait obligé Adam à venir dans l'Ohio l'aider à tenir son commerce.

« Je suis vraiment désolée, dit Honor.

— Il fallait s'y attendre. Je ne voulais pas tourmenter Grace avec cette crainte dans mes lettres.

— Et la veuve de Matthew, comment prend-elle la chose ?

— Abigail s'est résignée à la volonté de Dieu. Elle a un fort tempérament et elle s'en sortira. Mais raconte-moi, pour Grace. »

Honor retraça brièvement la maladie et la mort de sa sœur. Puis tous deux se turent, et elle sentit dans la densité du silence le poids des questions tacites et des remarques inexprimées, au premier rang desquelles figurait forcément celle-ci : « Qu'ai-je à faire de la sœur maintenant que l'épouse n'est plus ? » Adam Cox était bien sûr un homme honnête et honorable. Il accepterait la responsabilité de sa belle-sœur putative. Mais ce n'était facile ni pour l'un, ni pour l'autre.

Adam jeta un coup d'œil à Honor. « Nouveau bonnet ? »

Surprise qu'il s'intéresse à sa toilette, Honor bredouilla : « C'est… c'est un cadeau, de Belle.

— Je vois. Ce n'est pas toi qui l'as fait.

— Il a quelque chose qui ne va pas ?

— Non… pas qui ne va pas. Il est différent de ce que tu portes d'habitude… de ce qu'une Amie porterait. Mais non, il n'a rien qui ne va pas. » C'était bizarre d'entendre son accent du Dorset si loin du pays. Adam s'éclaircit la gorge. « Abigail ne s'attendait pas à ta venue. À vrai dire, je ne m'y attendais pas non plus. Nous ignorions que tu devais venir jusqu'à ce que la modiste écrive l'autre jour pour dire que tu étais chez elle.

— Tu n'as pas reçu la lettre de Grace ? Elle a écrit dès que j'ai décidé de venir. Elle a tout de suite envoyé sa lettre. Le jour même. » Honor accumulait les précisions, comme si, en en donnant suffisamment, la missive allait finir par apparaître.

« Honor, les lettres n'arrivent pas toujours, ou bien elles arrivent en retard… parfois plus tard que la personne elle-même. Et quand la lettre arrive, les nouvelles qu'elle contient remontent à plusieurs mois. Tu as écrit à tes parents à propos de Grace, je suppose ?

— Bien sûr.

— Ils n'auront pas vent de son décès avant six semaines au plus tôt. Entre-temps tu recevras des lettres qui s'enquerront toujours d'elle. Tu dois y être préparée, si pénible que ce soit. Ce décalage peut se révéler troublant. Les situations changent avant que les personnes touchées ne soient dûment averties. »

Honor n'écoutait qu'à moitié, car elle percevait, se mêlant au discours d'Adam, le son qu'elle guettait depuis leur départ de Wellington. Un bruit de sabots irrégulier : celui du cheval de Donovan qui approchait par-derrière.

L'homme arriva à la hauteur de leur charrette, sentant le whisky et le tabac froid. « Honor Bright, dit-il, tu ne te figurais pas pouvoir quitter la ville sans un au revoir, tout de même ? Ce ne serait pas poli, dis-moi. Ce ne serait pas amical. »

Adam Cox tira sur les rênes pour arrêter la charrette. « Bonjour, mon ami. Tu connais donc Honor ?

— Je te présente M. Donovan, Adam. Je l'ai rencontré en allant à Wellington. » Elle n'ajouta pas qu'il était le frère de Belle : cela n'aurait pas amélioré le jugement d'Adam sur la modiste.

« Je vois. Je te remercie pour les bontés que tu as pu montrer à Honor durant cette période difficile. »

Donovan pouffa. « Ah ça ! on peut dire qu'Honor a fait parler d'elle en ville, hein, ma mignonne ? »

Un tel sans-gêne ne manqua pas d'offusquer Adam qui ne sut pourtant que répondre : « Je l'emmène vivre à Faithwell. Si tu as terminé, nous allons continuer. » Il souleva les rênes, prêt à repartir.

« Alors comme ça, tu vas l'épouser maintenant que la sœur est morte ? »

Honor et Adam tressaillirent et s'écartèrent l'un de l'autre. Honor fut saisie d'un malaise physique.

« Il est de ma responsabilité de prendre soin d'Honor, déclara Adam. Elle est comme une sœur pour moi, et vivra avec ma belle-sœur et moi tel un membre de la famille. »

Donovan haussa les sourcils. « Deux belles-sœurs et pas de femme ? Gentil petit arrangement…

— Ça suffit, Donovan ! » Le ton brusque d'Honor était presque aussi surprenant que son emploi du prénom seul. Adam cligna des yeux.

« Ah, on sort ses griffes ! Très bien, très bien, toutes mes excuses. » Donovan s'inclina légèrement sur sa selle, avant de mettre pied à terre. « Bon, je vais inspecter un peu votre charrette. Allez, descendez.

— Quelle raison pourrais-tu avoir de fouiller nos affaires ? demanda Adam, les joues empourprées. Nous n'avons rien à cacher.

— Adam, laisse-le faire, chuchota Honor en obtempérant. Ce sera plus facile ainsi. »

Adam demeura sur son siège. « Nul homme n'a le droit de fouiller sans motif dans les effets d'un autre. »

La violence survint si subitement qu'Honor en eut le souffle coupé. Adam trônait le dos rond mais plein de défi sur le banc de la charrette, et la seconde d'après il gisait dans la poussière de la route, hurlant et se tenant le poignet alors que le sang jaillissait de son nez. Honor courut s'agenouiller auprès de lui : elle lui cala la tête sur ses cuisses, épongeant le sang avec un mouchoir.

Pendant ce temps Donovan avait ouvert une fois de plus la malle d'Honor, fourrageant à l'intérieur et éparpillant son contenu sur le plateau de la charrette ; il ne fit aucune remarque sur le quilt de l'amitié. Il souleva ensuite le couvercle du banc où ils étaient perchés et trifouilla dans le coffre. Enfin satisfait, il sauta à terre et se posta à côté d'eux. « Où est passé le nègre, Honor ? Tu sais que tu ne peux pas me mentir, en bonne quaker. »

Honor leva les yeux vers lui. « Je ne sais pas », put-elle répondre en toute honnêteté.

Donovan soutint son regard un long moment. Ses yeux avaient beau accuser la fatigue de ses excès de la veille, ils brillaient de curiosité, et Honor les trouva envoûtants : dans le marron clair, il y avait de petites mouchetures noires comme des morceaux d'écorce. Il portait toujours la clé de sa malle sous sa chemise ; elle en distinguait les contours.

« Très bien. Je sais pas pourquoi, mais je te crois. Ne t'avise jamais de me mentir, en tout cas. Je t'aurai à l'œil. Je te rendrai visite à Faithwell bientôt. » Il réenfourcha son cheval bai. Tournant la tête vers Wellington, il marqua un temps d'arrêt. « Le bonnet de ma sœur te va bien, Honor Bright. Les couleurs viennent d'une couverture qu'on avait quand on était petits. » Il fit claquer sa langue et le cheval s'élança au galop.

Honor aurait préféré qu'il ne lui dise pas des choses de ce genre.

Au loin une autre charrette approchait. Honor

aida Adam à se relever : inutile qu'il soit humilié davantage en restant allongé dans la poussière devant des inconnus. Il s'agrippait le poignet.

« Fracture ou foulure ? demanda-t-elle.

— Foulure, je pense, Dieu merci. Un bandage fera l'affaire. » Adam secoua la tête en voyant les affaires d'Honor dispersées dans la charrette. « Il s'imaginait trouver quoi au juste ? Il sait que nous n'avons ni alcool ni tabac, ni d'ailleurs quoi que ce soit de valeur. » Il tourna son regard déconcerté vers Honor, qui était allée ramasser son chapeau sur le bas-côté et qui l'époussetait.

Elle le lui rendit. « Il cherche un esclave en fuite. »

Adam la fixa des yeux jusqu'à ce que la charrette qui arrivait l'oblige à s'écarter. Il ne reprit la parole que quand ils furent à nouveau assis, son poignet bandé à l'aide d'un des foulards d'Honor, et qu'ils eurent remis le cap vers Faithwell. Il se racla la gorge. « On dirait que tu assimiles vite les mœurs américaines. » Il n'avait pas l'air ravi.

Faithwell, Ohio
5e jour du 6e mois 1850

Chers Mère et Père,

Le voyage a été très long entre Bridport et Faithwell. Le plus agréable, à l'arrivée, n'a pas été de m'étendre sur un lit en sachant que je ne serais pas obligée de le quitter le lendemain, mais de trouver votre lettre qui m'attendait. Adam m'a dit qu'elle était là depuis quinze jours. Comment a-t-elle pu arriver si longtemps avant moi alors qu'elle a effectué le même périple ? J'ai pleuré à la vue de ton écriture, Mère. Bien qu'elle ait été rédigée tout juste une semaine après mon départ, je me suis délectée de chaque nouvelle, car j'avais l'impression d'être toujours auprès de vous, à prendre part aux événements journaliers de la communauté. Il m'a fallu bien regarder la date de la missive pour me rappeler que tes mots et les faits que tu décrivais dataient d'il y a deux mois. Un pareil retard est décidément déroutant.

Je suis au regret de devoir vous apprendre que Matthew Cox s'est éteint : la consomption dont il souffrait a eu raison de lui il y a quatre semaines. Autrement dit, la maisonnée que je viens de rejoindre est à présent très différente de ce qui était prévu. Au lieu de deux couples mariés plus moi, nous ne sommes que tous les trois, avec des liens ténus pour nous unir. La situation est embarrassante, mais ce sont les premiers jours et j'espère à la longue me sentir plus à l'aise, et ne plus avoir comme maintenant l'impression d'être en visite. Adam et Abigail, la veuve de Matthew, se sont montrés accueillants. Mais la mort de Grace a été un grand choc pour Adam, qui bien sûr avait hâte de se marier et d'offrir à sa femme une vie nouvelle dans l'Ohio. Mon apparition a elle aussi été une surprise, car la lettre qui l'informait de ma décision d'accompagner Grace en Amérique n'est jamais arrivée.

Je pense souvent à la façon dont Grace aurait su réagir, à la façon dont elle aurait su arrondir les angles avec son rire et sa bonne humeur. Je m'efforce de l'imiter, mais ce n'est pas facile.

La maison d'Adam à Faithwell — ou la maison d'Abigail, devrais-je dire, car c'est elle qui en était propriétaire avec Matthew — est extrêmement différente de ce à quoi je suis habituée. Quand je suis à l'intérieur, j'ai l'impression de ne pas respirer le même air que celui dans lequel j'évoluais en Angleterre, comme s'il s'était mué en quelque autre substance. Un bâtiment peut-il produire cet effet-là ? C'est une maison neuve, construite il y a environ trois ans, en planches de pin brut qui sentent la résine. Le bois me fait penser à une maison de poupée : il manque à ce logis la solidité de la pierre, qui rendait notre demeure d'East Street tellement rassurante. La structure grince en permanence, à cause du vent et de la moiteur ambiante : il fait très humide ici, et il paraît que ce sera pire plus tard dans l'été. À l'exception de ma chambre, la maison est spacieuse, car s'il y a une chose que possède l'Amérique, ce sont des terres à bâtir à profusion. Elle comporte un étage et, avec les couinements du plancher, tout le monde sait quand quelqu'un déambule. Le rez-de-chaussée comprend un salon, une cuisine et ce que les Américains appellent l'infirmerie — une chambre donnant sur la cuisine et où il est plus facile de garder un œil sur le malade. Apparemment les Américains attrapent si souvent la fièvre qu'ils ont besoin d'une pièce spécialement affectée à cet usage — un détail inquiétant, vu ce qui vient d'arriver à Grace.

Il y a trois chambres à l'étage : la plus grande, qu'Abigail partageait sans doute avec son mari, une moyenne, qu'Adam aurait partagée avec Grace, et une chambre minuscule qui aurait été pour le bébé s'il y en avait eu un. C'est dans celle-là qu'ils m'ont mise, un arrangement temporaire, encore que je ne voie pas quel pourrait être l'arrangement plus définitif. Il y a tout juste la place pour un lit, mais l'exiguïté ne me dérange pas. Lorsque je ferme la porte, je suis chez moi. Les meubles remplissent leur fonction, même si, comme dans bien des maisons américaines où j'ai pu séjourner, ils ont eux aussi un côté temporaire. On dirait qu'ils ont été assemblés à la hâte en attendant de pouvoir fabriquer des objets plus durables. Je m'assois toujours avec précaution sur les chaises, de peur de les casser. Les pieds de la table ont souvent des éclats parce qu'ils n'ont pas été poncés et vernis comme il se doit. Presque tous les meubles sont en érable ou en frêne, ce qui me fait regretter le caractère éternel de notre bon vieux mobilier en chêne.

La cuisine, dans l'ensemble, n'est pas si différente de celle d'East Street : il y a une cheminée, un fourneau, une longue table et des chaises, un buffet pour la vaisselle et les casseroles, une réserve — qu'on appelle ici une dépense. Et pourtant l'impression qu'elle dégage n'a rien à voir avec celle de Bridport. Cette différence provient en partie du fait qu'Abigail n'est pas aussi bien organisée que toi, Mère. Elle ne semble pas avoir pour devise « une place pour chaque chose, et chaque chose à sa place », comme tu me l'as enseigné. Elle entasse le bois n'importe comment, ce qui fait qu'il ne sèche pas, laisse le balai devant le seau à ordures au lieu de le ranger dans l'angle de la pièce, n'enlève pas les miettes, qui par conséquent attirent les souris, laisse les assiettes en vrac sur le buffet au lieu de bien les empiler. Et puis, aussi, le fourneau et la cheminée fonctionnent au bois et non au charbon, si bien que la cuisine sent la fumée de bois plutôt que la riche odeur terreuse du charbon qui brûle. Nous n'avons pas à nettoyer la poussière de charbon, mais les cendres de bois peuvent se révéler tout aussi astreignantes, d'autant qu'Abigail est de nature maladroite.

Il est malheureux qu'Abigail et moi n'ayons pas commencé sur un bon pied. Le premier repas qu'elle a servi après mon arrivée était une tourte au bœuf : la viande était de la semelle et la croûte trop dure. Je n'ai rien dit, bien sûr, et j'ai mâché du mieux que j'ai pu, mais Abigail était gênée — et l'a été encore davantage quand, le lendemain matin, elle m'a donné du lait tourné. J'espère, avec le temps, réussir à l'amadouer et à lui apporter mon aide.

Je me suis un peu aventurée dans la ville, quoique le mot « ville » soit peut-être un terme ambitieux pour une rangée de bâtiments bordant un sentier défoncé. Bridport doit faire cent fois sa taille... On trouve là un magasin général — ce que nous appellerions un bazar —, une forge, la salle de culte et une dizaine de maisons, sans oublier quelques fermes dans les champs environnants. La communauté compte une quinzaine de familles, la plupart venues de Caroline du Nord pour fuir l'esclavage qui là-bas est enraciné dans la société. Je ne suis pas encore allée à une Réunion de culte, mais les gens que j'ai rencontrés sont gentils, quoique absorbés par leurs propres soucis, comme semblent l'être la majorité des Américains dont j'ai fait la connaissance. Ils ne pratiquent pas l'art de la conversation tout à fait de la même manière que les Anglais, mais s'expriment d'une façon qui confine à la brusquerie. Peut-être cela changera-t-il quand je connaîtrai mieux les membres de la communauté.

Après chez nous la route s'étire en pleine forêt, hormis là où les arbres ont été abattus non sans mal pour faire place à des fermes. Je ne mesurais pas avant de venir en Amérique à quel point il est difficile de créer des terres agricoles dans des zones boisées. Il y a des souches partout. L'Angleterre est très ordonnée, on a le sentiment que Dieu a mis les arbres à l'endroit idéal, tout comme les prairies, et que les champs ont toujours été là et n'ont pas eu besoin d'être créés. Je regarde les bois depuis la fenêtre de ma petite chambre et j'ai l'impression qu'ils se rapprochent peu à peu de la ville, et que les haches ne les repousseront qu'à titre provisoire. Tu sais que j'ai toujours adoré les arbres, mais ici ils foisonnent tellement qu'ils paraissent plus menaçants qu'attrayants.

Le magasin général n'est pas très riche en produits courants. Pour tous les articles qu'il ne propose pas, nous devons nous rendre à Oberlin, à cinq kilomètres. C'est une ville bien plus grande, avec une population de deux mille habitants ainsi qu'un institut universitaire rempli d'étudiants. Je n'y suis pas encore allée, alors que le magasin d'Adam se trouve là-bas et qu'il s'y rend presque quotidiennement. Un jour, si Faithwell devient assez gros, il aimerait bien y installer le magasin et avoir avant tout une clientèle d'Amis, mais cela prendra du temps. Il a dit que je pourrai venir l'aider à Oberlin en période d'affluence. Je serai contente de me rendre enfin utile.

La vie de tous les jours ici paraît plus précaire qu'en Angleterre. Les choses qui manquaient à Bridport, on était sûr de les trouver à Dorchester ou à Weymouth. Dans les villes américaines que j'ai traversées en venant dans l'Ohio, et en particulier maintenant à Faithwell, il semble qu'on doive se suffire à soi-même et qu'on ne puisse pas se reposer sur les autres car on ne peut pas toujours compter sur eux. La plupart des gens ici ont leur propre potager, comme nous à Bridport, mais personne ne vous vend de laitues si par hasard, comme il est arrivé à celles d'Abigail, les vôtres ont été mangées par des lapins : ici, on doit tout bonnement se passer de laitues. Beaucoup possèdent également leur propre vache. Abigail et Adam n'ont pas de vache, mais en revanche ils ont des poules ; nous nous procurons le lait et le fromage auprès d'une des fermes plus à l'écart.

Je ne vous ai peint qu'un portrait très succinct de Faithwell. Je n'ai pas encore de véritable place, mais avec l'aide de Dieu et le soutien des Amis, j'espère m'en faire une. Je tenais absolument à vous assurer que je suis arrivée à bon port, et qu'on s'occupe bien de moi. J'ai un lit, de quoi manger et je suis entourée de braves gens. Dieu est encore avec moi. De ces bienfaits-là je suis reconnaissante et n'ai aucun lieu de me plaindre. Il n'en demeure pas moins que je pense souvent à vous tous. Il fait encore trop chaud pour que je m'en serve, mais j'ai posé le quilt de l'amitié au pied de mon lit, et au début et à la fin de la journée je caresse les signatures de tous les êtres qui me sont chers.

Votre fille affectueuse,
Honor Bright

APPLIQUÉ

Elle ne pourrait pas rester. Honor l'avait compris à peine une demi-heure après son arrivée chez Adam et Abigail à Faithwell. Ce n'était pas la cuisine en désordre, où la vaisselle du déjeuner était encore entassée dans l'évier, ni la boue qui n'avait pas été balayée dans l'entrée, ni le souper immangeable, ni la fumée du poêle qui ne tirait pas bien. Ce n'étaient pas les crottes de souris qu'elle avait remarquées dans la dépense, ni les lambeaux de toiles d'araignées qui flottaient dans les coins, ni la chambre minuscule qu'Adam lui avait montrée et qui ne pouvait rien contenir d'autre qu'un lit, si bien que sa malle avait dû être laissée dans le couloir. Non, aucun de ces détails ne l'aurait rebutée.

Elle ne pourrait pas rester parce qu'il était clair qu'Abigail ne voulait pas d'elle. Grande femme à l'immense front austère et aux yeux foncés scrutateurs, elle avait des épaules larges et des attaches épaisses. En accueillant Honor, elle l'avait prise dans ses bras, mais il n'y avait aucune chaleur dans cette étreinte. Sur la défensive après le repas peu ragoûtant qu'elle avait servi, elle n'avait cessé de se justifier en faisant visiter la maison à Honor. « Prends garde à ne pas trébucher sur ce tapis... il faudrait le fixer, n'est-ce pas, Adam ? » « D'habitude, cette lampe ne fume pas... j'étais tellement en émoi avec ta venue inattendue que je n'ai pas eu le temps de tailler la mèche. » « J'aurais bien balayé, mais je savais qu'avec ta malle vous alliez rapporter de la poussière, et qu'il me faudrait recommencer. » Abigail avait le don de sous-entendre que les imperfections de son logis étaient dues à tout le monde sauf à elle. Honor commença à se sentir coupable rien que d'être là.

Enfant, elle avait appris que chacun possède en soi une dose de Lumière divine, et si la quantité pouvait varier, chacun devait s'efforcer de faire honneur à cette Lumière. Il lui semblait à présent qu'Abigail en possédait une dose infime, et qu'elle ne lui faisait pas honneur. Bien sûr elle avait récemment soigné puis perdu un mari, et on pouvait lui pardonner son humeur un peu sombre. Mais Honor soupçonnait que la froideur d'Abigail était dans sa nature.

Au lieu d'essayer de défendre Honor ou de faire en sorte qu'elle se sente la bienvenue, Adam Cox se renferma davantage en lui-même, grave et silencieux. Ébranlé par la double perte de son frère et de sa future femme, imaginait Honor. Même si leurs fiançailles s'étaient déroulées presque entièrement par lettres, il devait être impatient de voir surgir une épouse pleine de vie et de séduction. Et voilà qu'il avait hérité de la sœur taciturne et d'une belle-sœur difficile.

Il ne s'anima que lorsqu'ils furent assis sur la véranda après le souper, et qu'Abigail interrogea Honor sur sa décision de venir dans l'Ohio.

« Adam m'avait parlé de la famille de Grace », commença-t-elle. Elle se balançait énergiquement dans son fauteuil, les mains inoccupées, car il faisait trop noir pour coudre. « Il m'avait dit que tu étais censée te marier. Alors pourquoi es-tu ici ? »

Adam se redressa sur son siège, comme s'il avait attendu qu'Abigail se charge d'aborder ce sujet délicat. « Oui, Honor, qu'est-il arrivé à Samuel ? Je croyais que tu avais un accord avec lui. »

Honor tressaillit, même si elle savait qu'à un moment donné il lui faudrait répondre à cette question. Elle tenta de le faire aussi concisément que possible. « Il a rencontré quelqu'un d'autre. »

Adam fronça les sourcils. « Qui ?

— Une… une femme d'Exeter.

— Mais je suis de là-bas et je connais la plupart des Amis qui y habitent. Qui est-ce ? »

Honor déglutit pour chasser la boule qu'elle avait dans la gorge. « Ce n'est pas une Amie.

— Quoi, il s'est marié en dehors de la foi ? intervint Abigail dans un cri.

— Oui.

— Il a été renié par l'Assemblée de Bridport, je présume ? dit Adam.

— Oui. Il est parti vivre à Exeter, et a rejoint l'Église d'Angleterre. » C'était ce qu'elle trouvait le plus dur : Honor supportait l'idée que Samuel ne l'aime plus, mais qu'il ait quitté de son plein gré la foi qui constituait pour elle le fondement même de son existence était un coup dont elle ne pensait pas pouvoir se remettre. Ce choc-là, allié à la gêne dans les yeux des parents de Samuel chaque fois qu'elle les croisait, comme à la pitié dans ceux de tous les autres, l'avait poussée à dire oui quand Grace lui avait suggéré d'émigrer.

Soudain Honor se rendit compte qu'elle s'agrippait les mains. Elle respira profondément et tâcha de décrisper ses doigts, mais elle avait les articulations toutes blanches d'avoir été forcée de repenser à Samuel.

Abigail secoua la tête. « C'est vraiment terrible. » Son ton frôlait la jubilation, puis elle se renfrogna aussitôt, se rappelant peut-être que c'était à ces circonstances qu'elle devait d'avoir chez elle cette pensionnaire indésirable. Dans son regard en coin, Honor décela une dureté et une cruauté qui lui donnèrent l'impression coupable une fois encore d'être la fautive.

Malgré la chaleur, Honor, cette nuit-là, se pelotonna sous son quilt de l'amitié dans la chambre minuscule, en quête de réconfort.

Par la suite, Honor s'avoua qu'elle n'avait pas très bien caché sa consternation à la vue de son nouveau logis, et qu'Abigail s'en était peut-être offensée. Le côté précaire très « conquête de l'ouest » de la maison s'étendait à la ville elle-même. Quand Adam l'avait ramenée de Wellington, elle avait cru que ces maisons disséminées n'étaient que les abords d'une agglomération plus importante située non loin de là. Le lendemain matin, en allant faire un tour avec Abigail, elle découvrit qu'il n'en était rien. Malgré la pluie et la route devenue boueuse devant la maison, Abigail avait insisté pour sortir. Adam était parti de bonne heure pour Oberlin, et on aurait cru qu'elle redoutait de rester seule avec Honor. Quand celle-ci suggéra d'attendre que la pluie diminue, Abigail se rembrunit et continua à ajuster son bonnet. « Je croyais qu'il pleuvait tout le temps en Angleterre, répliqua-t-elle, en nouant fermement la bride sous son menton. Tu devrais être habituée. Dis, tu ne comptes pas mettre ce bonnet gris et jaune ? Il est un peu extravagant pour Faithwell. »

Honor avait d'ores et déjà décidé de ranger le bonnet de Belle ; elle se demandait si elle aurait un jour l'occasion de le porter. Elle se dit que Grace, elle, n'aurait pas hésité à s'en coiffer.

Elle suivit Abigail sur le chemin, pataugeant dans la boue pour rejoindre les planches posées en bordure afin de faciliter le passage, même si elles étaient également recouvertes de boue. Elles dépassèrent quelques maisons, du même type que celle d'Adam et Abigail, mais il n'y avait personne dehors à part elles. Le magasin général était vide lui aussi à l'exception de son propriétaire. L'homme la salua assez aimablement, avec un visage franc et ouvert, pareil à celui des Amis d'Angleterre. La boutique était petite et sommaire, et les lieux occupés surtout par des tonneaux : farine de blé, semoule de maïs, sucre de canne et mélasse. Il y avait des rayonnages garnis de bric-à-brac. Des bougies et des lacets de chaussures côtoyaient un seul bloc de papier à lettres, un seul torchon à vaisselle et une seule balayette, comme si un colporteur avait convaincu le patron qu'il lui fallait un exemplaire de chacun de ces articles au cas où un client viendrait à le lui réclamer.

Honor arborait un sourire contraint en regardant autour d'elle. Elle s'efforçait de masquer ce qu'elle était en train de se dire, à savoir que ces fûts et ces étagères figuraient les limites de sa nouvelle vie. Un seau en métal, un sachet d'aiguilles, un bocal de vinaigre : ces marchandises esseulées, toutes tristes sur leurs tablettes, constituaient les seules merveilles que la ville avait à offrir. Il n'y avait pas d'arrière-boutique regorgeant de bonbons tentateurs ou d'étoffes magnifiques, pas de croisement donnant sur une autre enfilade de boutiques le long d'une rue dépourvue de boue, pas de parquets à la jolie teinte gris-bleu. Les lettres d'Adam à Grace n'étaient pas véritablement mensongères, mais il y présentait Faithwell comme un bourg en pleine expansion. « La ville est petite mais ne cesse de grossir, avait-il écrit. Je suis sûr qu'elle ne manquera pas de se développer. » Peut-être Honor aurait-elle dû prêter davantage attention à ce verbe employé au futur.

De retour à la maison elle essaya d'aider Abigail : elle lava des assiettes et récura des casseroles, secoua les tapis de chiffon ovales éparpillés dans la maison, rentra du bois pour le fourneau et vida les cendres du poêle pour aller les jeter dans les latrines — les « cabinets extérieurs », murmura-t-elle. Pour chaque besogne, elle réclamait des instructions à Abigail afin de ne pas la froisser par des méthodes différentes qui auraient pu laisser entendre que son hôtesse s'y prenait mal. Abigail était le genre de femme à raisonner de cette manière-là.

Ce fut en balayant la cuisine et la dépense qu'elle commit une énorme bourde. Voyant les crottes de souris qui s'accumulaient dans le tas de détritus, elle demanda à Abigail si elle avait un chat. Elle imaginait que cette aimable suggestion pourrait peut-être régler le problème des rongeurs.

« Non ! s'écria Abigail en lâchant le couteau avec lequel elle épluchait des pommes de terre. Ils me font éternuer. » Elle disparut dans la dépense puis revint armée d'un bocal de poudre rouge. Elle en versa délicatement dans un soufflet qu'elle se mit à actionner aux quatre coins de la pièce : ses mouvements saccadés étaient accompagnés de soupirs. Honor essaya de ne pas écarquiller les yeux mais, saisie de curiosité, elle s'empara du bocal. « Qu'est-ce que c'est ? s'enquit-elle, intriguée.

— Du piment. Ça débarrasse des nuisibles. Tu n'en utilisais pas en Angleterre ?

— Non. Nous avions un chat. » Honor se garda de préciser que leur chatte, une écaille de tortue du nom de Lizzie, était une excellente chasseuse de souris. Elle s'installait près d'Honor pendant qu'elle cousait, et restait là à ronronner. Le souvenir de son fidèle animal lui fit monter les larmes aux yeux, et elle reprit son balayage pour qu'Abigail ne la voie pas pleurer.

Le soir, quand Adam rentra, Honor entendit Abigail qui lui parlait en chuchotant sur la véranda. Elle n'essaya pas d'écouter. Au ton de sa voix, elle savait qu'Abigail lui disait qu'elle ne pourrait pas rester. Mais où pourrait-elle aller ?

Le lendemain après-midi, quand Abigail décida qu'elles avaient fait assez de ménage pour la journée, elle s'installa dans le rocking-chair sur la véranda de devant avec un quilt auquel elle travaillait et une coupe de cerises. Elles venaient d'un arbre derrière la maison, et Honor les avait cueillies pour que les geais bleus ne les dévorent pas toutes. Elle alla chercher sa boîte à couture et se joignit à Abigail. Elle n'avait pas fait de patchwork depuis sa traversée sur l'*Adventurer* : le voyage qui avait suivi avait été trop mouvementé et, chez Belle, elle avait cousu uniquement des bonnets.

Elle avait jeté dans l'océan tous les hexagones que sa mère lui avait découpés, mais pourtant conservé quelques morceaux d'étoffe d'Angleterre, des formes déjà assemblées ainsi que du tissu faufilé sur des gabarits, qu'il ne restait qu'à coudre. Les quilteuses avaient souvent des ouvrages entamés qui attendaient le moment opportun pour être repris en toute tranquillité. Honor examina les rosaces et les étoiles qu'elle avait déjà fabriquées, se demandant ce qu'elle allait en faire. Ces formes et ces couleurs — des rosaces marron et vertes taillées dans de vieilles robes ayant appartenu à sa sœur et à elle, l'amorce d'une étoile de Bethléem dans diverses nuances de jaune — lui rappelaient le Dorset, et lui semblaient bizarres sous le radieux soleil américain. Elle ne pensait pas réussir à en faire quelque chose qui puisse s'accorder avec la vie dans l'Ohio. Néanmoins, elle ne se voyait pas s'attabler avec un crayon et du papier pour s'atteler à la création d'un nouveau modèle : il était trop tôt, et elle avait besoin d'avoir les idées claires, et de l'inspiration.

Honor lança un regard vers le quilt d'Abigail :

avec sa mère, avec Grace, ou avec son amie Biddy, elle aurait proposé d'aider si elle n'avait pas eu envie de travailler à son propre ouvrage. Mais, avec Abigail, elle n'osa pas, car celle-ci aurait forcément pris l'offre de travers. En outre, le style de sa courtepointe ne correspondait pas aux exigences d'Honor : un appliqué de fleurs rouges et feuilles vertes jaillissant d'un vase rouge, cousu sur un fond blanc… Honor avait toujours préféré le patchwork à l'appliqué, considérant que coudre des morceaux d'étoffe sur de grands carrés de tissu était en quelque sorte de la triche, un raccourci paresseux par rapport à la tâche plus ardue qui consistait à assembler des centaines de pièces, et à combiner les couleurs de façon que l'ensemble forme à la fois un dégradé harmonieux et un motif séduisant. Si certaines quilteuses étaient désespérées par la rigueur géométrique et l'extrême minutie que réquérait l'exercice, pour Honor, ces difficultés constituaient un défi amusant. Depuis son arrivée en Amérique elle avait vu ces courtepointes en appliqué — en général rouge et blanc, de temps en temps rehaussées de vert — absolument partout : dans les auberges et les pensions de famille, accrochées à des cordes à linge ou à cheval sur des rambardes pour être aérées. Elles étaient colorées, gaies, sans prétention. Certains motifs étaient magnifiquement exécutés, représentant des plumes, des feuilles de vigne ou des grappes de raisin, parfois capitonnées pour que le dessin ressorte bien. Mais l'aspect général n'était pas à son goût.

Les modèles en « blocs assemblés » lui plaisaient un peu plus. Ils consistaient en une douzaine de blocs au minimum, composés de carrés et de triangles agencés de manière à former des motifs qui avaient pour noms « patte d'ours », « clé anglaise », « vol d'oies » ou « chasse-mouches ». Plus difficiles à réaliser que les quilts en appliqué, ils étaient malgré tout trop simples pour Honor. Elle préférait ses gabarits.

Toujours est-il qu'elle devait travailler sur quelque chose… Elle allait donc assembler d'autres formes qu'elle pourrait utiliser plus tard, quand elle aurait l'esprit clair et de plus longues heures devant elle. Elle se mit à enfiler des aiguilles. Elle en avait fiché cinq dans sa pelote à épingles lorsqu'elle sentit sur elle le regard d'Abigail.

« Qu'est-ce que tu fais ? Pourquoi tant d'aiguilles ?

— Je les prépare pour ne pas avoir à m'arrêter chaque fois que je manque de fil », répondit Honor. Belle Mills ne s'était pas étonnée de cet enfilage préalable, mais Belle était couturière.

« Si ce n'est pas de l'efficacité », commenta Abigail, sur un ton qui laissait penser que l'efficacité n'était pas une qualité si désirable.

Honor épingla deux hexagones vert et marron déjà bâtis sur des gabarits, avant d'effectuer un rapide point de surjet au fil blanc, sa couleur préférée pour coudre, quelle que soit la couleur du tissu. Elle s'interrompit au bout de sa couture pour ajouter un autre hexagone, passa le fil sous le tissu, et se remit à coudre, deux côtés à présent.

Abigail l'observait à nouveau. « Comment fais-tu donc pour coudre aussi vite ?

— Je fais de petites aiguillées. » Honor avait remarqué qu'Abigail préparait des aiguillées de la longueur de son bras.

Abigail s'empara d'une des rosaces déjà faites. « Regardez-moi ces points, déclara-t-elle, tirant sur les coutures. Ils sont d'une régularité... Je n'ai pas vu d'aussi beaux points depuis mon enfance en Pennsylvanie. Une de nos voisines avait la même habileté. » Elle froissa les pétales entre ses doigts. « Il y a du papier dedans ?

— Oui. Tu n'as jamais fait de patchwork en te servant de gabarits en papier ?

— Non.

— En Angleterre nous cousons le tissu sur des formes en papier pour que les pièces soient bien ajustées, sinon elles ne concordent pas quand on les coud ensemble. Tu comprends ? » Honor tendit à Abigail quelques hexagones en papier.

« Mais alors l'édredon doit faire du bruit !

— On les enlève une fois qu'on a assemblé toutes les pièces. » Honor adorait retirer les gabarits de papier : l'ouvrage, jusqu'alors raide et comme guindé, devenait souple et confortable.

Abigail examinait les gabarits de papier. *Dix livres de farine,* lut-elle. *Présure pour gâteaux. Je ne voulais pas... loin de Dorch... reviendrai bientôt...*

Honor se figea. Alors même qu'Abigail lisait ces bribes de phrases, elle reconnut une lettre de Samuel — un petit mot lui annonçant qu'il allait voir des parents à Exeter et qu'il rentrerait dans une semaine. La missive lui avait paru assez anodine sur le moment, suffisamment pour qu'elle la sacrifie et s'en serve pour faire des gabarits. À présent elle se révélait plus lourde de signification, Exeter étant la ville où Samuel avait rencontré la femme qu'il avait épousée.

Honor tendit sa boîte à couture pour qu'Abigail

puisse y remettre les gabarits. Mais Abigail prenait son temps, continuant à inspecter les mots sur les petits bouts de papier pendant qu'Honor patientait. Finalement, elle les reposa. « Je préfère l'appliqué, conclut-elle, lissant son carré de tissu au motif rouge, vert et blanc. Ça donne de jolis édredons tout simples. » Honor voyait que ses points étaient peu soignés, et de longueurs différentes. Ce n'était pas étonnant, car pour réussir des points réguliers la couturière devait être très calme. Abigail avait tendance à se courber sur son ouvrage, ses doigts et son fil tout enchevêtrés, et à coudre quelques points avant de renoncer pour regarder vers les maisons près du magasin général, ou de se lever pour aller boire un verre d'eau. Honor connaissait ce genre d'ouvrières qui ne tenaient pas en place, il y en avait même parmi les quakers : elle avait eu plusieurs élèves de ce type à Bridport. Pour sa part, elle attribuait l'excellence de son travail aux longues périodes de silence des Réunions de culte : celles-ci savaient apaiser ses pensées tout autant que sa main, et cette sérénité se reflétait dans ses points réguliers. Mais le silence, apparemment, ne produisait pas le même effet sur toutes les couturières.

Honor n'essaya pas de corriger les erreurs d'Abigail. Elle n'essaya pas de rectifier sa façon de tenir son aiguille, ni de lui conseiller de s'asseoir bien droite et d'utiliser un dé pour éviter de se piquer et de tacher de sang le tissu blanc, ni de lui montrer comment réaliser un point arrière double au lieu de faire un nœud. Elle s'estimait déjà heureuse de pouvoir travailler aux côtés de son hôtesse à ce rythme familier qu'elle avait connu toute sa vie.

« Attends un peu que les autres voient tes points, lança Abigail. Tu peux être sûre qu'elles vont te demander de quilter pour elles à la prochaine séance de patchwork. »

La rencontre avec les habitants de Faithwell se fit progressivement. Des passants montaient pour être présentés lorsqu'ils les voyaient assises sur la véranda. Quand Abigail l'emmena à la ferme située à l'ouest de la ville où elle achetait le lait et le fromage, Honor fit la connaissance des fermiers ainsi que de quelques-uns de leurs clients. Le Cinquième Jour il pleuvait tellement qu'Abigail déclara qu'elle n'irait pas au culte par un temps pareil. Honor dut donc attendre le Premier Jour pour rencontrer l'ensemble de la communauté.

La maison quaker de Faithwell consistait en une salle carrée très claire, aux murs nus blanchis à la chaux, tous percés de fenêtres. Elle faisait à peu près la taille de celle de Bridport, mais pour moitié moins de membres, si bien qu'on ne s'y sentait pas les uns sur les autres comme là-bas. Des bancs étaient installés des quatre côtés, et l'un était réservé aux Anciens — les membres plus âgés à qui la communauté s'adressait pour demander conseil. Un poêle non allumé trônait au centre de la salle, son tuyau zigzaguant jusqu'à un trou dans le toit.

Honor attendait le culte avec impatience, car elle en avait été privée depuis Philadelphie, et le sentiment de paix que lui procuraient d'ordinaire ces Réunions lui manquait. Il fallait toujours un certain temps pour qu'une assemblée se calme et finisse par se taire, comme une pièce où la poussière, après avoir été soulevée, retombe lentement. Dans des froissements d'étoffe, avec force toussotements et raclements de gorge, les fidèles s'agitaient sur leurs sièges pour trouver une position confortable, leur nervosité physique reflétant l'état de leur esprit, encore hanté par les préoccupations journalières. Un par un, pourtant, ils mettaient de côté leurs soucis, oubliant les affaires, les récoltes, les repas ou les sujets de plainte, pour se reporter sur la Lumière intérieure dont ils savaient qu'elle était la manifestation de Dieu en eux. La qualité du silence se modifiait peu à peu de sorte qu'arrivait un moment où l'air lui-même semblait se condenser et s'épaissir. Il n'y avait aucun signe extérieur, mais il devenait évident que, de façon collective, les fidèles commençaient à se concentrer sur quelque chose de bien plus profond et de bien plus puissant. Honor descendait alors en elle. Lorsqu'elle trouvait le lieu qu'elle cherchait, elle pouvait y demeurer longtemps, et observer le même phénomène sur les visages épanouis des Amis alentour.

De temps en temps certains se sentaient poussés à prendre la parole et à porter un témoignage, comme si Dieu les utilisait comme truchement. Ils s'exprimaient de manière réfléchie, citant parfois des passages de la Bible. Même si tout un chacun pouvait prendre la parole s'il le désirait, les Anciens parlaient plus souvent que les autres. Honor n'avait jamais pris la parole : l'inspiration divine qu'elle éprouvait lors des Réunions n'était pas un sentiment qu'elle pouvait décrire par des mots. Tenter de le faire aurait tout gâché.

La Réunion de Faithwell avait beau être similaire sur le plan formel aux Réunions anglaises, Honor constata, alors qu'elle était assise immobile et silencieuse, qu'elle ne parvenait pas à vider son esprit. L'espace était différent, ainsi que la lumière, l'air ambiant et l'odeur, sans compter tous ces nouveaux visages. Et puis, aussi, il y avait les grillons et les sauterelles, et quelque chose qu'Abigail appelait les « katydids », des insectes plus bruyants et plus opiniâtres que tous ceux qu'Honor avait pu entendre en Angleterre. Leurs bourdonnements, leurs vrombissements et leurs stridulations créaient un mur sonore difficile à ignorer.

Toutes ces choses constituaient des distractions. Honor était déjà allée dans sa vie à des Réunions peu familières pour elle, à Exeter, Dorchester et Bristol, et elle avait réussi à y connaître le même silence qu'à Bridport. À Faithwell, toutefois, elle avait conscience de se trouver dans un milieu où elle aurait dû être dans son élément, or, comme ce n'était pas le cas, elle n'arrivait pas à se détendre et à libérer son esprit. Lorsque le silence devint plus profond, Honor ne parvint pas à se joindre à cette communion générale et à suivre le groupe. Au contraire, elle se surprit à penser aux derniers jours, si terribles, de Grace ; à Abigail, à côté d'elle, et à Adam, en face sur le banc des hommes, à l'atmosphère tendue qui régnait dans leur maison, et aux regards que ces deux-là échangeaient et qu'elle s'efforçait de ne pas voir ; à l'homme noir qui se cachait dans le tas de bois de Belle ; à la peau jaunâtre de la modiste et à ses chapeaux insolites ; à Donovan, en train de fourrager dans sa malle et de la regarder avec une lueur dans les yeux. Quelques jours après son arrivée à Faithwell, il était passé à cheval tandis qu'elle étendait le linge avec Abigail, et il avait ralenti en soulevant son chapeau. Abigail avait été horrifiée.

Honor n'était pas nerveuse comme Abigail, qui croisait et recroisait les chevilles, se mouchait ou essuyait la sueur dans son cou. Honor était toujours restée très immobile aux Réunions ; en fait, elle pouvait tenir deux heures sans changer de posture. Mais cela se sentait quand un fidèle ne participait pas au silence, même s'il ne bougeait pas. Peut-être Abigail était-elle perturbée par le manque de concentration de sa voisine. Honor ferma les yeux et fit une nouvelle tentative. N'aboutissant à rien, elle rouvrit les yeux et chercha un visage qui puisse la stimuler. Il y en avait un à toutes les Réunions : une personne — souvent une femme — à la mine tellement attentive et pleine d'espérance qu'elle menait naturellement la méditation collective, même dans une communauté régie par le consensus. Il était presque douloureux de regarder ces fidèles-là, car on avait l'impression de violer leur communion intime avec Dieu. Mais le culte étant fondé sur la spontanéité et le partage, ils illustraient à merveille l'attitude requise aux Réunions.

À Faithwell, Honor trouva ce visage sur le banc des Anciens, à la perpendiculaire de l'endroit où elle était assise. Il s'agissait d'une femme d'un certain âge, aux cheveux blancs sous sa coiffe et aux yeux brillants braqués sur un point lointain à l'extérieur de la salle, un point probablement situé en réalité dans son propre esprit. Ses sourcils arqués lui donnaient une expression franche et étonnée, et la ligne naturelle de sa bouche dessinait un demi-sourire que ses joues rondes venaient accentuer. Honor n'arrêtait pas de l'observer, et dut se forcer à baisser les yeux pour que son regard ne devienne pas trop insistant. Bien que des plus fascinants, le visage de la femme n'était pas forcément avenant. Le genre de personnalité à provoquer l'admiration et le respect plutôt que l'affection. Toujours est-il qu'elle empêcha Honor de se concentrer comme elle l'avait espéré.

Enfin un homme se leva pour citer des passages des Écritures. Ceux-ci offrirent au moins à Honor matière à méditer, même si elle se révéla incapable elle-même d'entrer en communion avec Dieu.

Après la Réunion elle fut présentée à beaucoup de gens, mais eut du mal à se remémorer une longue liste de noms assez banals : Carpenter, Wilson, Perkins, Taylor, Mason. Seuls quelques-uns se détachaient du lot : Goodbody, Greengrass, Haymaker. Elle reconnut en ces derniers les fermiers à qui ils achetaient le lait ; c'était Judith Haymaker qui avait ce visage si captivant sur le banc des Anciens. Maintenant que la Réunion était terminée son expression était moins intense, mais elle avait toujours des sourcils très arqués au-dessus d'un regard bleu pâle qu'Honor n'arrivait pas à soutenir plus d'une seconde ou deux. Sa fille Dorcas l'accompagnait ; du même âge qu'Honor, elle sourit avec docilité lorsqu'on la présenta mais paraissait indifférente à cette nouvelle amie potentielle. Et si la communauté de Faithwell se montra assez polie, personne ne posa la moindre question à Honor. Non qu'elle le regrettât — elle ne tenait pas à faire encore le récit de la mort de Grace —, mais ses nouveaux voisins semblaient s'intéresser uniquement à leurs propres affaires.

Judith Haymaker indiqua de la tête un jeune homme debout au milieu des autres. « Mon fils, Jack. » Comme s'il avait entendu son nom à distance, il regarda vers elles, fixant sa vue sur Honor comme aucun des autres hommes ne l'avait fait. Ses cheveux châtains en bataille étaient rehaussés de mèches blondes comme le foin, et, avec son demi-sourire, sa bouche ressemblait à celle de sa mère, mais en plus chaleureux.

Tiens, tiens, songea-t-elle, puis lorsqu'elle détourna le regard elle croisa les yeux bleu pâle de Dorcas Haymaker. Dorcas ne possédait pas le sourire perpétuel du reste de sa famille, mais un nez vigoureux pareil à une carotte et un froncement de sourcils qui rappela à Honor celui d'Abigail. Elle contempla le sol. Toutes les femmes américaines étaient-elles donc d'un accès si difficile ?

Non. Elle adressa à Dieu une petite prière reconnaissante en pensant à Belle Mills.

Faithwell, Ohio
14e jour du 6e mois

Très chère Biddy,

Je t'écris cette lettre depuis la véranda de la maison d'Adam et Abigail à Faithwell. Un des avantages des maisons américaines est qu'elles possèdent presque toutes une véranda où l'on peut profiter de la brise en restant protégé du soleil. Il fait très chaud ici, aussi chaud qu'il a jamais fait chaud dans le Dorset, et il paraît que le mois prochain sera pire encore. Ce n'est pas seulement la chaleur qui amollit, mais cette espèce d'humidité omniprésente qui donne l'impression d'être enveloppé d'un nuage de vapeur. Ma robe est moite, mes cheveux frisottés, et parfois c'est à peine si j'arrive à respirer. Avec une chaleur pareille il est difficile de trouver l'énergie de travailler. Si seulement tu étais auprès de moi, pour discuter, rire et coudre. Alors l'étrangeté de cet endroit serait plus supportable — comme elle l'aurait été si Grace avait vécu. Par la magie de Grace, nos existences auraient bel et bien été l'aventure promise par ce bateau qui nous amenait en Amérique. Sans elle, l'aventure ressemble plus à une épreuve. J'aimerais pouvoir te dire que je m'adapte aisément à ma nouvelle vie dans l'Ohio. Je sais que c'est ce que tu souhaites pour moi, et moi pour moi-même. Mais je l'avoue, Biddy, n'était ce voyage épouvantable pour rentrer à Bridport, j'achèterais tout de suite ma place vers l'est dans une diligence au départ de Cleveland. Il n'y a pas grand-chose qui me retienne ici.

Je ne voudrais pas paraître ingrate. Adam Cox s'est montré accueillant, bien que peu disert sur la façon dont je pourrais m'intégrer dans la maisonnée sans Grace pour justifier ma présence. Peut-être ne sait-il pas lui-même quoi penser. Abigail pensera à sa place, j'imagine.

Je dois tenter d'être juste. Abigail aussi m'a fait bon accueil, d'une certaine manière. Quand je suis arrivée elle a jeté ses bras autour de moi, comme aiment le faire les femmes américaines ; il m'a fallu rester impassible et ne pas flancher. Après quoi elle a pleuré et elle a dit qu'elle était vraiment désolée pour Grace et qu'elle espérait que nous serions comme des sœurs. Depuis lors, pourtant, elle n'a guère eu une attitude de sœur. En fait, de temps en temps, je l'ai surprise à m'étudier d'un œil qui n'a rien d'amical, même si elle essaie de camoufler son animosité en me demandant comment je vais, en me proposant des tasses de thé, ou en toussant bruyamment sans raison. Sous chacune de ses paroles et chacun de ses gestes se cache l'intransigeance d'un esprit inflexible. Quels qu'aient été ses plans pour l'arrivée de Grace, ils ont été chambardés par ma venue. Abigail n'aime pas qu'on bouleverse ses projets.

Bien sûr il ne doit pas être facile de voir une étrangère surgir à l'improviste dans sa maison, surtout quand cette maison est aussi chaotique que la sienne. Elle ne semble pas avoir de méthode dans l'accomplissement de ses tâches ; je n'ai pas encore compris quel jour avait lieu la lessive, par exemple, ou quel jour elle faisait le pain. Le plus frappant c'est que la cuisine n'est pas le cœur battant de la maison. Quand je travaillais avec Mère dans la cuisine d'East Street, il régnait toujours une impression de clarté, de lumière, de chaleur et de joyeuse industrie. Je n'aurais su être malheureuse dans une telle cuisine, même quand existaient des motifs de chagrin. À l'inverse, la cuisine d'Abigail est sombre, désordonnée et d'aspect provisoire. Il est difficile de se sentir solidement fixée dans un lieu lui-même si incertain. J'aimerais en récurer chaque centimètre, y faire entrer l'air, et dégager une place pour chaque objet de façon à pouvoir l'y ranger. Avec diplomatie, j'ai essayé de mettre de l'ordre sans froisser Abigail, mais sans grand succès. Elle n'a rien dit sur mon nettoyage et mon balayage, mais quand j'ai changé la disposition de la vaisselle sur le buffet, le lendemain j'ai retrouvé les jattes et les assiettes à nouveau empilées n'importe comment. Elle vaque à sa besogne en produisant un tel vacarme que je suis épuisée rien que de l'entendre.

Peut-être cerneras-tu mieux le tempérament d'Abigail si je t'explique que pour le matelassage des quilts elle préfère coudre dans le creux, en dissimulant ses points assez vilains dans les coutures entre les blocs. Je ne pense pas que toi ou moi ayons eu recours à cette technique depuis le temps où nous étions petites filles !

Mais je manque de charité. Abigail aussi a eu son lot de malheurs. Elle a perdu son mari qui a succombé à la consomption après un long combat, et bien qu'elle et Matthew aient été mariés pendant trois ans, ils n'ont pas eu d'enfants. Cela doit être un chagrin, même si bien sûr nous n'avons pas évoqué le sujet.

Peut-être est-ce simplement moi. Je suis perturbée depuis que j'ai quitté la maison. Je l'étais déjà, soyons honnête, car le revirement de Samuel a sapé les assises de mon existence. D'où le regard cruel que je porte sur ce qui m'entoure... Nous formons un drôle de trio, Abigail, Adam et moi, unis seulement par les liens indirects du devoir. C'est de là, en fait, que provient le caractère temporaire de ce foyer : ma place n'y est nullement affermie. Après vingt ans passés dans l'étreinte rassurante de sa famille, c'est un sentiment étrange et terrifiant de se trouver ainsi privée d'attaches.

Quant à Faithwell, il s'agit d'un bourg aussi petit que rude. Je sais qu'Adam n'a pas menti intentionnellement dans sa description des lieux, mais en les qualifiant de « ville » dans ses lettres, il est évident qu'il exagérait. Les habitants prétendent avec fierté que cette partie de l'Ohio est bien colonisée, beaucoup plus qu'il y a dix ans, mais pour ma part j'y vois toujours une terre sauvage, où quelques maisons ont surgi dans un milieu hostile. Tu n'en reviendrais pas de ce qu'ils appellent ici « le magasin général » — un commerce avec surtout des rayons vides et un choix dérisoire, posé sur une piste qu'une diligence n'oserait emprunter. Même les charrettes s'embourbent fréquemment, et quand il n'y a pas de boue, on est tellement secoué qu'on préfère aller à pied.

Au moins la salle de culte est-elle agréable, et les Amis gentils. Je ne sais pas pourquoi, mais je ne suis pas encore parvenue à trouver la paix lors des Réunions. C'est une terrible déception, étant donné qu'en temps normal je puise un grand réconfort dans le silence collectif. Et puis cela me ferait du bien à l'heure actuelle d'attendre dans l'espérance avec les autres. Je dois me montrer patiente, je le sais, et une voie s'ouvrira à nouveau devant moi.

Je n'ai pas encore vraiment fait la connaissance des autres familles, ni discerné avec qui je pourrais me lier d'amitié. Les femmes d'ici en général font peu de manières, dans leur conversation, leur habillement, et même dans leur façon de marcher, les pieds à plat et sans la moindre grâce. Tu sourirais. En tout cas, tu n'as pas à t'inquiéter : toi, ma plus chère amie, tu ne comptes ici aucune rivale qui risque un jour de te supplanter dans mon cœur.

Il faut que j'arrête de critiquer mon nouveau pays. Je te quitte sur une note qui va t'amuser : dans l'Ohio ils aiment appeler les quilts des « édredons » !

Ta fidèle amie,
Honor Bright

PISSENLITS

Deux semaines après son arrivée, Adam Cox demanda à Honor de venir l'aider un Sixième Jour dans son magasin d'Oberlin : Abigail, qui lui donnait d'habitude un coup de main quand nécessaire, ne se sentait pas bien. Les Sixièmes Jours étaient des jours de grande activité dans les villes : les magasins d'Oberlin restaient ouverts tard pour les fermiers qui arrivaient des champs. Honor était heureuse à la perspective d'aller dans un bourg plus grand, car elle trouvait pénible l'isolement de Faithwell. Elle était également contente de s'éloigner d'Abigail, dont l'hostilité s'était aggravée.

D'ordinaire, Adam se rendait à cheval au magasin, ou bien à pied s'il avait le temps. Pour Honor, toutefois, il emprunta un cabriolet. Au moment où ils passaient devant le magasin général, Judith Haymaker en sortait avec un sac de farine. Honor espérait que sa vue ne serait pas assez perçante pour remarquer le bonnet gris et jaune qu'elle portait. Elle n'avait pas touché au cadeau de Belle Mills depuis son arrivée à Faithwell, mais s'était dit qu'il conviendrait pour aller travailler dans le magasin d'Adam : il était plus élégant que son bonnet de tous les jours sans être ostentatoire. Bien sûr ses vêtements ne comptaient guère, du moment qu'ils étaient propres et modestes, et elle n'aurait pas dû y attacher d'importance. Seulement voilà, Honor attachait bel et bien de l'importance à cette passe jaune pâle qui éclairait son visage sous le gris du bonnet, tout comme elle attachait de l'importance à la bordure blanche qui ornait l'encolure de ses robes. Ces détails-là lui permettaient de mieux s'affirmer. Elle soupçonnait cependant que Judith Haymaker n'approuverait pas. Adam lui-même avait haussé les sourcils quand elle était descendue coiffée de ce bonnet, mais il n'avait rien dit.

Adam salua sa voisine de la tête et Judith Haymaker lui rendit son salut, mais demeura plantée là pour les regarder passer.

À l'est de Faithwell les arbres se resserraient autour de la route, et Honor déglutit plusieurs fois pour réprimer une panique croissante. Elle se demandait si elle s'habituerait un jour à la monotonie des bois de l'Ohio. Ils lui donnaient la nostalgie de l'océan — pas du voyage sur ses eaux mais de la côte, cette rupture définitive avec la terre et le vaste horizon plein de promesse qu'il offrait.

Lorsqu'ils eurent pris au nord vers Oberlin, elle put se détendre un peu, car la route était plus dégagée ; elle longeait des fermes et des champs de maïs, et la pression de la forêt diminua. Il y avait suffisamment de soleil le long de la route pour qu'il y pousse des fleurs sauvages : des chicorées, des carottes et des rudbeckies. Il y avait également plus de circulation : des bogheys, des charrettes et des chevaux qui suivaient la même direction qu'eux, ou les croisaient en allant vers Wellington.

« Pourquoi toutes les routes vont-elles du nord au sud ou bien d'est en ouest ? » demanda Honor. Cette régularité l'intriguait depuis son périple d'Hudson à Wellington en compagnie de Thomas. En Angleterre les routes épousaient les contours du paysage, sans s'occuper des points cardinaux.

Adam gloussa. « Parce qu'elles le peuvent. Cette région de l'Ohio est très plate, si bien que les routes n'ont aucun obstacle à éviter. Hormis un coude près de la Black River à quelques kilomètres au sud d'ici, cette route court en droite ligne entre Oberlin et Wellington sur une quinzaine de kilomètres. Les villes sont assez régulièrement espacées elles aussi. À peu près tous les huit kilomètres, formant comme les mailles d'un filet.

— À part Faithwell.

— En effet, nous nous distinguons, acquiesça Adam.

— Pourquoi a-t-on placé les villes à intervalles si réguliers ?

— Peut-être les géomètres ont-ils tenté d'imposer un ordre à un territoire dont la maîtrise leur échappait. » Adam se tut un instant avant d'ajouter : « C'est très différent du Dorset. » C'était la première fois qu'elle l'entendait comparer l'Ohio à son pays natal depuis qu'elle habitait chez lui.

Adam promena Honor à travers Oberlin avant de s'arrêter devant son magasin. C'était une jolie ville, plus grande que Faithwell et deux fois plus grosse que Wellington. Les édifices paraissaient plus solides et plus permanents : certains étaient même en brique. Dans le centre de la ville, quatre rues formaient les côtés d'une place, que l'on avait créée en abattant tous les arbres. La moitié de la place accueillait des bâtiments universitaires ; le reste était un parc planté d'ormes et de chênes alignés en diagonale. Après les bois touffus qui entouraient Faithwell, Honor était contente de voir des arbres non seulement familiers mais bien rangés.

Deux des rues qui bordaient la place étaient occupées par d'autres bâtiments universitaires. Assise dans le boghey, Honor regardait les jeunes gens qui allaient et venaient d'un pas pressé, l'air sérieux et affairé. Certains étaient des filles, et certains étaient noirs. « Ils sont tous étudiants ? »

Adam hocha la tête. « Oberlin a été fondée sur des principes d'égalité comparables à ceux que prônent les Amis. En fait, la ville était à l'origine une communauté religieuse, avec des règles de conduite très strictes. On n'y vend pas d'alcool, ni de tabac.

— Donc personne ne crache.

— Non, personne ne crache. » Adam pouffa. « Une drôle de manie, hein ? Mais c'est bizarre, on s'habitue. Je ne fais plus attention aux gens qui crachent, quand je vais à Cleveland. »

Les boutiques d'Oberlin se trouvaient pour la plupart sur Main Street, et leur variété après Faithwell éblouissait Honor : il y avait plusieurs épiceries, deux bouchers, un cordonnier, un barbier, un dentiste, une chapellerie, deux librairies, et même un atelier de daguerréotypes. Les chaussées étaient en meilleur état que l'unique route qui traversait Faithwell — plus larges et moins défoncées, mais quand même enclines à devenir boueuses par temps de pluie. Des planches avaient été posées devant les commerces à l'intention des piétons.

Le magasin de nouveautés Cox était modeste par rapport à la boutique que les frères d'Adam tenaient à Bridport, et où des rouleaux de tissus étaient empilés du sol au plafond dans des armoires ouvertes, avec une échelle sur glissière qu'ils faisaient coulisser pour aller chercher en hauteur les marchandises hors de portée. Ici l'espace au sol était plus vaste mais il y avait moins de rangements : tout était disposé sur des tables au centre de la pièce. Le frère d'Adam n'avait pas réussi à faire prospérer son commerce avant de tomber malade. Durant l'année écoulée, Adam ne l'avait développé que lentement. Si les principes qui régissaient la ville pouvaient attirer des commerçants quaker comme Matthew et Adam, le succès de leur entreprise se trouvait automatiquement limité par ces mêmes principes. Outre la tempérance exigée dans leur régime alimentaire et dans leur conduite, les premiers habitants d'Oberlin avaient été dissuadés d'arborer des vêtements taillés dans des étoffes coûteuses. Même si la population de la ville comptait désormais dans ses rangs des colons plus récents et moins scrupuleux, il y avait toujours peu d'acquéreurs pour les matières lucratives comme le velours moelleux et les satins aux couleurs vives que la famille Cox, à Bridport, vendait aux non-quakers. À vrai dire, Adam ne vendait pas grand-chose qu'Honor n'aurait pu porter elle-même.

La boutique proposait une abondance de vichy et de chintz — que les Américains appelaient « indienne » — ainsi qu'un peu de damas ou de basin pour les rideaux, mais ses tissus les plus riches étaient les ballots de chutes qu'Adam avait en magasin pour les quilteuses. Si aucune restriction ne frappait ce que les habitantes d'Oberlin ou les femmes quaker pouvaient utiliser pour leurs patchworks, on ne risquait absolument pas de retrouver les rouges et les verts tapageurs de leurs courtepointes dans les robes de ces dames.

Adam garda Honor à ses côtés pendant la première heure : il lui apprit à mesurer le tissu à l'aide des marques gravées sur le bord de la table, à faire une petite entaille dans l'étoffe et à la déchirer le long de la chaîne, puis à l'envelopper dans du papier avec de la ficelle autour. Elle avait acheté assez souvent du tissu pour connaître la procédure, qui ne différait pas entre Bridport et Oberlin. Au moins certaines choses étaient-elles les mêmes dans les deux pays. Une fois certain qu'Honor savait s'y prendre, Adam la laissa s'occuper seule des clientes pendant qu'il était à la caisse et surveillait son petit apprenti. Il l'avait embauché pour affûter les ciseaux et les aiguilles apportés par les clientes, une initiative récente dont il espérait qu'elle stimulerait les affaires.

Honor était contente de côtoyer des gens nouveaux. Si vivre dans une communauté d'Amis lui était familier, au bout de seulement quelques semaines à Faithwell, où elle frayait jour après jour avec les mêmes gens, elle souffrait de l'étroitesse de son existence, et rêvait d'autres horizons. En Angleterre, elle avait été davantage habituée au mélange des quakers et des non-quakers, et avec le va-et-vient des navires il y avait toujours quelque chose de différent à voir, et des visages inconnus à contempler. Dans le magasin d'Adam, elle étudiait les vêtements des gens et les écoutait parler de politique, du climat ou des récoltes, ou encore des dernières bêtises qu'étaient allés inventer les étudiants d'Oberlin. Elle regarda plusieurs gamins qui couraient en poussant des cerceaux, et elle sourit à une fillette qui traînait un petit chien en bois sculpté au bout d'une ficelle. Elle tint un bébé dans ses bras pendant qu'une cliente déployait un rouleau de tissu, et aida une dame âgée à rejoindre le cabriolet qui l'attendait au coin de College Street. Tous ces contacts lui donnaient l'impression de jouer un rôle capital : elle n'était plus cette visiteuse indésirable qu'il lui semblait être chez Abigail.

Dans le flot constant des clientes, plusieurs femmes noires entrèrent pour acheter du tissu, des aiguilles ou des épingles, ou pour faire aiguiser leurs ciseaux. Honor essayait de ne pas les dévisager, mais elle ne pouvait s'en empêcher : on aurait dit des oiseaux exotiques qui auraient dévié de leur cap pour venir atterrir parmi des moineaux. De son point de vue, elles se ressemblaient toutes, avec une peau brune pareille à du chêne ciré, des pommettes hautes, un nez large et des yeux sombres et sérieux. Leur comportement aussi était identique. Elles jetaient un coup d'œil vers elle, puis se dirigeaient vers Adam : s'il était occupé à servir quelqu'un, elles attendaient leur tour pour lui demander du tissu, ou bien lui remettre des ciseaux ou des aiguilles à faire affûter par le jeune apprenti. À croire qu'elles avaient établi qu'avec Adam elles étaient tranquilles et n'avaient donc pas besoin de s'adresser à elle. Elles savaient ce qu'elles voulaient, choisissaient rapidement, payaient puis s'en allaient, glissant à peine trois mots à Adam et pas un seul à Honor. Elles ne lui auraient sûrement pas demandé de tenir leur bébé.

Lors d'une accalmie, Honor sortit faire un petit tour pour échapper à la fournaise de la boutique ; elle découvrit à quelques portes de là une confiserie où étaient assemblées une multitude de femmes noires, bavardant et s'esclaffant par petits groupes. L'homme derrière le comptoir, qui vendait pastilles de menthe et sorbets, était noir lui aussi et manifestement le patron. Honor n'aurait pas imaginé que des Noirs puissent posséder leurs propres commerces. Donovan avait raison : Oberlin était une ville libérale.

En tant que quaker, Honor avait l'habitude de se sentir exclue et en Amérique, elle avait ce sentiment presque partout. Comme elle quand elle était en compagnie d'autres quakers, les femmes noires devaient se trouver plus à l'aise entre elles. Si ouverts d'esprit soient-ils, les gens avaient tendance à être attirés par leurs semblables. Les Noirs avaient d'ailleurs de bonnes raisons de se méfier des Blancs, où une même famille pouvait produire deux individus aussi différents que Donovan et Belle Mills. Mais en regardant ces femmes qui étaient si clairement dans leur élément en dehors de la boutique d'Adam Cox, Honor éprouva un serrement de cœur. Je suis exclue même chez les exclus, songea-t-elle.

En fin de journée, tandis qu'elle repliait des tissus, Honor entendit qu'on se raclait la gorge à côté d'elle. « Excusez-moi, mademoiselle. Combien il coûte au mètre, ce tissu ? »

Une femme noire se tenait près d'elle, observant l'étoffe qu'elle avait dans les mains : un coton blanc cassé piqueté de minuscules losanges couleur rouille. La femme était aussi petite qu'Honor, et plus âgée, ses joues lisses et brillantes entrecroisées de rides, comme les lignes de la main. Elle portait des lunettes et un chapeau de paille garni de pissenlits flétris par la chaleur.

Honor lança un regard vers Adam : il avait disparu dans l'arrière-boutique. « Je vais te trouver cela », dit-elle, contente qu'on s'adresse à elle. Chaque tissu était enroulé autour d'une latte en bois ; à une des extrémités, Adam avait inscrit le prix. Honor chercha l'inscription, tirant sur les couches de tissu. « Cinquante cents le mètre », annonça-t-elle.

La femme fit la grimace. « Je dois pouvoir y arriver. » Elle sortit un col de dentelle jauni mais magnifiquement exécuté, puis le posa sur le tissu, l'aplatissant de ses longs doigts bruns que terminaient des ongles ovales de teinte pâle. « Ça va avec ? » Elle avait prononcé cette phrase moins comme une question que comme une affirmation, et Honor ignorait si elle était censée répondre. Le col allait assez bien avec le tissu, mais une matière plus raffinée comme la soie aurait mieux valu. Cependant elle n'osa le suggérer, la soie coûtant beaucoup plus cher.

« C'est pour toi ? » demanda-t-elle.

La femme secoua la tête. « La robe de mariée de ma fille. Il lui faut quelque chose qu'elle pourra porter après, pour tous les jours ou pour l'église. »

Elle est comme n'importe quelle femme, songea Honor. Elle veut que sa fille soit belle, tout en ayant à sa disposition une robe facile à mettre. « Alors c'est un bon choix, déclara-t-elle. Quel métrage désires-tu ?

— Six mètres... non, cinq, s'il vous plaît. Elle est toute menue. »

Les mains tremblantes, Honor mesura et découpa le tissu avec plus de soin qu'elle ne l'avait fait pour aucune cliente ce jour-là. Pendant qu'elle l'emballait et nouait la ficelle autour du papier, elle se disait : « C'est la première fois que je sers une personne noire. »

Elle sentit son regard sur elle et leva les yeux. La femme examinait la bordure jaune de son bonnet. « Où vous l'avez eu, ce bonnet ? Pas à Oberlin, si ?

— Non. Au magasin de modes Belle Mills à Wellington. » Plusieurs femmes l'avaient déjà interrogée sur son bonnet et avaient été déçues d'apprendre qu'il leur faudrait aller jusqu'à Wellington pour s'en procurer un.

Une étincelle s'alluma dans l'œil de la femme ; elle scruta Honor, un regard insistant que n'émoussaient pas ses lunettes. Elle s'apprêtait peut-être à dire quelque chose quand Adam ressurgit de l'arrière-boutique. « Bonjour, madame Reed. Honor a-t-elle pu accéder à tous tes besoins ? »

Les yeux de Mme Reed disparurent derrière les reflets de ses lunettes alors qu'elle se tournait vers Adam. « Oui, tout à fait. Et Abigail, elle est passée où ?

— Elle ne se sentait pas bien ce matin, j'en ai peur.

— Tiens, tiens. » Mme Reed pinça les lèvres et tendit à Adam l'argent pour le tissu. On avait l'impression qu'elle avait beaucoup à dire mais qu'elle retenait ses commentaires derrière sa bouche serrée, ne laissant filtrer que par ses yeux certaines de ses pensées. Elle ramassa son paquet sur la table. « Merci. Bonne journée. » Elle se retourna et partit sans un dernier regard.

Honor replia le tissu et le rangea, toute refroidie. À l'évidence, leur rencontre avait beaucoup moins compté pour Mme Reed que pour elle.

Faithwell, Ohio
5e jour du 7e mois 1850

Mes chers parents,

Quel bonheur de recevoir votre lettre ce matin… la première qui me soit parvenue depuis celle qui m'attendait à mon arrivée à Faithwell. En la lisant, je pouvais entendre vos voix familières, et me représenter Mère assise au bureau dans l'angle pour l'écrire : je l'imaginais regardant de temps à autre par la fenêtre, cherchant quelles anecdotes me raconter.

Mon plaisir n'a été tempéré que par la douleur de m'apercevoir que vous vous adressiez aussi à Grace. Alors même que j'écris ces mots, vous, et toute la communauté, n'êtes toujours pas avertis de sa mort, et c'est une sensation bizarre de se dire qu'une nouvelle d'une pareille gravité essuie ainsi un retard de presque huit semaines. Lorsque vous recevrez la présente, il se sera peut-être passé d'autres choses que vous ignorerez encore. De la même façon, les nouvelles que j'ai trouvées dans votre lettre ont peut-être déjà été éclipsées par d'autres événements. J'espère juste que nos vies ne seront pas toujours pleines de drames au point que nos lettres soient déjà périmées avant d'atteindre leur destination.

Depuis la dernière fois, j'ai fait petit à petit la connaissance des autres habitants de Faithwell, et j'ai réussi à aider Abigail plus efficacement qu'au début. Je n'essaie plus de mettre de l'ordre dans la maison, car quand j'ose par hasard une suggestion, elle l'interprète comme une critique à son encontre. Bien sûr tel n'est pas mon objectif : je m'efforce simplement de l'aider à adopter une organisation qui fonctionne. Mais elle demeure très susceptible. Adam a refusé de s'en mêler autrement qu'en me demandant de respecter les volontés d'Abigail, qui, en tant que maîtresse de cette maison, est libre d'en gérer la marche à sa guise. J'ai donc dû m'incliner.

Cependant, au moins sur un plan, j'ai réussi à

opérer de véritables améliorations. Abigail n'aime pas travailler dans le potager, où la chaleur est insupportable. En effet, ici le soleil brille plus fort qu'en Angleterre, et l'air est incroyablement épais et immobile. On pourrait penser qu'étant accoutumée depuis sa naissance aux étés américains Abigail résisterait mieux que moi à la canicule. Mais elle devient tout écarlate et se plaint si amèrement que je prends pitié d'elle. Et puis il y a cette lutte continuelle contre les animaux et les insectes, qu'elle juge exténuante. Lorsque j'ai proposé de la remplacer dans cette tâche, elle a paru reconnaissante pour la première fois depuis mon arrivée. Cette satisfaction compense à elle seule la chaleur.

Dans le potager, Mère, nous faisons pousser bon nombre des légumes qu'on trouverait dans ton jardin, comme les pommes de terre, les carottes, les laitues ou les tomates. Mais leur aspect est différent de ce dont j'ai l'habitude, même quand les variétés sont censées être identiques. Les pommes de terre sont plus grosses, avec plus d'yeux. Les carottes sont plus petites et plus fuselées, mais tout aussi savoureuses. Les haricots ont une peau plus fine, et les feuilles de laitue grandissent beaucoup plus vite.

Une bonne partie du jardin est consacrée au maïs. Quand, chez nous, on ne cultive cette plante que pour nourrir les animaux, ici elle semble être la denrée essentielle, encore plus que le blé ou l'avoine. On en voit partout, et même s'il est encore trop jeune pour être mangé frais, on m'assure qu'il est tendre et sucré. J'ai néanmoins mangé beaucoup de plats comportant de la semoule de maïs. Trop, ai-je parfois tendance à penser. Abigail insiste pour se charger de la cuisine, mais elle me laisse faire la vaisselle, découper les légumes et récurer les casseroles. On dirait que tout est à base de maïs, depuis la bouillie si prisée au petit déjeuner jusqu'au pain qui accompagne chaque repas, en passant par la pâte à frire pour les beignets de poisson et les gâteaux proposés en même temps que le café. Bien entendu, je ne me plains pas ; je suis reconnaissante, quelle que soit la nourriture servie. Sauf que ce goût de légumes un peu sucré qu'on retrouve dans tous les aliments finit par les affadir.

J'ai beaucoup à faire dans le jardin. Abigail et Adam l'avaient assez bien commencé, mais avec la chaleur estivale il faut l'arroser en permanence. Les mauvaises herbes semblent pousser plus vite et plus abondamment que les récoltes. Et puis il y a les biches et les lapins, les oiseaux, les limaces, les escargots et les sauterelles, mais aussi d'autres insectes que je ne connais pas. Les lapins ont le chic pour creuser sous la clôture — je suis sûre que les lapins américains sont plus rusés que les lapins anglais —, au point que je suis presque tentée de passer la nuit dans le potager pour leur faire peur. Maintenant qu'elle m'a confié la responsabilité du jardin, Abigail se montre très critique à l'égard de mes méthodes, sans offrir pour autant le moindre conseil utile. Un tel dénigrement est parfois lassant. Par chance, le maïs ne requiert pas une attention excessive. Je suis contente, car chaque fois que j'en parcours les rangées, je fais fuir quelques serpents. Je n'ai jamais vu autant de serpents ; j'ai dû ravaler quelques hurlements. Pour la plupart, ils sont inoffensifs, mais il y en a suffisamment de venimeux pour que je demeure sur mes gardes.

On dit ici qu'il faut que le maïs arrive « à hauteur de genou avant le 4 Juillet ». Le nôtre dépasse largement mon genou, et je le trouvais d'une fabuleuse précocité, quand on m'a expliqué qu'il s'agissait de la hauteur du genou lorsqu'on est à cheval. Il y a tellement de mots et d'expressions que je ne comprends pas : je me demande quelquefois si l'anglais américain n'est pas une langue aussi étrangère que le français.

Hier c'était le 4 Juillet. S'il y a un sujet qui soit cher au cœur des Américains, c'est bien leur indépendance par rapport à la Grande-Bretagne. Ils sont très fiers d'être devenus un pays autonome. Je ne savais pas à quoi m'attendre, mais j'avais cru comprendre qu'il y aurait des festivités un peu partout. Néanmoins, ni Faithwell ni Oberlin n'ont célébré l'événement, car ce serait soutenir la déclaration d'Indépendance, document qui, ai-je appris, ne considère pas les Noirs comme des citoyens à part entière. Aussi, avec certains des Amis de Faithwell, nous sommes-nous rendus à Oberlin dans le parc de l'université, où, munis d'un pique-nique voué à nous sustenter et non à fêter cette date anniversaire, nous avons écouté des discours abolitionnistes. Dans l'ensemble les gens du nord de l'Ohio sont opposés à l'esclavage, et Oberlin a la réputation d'être la ville la plus violemment abolitionniste de la région.

Pour une fois il ne faisait pas trop chaud car une petite brise soufflait. Il y avait des vivres en quantité impressionnante, disposées sur des tables à tréteaux. Les Américains prennent leurs pique-niques très au sérieux. Quand, en Angleterre, nous emporterions seulement quelques provisions, ici il est important d'exhiber et d'ingurgiter le plus de victuailles possible. Je n'imaginais pas que les Amis de Faithwell trouveraient un moyen d'épater la galerie. En termes d'habillement et de comportement, ils sont en effet aussi modestes que les Amis de Bridport. Il n'empêche qu'ils ont déballé plus de nourriture qu'on n'aurait jamais pu en absorber, avec une prédilection pour les gâteaux, les tourtes et les pains. Les habitants d'Oberlin avaient apparemment fait de même, comme j'ai pu le constater quand Abigail et moi sommes allées nous promener sur la place. Je n'ai jamais vu autant de tourtes.

J'ai été intriguée par un petit groupe de Noirs eux aussi en train de pique-niquer. Si mon voyage jusqu'à l'Ohio ne m'a fait traverser que des régions où l'esclavage n'est pas autorisé, je suis tout de même tombée sur quelques Noirs, travaillant en général comme débardeurs pour les navires ou les diligences, ou comme valets de cuisine ou garçons d'écurie dans les auberges. Je n'en avais encore jamais vu qui soient oisifs. J'ai profité de cette occasion pour les observer — du coin de l'œil, car je ne voulais pas les dévisager —, et je me suis rendu compte qu'ils n'étaient pas si différents des autres gens. Leur pique-nique était assurément tout aussi copieux, même s'il se distinguait peut-être dans son contenu : beaucoup de Noirs de l'Ohio sont originaires du Sud, où la cuisine est paraît-il plus roborative. Les femmes noires arboraient plus de fanfreluches que ne l'aurait fait une quaker, même si l'étoffe de leurs robes n'était pas d'aussi bonne qualité. Les hommes portaient des costumes sombres et des chapeaux de paille. Leurs enfants étaient turbulents ; ils s'amusaient avec des ballons, des moulinets et des cerfs-volants, à l'instar des enfants blancs sur la place, mais les petits Noirs et les petits Blancs ne jouaient pas ensemble.

Les discours étaient longs, et j'avoue que je n'ai pas compris grand-chose de ce qu'ils racontaient, et pas seulement à cause des accents du pays, qui sont variables et parfois déroutants. Il semble que même les gens opposés à l'esclavage ne soient pas d'accord sur la façon dont il faudrait y mettre un terme, certains prônant l'émancipation immédiate, d'autres affirmant qu'une réforme aussi drastique ruinerait l'économie, et que la liberté doit être accordée de manière progressive. Ils ont également parlé du Congrès — l'équivalent américain de notre Parlement, je crois —, lequel discuterait d'une loi sur les esclaves en fuite, et les orateurs se sont beaucoup échauffés, leurs paroles virant parfois aux insultes personnelles à l'égard de politiciens dont j'ignorais même l'existence. Toujours est-il que leurs discours m'ont donné amplement à réfléchir.

Ensuite le forgeron de Faithwell a récité d'une voix profonde et sobre un poème qui a été acclamé par la foule. J'ai posé la question après, pour apprendre qu'il s'agissait d'un poème de Whittier intitulé « Stanzas for the Times ». J'ai pris en note plusieurs vers dont je veux me souvenir :

... guidés par les lois de notre pays,
Pour la vérité, le bien, et l'homme qui souffre,
Luttons pour la cause de la Liberté,
Comme le feraient *des chrétiens — comme le* font *des hommes libres !*

À la tombée de la nuit, les étudiants de l'université ont accroché des lampions dans les arbres, et des violonistes se sont mis à jouer des airs que je ne connaissais pas. C'était très beau, et je me suis sentie l'âme sereine, peut-être pour la première fois depuis mon départ d'Angleterre.

Une seule chose a gâché cette journée. J'étais à la table de pique-nique, à la recherche d'un plat où il n'y ait pas de maïs, quand j'ai surpris Judith Haymaker, une fermière qui nous vend du lait et du fromage et qui est une des Anciennes de l'Assemblée de Faithwell, en train de dire à Adam : « Un homme vivant avec deux jeunes femmes qui ne sont ni sa sœur ni son épouse ni sa fille, la chose constitue un arrangement qui ne saurait perdurer. » Je n'ai pas saisi la réponse d'Adam, mais il affichait une mine très grave.

J'aimerais pouvoir prétendre que j'ai été stupéfaite par les mots de cette femme, mais non. Elle a formulé la pensée qui me ronge depuis mon arrivée à Faithwell. Ni Adam ni Abigail n'en ont parlé, mais il règne par moments une tension dont je sais qu'elle découle de notre étrange triangle domestique. Mais, surtout, n'allez pas vous faire de souci à cause de moi. Vous pouvez être sûrs que quand vous lirez cette lettre nous aurons déjà trouvé un arrangement propre à satisfaire tout le monde.

Votre fille affectueuse,
Honor Bright

BOIS

Le Premier Jour après le 4 Juillet, Honor reçut une visite. Elle se trouvait sur la véranda avec Abigail et Adam, somnolente et un peu barbouillée après le déjeuner du dimanche qu'ils venaient de terminer, et dans lequel un jambon très gras et excessivement salé avait joué un rôle important. Honor n'avait jamais mangé autant de porc. Elle rêvait d'agneau, et de poisson — des mets aux saveurs subtiles servis en toute simplicité.

« J'ai un compte à régler avec toi, Honor Bright ! »

Honor sursauta et ouvrit les yeux. Un petit cabriolet s'était arrêté devant la maison ; Belle Mills tenait les rênes. Elle les jeta sur la clôture blanche puis sauta à terre. « Tu m'as envoyé trop de ces dames d'Oberlin disant : "Je veux ce bonnet gris et jaune comme celui de la jeune quaker." Comment je pourrais bien honorer toutes ces commandes si tu m'aides pas un peu ? » Belle salua Adam et Abigail de la tête. « Vous devez être Abigail. J'ai déjà fait la connaissance d'Adam. Je suis Belle Mills, la modiste de Wellington. Je sais pas ce qu'Honor vous a raconté sur moi... sans doute rien. Elle parle pas beaucoup, hein ? Bon, vous allez bien m'inviter à me mettre à l'abri du soleil ? Il fait une chaleur à crever. »

Honor se leva et attendit qu'Abigail, en tant que maîtresse de maison, se charge de convier Belle à s'asseoir. Mais Abigail examinait le chapeau de la modiste : un chapeau de paille dont le large bord était garni d'une bande de dentelle blanche au-dessus d'un ruban rouge, et orné d'une grappe de cerises en soie piquée sur le côté.

Voyant qu'Abigail ne réagissait pas, Honor se chargea d'accueillir la modiste. « Je suis très heureuse de te voir. Je t'en prie, joins-toi à nous. »

Belle monta sur la véranda et s'écroula dans le rocking-chair que lui offrait Adam. « Ah, ça fait du bien de plus se faire secouer sur cette piste ! » s'exclama-t-elle en retirant ses gants de dentelle. Honor ne l'avait pas vue porter de gants à Wellington, pas même lorsqu'elles allaient se promener. Ces gants délicats paraissaient bizarres sur Belle, surtout quand, une fois ôtés, ils dévoilèrent ses grandes mains avec leurs doigts aux bouts carrés. Les gants et le chapeau juraient avec sa maigre charpente et sa large carrure, tellement différentes de ces courbes dodues et de ces épaules charnues qui étaient à la mode. Si, par leurs rondeurs, les femmes aujourd'hui étaient censées ressembler à des cailles, Belle ressemblait à une buse…

« Abigail, peut-être notre invitée désirerait-elle quelque chose à boire, suggéra Adam.

— Oh ! » Abigail se précipita à l'intérieur, gênée d'avoir dû se faire rappeler à l'ordre.

« Ma foi, c'est quelque chose, lâcha Belle en regardant autour d'elle. J'étais jamais venue dans le coin. C'est ça, Faithwell, y a rien d'autre ? » Elle désignait le magasin général.

« Il y a plusieurs fermes éloignées, mais oui, c'est tout, répondit Adam. La ville se développe, cependant. De nouvelles familles n'arrêtent pas de s'installer.

— J'en suis sûre. Et toutes quaker, je me trompe ? Je vois pas qui d'autre voudrait bien emprunter une route pareille. Comment elle est quand il pleut ? Quand je pense à la boue qu'il y a déjà entre Wellington et Oberlin... »

En voyant Abigail reparaître avec quatre verres, une bouteille remplie d'un liquide sombre et une carafe d'eau, Belle hocha la tête. « Liqueur de mûre, c'est ça ? J'en reviens pas que vous ayez réussi à en garder de l'été dernier. Moi, dès le mois d'octobre, j'aurais déjà tout sifflé. »

Abigail suspendit son geste, comme si elle ne pouvait servir le breuvage et réfléchir en même temps.

« Vous en faites pas, mon chou, c'est un compliment, reprit Belle. Il faut être excellente ménagère pour savoir conserver les bonnes choses et pouvoir ainsi les offrir aux invités. » Elle se tourna vers Honor. « J'espérais qu'on te verrait à Wellington pour le 4 Juillet, mais j'imagine que ça faisait trop loin pour toi, c'est ça ?

— Nous ne fêtons pas le 4 Juillet, répondit Adam.

— Ah bon ? Comment ça, les quakers n'aiment pas s'amuser ?

— Nous ne voulons pas célébrer une déclaration qui n'accepte pas tous les hommes comme des citoyens d'Amérique.

— Nous sommes allés à Oberlin écouter des discours contre l'esclavage, précisa Honor.

— Ah, bien sûr. J'aurais dû me douter que les

quakers trouveraient plus distrayant d'écouter des abolitionnistes que de tirer des coups de feu en l'air. Moi, en tout cas, j'aime les armes. Comment vont les affaires à Oberlin ?

— Pas mal, répondit Adam. Mais j'aimerais qu'elles marchent un peu mieux.

— Vous devez pas vendre beaucoup de satin ni de velours, je me trompe ?

— Pas beaucoup, non. »

Belle gloussa. « Ces gens d'Oberlin sont pas très portés sur les choses un peu raffinées, hein ? Je pourrais pas être modiste là-bas... On me commanderait jamais rien de plus recherché que le bonnet d'Honor ! » Belle lança un regard aux robes toutes simples des deux femmes, à la chemise sans col et aux bretelles d'Adam. « Chez quel marchand de tissus vous vous fournissez à Cleveland ? »

Tandis qu'Abigail finissait de servir la liqueur et qu'Honor faisait passer les verres, Belle parlait boutique avec Adam avec une aisance que lui enviait Honor. Certes, une grande partie de son travail consistait à discuter avec les gens, mais Belle savait allier avec maestria un intérêt sincère et une désinvolture pleine d'un humour léger.

« Vous avez le même accent qu'Honor, observa-t-elle. Vous venez de la même ville d'Angleterre ? »

Adam acquiesça, et Belle leur posa à tous deux une foule de questions au sujet de Bridport. Alors qu'ils évoquaient leur ville natale, Abigail se mit à se balancer de plus en plus vite avant de s'arrêter brusquement et de les interrompre : « Désires-tu encore un peu de cordial ? demanda-t-elle à Belle, en se levant d'un bond.

— C'est pas de refus, merci. » Belle tendit son verre, adressant un clin d'œil à Honor tandis qu'Abigail le remplissait. « Vous êtes originaire d'où, Abigail ?

— De Pennsylvanie.

— Décidément, nous venons tous d'ailleurs. C'est comme ça dans l'Ohio.

— D'où était ta famille ? demanda Adam.

— Du Kentucky... vous le devinez pas à mon accent ? Je suis venue ici parce que mon mari était monté à Cleveland pour spéculer sur les bateaux à vapeur du lac Érié. Je me disais que Cleveland serait plus intéressant qu'un trou du Kentucky. Ce qui était vrai, du reste, d'une certaine façon.

— Tu as donc été mariée ? s'exclama Honor.

— Je le suis toujours. Cette fripouille s'est débinée... bien poussée par mon frère, j'ai le regret de le dire. Ils ont jamais réussi à s'entendre, ces deux-là. Aucune idée d'où il se trouve aujourd'hui. Oh ! c'était une ordure, et moi une idiote, n'empêche que j'aurais préféré la chasser moi-même, cette charogne, plutôt que de laisser la besogne à Donovan... Excusez mon langage, dit Belle après un bref silence. En tout cas, il a bien fait de filer : les chemins de fer vont pas tarder à remplacer les bateaux à vapeur. À Cleveland j'ai appris à faire des chapeaux : un des rares commerces qu'une femme puisse tenir toute seule. Et puis je suis venue m'établir à Wellington. J'avais pensé à Oberlin, mais là-bas on n'aime pas les plumes, ni la couleur, or moi j'adore ça. Alors, Honor, poursuivit-elle en vidant son verre, tu vas me montrer le reste de Faithwell ? Je me dégourdirais bien les jambes. Et mets ce bonnet gris... je veux le voir à l'œuvre. »

Encore sous le choc d'avoir appris que Belle Mills était mariée, Honor courut chercher son bonnet. Ce n'était pas ce qu'elle aurait porté pour une promenade dans Faithwell, mais elle ne pouvait guère dire non à celle qui l'avait fabriqué.

Belle prit le bras d'Honor alors qu'elles longeaient vers l'ouest le chemin défoncé, saluant les familles réunies sur leurs propres vérandas dans les maisons voisines. Tout le monde les dévisageait, tant Belle avec son chapeau qu'Honor avec son bonnet. Belle semblait ne pas le remarquer. « Dis-moi, est-ce que Donovan est venu t'embêter depuis que t'es ici ? demanda-t-elle.

— Il est passé à cheval plusieurs fois… sans s'arrêter. » Honor s'abstint de préciser que son sourire et son signe de la main avaient chaque fois suscité des grimaces chez Abigail et Adam.

« Bien. Mais ne t'attends pas à ce que ça dure. Il faut toujours qu'il s'intéresse aux gens qui aimeraient mieux qu'on les laisse tranquilles. »

Elles passèrent devant la forge, puis devant le magasin général. Belle regarda par la vitrine, bien que la boutique soit fermée. « Un choix limité, on dirait… Y a combien de familles qui habitent ici ?

— Quinze, en comptant les fermes éloignées.

— Seigneur, la taille de mon patelin du Kentucky… Je connais ça. Comment est-ce qu'on va faire pour te sortir de leurs griffes ?

— Que veux-tu dire par là ? »

Belle marqua une pause et secoua le coude d'Honor. « Allons, tu vas pas rester avec ces deux-là, quand même ? Pas avec Abigail qui te lance des regards pareils. Tu as vu dans quel état elle s'est mise quand Adam et toi vous parliez de l'Angleterre ? Elle se balançait si fort que j'ai cru qu'elle allait casser son rocking-chair. Chaque fois qu'elle se sentait exclue, il fallait qu'elle vous coupe.

— Mais... » Honor se tut.

Les yeux noisette de Belle étaient rieurs. « Elle est jalouse de toi. Enfin, tu dois bien t'en rendre compte ? Ou tu es peut-être trop gentille pour le voir. Non, elle veut Adam pour elle toute seule, et elle aime pas qu'une autre femme — une femme plus gentille, et plus jolie, à coup sûr meilleure couturière, et sans doute meilleure ménagère — vienne empiéter sur son territoire. Bon Dieu, je pense qu'elle était même jalouse de *moi*, avant que je parle de mon mari. »

Alors qu'elles recommençaient à marcher, Honor répéta à Belle ce que Judith Haymaker avait dit à Adam au sujet de leur trio.

Belle pouffa. « Je suis pas étonnée. À Wellington aussi, votre arrangement ferait jaser, et on n'est pas aussi stricts que les quakers.

— Voici justement sa ferme, où nous allons chercher le lait, expliqua Honor à voix basse. Et là, c'est elle, Judith Haymaker. »

La femme d'un certain âge était assise avec son fils et sa fille sur la véranda d'une grande maison blanche aux volets verts. La bâtisse se trouvait assez loin de la route pour qu'Honor et Belle puissent se contenter de faire un signe de la main sans avoir à s'approcher pour aller dire bonjour. Jack Haymaker hocha la tête ; Dorcas les fixa du regard ; Judith continua à se balancer. Honor sentait leurs trois paires d'yeux sur son bonnet tandis que la modiste et elle poursuivaient leur chemin. Le verger Haymaker s'étendait sur leur droite : il n'y avait plus de cerises, et les prunes et les pêches n'étaient pas tout à fait mûres.

C'est la deuxième fois que Judith Haymaker voit ce bonnet, songea Honor. Et nous sommes obligées de repasser devant chez eux au retour.

« La ferme a l'air bien tenue, commenta Belle. Beau troupeau, aussi. » Elle indiqua les vaches brunes dans le pâturage derrière l'étable. Honor ne les avait même pas remarquées.

Elles atteignirent le bout du verger, où la forêt recommençait et où la route devenait à peine plus qu'un sentier tapissé de racines, serpentant à travers un bois touffu dans lequel Honor n'avait jamais osé s'aventurer. Pour elle, il figurait l'ouest, sauvage, inconnu et inhospitalier. Même Belle, qui paraissait n'avoir peur de rien, demeura à la lisière sans proposer qu'elles y pénètrent. Les arbres étaient surtout des érables et des hêtres, avec quelques frênes, quelques ormes et quelques chênes par-ci par-là, dont les feuilles longues et lisses ne présentaient pas ces bords recourbés que connaissait Honor. En Amérique, même un arbre aussi solide et imposant qu'un chêne se transformait en élément étranger. Alors qu'elle scrutait les bois obscurs, un raton laveur détala, son dos arrondi basculant d'avant en arrière. Il dut monter très haut dans un érable pour se sentir suffisamment en sûreté et tourner son visage masqué vers les deux femmes. Grace aurait adoré voir un raton laveur, se dit Honor.

« Belle, je ne sais pas quoi faire, lâcha-t-elle.

— À propos de quoi ? demanda la modiste, occupée à rajuster les cerises sur son chapeau.

— Le fait d'habiter ici comme ça, dans cette maison.

— Bon, laisse-moi te poser une question. Est-ce que tu veux épouser Adam Cox ?

— Non !

— Alors tu vas devoir fureter aux alentours. D'autres hommes à Faithwell que t'aies trouvés à ton goût ? »

Elle repensa au regard pressant de Jack Haymaker — et puis à Donovan, en train de lui sourire, avec, autour du cou, le ruban mouillé de sueur auquel pendait sa clé.

« C'est simple, Honor Bright, tu as un choix à faire, déclara Belle. Rentrer chez toi en Angleterre, ou rester ici. Si tu restes, tu dois te trouver un homme à épouser. Alors, tu choisis quoi ? »

Honor frissonna, et Belle s'esclaffa. « Ça non, c'est pas commode de trouver un homme qu'on puisse supporter. Allez, viens, mon chou, fit-elle en lui prenant le bras. Allons parader devant ces chers Haymaker et exhiber nos couvre-chefs. Si la nervosité te gagne, t'auras qu'à jeter un coup d'œil à leur jardin de devant. Des soucis plantés en ligne droite ! »

Faithwell, Ohio
11e jour du 7e mois 1850

Très chère Biddy,

Quel grand bonheur pour moi de recevoir ta lettre hier avec toutes les nouvelles du pays, même si la missive date d'il y a déjà six semaines. En la lisant, j'ai presque eu l'impression d'être avec toi, d'arpenter nos rues familières et de faire halte chez nos divers amis. J'ai goûté tout particulièrement la description de ta visite à Sherborne et des gens nouveaux que tu y as rencontrés. J'aurais bien aimé pouvoir y aller moi aussi.

Là, je me trouve assise sur la véranda dans la fraîcheur du soir — mon endroit préféré pour coudre et pour écrire. Adam et Abigail sont restés à l'intérieur, alléguant que les moustiques allaient arriver avec l'humidité. Leurs piqûres ne me gênent pas, du moment qu'elles m'accordent quelques instants de solitude. Plus tôt dans la journée il y a eu un orage : il y en a presque tous les après-midi en été. Les orages sont bien plus violents et bien plus effrayants que ceux que nous avons pu connaître à Bridport, où ils se résumaient à un ou deux éclairs, se cantonnant en général sur la mer sans nous menacer. Ici ils surviennent tout à coup, avec le ciel qui vire du bleu au noir en seulement quelques minutes. La pluie tombe à torrents, parfois accompagnée d'une grêle qui abîme les cultures si elle dure longtemps. Les routes se transforment en boue en un clin d'œil. Un après-midi la semaine dernière le ciel est devenu vert, ce qui selon Abigail indiquait l'approche d'une tornade. Nous avons dû nous tapir sous la table, même si je ne suis pas certaine qu'une telle précaution nous aurait beaucoup protégées si la tornade était passée par là. J'ai appris qu'elles pouvaient aspirer une maison dans les airs et la détruire intégralement.

Après l'orage, toutefois, l'air se fait clair et pur, et d'une fraîcheur délicieuse. On m'avait parlé de la chaleur de l'Ohio, mais je ne croyais pas qu'elle pouvait être aussi extrême. Parfois c'est à peine si j'arrive à bouger, tant la touffeur est épaisse et implacable, même la nuit. L'orage d'aujourd'hui était donc le bienvenu.

J'ai une nouvelle étonnante à t'annoncer : les bans d'Adam et Abigail ont été proclamés à la Réunion du Cinquième Jour aujourd'hui. Ils se marient dans dix jours. Je croyais que les bans devaient être publiés trois semaines au préalable pour laisser le temps à la communauté de réfléchir à l'union envisagée, mais apparemment, ici, on est disposé à faire les choses plus vite.

Adam et Abigail ne m'ont pas communiqué leurs intentions avant la Réunion, si bien que j'ai été aussi surprise que le reste de la communauté au moment de l'annonce. Ils ont ensuite recueilli les félicitations des Membres, dont j'ai trouvé les compliments assez superficiels. Il ne régnait pas cette atmosphère de joie qui flotte habituellement quand un mariage est annoncé. Adam et Abigail étaient tous deux très réservés, si ce n'est un peu gênés. Ils ont sûrement jugé que le mariage était une solution pratique à l'embarras de notre arrangement domestique.

Grace est morte il y a seulement six semaines. J'aurais aimé le rappeler à Adam. Il n'a pas été capable de me regarder en face de toute la journée. En fait, Abigail et lui m'ont évitée, et je dois avouer que je les ai évités moi aussi. Malgré la canicule littéralement étouffante, j'ai passé la plus grande partie de l'après-midi après la Réunion dans le jardin, à désherber. Seul l'orage m'a poussée à rentrer dans la maison.

Certaines des femmes se sont empressées d'organiser ce qu'elles appellent une « fête du quilt » pour demain, afin d'aider Abigail pour ses quilts de mariage. Là où, chez nous, Grace, Mère et moi aurions mis plusieurs jours à fabriquer un couvre-pied, ici, elles peuvent parfois en terminer un en une seule journée, avec la contribution d'une quantité de mains. Je suis impatiente d'assister à une de ces séances, mais j'aurais préféré que la première ne soit pas liée au mariage d'Abigail : cette pensée amoindrit un peu le plaisir de la journée.

Je sais que tu auras envie que je te raconte la chose, aussi ne t'enverrai-je cette lettre qu'ultérieurement, afin de pouvoir t'en faire le récit.

Plus tard

La séance a eu lieu à la ferme des Haymaker, celle où nous prenons notre lait. Leur nom me plaît beaucoup, même si la mère est très dure et que la fille ressemble un peu à Abigail de tempérament. Nous sommes arrivées avec un jambon et une tarte aux cerises, pour découvrir qu'il y avait déjà quatre autres tartes aux cerises et deux jambons. L'« édredon » auquel nous étions censées travailler avait été étiré sur un cadre carré. Je m'imaginais que nous allions confectionner une courtepointe piquée d'une seule pièce, mais en fait, il s'agissait d'un appliqué représentant des fleurs dans des vases et des fruits dans des coupes, aux dominantes rouges et vertes sur fond blanc — un motif très répandu dans l'Ohio. Abigail a travaillé dur ces dernières semaines pour achever de coudre le grand tissu de base. La couture n'étant pas son fort, j'aurais peut-être dû deviner la cause de tant de zèle. L'appliqué est très populaire ici. De mon point de vue, cette méthode a quelque chose d'un peu simpliste, comme si la couturière n'avait pas beaucoup réfléchi et s'était bornée à découper la forme qui lui chante, pour la coudre ensuite sur un morceau de tissu. Tandis qu'assembler un patchwork requiert davantage de réflexion et de précision : c'est pour cette raison que le patchwork me plaît, même si d'aucuns jugent cette technique trop froide et trop géométrique.

À l'aide d'une ficelle tendue enduite de craie, Judith Haymaker avait marqué le tissu de doubles lignes parallèles que nous devions piquer en losanges, mais nous devions également faire des points dans les fleurs et les feuilles, pour en reproduire les formes. En guise de support, Abigail avait utilisé cette toile bleue familière que tu as vue maintes fois dans les quilts des Amis en Angleterre : certaines coutumes ont su traverser l'océan. Néanmoins, le rembourrage était du simple coton, quand toi et moi aurions employé de la laine. Il y a eu un débat sur l'origine de ce coton : on s'est demandé s'il avait été cultivé et récolté par des esclaves. Judith Haymaker nous a assuré qu'Adam Cox l'avait acheté pour elle à un marchand de Cleveland qui travaille avec des plantations du Sud ne recourant pas aux esclaves. J'ai entendu parler d'un magasin à Cincinnati, tenu par un Ami, où toutes les marchandises sont garanties de provenance inattaquable sur ce plan-là. Mais j'ignorais qu'il existait un tel magasin à Cleveland. J'ai été contente, en tout cas, que des Amies de Faithwell se préoccupent de ce genre de détails.

Huit d'entre nous avons cousu plusieurs heures durant et, comme c'est déjà arrivé, même en Angleterre, il a été fait grand cas de la vitesse et de la régularité de mes points, et de mon aptitude à me servir des deux mains pour le matelassage. La plupart des femmes ne savaient diriger leur aiguille que d'une main, et se sont montrées profondément étonnées de la rapidité avec laquelle j'arrivais à transpercer les différentes épaisseurs en me servant des deux. À vrai dire, j'étais tellement plus rapide que j'ai dû changer de place avec les couturières plus lentes. Certaines ont même rampé sous le cadre pour examiner mes points par en dessous. Tu sais que j'ai toujours réussi à piquer uniformément des deux côtés. Je n'écris pas cela pour me vanter, mais plutôt pour souligner combien je me sens souvent comme une réprouvée ici, même lorsque j'accomplis la plus familière des tâches. Au lieu de me complimenter pour mon habileté, les femmes me regardaient comme si j'étais une espèce de fruit étrange sur un étal de marché. Les compliments en Amérique peuvent prendre une forme presque agressive, comme si la complimenteuse pensait devoir justifier ses propres insuffisances plutôt que de se réjouir simplement du talent d'une autre. Toujours est-il que Judith Haymaker m'a bel et bien chargée de piquer les appliqués de fruits et de fleurs, lesquels, grâce à mes points, devraient attirer davantage l'attention : j'ai pris cette demande comme un compliment.

Il y a eu beaucoup de bavardages pendant que nous piquions, mais je suis restée silencieuse, sauf quand on me posait une question directe, ce qui ne s'est pas produit souvent. Les autres femmes étaient agréables, même si, à part la discussion sur l'origine du coton, j'avoue avoir trouvé leur conversation ennuyeuse. Je ne veux pas que tu penses que je suis devenue prétentieuse. Si l'une d'elles était assise avec nous à Bridport, elle aussi trouverait peut-être notre conversation assommante, car nous parlerions de gens qu'elle ne connaît pas et d'endroits où elle n'est pas allée. Avec le temps, j'espère que je finirai par connaître les gens et les endroits évoqués, et que les conversations présenteront dès lors un plus grand intérêt. Dans l'ensemble, pourtant, j'ai constaté que les femmes américaines ne semblaient pas se passionner pour grand-chose d'autre qu'elles-mêmes. Peut-être la lutte quotidienne imposée par la vie dans ce pays est-elle une gageure suffisante pour qu'elles préfèrent éviter de se mettre martel en tête.

Personne n'a parlé du mariage d'Abigail, même si je perçois un certain soulagement à l'idée que notre insolite maisonnée prenne une tournure plus normale. Personne ne m'a demandé ce que j'allais faire. C'est une question que je me pose moi-même. Je n'ai guère envie de continuer à habiter avec eux, mais au sein d'une communauté aussi restreinte il n'y a pas beaucoup d'autres solutions.

À la fin de la journée, une fois le quilt terminé, les hommes sont rentrés du travail et nous avons dîné tous ensemble. En plus du jambon, il y avait du rosbif, de la purée, des patates douces cuites au four — elles ont une chair orangée et plus un goût de courge que de pomme de terre —, des haricots verts (qu'ils appellent « haricots ficelle »), du maïs frais ainsi que du pain de maïs, toutes sortes de fruits en conserve, et beaucoup de tartes, surtout aux cerises, dont la saison vient de se terminer. Je me suis particulièrement régalée d'une jatte de groseilles à maquereau : j'ignorais qu'on en cultivait en Amérique. Leur saveur simple et parfumée m'a rappelé notre jardin à Bridport sous le soleil d'été.

J'ai été contente de participer à cette séance de quilt, car cette activité est toujours un plaisir pour moi, quelle que soit la conversation. Le caractère régulier et répétitif de la tâche m'apaise. Je regrette simplement qu'il n'y ait pas eu autour du quilt une seule ouvrière susceptible de devenir une amie. Il y avait bien deux femmes à peu près de mon âge — Dorcas Haymaker, la fille de la maison, et une autre du nom de Caroline —, mais elles étaient plus soupçonneuses qu'amicales, et je crois que l'une et l'autre se sentaient menacées par mes talents de couturière. Tu ne m'en as manqué que davantage.

Je suis désolée, Biddy. Dans chaque lettre, je me sens tenue de m'excuser pour mes jugements et mes plaintes. Je suis étonnée moi-même des difficultés que j'ai à m'habituer à cette nouvelle existence. Je pensais m'y accoutumer aisément. Mais je n'étais jamais partie loin de chez nous, et je n'avais pas réellement idée de ce qui m'attendait, ni de l'épreuve morale que serait pour moi cet exil. Et puis, évidemment, je croyais que j'aurais Grace auprès de moi pour me soutenir et pour m'encourager.

Je te promets que dans ma prochaine lettre je ne me plaindrai pas, mais te démontrerai au contraire que je m'adapte à la perfection à la vie en Amérique.

Ta fidèle amie,
Honor Bright

MAÏS

Jack Haymaker était comme un muscle tendu dans le corps d'Honor qu'elle sentait à chacun de ses mouvements. Elle se rendit compte qu'elle épiait sa silhouette les jours où elle allait à la ferme pour acheter du lait. En général il n'était pas là, et son absence constituait à la fois une déception et un plaisir anticipé à l'idée qu'il puisse apparaître. Mais de temps en temps, elle l'apercevait qui sortait de l'étable ou qui marchait derrière des vaches dans la prairie, ou bien qui attelait les chevaux à une charrette transportant des bidons de lait. Quand elle le voyait, c'était comme regarder le soleil : elle n'arrivait pas à le contempler franchement, juste à lui jeter des coups d'œil, en cachant sa réaction. Et puis, chaque fois qu'elle osait le regarder, Jack était déjà en train de sourire, même quand il ne lui rendait pas son regard. Il semblait toujours savoir qu'elle le guettait.

Aux Réunions, assis en face d'elle dans la section des hommes, il la bouleversait tellement qu'Honor se disait qu'elle ne pourrait jamais se concentrer sur la petite voix encore timide en elle tant qu'il serait dans la même pièce. Après le culte, quand tout le monde bavardait devant la maison quaker, elle espérait qu'il ne s'approcherait pas du trio qu'elle formait avec Abigail et Adam. Dans une communauté aussi restreinte, le moindre geste était forcément remarqué de tous. Il devait en avoir conscience, car il restait discuter avec les autres jeunes gens, riant et foulant la boue séchée de la route, sa chemise blanche bientôt couverte de poussière. Quoique ses yeux ne fussent pas directement posés sur elle, Honor pouvait sentir qu'il était là, et s'étonnait que personne d'autre ne semble noter le lien qui existait entre eux.

Il n'était pas particulièrement beau : il avait des traits assez quelconques et les yeux rapprochés, mais il était glabre, et Honor préférait cela à la barbe qui ornait les joues de la plupart des hommes quaker. Ce qui le rendait le plus attirant, c'était qu'il soit attiré par elle : l'intérêt d'autrui peut se révéler un puissant stimulant. Son regard sur elle exerçait sur son corps comme une pression physique.

Le jour de la séance de quilt chez les Haymaker, Honor se félicita d'avoir cette besogne familière aux vertus apaisantes pour l'occuper. Mais alors même qu'elle travaillait, elle savait que Jack Haymaker allait arriver en fin de journée et qu'il se joindrait aux femmes pour le dîner. Si elle était assez bonne couturière pour empêcher sa tension grandissante d'affecter son ouvrage, au bout de quelques heures ses poignets, ses reins et ses épaules étaient contractés. Avec, en sus, cette chaleur lourde à laquelle elle n'était pas encore habituée, elle sentait pointer un mal de tête. Quand Jack apparut enfin avec les autres hommes, elle parvenait à peine à le voir tant la douleur lui pressait les tempes et des points lumineux dansaient devant ses yeux.

Alors que la véranda et le salon commençaient à se remplir de monde, Honor se faufila dans la cuisine et, sortant par la porte de derrière, gagna en trébuchant un puits situé au milieu de la cour. Après avoir remonté un seau d'eau, elle s'appuya contre la margelle en pierre incurvée et but dans une tasse en fer-blanc qu'on laissait là à cet effet. Puis elle respira profondément et leva les yeux vers le ciel obscurci, piqué de quelques étoiles. L'air était immobile et brûlant, et des lucioles clignotaient dans la cour de la ferme. Honor les regardait voleter, émerveillée que des insectes puissent ainsi s'allumer de l'intérieur.

« Tu vas bien, Honor ? »

Évidemment il l'avait suivie, même si elle ne s'était pas éclipsée dans ce but. « J'avais un peu chaud.

— Il fait chaud ce soir, même dehors. J'en reviens pas que tout le monde veuille rester entassé dans le salon. » Jack Haymaker parlait d'une voix un rien traînante.

Une luciole atterrit sur la manche d'Honor et entreprit de remonter vers son épaule, sa queue clignotant toujours. Comme elle tendait le cou pour l'observer, Jack eut un petit rire. « N'aie pas peur. Ce n'est qu'une luciole. » Il plaça son doigt sur le chemin de l'insecte. Honor faisait tout pour ne pas penser à cette caresse. Lorsque la luciole grimpa sur son doigt, Jack l'éleva dans les airs et laissa la bestiole s'envoler : elle sema derrière elle des étincelles de lumière.

« Nous n'avons pas de lucioles en Angleterre, dit-elle.

— Ah bon ? Pourquoi ça ?

— Beaucoup de choses sont différentes là-bas.

— Par exemple ? »

Honor regarda autour d'elle. « Le paysage est plus... ordonné. Les champs là-bas sont séparés par des haies et ils sont plus verts. Il ne fait pas aussi chaud, et il n'y a pas autant d'arbres. »

Jack croisa les bras. « À t'entendre, on dirait que tu préfères l'Angleterre.

— Je... » Les mots l'avaient trahie. Elle aurait mieux fait de se taire. « Ce n'est pas ce que je voulais dire.

— Qu'est-ce que tu voulais dire ? »

Repensant à ses paroles, Honor comprit qu'elle avait commis l'erreur de présenter l'Angleterre sous un meilleur jour. Elle allait devoir dire du bien de l'Ohio d'une manière ou d'une autre. Les Américains aimaient les compliments. « J'aime les... les lucioles. Elles sont joyeuses et accueillantes.

— Plus que les gens ? »

Honor soupira. À nouveau il s'était saisi de ses quelques mots pour les déformer. C'était épuisant. Voilà pourquoi elle gardait si souvent le silence.

« Ça ne doit pas être facile, de vivre avec Abigail et Adam », reprit-il.

Honor fronça les sourcils. Bien qu'elle appréciât la compassion quand celle-ci émanait de la bonne personne, elle ne connaissait pas assez bien Jack pour l'accepter de sa part. Sa présence physique avait beau l'attirer, elle voulait se soustraire à sa conversation.

« Je ferais mieux de rentrer, dit-elle.

— Je vais avec toi. »

Ils repassèrent par la cuisine pour revenir

dans le salon bondé, où Dorcas Haymaker et son amie Caroline tournèrent leur visage vers eux comme deux plats en argent attrapant la lumière. Les joues de Caroline étaient rouges. Frottées à la molène, soupçonnait Honor : quand elle se jugeait trop pâle, Grace utilisait la même astuce pour raviver son teint. La plante était parfois appelée « rouge de quaker » par les gens de l'extérieur.

Jack ne sembla pas remarquer l'amie de sa sœur. « Tu vas bien manger quelque chose ? Coudre tout l'après-midi a dû t'ouvrir l'appétit. »

Honor n'aurait su dire s'il la taquinait ou non. C'était difficile de savoir avec les Américains : ils riaient de choses qu'elle ne trouvait pas drôles, et restaient muets quand elle avait envie de sourire. Elle ne répondit pas mais s'approcha des tables chargées de victuailles, espérant qu'il ne la suivrait pas, et que le bourdonnement dans sa tête allait s'atténuer. Elle ignorait pourquoi il produisait sur elle un tel effet physique. Ses manières désinvoltes la désarçonnaient, tout comme le pays lui-même la déconcertait. Honor était habituée à une vie efficace et organisée, et son existence avait été exactement le contraire depuis qu'elle avait quitté le Dorset. Jack Haymaker faisait partie du chaos américain qui cherchait à l'aspirer, et elle n'avait qu'une envie, s'en éloigner.

Elle examina le champ de nourriture qui s'étendait devant elle. Tout y était prévisible : le jambon, le rosbif, les montagnes de purée, les haricots ficelle, les galettes de maïs, l'armée de tourtes. Elle ravala un haut-le-cœur. Son rêve, c'était un *crumpet* beurré, des rillettes de poisson fumé, une côtelette d'agneau, des fraises à la crème. Des plats simples à préparer et faciles à digérer, qu'on ne servait pas par monceaux. Soudain, elle aperçut, reléguée tout au fond sur la table, une jatte de groseilles à maquereau, et elle tendit le bras.

À ce moment-là, un mouvement eut lieu dans la foule agglutinée autour du buffet, et les gens s'écartèrent pour laisser passer Judith Haymaker. Elle portait un grand plateau sur lequel étaient empilés des épis de maïs fumants, dépouillés de leurs feuilles et de leurs inflorescences. « Le maïs est prêt ! » cria-t-elle, le visage rougeoyant de chaleur et d'impatience. Pour une fois elle souriait de toutes ses dents. Il y eut une bousculade alors que des femmes se précipitaient pour déplacer divers récipients afin qu'elle puisse poser le plateau au milieu de la table.

« Le premier de la saison, expliqua Jack tandis que les invités se ruaient sur le maïs. Les épis seront plus gros le mois prochain, mais ceux-là sont plus tendres. Où est ton assiette ? Ils vont partir vite. » Il allongea le bras et attrapa un épi entre son pouce et son index. « Vite, ça brûle ! »

Honor n'eut d'autre choix que de s'emparer d'une assiette, où Jack déposa deux épis. « Je... commença-t-elle à protester, mais Jack parla en même temps qu'elle.

— Tu peux le manger avec du beurre, si tu veux. Tu vois la motte là-bas ? C'est pour rouler le maïs dedans. Mais je trouve que le premier maïs est meilleur nature. Il est tellement sucré qu'il n'a pas besoin de beurre. Viens. » Il lui prit l'assiette, la guida vers un banc poussé contre le mur et attendit qu'elle s'installe pour lui rendre la soucoupe et s'asseoir auprès d'elle.

Honor sentait d'autres regards sur eux en plus de ceux de Dorcas et de Caroline : Adam et Abigail les observaient, mais aussi Judith Haymaker et Caleb Wilson, le forgeron. Caroline avait des yeux étincelants et le regard dur.

Honor baissa la tête et étudia son épi de maïs, dont chaque grain ressemblait à une dent translucide. Jack était déjà en train de ronger le sien : il le faisait tourner au fur et à mesure que ses dents en détachaient les grains avec avidité. Le bruit évoquait un cheval qui mastique, ou un cerf piétinant des broussailles. Honor était incapable de le regarder manger. Ses frères, Samuel, et même Adam Cox n'auraient jamais fait un vacarme pareil. Jack Haymaker mangeait goulûment, bestialement.

Reposant son trognon sur l'assiette qu'ils partageaient, il s'apprêtait à aller chercher d'autres épis quand il remarqua que celui d'Honor était intact. « Tu n'aimes pas le maïs ? »

Honor hésita. « Je n'en ai jamais mangé à même l'épi.

— Ah, fit Jack en souriant. Alors un vrai régal t'attend. Je veux absolument voir ça. » À la grande gêne d'Honor il demeura devant elle à la lorgner, avec son immense sourire, ses cheveux en bataille et un grain de maïs collé au menton. S'il restait des gens qui ne les regardaient pas, tous les yeux étaient maintenant rivés sur eux. Honor rougit jusqu'aux oreilles, mais elle n'avait pas le choix. Hésiter davantage attirerait encore plus l'attention. S'emparant de l'épi de maïs, elle le tourna comme si elle cherchait le meilleur endroit par où l'attaquer.

« Vas-y, Honor, dit Jack. Lance-toi ! »

Honor ferma les yeux et mordit dans l'épi, tranchant les grains avec ses dents. Elle rouvrit les yeux. Elle n'avait jamais rien mangé d'aussi tendre et d'aussi sucré. C'était là du maïs sous sa forme la plus pure, une vraie bouchée de vie. Faisant tourner l'épi, elle mordit et mordit encore, pour bien se délecter de cette saveur, si différente des autres plats au maïs qu'elle avait dû manger ces dernières semaines. Puis, incapable de s'arrêter, elle dévora l'épi sur toute sa longueur jusqu'à ce qu'il soit entièrement dénudé.

Jack s'esclaffa. « Voilà qui t'a fait du bien. Bienvenue dans l'Ohio, Honor. Je vais t'en chercher un autre ? »

Jack Haymaker pénétra dans le magasin de nouveautés Cox le lendemain de la fête du quilt, en fin d'après-midi. Les derniers clients étaient partis et Honor repliait du tissu pendant qu'Adam Cox notait la recette de la journée. Bien qu'elle essayât de n'en rien montrer, elle sursauta quand Jack entra, et sa poitrine se serra. Elle le salua, puis se concentra sur l'étoffe qu'elle était en train de remballer — le même tissu blanc cassé à losanges couleur rouille que Mme Reed avait acheté pour sa fille le mois précédent. Tout à l'heure elle avait demandé à Adam la permission d'en découper un échantillon pour l'ajouter aux petits bouts qu'elle avait gardés de la robe marron de Grace et à la soie jaune de Belle.

Jack se tourna vers Adam, qui s'était interrompu dans ses écritures, son stylo en suspens sur son livre de comptes. « J'ai fini ma livraison de fromage à l'université, annonça-t-il, et je me suis dit que j'allais proposer à Honor de la ramener, si tu n'as plus besoin d'elle. Elle doit être fatiguée après une longue journée ici. »

Le regard d'Adam navigua entre Jack et Honor. Le soulagement qui traversa son visage était plus éloquent que n'auraient pu l'être des paroles : Jack la courtisait, et il avait la bénédiction tacite d'Adam. Sa vie, si incertaine ces derniers mois, allait maintenant pouvoir s'affermir. Pourtant, loin d'être solidement campée sur ses jambes, Honor se sentait plutôt chancelante, comme quand elle était descendue de l'*Adventurer* à New York et que le sol penchait puis se soulevait sous ses pieds.

« Bien sûr, répondit Adam. Je peux terminer tout seul. » Il se remit à écrire. Tandis qu'Honor allait derrière lui pour décrocher son châle — bien superflu par cette chaleur, mais les femmes en portaient toujours —, elle jeta un coup d'œil sur son registre. *11 aiguilles aiguisées à 1 cent/aiguille : 11 cents. 5 paires de ciseaux aiguisées à 5 cents/paire : 25 cents. 3 mètres de calicot*, avait-il noté. Sous cet angle, elle voyait la tonsure sur le haut de son crâne.

Il n'avait pas plu cet après-midi-là pour alléger la chaleur. Alors qu'ils roulaient vers le sud sur Main Street dans la charrette des Haymaker, ils entendaient dans le lointain des roulements de tonnerre, et le ciel à l'ouest était sombre. Jack lança à Honor un regard en coin. « Ne t'inquiète pas, il est encore à bonne distance. Je t'aurai déposée avant qu'il arrive.

— Je n'ai pas peur », déclara Honor, qui, en réalité, était un peu effrayée. Les orages américains étaient beaucoup plus spectaculaires que tous ceux qu'elle avait connus en Angleterre. L'air s'épaississait au fil de la journée jusqu'à ce que la tension devienne presque insupportable, le tonnerre et les éclairs au loin annonçant une délivrance prochaine. Puis, jaillissant des amas de nuages noirs, la pluie se mettait à tomber, et les éclairs, longtemps retenus, se dessinaient soudain au-dessus de votre tête en même temps que résonnait le fracas du tonnerre. Les orages ici étaient assourdissants, implacables, violents. Honor n'avait jamais été prise sous un orage de l'Ohio, et n'avait pas envie que cela se produise aujourd'hui. Le boghey d'emprunt d'Adam aurait été plus rapide que la charrette des Haymaker, ou bien elle aurait pu attendre que l'orage soit passé, à l'abri dans le magasin. Mais elle n'osa pas demander à Jack de faire demi-tour.

Au croisement de Mill Street, Honor aperçut Mme Reed. La femme noire leva les yeux et, voyant Honor et Jack ensemble, elle hocha la tête, mais sans sourire. Son chapeau de paille était garni cette fois-ci de minuscules fleurs blanches comme Honor en avait remarqué au bord des routes.

« Tu la connais ? demanda Jack, d'un ton fâché.

— C'est une cliente. Comment s'appellent ces fleurs, sur son chapeau ?

— Herbe à fièvre. Eh oui, on s'en sert pour traiter la fièvre... Elles n'existent pas en Angleterre ?

— Peut-être. Les fleurs ne sont pas pareilles ici, même quand elles ont le même nom. »

Jack grommela. Au loin, le tonnerre gronda à nouveau, plus fort à présent.

Être assise avec Jack dans la charrette ne lui causait pas du tout la même impression qu'avec Adam, ou avec le vieux Thomas de Wellington ; elle n'éprouvait pas non plus la même sensation que quand elle se promenait avec Samuel en Angleterre. Ce n'était pas seulement qu'il sentait le foin coupé malgré la poussière et la sueur d'une journée de travail. C'était cette attraction magnétique qui l'étonnait, cette tension électrique qui vibrait dans l'air lorsqu'ils étaient ensemble. Elle était douloureusement consciente de sa présence. Chacune de ses respirations, chacun de ses mouvements de tête, chacun de ses roulements d'épaules ou chacune de ses torsions du poignet quand il guidait les chevaux entraînait en elle de profondes répercussions. Elle braqua ses yeux sur son avant-bras : ses manches étaient retroussées, si bien qu'elle pouvait voir ses poils blonds qui ondulaient tous dans la même direction, comme le blé sous le vent.

C'est sûrement cela, le désir, se dit-elle, les joues brûlantes de honte. Elle n'avait pas ressenti une telle chose avec Samuel : elle le connaissait depuis l'enfance, et il était davantage comme un frère. Peut-être la chose qu'il éprouvait pour la femme d'Exeter était-elle comparable à ce qui lui arrivait avec Jack. Pour la première fois, elle s'autorisa à considérer avec placidité l'attitude de Samuel et ce qui avait pu motiver son comportement.

« Le maïs pousse », commenta Jack alors qu'ils longeaient les champs de maïs gagnés avec peine sur les bois entre Oberlin et Faithwell. Puis, durant la demi-heure de trajet, il ne reprit la parole que pour affirmer que la foudre ne se rapprochait pas. Sinon, il fredonnait dans sa barbe un air qu'Honor ne réussit pas à identifier.

Une fois devant chez Abigail — qui, sur la véranda, les regardait bouche bée —, Honor remercia Jack de l'avoir raccompagnée alors qu'il l'aidait à descendre, laissant sa main s'attarder sur son coude. Il hocha la tête. « On a pris l'orage de vitesse, hein ? »

À la fin de la journée, au magasin d'Adam, Honor s'était sentie à la fois affamée et épuisée. Pourtant, ce soir-là, elle ne put rien avaler et elle dormit à peine. L'orage n'éclata jamais, et le lendemain matin l'air était aussi chaud, immobile et étouffant que la veille.

« Le maïs est presque à point, déclara Jack le samedi suivant en la ramenant une nouvelle fois d'Oberlin. Mais pas encore tout à fait. »

La troisième fois qu'elle partit avec lui, il arrêta la charrette le long d'un champ. Ils restèrent assis là à examiner les pieds de maïs, à présent plus grands qu'un homme. Leurs épis étaient gonflés, leurs inflorescences longues et soyeuses, leurs tiges bruissantes.

« Honor, ce maïs est prêt. Es-tu d'accord ? »

La gorge d'Honor se serra. Était-ce là la manière américaine de courtiser une femme ? Une conversation à une fête du quilt, trois trajets en charrette, et un accouplement dans un champ ? Puis les bans seraient publiés et ils se marieraient : moins de deux mois entre la première rencontre et le lit conjugal. En Amérique le temps semblait faussé : il s'étirait et se contractait devant elle, et le rythme constant auquel elle était habituée se trouvait bouleversé. Soit il ralentissait — à bord de l'*Adventurer*, lorsqu'elle attendait les lettres de sa famille, durant les torrides après-midi sur la véranda avec Abigail. Soit il s'accélérait — la mort de Grace, le mariage d'Abigail et Adam, les espérances de Jack... Tout cela lui coupait le souffle et l'empêchait de réfléchir.

« Honor ? »

Avait-elle le choix ? Elle pouvait dire non, et Jack relancerait le cheval et ils reprendraient leur route jusqu'à Faithwell, où il la déposerait pour ne plus jamais la raccompagner, et ne plus jamais lui sourire autrement qu'en voisin. Elle se retrouverait coincée chez Adam et Abigail. Ils s'étaient mariés la semaine précédente, mais elle continuait de se sentir gênée d'habiter sous leur toit.

Honor avait toujours présumé qu'elle aurait une profonde complicité avec son mari, fruit d'une histoire commune et d'un cadre de vie partagé. Mais après tout, ces éléments n'étaient pas forcément un gage de réussite ; l'abandon de Samuel avait été aussi soudain que la proposition de Jack. Et sans le concours de l'attirance physique la profonde complicité à laquelle elle croyait s'était révélée dénuée de substance. Au moins ressentait-elle du désir pour Jack. C'était mieux que rien.

« Oui, répondit-elle enfin. Le maïs est prêt. »

Jack descendit d'un bond et lui tendit la main. Tandis qu'il la précédait dans la forêt de maïs et que les tiges remuaient et crissaient au-dessus de leurs têtes, les longues feuilles fibreuses les frôlaient, s'accrochant aux manches d'Honor et lui griffant doucement les joues. Ils avaient beau marcher en ligne droite le long d'une rangée, elle fut bientôt désorientée, avec toute cette verdure frémissante alentour, ce ciel brûlant et sombre qui donnait l'impression de vibrer, et ces hirondelles qui volaient à toute vitesse au-dessus d'eux, cherchant où jucher pour la nuit.

Jack la fit s'étendre sur la terre sablonneuse entre deux rangs de maïs. Il la regarda un moment avec un léger sourire, comme s'il cherchait une confirmation sur ses traits avant de continuer. Il ne l'embrassa pas tout de suite, mais retira le foulard blanc qu'elle avait autour du cou pour promener ses lèvres le long de sa clavicule, en en mordillant l'arête. Honor se retint de respirer. Aucun homme ne l'avait jamais touchée là… ni ailleurs, à vrai dire. Son idylle avortée avec Samuel avait compris des étreintes de mains et de brefs baisers, et il lui était arrivé d'appuyer son bras contre le sien lorsqu'ils étaient assis côte à côte. La bouche de Jack réveillait en elle une ardeur qui, sans qu'elle le sache, ne demandait qu'à être ranimée.

Partout autour d'eux les grillons faisaient entendre leur chant intarissable. La respiration d'Honor se fit plus rapide lorsqu'il desserra sa robe autour de ses épaules puis l'abaissa sur son torse, la pointe blanche de son encolure se fronçant telle une collerette au-dessus de sa taille. Tandis que les lèvres de Jack suivaient le mouvement du vêtement, Honor ferma les yeux et se laissa aller à savourer la pression de sa bouche sur ses seins. Mais, lorsqu'il remonta sa jupe et lui caressa l'intérieur des cuisses, elle se rendit compte qu'elle s'imaginait avec Donovan, ses yeux bruns mouchetés aimantant les siens, ses mains bronzées posées pleines d'assurance sur sa peau blanche. Elle rouvrit aussitôt les yeux, mais il était trop tard pour arrêter ce qu'ils avaient commencé. Jack la toucha entre les jambes, agrandit l'orifice et s'enfonça en elle. Choquant, douloureux, animal, n'empêche qu'elle répondit presque inconsciemment au rythme qu'il imposait, un rythme que, d'une certaine manière, elle reconnut bien qu'elle n'en eût jamais fait l'expérience. De plus en plus vite, coup de boutoir après coup de boutoir, Honor ne pouvait se raccrocher à ce qu'elle ressentait, la douleur et l'excitation mêlées à un point tel qu'elle finit par s'oublier elle-même dans ce pilonnage continu. Soudain Jack donna une violente poussée et se raidit en lâchant un cri rauque. Lorsqu'il s'écroula sur elle, Honor l'enlaça avec force, le nez enfoui dans son cou tandis que leurs respirations ralentissaient en chœur. Tournant la tête de côté pour aspirer une goulée d'air, elle entendit à nouveau les grillons, et sentit le sol dur contre son dos. Une pierre lui mordait la hanche. Elle regardait, l'œil vague, les rangées sombres du maïs, se demandant s'il y avait des serpents à proximité ; rien ne bougeait mais ce n'était qu'une question de temps avant que l'un d'entre eux n'apparaisse, traînant son poids entre les graminées, les motifs marron et or de sa peau brillant dans la pénombre.

Le lendemain les bans furent publiés. Avant de partir pour la Réunion, Honor tomba sur Abigail qui vomissait dans la cour de derrière. Lorsqu'elle se redressa, elle avait ces mêmes perles de transpiration sur la lèvre supérieure et ce même air d'exaltation nauséeuse qu'Honor avait vus sur d'autres femmes, et elle comprit immédiatement qu'Abigail portait un enfant. Or elle venait tout juste de se marier... Honor ne souffla mot quand Abigail annonça qu'elle retournait se coucher. Tout arrive si vite, songea-t-elle. Trop vite.

Alors qu'ils marchaient vers la salle de culte, elle fit part à Adam de sa décision d'épouser Jack Haymaker. Adam se borna à hocher la tête, sans énoncer de paroles rassurantes ni manifester le moindre contentement.

De son côté, Jack aurait certainement prévenu sa mère avant la Réunion, car, en tant qu'Ancienne, Judith Haymaker devait être avertie des futurs mariages. Honor était soulagée de ne pas avoir eu à assister à sa première réaction. D'après ce qu'Honor avait pu voir à la fête du quilt, aux Réunions de culte, et lorsqu'elle allait acheter du lait et du fromage à la ferme, la mère de Jack était une femme pondérée et pétrie de principes. Judith Haymaker avait forcément une idée précise du cours que devait prendre la vie de son fils, et il était peu probable que ses projets pour lui aient inclus la fille d'un marchand de cordes qui n'y connaissait rien en vaches laitières, une créature menue et silencieuse que rongeait le mal du pays.

Les Haymaker mère et fille étaient déjà installées : Dorcas dans la section des femmes, Judith sur le banc des Anciens. Pendant qu'Honor s'asseyait, la mère de Jack avait les yeux fixés sur le mur chaulé face à elle, ses sourcils arqués conférant à son visage son habituelle expression à la fois franche et dure. Dorcas était renfrognée. Au moins Jack lui souriait-il depuis la section des hommes. Pour une fois la présence d'Abigail auprès d'elle lui manqua : elle se sentait exposée aux regards de la communauté et aurait aimé plus de solidarité qu'Adam ne pouvait lui en apporter à l'autre bout de la salle.

Elle baissa les yeux et resta absolument immobile, comme si en ne bougeant pas elle allait parvenir à s'abstraire de la pièce. Mais elle n'arrivait pas à se concentrer. Lorsque les fidèles s'absorbèrent dans une méditation plus profonde, Honor ne réussit pas à trouver le recueillement et à calmer ses pensées tourmentées. Au contraire, elle sentait que son dos lui faisait mal, que son nez la chatouillait, que la chaleur de la journée faisait ruisseler la sueur entre ses seins. Quand la Réunion se termina deux heures plus tard, elle était plus agitée qu'elle ne l'avait été en s'asseyant.

La proclamation des bans fut accueillie par des murmures étonnés. Honor rougit, et tressaillit en entendant Caroline, l'amie de Dorcas, étouffer un sanglot. C'était la jeune femme qui l'avait dévisagée à la fête du quilt. Honor savait d'elle peu de choses hormis qu'elle était fille de fermier. Dans un bourg aussi petit que Faithwell, un bon parti comme Jack avait à coup sûr une épouse assignée, par la communauté ainsi que par la famille. À présent, soit Caroline allait se dépêcher d'en épouser un autre — choisi sans doute dans une communauté quaker voisine comme Greenwich, à une trentaine de kilomètres —, soit elle allait partir vers l'ouest retrouver des cousins, dans l'Iowa, le Wisconsin ou bien le Missouri. Honor ferma les yeux, incapable de supporter le spectacle de ce visage défait. Je suis désolée, songea-t-elle, espérant que ce message contrit saurait traverser la pièce pour aller se poser tel un baume sur l'âme de Caroline. Je suis désolée, mais le mariage est le seul moyen pour moi de me faire une place ici. Faute de quoi je vogue au gré des flots, sans la moindre idée de comment rallier la terre.

Alors que tout le monde se levait, Caroline sortit précipitamment de la salle. Dorcas allait s'élancer à ses trousses, mais se retint quand sa mère lui plaça une main sur le bras. Honor sentit tous les regards de l'assemblée se poser sur elle et sa future belle-mère tandis que celle-ci venait à sa rencontre, Dorcas dans son sillage. Joignant ses mains pour éviter de les tordre, Honor décida d'affronter sa nouvelle famille : il fallait bien s'y résigner, elle ne pouvait pas vivre en permanence les yeux braqués sur le sol.

Judith Haymaker portait une robe gris foncé et un bonnet blanc à fond plat fermement attaché par un ruban de même couleur. Malgré la canicule, elle ne transpirait pas. Comme Dorcas et contrairement à la mode du jour, ses épaules n'étaient pas tombantes mais presque aussi carrées que celles d'un homme, et ses bras avaient des muscles saillants, développés par une vie entière passée à traire les vaches. Sa bouche était figée en un perpétuel demi-sourire dont Honor comprenait à présent qu'il recelait peu de chaleur. « Adam et toi devez nous rendre visite après le déjeuner. Nous avons beaucoup de sujets à aborder. »

Honor acquiesça, notant que Judith s'était gardée de les inviter à partager leur repas. C'était aussi bien, car elle ne pensait pas être en mesure d'avaler quoi que ce soit en présence de son aînée.

Apparemment, le sujet que Judith Haymaker tenait surtout à aborder était celui des quilts.

Honor était allée plusieurs fois à la ferme des Haymaker avec Abigail pour acheter du lait, et aussi pour la séance de quilt, quelques semaines auparavant. Mais elle n'avait pas alors examiné les lieux dans la pensée d'y habiter... Tandis qu'elle marchait vers l'ouest avec Adam, chacun de ses pas l'emmenait plus loin de Faithwell et plus près de la nature sauvage. En approchant de la ferme, elle la considéra d'un œil neuf. Elle était très différente des fermes du Dorset, qui, étant plus anciennes, avaient fini par se fondre dans leur milieu naturel, alors que les fermes de l'Ohio, résultats d'audacieux défrichements, semblaient perchées à la surface du paysage. Les bâtiments étaient disposés avec soin et non jetés pêle-mêle, ils étaient en bois et non en pierre, les limites étaient marquées par des clôtures en bois et non des murs en pierre, et l'ensemble était entouré d'épaisses forêts et non de vertes prairies, de douces collines et de petits bosquets inoffensifs. La maison à bardeaux à un étage se dressait en retrait de la route, et la cour de devant offrait un carré de pelouse, ce qui était rare dans ces contrées, car la chose signifiait arracher toutes les souches, arroser en permanence et posséder un chien à même de faire fuir les lapins et les biches. En l'occurrence, ils en avaient un. Digger, un berger anglais plutôt intelligent, courait d'ailleurs vers eux, grondant et aboyant comme il ne l'avait jamais fait quand Honor venait chercher du lait. Il semblait sentir que l'objet de cette visite était différent et plus équivoque. Derrière la maison se trouvaient plusieurs dépendances, que dominait une énorme grange, bien plus vaste que la maison elle-même. Peinte en rouge mais aujourd'hui décolorée, elle était dotée d'un toit extrêmement pentu, et un remblai de terre menait à son entrée. À travers les portes ouvertes, Honor aperçut des balles de foin empilées quasiment jusqu'aux chevrons.

Les Haymaker les attendaient sur la véranda. Judith tenait une Bible sur ses genoux, Dorcas une chemise qu'elle raccommodait, et Jack, qui était assis les yeux fermés, bondit pour rappeler le chien. Pendant que Dorcas disparaissait dans la maison, Judith leur proposa des chaises à dossier droit avant de se rasseoir dans un rocking-chair dont Honor soupçonnait qu'il lui était réservé. La première d'une foule de règles familiales qu'elle allait devoir assimiler… Digger se plaça près du rocking-chair, juste hors de portée des bascules. C'était de toute évidence le chien de Judith ; Honor comprit qu'il ne viendrait jamais se coucher à ses pieds. Peut-être aurait-elle plus de chance avec le chat tricolore : il traversa furtivement la pelouse pour disparaître dans un des parterres de fleurs aménagés de chaque côté du perron. Il avait l'air bien plus sauvage que son chat anglais.

Adam et Jack parlèrent brièvement de l'avoine et de quand se ferait la récolte, de la marche des affaires au magasin de nouveautés, d'une nouvelle loi sur les esclaves débattue au Congrès et que Caleb Wilson le forgeron avait évoquée à la Réunion. Honor aurait aimé écouter mais elle était trop nerveuse pour être réellement attentive. Elle avait apporté du patchwork, et sortit les hexagones marron et verts sur lesquels elle avait déjà travaillé. Elle entreprit de les assembler en rosace par des points de surjet, et ce geste bien connu la calma. Où qu'elle puisse se trouver, si étrangers et peu accueillants que puissent être les lieux et les individus, coudre lui était au moins une activité familière.

Judith jeta un coup d'œil à l'ouvrage rapide et tellement régulier d'Honor. « Un patchwork aussi compliqué va prendre un temps fou, observa-t-elle. Tu ne fais donc jamais d'appliqué ? Cela va beaucoup plus vite. Même assembler des blocs pour former des motifs comme le chasse-mouches, le vol d'oies ou l'étoile de l'Ohio irait plus vite que ce que tu es en train de faire.

— En Angleterre nous avons toujours fait le patchwork de cette façon-là.

— Tu n'es plus en Angleterre. »

Honor courba la tête.

Quand Dorcas revint avec une carafe d'eau et des verres, Judith arrêta de se balancer et les hommes interrompirent leur conversation. « J'aimerais savoir ce qu'Honor apporte à ce mariage », déclara-t-elle alors que sa fille commençait à servir.

Il y eut un silence ; on n'entendait que la carafe de Dorcas qui tintait contre le bord d'un verre.

« Elle apporte très peu de choses, chère Judith, répondit Adam. Tu connais sa situation. Honor ne l'a jamais cachée.

— Je le sais. Mais est-ce qu'elle apporte au moins quelque chose ? Des quilts, par exemple. » Judith se tourna vers Honor. « De combien d'édredons disposes-tu ?

— Un seul.

— Un seul ? répéta Judith, atterrée. J'avais cru comprendre que tu étais une quilteuse hors pair. Je t'ai vue coudre à la fête. Regarde à quelle vitesse tu travailles en ce moment. » Elle se pencha et s'empara des hexagones d'Honor. « Tu es la meilleure couturière de Faithwell. Mais qu'est-ce que tu faisais donc, là-bas en Angleterre ? » Derrière cette question, Honor en devinait plusieurs autres : Comment la fille d'un marchand de cordes occupait-elle son temps ? Était-elle paresseuse ? De quelle utilité serait-elle à leur famille ?

« J'avais bien d'autres quilts, expliqua Honor, mais je les ai donnés : ils auraient été trop encombrants pour le voyage. Nous n'en avions emporté que deux, et le quilt de mariage de Grace a dû être brûlé, de crainte qu'il ne soit contaminé par la fièvre jaune. » Elle baissa le regard ; elle avait honte de ne pas apporter de quilts dans sa corbeille de mariée. Elle pouvait s'estimer heureuse que Jack veuille bien d'elle malgré tout.

« Ta sœur n'avait donc pas apporté d'autres quilts pour son mariage avec Adam ?

— Elle se disait que ce n'était pas grave, et elle pensait pouvoir en faire une fois sur place. »

Judith grogna et lui rendit son patchwork. « Tu dois réclamer les quilts que tu as laissés en Angleterre. Écris pour expliquer la situation, demande qu'on te les envoie. Cela prendra plusieurs mois, mais au moins tu les auras. Combien peux-tu en récupérer ? »

Honor hésita. Elle trouvait grossier de réclamer des quilts qu'elle avait offerts de son plein gré. Elle tâcha de discerner qui serait le moins offensé par une telle requête. « Trois, peut-être.

— Je ne sais pas quelles sont les traditions en Angleterre, dit Judith, mais ici les jeunes femmes doivent disposer d'une douzaine de couvre-pieds pour leur mariage, et un treizième doit être fabriqué exprès — une courtepointe piquée de couleur blanche. Peut-être Abigail et Adam ne t'ont-ils pas prévenue, puisqu'il s'agissait pour eux d'un second mariage, et que dans ces cas-là la tradition diffère. Enfin bon, enchaîna-t-elle à l'adresse d'Adam, si tu peux fournir le tissu blanc, nous organiserons une séance plus tard dans la semaine pour réaliser le matelassage. En ce moment, nous sommes occupés par les récoltes, mais il nous faudra bien trouver le temps. Et puis nous t'offrirons trois des édredons de Dorcas. Avec les quilts envoyés d'Angleterre, nous arriverons à un total de huit. »

Dorcas posa bruyamment la carafe sur la table en étouffant un petit cri. Des points rouges lui coloraient les joues.

« Bien sûr je fournirai le tissu, acquiesça Adam. Je te remercie d'accepter Honor dans ta famille. Si les courtepointes posent un problème, peut-être n'est-il pas besoin de précipiter les choses. Honor pourra rester avec nous le temps de fabriquer les quilts nécessaires. » Il ne semblait guère convaincu par sa suggestion, cependant.

« Cela serait bien trop long, si on veut des couvre-pieds de qualité, répondit Judith Haymaker. Pour en faire cinq, il faudrait...

— Huit ! rectifia Dorcas. Trois pour remplacer les miens.

— Pour huit couvre-pieds, il lui faudrait deux ans, et encore, avec nous pour l'aider. »

Adam paraissait stupéfait : de toute évidence, il ignorait quel travail requérait le patchwork. Il avait beau vendre du tissu, il n'avait pas grandi entouré de sœurs qui fabriquaient des quilts.

« Mais si elle faisait de l'appliqué à la place du patchwork, cela irait plus vite. » Judith indiqua les losanges d'Honor. « Il est temps de ranger ces choses-là et d'adopter les motifs de la région. »

Honor cessa de coudre et posa les mains sur ses cuisses. Ce n'était pas une grande privation de renoncer aux hexagones, et elle pourrait faire des quilts en appliqué si besoin était. Mais elle avait toujours supposé que quand viendrait le moment de fabriquer son quilt nuptial, elle aurait tout le temps nécessaire pour le concevoir et en surveiller l'exécution, même si en tant que future mariée elle n'était pas censée travailler dessus elle-même. Elle aurait choisi une ou deux couturières pour s'en charger, qu'elle aurait dirigées avec soin. Tandis qu'à la séance qu'organiserait Judith il y aurait de nombreuses ouvrières, aux degrés d'habileté variables. Le patchwork avait au moins le mérite de dissimuler les points de couture maladroits ; sur une courtepointe piquée de couleur unie, c'étaient les points qui faisaient tout, et leur caractère irrégulier sauterait aux yeux. Elle et Jack commenceraient leur vie conjugale sous un quilt d'une qualité contestable. Ce n'était pas un début très prometteur.

Je ne dois pas pleurer, se dit-elle. Je ne pleurerai pas. Pour empêcher les larmes de déborder et penser à autre chose, elle contempla le jardin. Des belles-de-jour grimpaient sur les colonnes de la véranda, et elle remarqua soudain une forme minuscule qui voltigeait autour. Honor cligna des yeux. C'était un oiseau microscopique, presque comme une abeille mais avec un bec en aiguille, qui agitait ses ailes tellement vite qu'elle ne les voyait pas. Tandis qu'elle l'observait, l'oiseau introduisit son bec dans la fleur pour en pomper le nectar.

Jack suivit son regard. « C'est un colibri. Tu en as déjà vu, ou bien est-ce encore une chose qui n'existe pas en Angleterre, comme les lucioles ? »

Honor secoua la tête. Le mouvement fit fuir l'oiseau, mais il ne tarda pas à revenir. « Je n'en ai jamais vu.

— Nous avons rentré deux moissons de foin, reprit Judith, mécontente de l'interruption, et nous en aurons encore une cet été. L'avoine est mûre, et ensuite il y aura le maïs, et puis il y a tous les légumes du potager à mettre en bocaux. Nous n'espérons pas qu'Honor travaille aux champs, mais elle pourra faire la cuisine, s'occuper du jardin, traire les vaches et vendre le fromage. C'est toujours une saison difficile, quand on n'est qu'à trois. À quatre, nous aurons moins de mal. Si Honor doit nous être de quelque utilité, elle et Jack doivent se marier le plus tôt possible. » Elle secoua la tête. « Mais huit couvre-pieds pour un mariage… Je n'ai jamais eu vent d'une aberration pareille. »

Honor nota que Jack n'intervenait pas au sujet des quilts, mais laissait sa mère négocier ; peut-être estimait-il qu'il avait déjà rempli son rôle dans le champ de maïs. Toutefois, lorsque sa mère eut terminé, il les emmena faire un tour de la ferme, désireux de mettre en avant ce que sa famille avait bâti. C'est là qu'Honor commença réellement à comprendre combien sa vie allait changer. Chez Abigail et Adam, au moins, on apercevait d'autres maisons, et le magasin général, si sommaire soit son offre, se trouvait à proximité. La ferme des Haymaker n'était qu'à cinq cents mètres de Faithwell, mais la route à la sortie du village se réduisant bientôt à un sentier défoncé, les lieux paraissaient éloignés. Et bien que le terrain eût été défriché pour créer un jardin devant et derrière la maison, un potager, un verger et un pré pour les vaches, on n'en avait pas moins la sensation que la nature sauvage était là tout près, essayant de reprendre ses droits, en particulier la forêt située à l'ouest dans laquelle Belle et elle n'avaient pas osé pénétrer la dernière fois. Honor avait toujours cru qu'elle aimait les arbres, mais à présent les hêtres que ses frères escaladaient enfants, les pommiers derrière leur maison, les marronniers dont ils ramassaient les fruits chaque automne, tous ces arbres paraissaient bien inoffensifs à côté des chênes locaux, des frênes noirs, des hêtres et des érables qui peuplaient les bois près de la ferme. « Le bois de Wieland, commenta Jack. Du nom de mon père. » Quand Honor lui lança un regard interrogateur, il ajouta : « Il est mort en Caroline du Nord. Un incendie. »

Elle ne demanda pas de détails : le visage de Jack s'était fermé.

Chose presque aussi inquiétante que les arbres tout proches, il y avait les animaux. Les Bright élevaient huit poules pour les œufs, et achetaient tout le reste chez le boucher et le crémier de la ville. Les Haymaker avaient quatre-vingts poules : vingt pondeuses et soixante poulets de chair. Il y avait deux chevaux, deux bœufs qu'ils partageaient avec une autre ferme, huit vaches (« Nous en ajoutons une chaque année », expliqua Jack avec orgueil), et aussi quatre cochons, énormes, qui empestaient tellement qu'elle en eut l'estomac retourné. En fait, toute la ferme sentait l'étable ; elle ne s'imaginait pas vivre dans une odeur aussi pénétrante. Mais Jack insista pour qu'Adam et elle examinent chacune des bêtes. Durant cette inspection, Adam se montrait poli et paraissait sincèrement curieux, alors qu'Honor ne faisait qu'éprouver un effroi grandissant. Jamais elle ne pourrait être fière d'une vache. À Bridport elle habitait loin des étables, et près des échoppes qui écoulaient les produits de la ferme. Chez les Haymaker, elle se trouverait au cœur même de l'activité agricole. C'était une existence très différente, pleine de parfums, de sons, de textures et d'espaces inconnus. Voir Jack dans son cadre de vie faisait presque de lui un étranger ; à lui aussi elle allait devoir s'habituer.

Le seul endroit de la ferme où elle se sentait un tant soit peu à l'aise était le fenil. Dans la grange, la senteur sucrée, sèche et poussiéreuse du foin masquait la puanteur du purin et du fumier, et le silence régnait : les animaux étaient dans les stalles au-dessous et les gens vaquaient à leurs occupations. Ici elle se voyait bien se réfugier pour échapper quelques minutes au reste de la ferme. De nouvelles balles de la récente moisson formaient de grandes piles. Seule la paille dans un angle de la grange ne montait pas trop haut. « Au moment de la récolte de l'avoine on refera le plein de paille », déclara Jack, voulant les rassurer. Honor s'empara d'un fétu : terne et mort comparé au foin, le brin avait été amputé de la vie lorsque les tiges avaient été égrenées.

La maison était un peu plus familière : Honor était désormais entrée dans suffisamment de logis américains pour s'attendre à des pièces carrées dotées de grandes fenêtres, de meubles sans prétention en frêne, en pin ou en orme, et de tapis de chiffon ovales disposés sur le sol. Judith les entraîna dans chacune des pièces, y compris la dépense et le réduit plus frais à côté de la cuisine où on faisait le fromage. Honor fut étonnée lorsqu'elle les conduisit ensuite à l'étage pour leur montrer les chambres, meublées avec sobriété à l'exception de leurs couvre-pieds toujours rouge, vert et blanc. Honor ne s'attendait pas à voir des chambres à coucher. Dans son pays, elle n'aurait jamais montré les chambres à des étrangers : elle les considérait comme des espaces privés. Elle jeta un coup d'œil à Adam, mais il ne broncha pas. En Pennsylvanie aussi, les familles chez qui elle avait séjourné lui avaient fait visiter chaque pièce, comme pour lui donner une idée bien précise de la façon dont ils vivaient et de ce qu'ils possédaient. En Angleterre un tour du propriétaire aussi exhaustif passerait pour de la vantardise, mais ici ces choses-là étaient à la fois naturelles et importantes. Et d'ailleurs, songea-t-elle soudain, les chambres ne constituaient plus des espaces privés puisqu'elle allait bientôt faire partie de la famille. D'une manière ou d'une autre, il allait bien lui falloir considérer cette maison comme la sienne.

Faithwell, Ohio
4e jour du 8e mois 1850

Mes chers parents,

Je vous écris pour vous dire que je me marie ce matin, avec Jack Haymaker. Nous vivrons avec sa mère et sa sœur dans leur ferme laitière juste à la sortie de Faithwell.

Cela est très soudain, je le sais, mais j'espère que vous nous donnerez votre bénédiction et penserez à nous avec tendresse.

S'il te plaît, Mère, si tu pouvais redemander à Biddy le quilt étoile de Bethléem et me l'envoyer, ainsi que ceux que j'ai donnés à William et à tante Rachel. J'en ai besoin. Je suis désolée d'avoir à réclamer ainsi, mais la famille de mon mari exige que je détienne pour mon mariage un nombre suffisant de quilts. J'espère que toi et les autres comprendrez cette requête.

Votre fille affectueuse,
Honor Bright

FIÈVRE

Honor ne passa pas sa nuit de noces dans le lit de Jack Haymaker. Ou plutôt « leur lit », comme elle allait devoir désormais y penser. Après la Réunion du mariage et le banquet offert par les Haymaker, quand les derniers voisins furent partis et que le ciel se fut paré d'une couleur d'encre, Jack la guida à l'étage puis dans le couloir en direction de leur chambre. « Ce sera plus confortable que le champ de maïs », dit-il avec un sourire en l'entraînant vers le lit. Celui-ci était recouvert de la courtepointe piquée blanche réalisée à la va-vite lors de la séance organisée plus tôt dans la semaine, avec l'aide de toutes les petites mains disponibles. Vacillante, Honor se cramponna au châlit en fer.

Jack avait retiré ses bretelles et sa chemise quand il remarqua qu'elle n'avait pas bougé. « Tu ne te déshabilles pas ? Bon, je vais t'aider. » S'approchant pour défaire les boutons qui couraient dans son dos, il laissa sa main reposer sur son cou un instant, avant de faire la grimace et de s'exclamer : « Mais tu es brûlante ! » La retournant vers lui, il examina ses traits congestionnés, puis la fit asseoir tandis qu'il lui tâtait les joues et le front. « Quand as-tu commencé à te sentir comme ça ?

— Je... il fait très chaud ce soir. » C'était la vérité. La chaleur était si étouffante et dense que son front brûlant ne lui avait paru qu'un prolongement de la canicule. Jack appela sa mère et sa sœur, et Honor, qui s'était contenue toute la journée, s'écroula sur le lit.

Judith et Dorcas la reconduisirent au rez-de-chaussée, où elles l'installèrent dans l'infirmerie à côté de la cuisine. La petite pièce carrée contenait un lit à une place, une chaise en bois, ainsi qu'un meuble avec une cuvette et un broc qui renfermait par ailleurs un pot de chambre. Au-dessus du meuble, accroché au mur, il y avait un placard à pharmacie rempli de bandelettes de lin et de flacons de camphre, de moutarde, mais aussi d'autres remèdes qu'Honor ne reconnut pas. Le lit était fait avec de vieux draps en lin et une couverture en laine grise qui la démangeait atrocement. Une fenêtre donnait sur le jardin de derrière. Les femmes la laissèrent ouverte et entrebâillèrent la porte vers la cuisine de sorte que l'air puisse circuler un peu, mais l'atmosphère, immobile, demeura suffocante.

Pendant les premiers jours de sa fièvre, Honor oscilla entre le froid et le chaud, le délire et la lucidité, le besoin d'avoir les Haymaker auprès d'elle et l'envie qu'ils la laissent tranquille. Elle faisait parfois semblant de dormir quand Dorcas venait vérifier son état ou que Jack s'asseyait à son chevet. Discuter — parler ou écouter — était d'autant plus épuisant qu'elle les connaissait à peine. Elle n'avait pas encore derrière elle ces heures de bavardages sur le temps qu'il allait faire, sur les vaches, les besognes à accomplir, la façon dont elle avait dormi, les allées et venues des voisins, le lait qui tournait à la chaleur, les lettres, si merveilleuses, de la famille et des amis. Quand Jack s'asseyait auprès d'elle, que Judith Haymaker lui donnait des cuillerées de bouillon ou que Dorcas s'attardait dans l'encadrement de la porte, eux non plus ne semblaient pas savoir quoi dire, et ils se mettaient souvent à deviser entre eux, rinçant le pot de chambre qui n'en avait pas forcément besoin, défroissant les draps du lit, ouvrant ou fermant la fenêtre, ou bien balayant le plancher que ne souillait aucune poussière.

Lorsqu'elle était seule, Honor, étendue, regardait la lumière changer sur les murs, trop faible et hébétée pour se redresser afin de lire ou de coudre. Par moments il faisait tellement chaud dans la chambre qu'elle avait l'impression qu'il n'y avait plus de frontière entre son corps et l'air, qui finissaient par se confondre. Même dans son délire elle savait que c'était absurde, et elle se réjouissait alors de l'intrusion d'un des Haymaker ou bien de la visite d'Adam — qui vint une fois ou deux —, car ces apparitions lui rappelaient qui elle était et où elle se trouvait.

À part son mal de mer sur l'*Adventurer*, elle n'avait jamais été aussi gravement malade pendant une durée aussi longue. « C'est la fièvre quarte, répondit Judith Haymaker quand Honor lui demanda pourquoi elle n'allait pas mieux. Elle aime s'installer pour de longs séjours. Tout le monde l'attrape à un moment ou à un autre. »

Sa maladie n'était toujours pas terminée quand arriva la récolte de l'avoine, mais elle était suffisamment rétablie pour que les trois Haymaker puissent aller aux champs, où tous les bras étaient nécessaires. Honor regretta de ne pas participer aux moissons, car elle avait espéré que cette activité l'aiderait à mieux s'intégrer dans la communauté des fermiers. Elle en toucha un mot à Jack lorsqu'il vint la voir brièvement après la première journée. « Il y aura d'autres années », lui assura-t-il, avant de s'endormir dans le fauteuil.

La fenêtre de l'infirmerie donnait sur la cour entre la grange, le hangar à charrette et le poulailler, et Honor la contemplait des heures d'affilée. Souvent elle avait l'impression que rien ne changeait jamais, mais au bout de quelque temps elle se mit à remarquer de légers mouvements : des papillons jaune et noir qui voletaient, une brise qui agitait des feuilles, les ombres qui progressaient lentement sur le sol poussiéreux.

Un jour que les Haymaker étaient aux champs, Honor, dans son lit, regarda deux tamias se pourchasser autour du puits au milieu de la cour tandis que la chatte tricolore se dirigeait vers eux en rampant. Mais elle ne fut pas assez rapide, et les tamias s'enfuirent. Plus tard la chatte retraversa la cour. Derrière elle folâtraient trois chatons qui s'arrêtaient régulièrement pour se bagarrer : leur mère les regardait jouer d'un œil indifférent. Le puits ne projetait aucune ombre, car il était midi. Une tasse en fer-blanc reposait sur la margelle. Honor cligna des yeux : elle comprit qu'elle avait dû s'endormir puisqu'une tache sombre se dessinait d'un côté du puits. Elle cligna à nouveau des yeux. La tasse avait disparu.

Une poule avait réussi à s'échapper du poulailler et picorait le sol, à la merci des renards, Digger étant lui aussi parti aux champs. Honor se demanda ce qu'elle ferait si un renard s'en prenait au volatile, encore que, d'après elle, la chose ne risquât guère d'arriver en plein jour. Elle était désormais capable de faire quelques pas dans l'infirmerie, mais elle doutait de réussir à sortir dans la cour pour sauver la poule sans perdre connaissance.

En observant l'ombre au pied de la margelle, Honor crut qu'elle se remettait à délirer, car la tache sombre ne correspondait pas à la forme du puits, mais avait plutôt l'aspect d'un sac de pommes de terre. Tandis qu'elle la fixait des yeux, un bras s'en étira soudain pour replacer la tasse sur la margelle. Si elle n'avait pas regardé à ce moment-là, Honor n'aurait pas perçu le tintement métallique sur la pierre.

Elle se redressa tout doucement pour ne pas faire de bruit avec les draps. L'idée d'être seule dans cette ferme, entourée de forêts, avec un intrus tapi derrière le puits, lui tordait les entrailles de terreur. Elle aurait aimé pouvoir fermer les yeux puis les rouvrir pour constater que l'homme avait disparu. Respirant à fond et plongeant en elle-même, elle s'arma de sang-froid : chacun recelait en soi une part de Dieu, même un homme qui se cachait dans la cour. Mais elle n'en tremblait pas moins lorsqu'elle se glissa hors du lit pour aller s'agenouiller à la fenêtre.

Honor avait espéré que le soleil aveuglerait suffisamment l'homme pour qu'il ne la voie pas, mais tandis qu'elle scrutait la silhouette elle sentit qu'on l'examinait aussi. L'homme demeurait immobile, tellement immobile que la poule picorait tout près de lui. Honor ne bougeait pas non plus. Sous sa chemise de nuit, des perles de sueur lui coulaient dans le dos. Alors qu'elle continuait à regarder, la masse sombre se déplia, se mit debout et prit l'apparence d'une jeune femme noire, pieds nus, vêtue d'une robe jaune. Autour des cheveux elle portait une bande de tissu arrachée à l'ourlet de sa robe. La poule déguerpit, mais elle ne chercha pas à l'imiter. Au contraire, elle tendit une main vers Honor. Ce petit geste, bien qu'ambigu, eut le pouvoir de lui dénouer le ventre. Il semblait dire : Je suis en fuite. Aidez-moi. La femme et elle, désormais, étaient liées par ce geste. Honor avait grandi dans la conviction que l'esclavage était mal et qu'il fallait s'y opposer, mais ce n'étaient là que des idées et des mots. Aujourd'hui elle devait bel et bien *agir,* même si elle ignorait encore comment.

La femme noire baissa la main et resta plantée près du puits. Tous les mouvements dans la cour semblaient s'être arrêtés. La poule demeurait invisible. Il n'y avait pas de vent. Même les grillons et les sauterelles avaient cessé de grésiller et de striduler. Honor n'imaginait pas que l'Ohio puisse être jamais plus calme qu'en cet instant.

Elle se leva, avec lenteur pour ne pas avoir la tête qui tourne. Puis elle se dirigea vers la cuisine, posant la main sur le chambranle et sur les murs pour se soutenir. Au passage, elle ramassa un quignon de pain sur le buffet. Sur la véranda de derrière elle hésita, puis descendit dans la cour. Là, l'éclat et la chaleur du soleil brisèrent son élan. Honor leva la main pour s'abriter les yeux ; elle les plissa, mais était encore tellement éblouie que les larmes roulaient sur ses joues. Cela faisait plus de quinze jours qu'elle n'avait pas vu le soleil.

La femme ne vint pas vers elle, mais resta près du puits, la main posée sur la margelle. En la voyant, Honor pensa à une brebis dont il fallait s'approcher tout doucement pour qu'elle ne détale pas, mais qu'on n'avait cependant aucune chance d'arriver à toucher. Un jour, quand elle était plus jeune, Honor, avec force patience, avait réussi à placer sa main sur le cou d'un agneau. Il n'avait pas bondi comme elle l'avait prévu, mais semblé se soumettre à sa caresse. Cette femme ne paraissait pas prête à se soumettre ; elle se sauverait à la moindre alerte.

Honor essaya de trouver quelque chose à dire, mais elle savait que les gestes étaient plus efficaces. S'avançant un peu, elle tendit le quignon de pain. La femme s'en empara avec un signe de tête approbatif, mais au lieu de le manger, elle le rangea dans la poche de sa robe. Elle était grande, beaucoup plus grande qu'Honor, avec de longues jambes maigres et des bras comme des piquets de clôture. La robe avait été faite pour quelqu'un de plus petit, car elle ne lui arrivait qu'aux mollets, et ses poignets osseux dépassaient largement de ses manches. Le vêtement était crasseux, froissé et déchiré, comme si elle ne l'avait pas quitté depuis des semaines, de jour comme de nuit. Son visage était luisant de sueur, et son nez, large et épaté, constellé de boutons. Le blanc de ses yeux était jaunâtre, et leurs coins pleins de croûtes. Honor se demanda si elle accepterait d'entrer se laver, mais elle en doutait. La femme avait besoin d'une aide concrète et rapide, pas d'un bain.

Avant qu'Honor ait pu ouvrir la bouche, la femme dressa brusquement la tête, comme si celle-ci était reliée par un fil à un son dans le lointain. Honor tendit l'oreille, et reconnut un bruit qu'elle n'avait pas entendu depuis plusieurs semaines : le pas irrégulier d'un cheval muni de fers épais.

Les yeux de la femme s'allumèrent soudain, et Honor y lut le désespoir d'avoir parcouru une aussi longue distance pour se faire rattraper si près du but. Elle aspira une gorgée d'air et s'efforça de réfléchir, malgré le soleil qui lui embrouillait l'esprit et les étoiles qui flottaient devant ses yeux. Elle se sentit chanceler. Juste au moment où ses jambes se dérobaient, elle dit : « Entre et va dans le garde-manger. »

Quand Donovan pénétra dans la cour, Honor gisait dans la poussière. Descendant de cheval, il se précipita et, se mettant à genoux, la hissa contre lui. « Honor, que s'est-il passé ? Est-ce que quelqu'un... » Il balaya du regard la cour déserte, puis il scruta ses traits tirés. « Tu as la fièvre d'été. Qu'est-ce que tu fais dehors, espèce de sotte ? »

L'odeur de sa sueur était aussi puissante qu'enivrante. Honor ne tenta pas de se dégager : elle ne voulait pas l'offenser. « Je... les poules se sont échappées. Il faut que je les rattrape. » Voilà qui, au moins, était la vérité. Comme si elle l'avait entendue, une poule apparut près de la grange, relevant sa tête brune et gloussant d'indignation face à Donovan.

« Je vais les rassembler. Mais je vais d'abord te ramener dans la maison. Et pas de résistance, je te prie. » Donovan la ramassa comme un sac de farine et la transporta à l'intérieur. « Où sont passés les autres ? demanda-t-il en regardant la cuisine vide.

— Ils moissonnent l'avoine. » Honor indiqua l'infirmerie. « Dans cette pièce, s'il te plaît. »

Il la déposa avec une grande délicatesse pour un homme aussi rude. « Honor Bright, nom de Dieu, qu'est-ce que tu fiches ici ? s'écria-t-il en se laissant tomber dans le fauteuil à son chevet. Je t'ai pas vue depuis des semaines. Je croyais que tu m'évitais en te cachant chez ces deux quakers, mais voilà que je te retrouve ici ! » Donovan paraissait contrarié, comme si elle avait trahi leur amitié en ne l'avertissant pas.

Honor respira à fond. « S'il te plaît, pourrais-tu aller chercher mon... mon mari ? Jack Haymaker. Dans le champ au sud d'ici, un peu à l'ouest de la route. S'il te plaît. »

Une légère émotion traversa le visage de Donovan, aussitôt camouflée par un petit sourire narquois. « Ton mari. Tiens donc... Alors quelqu'un s'est déjà glissé sous ces jupes, on dirait ? »

Honor se borna à le regarder. Elle aurait dû avoir peur d'être ainsi seule avec lui. Mais non. Elle aurait dû le mépriser pour le métier qu'il faisait. Mais non. Il y a en lui comme en chacun une étincelle divine, se dit-elle. Si seulement j'arrivais à la trouver.

« Tu as besoin de quelque chose ? » Donovan regarda dans la cruche blanche sur sa table de chevet : elle était drapée d'un napperon en dentelle contre les mouches. « Tu veux un peu d'eau fraîche ? Je peux aller t'en chercher au puits, ou dans le garde-manger s'il y en a un.

— Non, répondit Honor, tâchant de garder son flegme.

— Ça ne me dérange pas. » Pour une fois, Donovan se montrait prévenant mais cette obligeance tombait mal.

« Il y a une chose que j'aimerais, commença-t-elle, pour l'empêcher d'entrer dans le garde-manger, où il découvrirait la femme au milieu des étagères de fromage. Tu te souviens du quilt de l'amitié qui était dans ma malle quand nous nous sommes rencontrés ?

— Ah que oui !

— Pourrais-tu aller me le chercher ? Il est à l'étage dans ma malle. Cette couverture me gratte trop.

— Bien sûr. » Donovan bondit hors de la pièce, manifestement ravi de s'être vu confier une mission bien concrète. Elle entendit ses pas dans l'escalier puis au-dessus de sa tête, qui ébranlaient le couloir et la chambre. Honor pria pour que la femme reste tranquille et ne cède pas à la panique.

Donovan revint avec la courtepointe. La déployant sur elle, il hésita un instant, puis s'accroupit pour l'aplanir : sa main erra lentement sur les contours de son corps. Ses yeux étincelaient dans son visage hâlé. Honor se revit allongée dans le maïs avec Jack en train de rêver de Donovan, et le sang lui monta au visage. Ce doit être la fièvre qui me trouble, se dit-elle. Mais elle savait qu'il n'en était rien.

Donovan observa l'intense rougeur de la jeune femme et lui-même s'empourpra. « Enfin, bon Dieu, Honor, t'aurais quand même pu laisser sa chance à un autre ! »

Honor avala sa salive. Elle n'aurait jamais imaginé avoir une telle conversation avec lui. « Les

Amis épousent des Amis, sans quoi ils doivent quitter la communauté. Et puis, je ne pourrais jamais… m'associer avec un chasseur d'esclaves.

— Et qu'est-ce que tu fais en ce moment sinon t'*associer* avec moi ? »

Elle frissonna et le regarda, désemparée. « S'il te plaît, va chercher Jack », chuchota-t-elle.

La mention du mari d'Honor sembla le ramener à la réalité. « Je vais aller m'occuper des poules avant que les renards le fassent.

— Ne t'inquiète pas pour les poules. Jack s'en chargera.

— Non, j'y vais. Et j'en profiterai pour jeter un petit coup d'œil aux alentours. C'est pour ça que je suis venu, d'ailleurs… je cherche quelque chose. Je savais pas que tu serais là. » Donovan se tut. « Ces poules, comment elles ont fait pour sortir, d'après toi ? »

Honor secoua la tête.

Donovan la dévisagea. « D'accord, Honor Bright. À plus tard. »

Il ressortit. Honor le regarda traverser la cour et passer près du puits, avec la tasse qui scintillait sur la margelle tel un fanal. Maintenant qu'il avait parlé d'eau fraîche, elle se sentait cruellement assoiffée. Elle ferma les yeux. Elle l'entendait qui sifflotait. Il ouvrit la porte de la grange et le sifflotement s'estompa. Il reprit quelques minutes plus tard, et les poules se mirent à crier tandis que Donovan s'employait à les rassembler.

Bientôt elle entendit son cheval qui se dirigeait au petit galop vers le champ d'avoine. Elle dut s'endormir quelques instants. Elle se réveilla en sursaut, certaine d'une présence non loin de là. La pièce était vide, mais une tasse remplie d'eau trônait à portée de main sur sa table de chevet. L'eau était fraîche comme au sortir du puits, et meilleure que n'importe quelle eau qu'Honor eût jamais bue.

Honor ne s'attendait pas à voir Donovan revenir avec Jack, mais son mari devait être suffisamment inquiet pour accepter que le chasseur d'esclaves le ramène. Elle entendit le cheval dans la cour, puis Jack surgit dans l'infirmerie, s'agenouilla auprès d'elle et lui tâta le front. Donovan demeura dans l'embrasure de la porte, son chapeau dans les mains. Ses yeux se portèrent aussitôt sur la tasse, seul détail qui eût changé dans la pièce durant la demi-heure écoulée. Honor le fixa du regard. Au lieu de la colère qu'elle redoutait, elle vit un lent sourire se dessiner sur ses traits, ainsi qu'une expression admirative, comme si Honor venait de réussir aux cartes un coup d'une particulière habileté. Il agita un doigt vers elle. « Haymaker, tu ferais mieux d'expliquer à ta femme la loi sur les esclaves fugitifs. On dit que le président ne va pas tarder à la ratifier. Une fois qu'elle sera en vigueur, je ne serai plus aussi coulant avec elle… ou avec toi. Je vous obligerai peut-être à m'aider à attraper les nègres. »

Jack leva le regard vers lui. Les avoir tous deux dans la même pièce était insupportable. « S'il te plaît, va-t'en, maintenant, Donovan », demanda Honor.

Donovan eut un grand sourire. « Ta petite femme est une sacrée tête brûlée, Haymaker…

tu ferais bien de la surveiller. Moi, en tout cas, je n'y manquerai pas. » Il adressa un clin d'œil à Honor, puis remit son chapeau et se retira.

Honor baissa les paupières en priant pour que la femme ait eu assez de temps pour trouver une meilleure cachette.

Jack commença à interroger Honor alors même que les sabots du cheval cliquetaient encore dans la cour. « Cet homme... ce Donovan. Il a dit qu'il te connaissait. Où l'as-tu rencontré ? » Jack essayait de rester impassible, mais ses efforts ne faisaient qu'accentuer son air soupçonneux.

« À Wellington. » Honor s'empara de la tasse à côté de son lit.

Jack scruta le récipient. « Il t'a apporté de l'eau ? »

Honor ne répondit rien, pour ne pas avoir à mentir, et laissa Jack penser ce qu'il voulait. Elle but l'eau à petites gorgées, puis reposa la tasse sur la table de chevet.

« Mais comment... comment en es-tu venue à rencontrer un homme comme lui ? reprit Jack. Un chasseur d'esclaves. »

Honor ferma les yeux pour se soustraire à son regard insistant. Je n'ai rien à cacher, se sermonna-t-elle. « C'est le frère de la modiste de Wellington.

— Que faisait-il ici ? Il est venu pour te voir ?

— Non.

— Est-ce qu'il t'a parlé d'un esclave en fuite ? Est-ce que... » Jack s'interrompit et il plissa les yeux. « Est-ce qu'un homme de couleur est venu ici te demander de l'aide ? Est-ce que tu l'as aidé ?

— Non, parvint à dire Honor. Aucun homme

n'est venu à part Donovan. Pourquoi un esclave en fuite viendrait-il ici ?

— Il y a beaucoup de fugitifs dans l'Ohio. Il y a des itinéraires établis, avec des maisons sûres et des gens qui les aident le long du chemin. Les étapes changent souvent, je crois, pour tromper les chasseurs d'esclaves. On appelle ça le "chemin de fer clandestin". »

Honor n'avait jamais entendu cette expression.

« La plupart des esclaves en fuite passent par Oberlin, continua Jack, mais il arrive que certains s'égarent par ici. C'est ce qui a dû se produire pour que Donovan soit là. Si jamais un fugitif se présente à la ferme, tu ne dois pas le laisser faire escale, mais lui indiquer le chemin d'Oberlin.

— Mais s'il a faim… ou soif ? » Honor n'osait pas regarder la tasse.

Jack haussa les épaules. « Bien sûr tu lui donnes de l'eau s'il a soif. Mais ne t'en mêle pas. Tu risquerais — nous risquerions tous — d'avoir des ennuis. »

Après toutes ces émotions, Honor s'endormit. Plus tard ce soir-là, quand il revint des champs, Jack s'assit auprès d'elle. « Donovan a attrapé une femme de couleur dans le bois de Wieland. Il est passé devant la ferme avec sa prisonnière en croupe, mais tu devais dormir. »

Il l'examinait avec soin, et Honor mit le même soin à ne pas réagir.

« Je suis content qu'il l'ait attrapée », ajouta Jack.

Honor se raidit. « Pourquoi ? »

Jack remua au bord du lit. « Mieux vaut ne pas avoir des gens comme Donovan qui en pourchassent d'autres à travers la campagne : ça bouleverse les honnêtes gens et ça fait peur aux femmes.

— Tu penses que les esclaves ne devraient pas essayer de s'enfuir ?

— Honor, tu sais que nous réprouvons l'esclavage. Cette pratique va à l'encontre de nos croyances, qui veulent que nous soyons tous égaux aux yeux de Dieu. Mais... » Jack se tut.

« Mais quoi ? »

Il soupira. « C'est difficile à expliquer à quelqu'un comme toi, qui viens d'un pays où l'esclavage n'est pas inhérent à ses fondations mêmes. Il est facile de condamner l'esclavage, quand on ne tient pas compte des conséquences.

— Quelles conséquences ?

— Les conséquences économiques. Si l'esclavage devait être aboli demain, l'Amérique s'écroulerait.

— Comment cela ?

— Une des principales productions de ce pays est le coton, et les matières textiles qui en découlent. Les États du Sud le cultivent en se servant des esclaves. Les États libres du Nord transforment le coton en tissu. Chacun est dépendant de l'autre. Sans les esclaves pour récolter tout le coton nécessaire au juste prix, les usines du Nord fermeraient. »

Honor réfléchit à cet argument, regrettant que ses idées soient trop confuses pour qu'elle puisse y opposer une réponse cohérente.

« Je sais que les Amis anglais ont des principes très forts concernant l'esclavage, Honor, poursuivit Jack. Ceux d'Amérique aussi. Mais nous sommes peut-être un peu plus pragmatiques.

Mettre en application des convictions est plus difficile que de les prêcher. Pense à tout le coton que tu as utilisé pour tes quilts. Une grande partie, même celui que tu as acheté en Angleterre, a été fabriquée grâce à l'exploitation des esclaves. Nous tâchons dans la mesure du possible d'acheter du tissu qui ne soit pas associé à l'esclavage, mais ce n'est pas évident, car il y en a très peu. » Il caressa un rectangle de chintz vert dans le patchwork d'Honor. « Ce bout de tissu a sans doute été fabriqué dans le Massachusetts avec du coton provenant d'une plantation du Sud. Est-ce que tu vas pour autant te débarrasser de ce quilt ? »

Honor se surprit à recroqueviller ses doigts autour du quilt de l'amitié : elle s'y agrippait comme si Jack allait tenter de le lui arracher. « Tu estimes que nous ne devrions pas aider les esclaves en fuite ?

— Ils enfreignent la loi, ce que je n'approuve pas. Je ne les arrêterais pas, mais je ne les aiderais pas. On risque des amendes, des peines de prison… et pire encore. » Tandis qu'il parlait, Honor voyait sa mâchoire se contracter.

Il y a quelque chose qu'il ne me dit pas… songea-t-elle. Une épouse n'était-elle pas censée tout savoir de son mari ? « Jack…

— Je dois aller aider à la traite », annonça-t-il, et il fila avant qu'Honor n'ait pu l'interroger.

Plus tard, seule dans l'infirmerie, elle pleura en pensant à la femme noire qui lui avait apporté de l'eau et qui était désormais entre les mains de Donovan.

Le lendemain après-midi, en se réveillant, elle trouva Belle Mills à son chevet. Honor cligna des yeux pour s'assurer qu'elle ne rêvait pas. Mais non : elle n'aurait jamais pu inventer un bonnet pareil. Doté de la passe la plus évasée qu'elle ait vue de sa vie, il était agrémenté de torsades de dentelle qui tombaient en cascade de chaque côté, et attaché par une bride orange vif. Malgré tout, il faisait ressortir la nuance jaune de son teint, et il avait beau être très féminin, il donnait au visage de Belle, avec sa puissante mâchoire et son regard curieux, une apparence plus masculine.

« Honor Bright, tu t'es mariée et tu m'as même pas prévenue ! Il a fallu que je l'apprenne par mon frère, et je déteste avoir des nouvelles par lui. J'ai été bien tentée de même pas me déplacer, seulement voilà, il m'a dit que t'étais malade, et il fallait que je vérifie par moi-même que ta nouvelle famille s'occupe de toi comme il faut. Mais j'ai pas l'impression qu'ils fassent grand-chose. Ils sont même pas là.

— Ils moissonnent l'avoine, murmura Honor. Ils doivent la rentrer avant les orages qui sont attendus demain. »

Belle pouffa. « Mon chou, écoute-toi un peu, à me parler des moissons ! Bientôt tu me raconteras combien de kilos de pêches tu as mis en bocaux… » Elle posa une main froide sur le front d'Honor, qui se demanda comment Belle pouvait rester fraîche par une telle chaleur. Ce geste lui rappela sa mère, et elle ferma les yeux pour savourer cette sensation de douceur.

« Bon, tu as encore de la fièvre, annonça Belle,

mais rien de trop grave. Tu survivras. En tout cas, je suis contente de voir que tu as suivi mon conseil pour ce qui est du mariage. Et je suis pas étonnée que t'aies choisi Jack Haymaker, avec une ferme comme celle-là. Évidemment, faut prendre la belle-mère avec. Je me souviens de son regard. Voyons, mon chou, qu'est-ce qui te prend ? Voilà que tu recommences. » En effet, Honor pleurait à chaudes larmes : elles coulaient en rivières brûlantes sur ses tempes pour aller former des lacs dans ses oreilles. Voir Belle Mills était comme découvrir une prune gorgée de sucre dans une jatte de fruits trop verts.

« Allons, allons... » Belle glissa son bras autour des épaules d'Honor et la serra contre elle jusqu'à ce que la jeune femme arrête de pleurer. Elle ne lui demanda pas la raison de ces larmes.

« Devine ce qu'il y a de nouveau à Wellington ! lança-t-elle quand Honor fut calmée. Le train ! Voyage inaugural depuis Cleveland il y a une quinzaine de jours. Toute la ville était là pour le voir arriver, et bien sûr il fallait que la plupart de ces dames aient de nouveaux chapeaux. Je t'avais dit que le train ferait marcher les affaires...

— J'aimerais bien voir ce train.

— On dirait le cheval noir le plus gros et le plus bruyant que tu aies jamais vu. Tu savais qu'il roulait à vingt-cinq à l'heure ? Vingt-cinq ! Seulement deux heures et demie pour aller à Cleveland. Je compte le prendre bientôt. Tu devrais m'accompagner. »

Honor sourit.

« Au fait, je t'ai apporté ton cadeau de mariage... Tu t'imaginais pas que j'allais venir les mains vides, quand même ?

— Nous... tu n'avais pas à... je te remercie... Jack et moi te remercions. » Honor se reprit plusieurs fois avant de trouver les mots justes. En général, les quakers n'offraient pas de cadeaux, car les biens matériels ne devaient pas revêtir une trop grande importance. Mais Honor ne voulait pas dénigrer le geste généreux de Belle : elle accepta le paquet plat emballé dans du papier et entouré d'un ruban bleu.

« Vas-y, ouvre. Pas besoin d'attendre ton mari. J'ai pas fait tout ce chemin pour pas savoir si elles te plaisent. »

Dénouant le ruban et retirant le papier, Honor découvrit deux taies d'oreiller en lin bordées de fine dentelle. Elle n'était pas supposée apprécier les belles choses, mais elle les adora.

« Voici mon avis, dit Belle. Quoi qu'il puisse t'arriver dans la journée, tant que tu auras une jolie taie d'oreiller où appuyer ta tête pendant la nuit, tout ira bien pour toi. Tu sais désormais où reposer ta tête, Honor Haymaker. L'avenir te sourit. »

Faithwell, Ohio
27e jour du 8e mois 1850

Chère Belle,

Je t'écris pour te remercier d'être venue me voir quand j'étais malade. Je me sens mieux à présent, bien qu'encore un peu faible.

Je te remercie aussi pour les magnifiques taies d'oreiller que tu nous as offertes à Jack et à moi. Personne ne m'avait jamais fait un aussi beau cadeau. Je les chérirai toujours, comme je chéris la main amicale que tu me tends.

Ta fidèle amie,
Honor Haymaker

MÛRES

Quelques jours plus tard, quand ses idées furent plus claires et qu'elle fut à nouveau sur pied, Honor trouva comment réfuter l'argument de Jack concernant l'esclavage et le commerce du coton. L'objection lui apparaissait de manière si évidente qu'elle tenait à lui en faire part avant que la thèse ne perde de son lustre. Ainsi, au dîner, à la stupeur des trois Haymaker, Honor prit-elle la parole sans qu'on l'eût d'abord interrogée. Elle était tellement impatiente d'énoncer ce qu'elle avait en tête, et si peu habituée à diriger la conversation, qu'elle ne fit précéder son discours d'aucune explication. Au milieu du silence — les Haymaker ne parlaient guère durant les repas —, elle déclara soudain : « Peut-être que tout le monde devrait payer le tissu un peu plus cher, et cet argent en sus, les cultivateurs de coton pourraient l'utiliser pour payer les esclaves, qui seraient alors des ouvriers et non plus des esclaves. »

Les Haymaker la dévisagèrent. « Je paierais volontiers un penny de plus le mètre si je savais que cela pouvait anéantir l'esclavage, ajouta-t-elle.

— J'ignorais que tu avais tant de pennies à distribuer », persifla Dorcas.

Judith Haymaker passa à son fils un plat de jambon. « Adam Cox serait obligé de fermer boutique s'il augmentait le prix des tissus qu'il vend. Les gens ne roulent pas sur l'or. Et puis, les planteurs du Sud préféreraient cesser leur activité plutôt que de verser un salaire à leurs esclaves. Il n'est pas dans leur tempérament d'opérer une telle révolution.

— "Vous traiterez l'étranger en séjour parmi vous comme l'un des vôtres ; vous l'aimerez comme vous-mêmes." » Bien qu'Honor eût entendu ces paroles bien des fois, elle ne les prononça pas avec autant de force qu'elle l'aurait voulu.

Judith se renfrogna. « Tu n'as pas à me citer le Lévitique, Honor. Je connais la Bible. »

Honor baissa le regard, regrettant d'avoir tenté d'engager une véritable discussion sur le sujet.

« Nous venons d'un État qui pratique l'esclavage, enchaîna sa belle-mère. Nous avons quitté la Caroline du Nord pour l'Ohio il y a dix ans, comme beaucoup d'Amis à l'époque, car nous ne pouvions plus vivre dans ce contexte. Nous connaissons donc fort bien la mentalité des gens du Sud.

— Pardon. Je ne voulais juger personne.

— Il y a quelques fermiers dans le Sud qui ont accordé la liberté à leurs esclaves, ou qui leur ont permis de l'acheter, concéda Jack. Mais ils sont rares. Et il est difficile pour les Noirs libres de gagner leur vie. Beaucoup migrent vers le Nord, laissant leurs familles derrière eux, pour s'installer dans des villes comme Oberlin, qui est plus tolérante que beaucoup. Mais même à Oberlin ils forment une communauté distincte, et ceux qui se sont enfuis ne sont pas totalement en sécurité. C'est pourquoi nous sommes partisans de la colonisation. Elle nous semble une meilleure solution.

— La colonisation ? Qu'est-ce que c'est ?

— À l'origine, les Noirs viennent d'Afrique, et ils seraient plus heureux s'ils vivaient là-bas, dans un nouveau pays qui leur appartienne. »

Honor garda le silence, réfléchissant à cette hypothèse. Elle se demandait comment Jack savait ce qui ferait le bonheur des Noirs. Leur avait-il posé la question ?

Elle eut l'occasion de le faire elle-même la semaine suivante. Jack devait aller à Oberlin faire réparer une décortiqueuse de maïs, et Honor l'accompagna. Dix jours plus tôt, elle n'imaginait pas avoir la force de traverser une pièce, encore moins de se rendre en ville, mais quand la fièvre avait baissé, son rétablissement, comme prévu, avait été rapide, et elle avait hâte de retourner à Oberlin. Adam avait promis qu'une fois les moissons terminées il demanderait à Jack si elle pouvait l'aider de temps en temps au magasin les Sixièmes Jours. Elle ne savait pas ce que son mari répondrait. Sans doute qu'il valait mieux qu'elle s'y connaisse en vaches plutôt qu'en tissus... Judith avait dit qu'elle la mettrait bientôt à la traite, ce qu'Honor redoutait, car les vaches lui semblaient aussi bizarres qu'énormes. En raison de sa maladie, elle était restée exclusivement dans la maison ou dans le jardin, et avait réussi à éviter les animaux, avec leur fringale perpétuelle et leurs déjections incessantes. Elle n'avait pu, cependant, échapper à l'odeur.

Chaque fois que sa vie prenait un cours nouveau, Honor se rendait compte qu'elle regrettait la phase précédente : tout d'abord Bridport, puis le magasin de modes Belle Mills, et maintenant le magasin de nouveautés Cox. Mais à quoi bon revenir sur ce que son existence aurait pu être ? Ressasser ainsi ne servait à rien. Elle avait remarqué que les Américains ne remâchaient pas le passé et se gardaient de réfléchir aux destins différents qu'ils auraient pu connaître. Ils avaient l'habitude du changement : la plupart avaient émigré d'Angleterre, d'Irlande ou d'Allemagne. Les habitants de l'Ohio venaient du sud, de Nouvelle-Angleterre ou de Pennsylvanie ; beaucoup poursuivraient leur périple vers l'ouest. Déjà, depuis son arrivée à Faithwell trois mois plus tôt, deux familles avaient décidé qu'après les moissons elles partiraient vers l'ouest. D'autres viendraient de l'est ou du sud pour prendre leur place. Les maisons ne restaient pas vides longtemps. L'Ohio était une plaque tournante, où les gens ne cessaient de bouger vers le nord ou vers l'ouest. Faithwell et Oberlin présentaient la même agitation. Honor ne s'en était pas aperçue au début, mais à présent elle se rendait compte que les choses fluctuaient constamment, et que ce va-et-vient semblait ne déranger qu'elle.

Dans le centre de la ville, Honor et Jack se séparèrent, lui pour aller chez le forgeron, elle au magasin de nouveautés Cox. Elle voulait dire bonjour et essayer de trouver du tissu pour une nouvelle courtepointe qu'elle faisait pour Dorcas. Le petit apprenti était assis devant la boutique, aiguisant une paire de ciseaux ; c'est à peine s'il leva les yeux lorsqu'elle entra. Il n'y avait qu'une seule cliente : Adam Cox était en train de servir Mme Reed. Aujourd'hui elle avait des rudbeckies sur son chapeau. Honor les salua tous deux de la tête et, par habitude, rejoignit une des tables afin de plier et de remettre en pile des rouleaux de tissu. Devant cet océan de couleurs, elle repensa à la discussion qu'ils avaient eue au dîner plusieurs jours avant. Elle avait toujours aimé les étoffes, admirant leur tissage, leurs motifs et leurs textures, imaginant ce qu'elle pourrait en tirer. Un métrage de tissu neuf offrait toujours une multitude de possibilités. Aujourd'hui, pourtant, elle comprenait que loin d'être innocentes et pures, la plupart de ces étoffes étaient le résultat d'un monde de compromis. Se procurer du tissu qui ne soit pas marqué par la souillure de l'esclavage était difficile, comme l'avait dit Jack. Mais si elle rejetait toutes les cotonnades, il lui faudrait porter uniquement de la laine dans la chaleur torride de l'Ohio, ou bien se promener toute nue.

« Je vais juste à côté chercher de la monnaie, disait Adam à Mme Reed. Honor, veux-tu bien t'occuper de la boutique un instant ?

— Bien sûr. »

Alors qu'elles attendaient le retour d'Adam, Honor continua de replier les étoffes, tandis que Mme Reed déambulait entre les tables, tapotant un rouleau par-ci, un rouleau par-là, laissant sa main s'attarder sur le tissu.

« Puis-je te poser une question ? » hasarda Honor.

Mme Reed fronça les sourcils. « Quoi donc... madame ? » Honor ne portait pas d'alliance, les Amis n'ayant pas besoin de cet accessoire pour se rappeler leur engagement. Et pourtant, bizarrement, Mme Reed savait qu'elle était mariée.

« S'il te plaît, appelle-moi Honor. Nous ne disons pas "madame" ni "mademoiselle".

— Très bien. Honor. Que voulez-vous savoir ?

— Que penses-tu de la colonisation ? »

Mme Reed demeura bouche bée un moment. « Ce que je pense de la colonisation ? » répéta-t-elle.

Honor ne dit rien. Déjà elle regrettait sa question.

Mme Reed pouffa. « Vous êtes abolitionniste ? Y a beaucoup de quakers qui le sont. » Elle balaya du regard la boutique déserte, et sembla prendre une décision. « Les abolitionnistes ont plein de théories, mais moi je vis avec des réalités. Pourquoi je voudrais aller en Afrique ? Je suis née en Virginie. Pareil pour mes parents, mes grands-parents et leurs parents. Je suis américaine. Je raffole pas de l'idée qu'on nous expédie tous dans un pays que, pour la plupart, on connaît même pas. Si les Blancs espèrent juste se débarrasser de nous, nous flanquer sur des bateaux pour pouvoir être bien tranquilles, eh ben, moi je suis *ici*. C'est mon pays, et j'irai nulle part. »

Soudain Adam apparut aux côtés d'Honor. « Il y a un problème, madame Reed ?

— Non, monsieur, pas de problème. » Mme Reed tendit la main pour prendre sa monnaie, puis le salua de la tête. « Bonne journée à vous. » Elle sortit sans un regard pour Honor.

« Honor, tu ne dois jamais discuter politique

avec les clients, dit Adam à voix basse. Le sujet est souvent abordé — les Américains adorent cela — mais tu dois rester neutre. »

Honor acquiesça, retenant ses larmes. Elle avait l'impression d'avoir été giflée deux fois.

Quelques jours plus tard, Honor et Dorcas allèrent cueillir les dernières mûres de la saison à l'orée du bois de Wieland. Les soirées devenaient plus fraîches maintenant que le plus fort de la canicule était passé, même s'il faisait encore très chaud quand le soleil était haut dans le ciel.

La belle-sœur d'Honor se révélait d'un commerce presque aussi compliqué que l'avait été Abigail. Dorcas singeait l'accent d'Honor, se vexait quand celle-ci lui proposait de l'aide, et ne faisait rien pour l'inclure dans les conversations. Honor s'efforçait de la plaindre. Il devait être difficile d'avoir sous son toit une étrangère qui apportait chambardement et contradiction, d'autant que Dorcas avait espéré voir sa propre amie occuper cette place. Comme Honor s'y attendait, Caroline avait récemment annoncé qu'elle s'en allait vers l'ouest. Et puis, une semaine auparavant, Honor avait quitté l'infirmerie pour la chambre qu'elle partageait avec son mari. Elle était contiguë à celle de Dorcas, qui ne pouvait pas ignorer ce qui se passait de l'autre côté du mur. Ils avaient beau faire attention, les mouvements rythmiques de leur accouplement secouaient le lit et la cloison, et il arrivait à Jack de grogner doucement. Après le choc initial, Honor commençait à s'habituer à ce qui était exigé de son corps, et même à prendre plaisir à ces ébats intimes.

Quand elle était seule, toutefois, sans personne à impressionner et sans sa mère à flagorner, Dorcas était plus amicale. Alors qu'elles étaient penchées sur les ronces, elle n'arrêtait pas de babiller, expliquant qu'elles devaient cueillir suffisamment de baies pour pouvoir faire des tartes pour la prochaine fête, la dernière avant de devoir s'atteler à la récolte du maïs et à la mise en bocaux des produits du jardin. Ramasser des mûres pour une fête était un passe-temps frivole qui leur serait bientôt interdit.

Les mûres de l'Ohio étaient légèrement différentes de celles que connaissait Honor : plus grosses que les mûres anglaises, et plus sucrées, mais moins savoureuses, l'excès de sucre masquant le goût si singulier de ces fruits. Honor avait espéré faire la surprise aux Haymaker d'une pâte de mûres, en réduisant leur jus au maximum pour en concentrer le parfum de noisette. À présent, elle commençait à se dire que ces baies conviendraient mieux pour de la gelée ou pour un cordial.

Tout à sa cueillette, Honor n'écoutait Dorcas que d'une oreille, mais un silence soudain l'incita à lever les yeux. Sa belle-sœur se tenait immobile, les bras tendus très raides à distance de ses flancs, les doigts vers l'extérieur. Une nuée de guêpes voltigeaient autour d'elle. Tandis qu'Honor la regardait, pétrifiée, les guêpes semblèrent prendre une décision collective, et fondirent sur Dorcas. La jeune femme poussa un glapissement avant de se mettre à hurler de douleur, son visage enflant brusquement. « Aide-moi !

cria-t-elle, donnant des tapes sur sa jupe. Honor, viens à mon secours ! »

Dans le Dorset, contrée policée par des siècles de civilisation, le pire qui soit arrivé à Honor au cours d'une promenade avait été de se faire piquer par des orties. La campagne américaine était bien plus sauvage, avec plus de dangers et de menaces subites. Les gens ripostaient avec méthode, creusant des abris anti-tornades, tuant des ours au fusil, allumant des feux pour enfumer les chenilles. Belle avait tiré sur la vipère cuivrée dans sa cour comme s'il s'agissait d'un événement banal, comparable à écraser une mouche ou chasser des lapins d'un carré de légumes. Honor savait qu'elle devait se comporter de manière tout aussi efficace. Mais, si elle avait été piquée une fois ou deux dans son enfance, elle n'avait jamais eu à affronter un si grand nombre de guêpes, et n'avait pas la moindre idée de ce qu'il fallait faire. Lors d'une trêve dans l'attaque des insectes, elle eut la présence d'esprit de saisir Dorcas par le bras pour l'entraîner loin du nid sur lequel elle avait marché. Quelques guêpes les suivirent un moment, dont l'une piqua Honor au bras.

Alors qu'elle s'interrogeait sur ce qu'elle devait faire, elle entendit une voix basse derrière elle : « Emmène-la au ruisseau, déshabille-la et roule-la dans l'eau. Et puis mets-lui de la boue sur les piqûres. »

Honor se retourna. Un jeune homme noir était accroupi dans les ronces ; ses yeux naviguaient entre elle et sa belle-sœur, dont le visage était maintenant tellement gonflé qu'elle ne voyait plus rien. Le garçon transpirait autant de nervosité que de chaleur, et semblait prêt à décamper à la moindre alerte.

« Le ruisseau ? chuchota Honor.

— Le ruisseau, là-bas. » Le jeune homme agita une main pour indiquer une zone située au fond du bois. « L'eau froide et la boue feront partir les dards. » Son regard soutint un instant celui d'Honor : son expression était à la fois malicieuse, sérieuse et apeurée. « Tu peux me dire par où aller ? De jour, je me perds, sans l'étoile du nord pour me guider. »

Honor hésita, repensant aux recommandations de Jack, puis elle tendit le doigt. « Oberlin, à cinq kilomètres dans cette direction-là. Arrête n'importe quel Noir et demande-lui Mme Reed. Elle t'aidera. » Elle inventait, mais elle partait du principe que Mme Reed ne lui fermerait sûrement pas sa porte.

Le jeune Noir hocha la tête. Puis, soudain, il sourit, un sourire éclatant qui aurait pu faire croire qu'ils étaient dans ces bois pour une partie de cache-cache. Honor fut tellement surprise qu'elle sourit à son tour. Elle le regarda filer à travers les arbres vers le nord en direction d'Oberlin et de la liberté, et regretta de n'avoir pas eu de vivres à lui donner pour la route.

Elle respira profondément, puis plongea dans la forêt, traînant Dorcas vers l'endroit qu'on lui avait indiqué. Elle n'avait pas pénétré dans un bois depuis son voyage entre Hudson et Wellington avec Thomas. Foulant la terre souple et humide, elle avançait à grands pas dans les broussailles, et les orties et les ronces la griffaient au passage. Les bois se révélaient moins effrayants — et moins touffus — quand on était dedans, et qu'on avait une destination.

Elles traversèrent un bouquet de hêtres, avec leur écorce lisse et le tapis d'humus sous leurs frondaisons, puis atteignirent un cours d'eau. « Tu dois te déshabiller. Viens, je vais t'aider. » Honor entreprit de déboutonner la robe de Dorcas et l'aida à retirer son jupon ; des guêpes dégringolaient des différentes couches de vêtements, certaines écrasées, d'autres recommençant à les assaillir alors qu'Honor tentait de les repousser. Sans ses habits, Dorcas paraissait maigrichonne et vulnérable, ses hanches décharnées, ses clavicules comme des ailes de poulet, sa tête ridiculement énorme. Honor pensa à une vache debout dans un champ, privée de son troupeau et tout efflanquée après un hiver à l'étable sans manger d'herbe fraîche. Sur ses bras, ses jambes et son torse étaient éparpillées les marques rouges des piqûres.

« Viens, tu dois entrer dans l'eau, ordonna Honor.

— C'est froid ! » piailla Dorcas en se roulant dans le lit du ruisseau. Honor se mit à genoux et ramassa de la boue, qu'elle étala sur le dos et les bras de sa belle-sœur. Dorcas se remit à pleurer, cette fois de honte plus que de douleur. « Je veux rentrer à la maison, gémit-elle.

— Bientôt. Ne bouge pas. » Honor appliqua de la boue sur le visage de Dorcas, et dut réprimer un sourire. Sa belle-sœur ressemblait à ces indigènes d'Australie qu'elle avait vus représentés sur certaines eaux-fortes.

L'eau et la boue réduisirent en effet le gonflement, comme l'avait dit l'homme. Au bout de quelques minutes Dorcas sortit de l'eau et Honor l'aida à se rhabiller. Toutes deux hésitèrent au moment de remettre les vêtements par-dessus la boue, mais elles n'avaient pas le choix : Dorcas n'allait pas rentrer les fesses à l'air.

Elles ne dirent pas un mot en rebroussant chemin à travers le bois. Honor récupéra les seaux de mûres qu'elles avaient abandonnés à l'orée de la forêt : des guêpes continuaient à voler autour. Il n'y avait aucune trace de l'homme. Dorcas n'avait pas fait de commentaire à son sujet, et Honor espérait qu'elle avait été trop affolée pour le remarquer.

Une fois à la ferme, Dorcas se remit à pleurer quand sa mère, les apercevant, accourut auprès d'elles. Judith colla sa fille dans un bain froid, puis appliqua sur les piqûres une pâte faite avec du bicarbonate de soude mélangé à de l'eau. Il y en avait dix-neuf, annonça Dorcas à son frère lorsqu'il rentra ce soir-là, ainsi qu'à tous les gens qui vinrent acheter du lait durant les jours suivants. Plus question de larmes, de douleur ou de honte quand elle retraçait son combat avec les guêpes. Et plus d'Honor : elle aussi était éliminée du récit de Dorcas, qui semblait avoir abandonné sa gentillesse. Mais cette ingratitude, Honor s'en moquait bien, tant que Dorcas ne disait rien sur l'homme noir.

Quand Honor croisa à nouveau Mme Reed, elle eut l'impression que la femme l'attendait. Honor était venue en ville avec les Haymaker, qui voulaient racheter des bocaux pour les derniers légumes du potager. Elle se rendit d'abord au magasin de nouveautés Cox, puis alla se promener sur la place de l'université avant de rejoindre sa belle-famille. À l'ombre des ormes du parc, aux feuilles à présent ourlées de jaune, elle entendit une voix basse à côté d'elle. « C'était vraiment stupide, de me l'envoyer comme ça. Et vous servir de mon nom ! Vous êtes une jeune sotte. Je vois que j'ai du pain sur la planche. »

Honor se retourna. La première chose qu'elle remarqua, ce furent les boutons jaune vif et les feuilles semblables à des fougères qui ornaient le bord d'un chapeau de paille. Elle reconnut les fleurs. Des tanaisies. Sa mère en ramassait pour faire des infusions quand quelqu'un avait mal à la gorge. Leur odeur épicée si caractéristique flottait dans l'air ; Mme Reed avait dû les cueillir quelques petites minutes plus tôt.

« Continuez à marcher, ordonna-t-elle, lèvres pincées. Pas question qu'on se demande pourquoi vous vous arrêtez comme une satanée mule. Allez. » Mme Reed progressait rapidement sur le trottoir en planches, saluant les passants noirs et les rares promeneurs blancs. Honor la suivait, relevant sa jupe pour qu'elle ne s'accroche pas aux clous qui dépassaient. Elle espérait que les Haymaker étaient encore occupés à choisir leurs bocaux, car elle n'était pas sûre de ce qu'ils penseraient s'ils la voyaient avec Mme Reed.

« Il aurait pu demander après moi à la mauvaise personne, et je me serais retrouvée dans un fichu pétrin, reprit Mme Reed. Bien sûr, il y a surtout des sympathisants ici, mais pas autant qu'on pourrait l'imaginer, et on peut pas toujours les reconnaître. La prudence est de mise. La prochaine fois, vous leur dites de chercher une bougie à la fenêtre de derrière sur la maison rouge de Mill Street. Ils sauront que c'est sans risque. Si le signal change, je vous préviendrai. » Mme Reed pressa le pas, et Honor se dépêcha pour ne pas se laisser distancer.

« D'habitude c'est au printemps qu'y a le plus de fugitifs. En hiver il fait trop froid, et en été ils travaillent dans les champs et leurs maîtres les surveillent. Mais va y avoir un afflux de passagers cet automne maintenant qu'on dirait bien que la loi sur les esclaves en fuite va être adoptée. Ceux qui croyaient être en sûreté ici, eh ben, ils vont y réfléchir à deux fois et continuer vers le Canada. Même les gens de couleur d'Oberlin, ils commencent à regarder par-dessus leur épaule. Mais pas moi. Moi je bouge pas. La cavale, pour moi, c'est fini. »

Donovan avait parlé à Jack de cette loi sur les esclaves en fuite, mais Honor était alors trop fiévreuse pour lui demander de quoi il retournait. Aujourd'hui, elle voulait interroger Mme Reed, et savoir pourquoi il y aurait plus de fugitifs, et qui d'autre les aidait. Mais Mme Reed n'était pas quelqu'un à qui on posait trop de questions. « Que puis-je faire d'autre ? » se borna-t-elle à demander.

Mme Reed regarda Honor du coin de l'œil et passa sa langue sur ses dents. « Trouvez un cageot et posez-le à l'envers derrière votre poulailler. Mettez une pierre dessus pour le lester, que les animaux le renversent pas. Cachez-y des victuailles… ce que vous pourrez. Le mieux, c'est le pain, et la viande séchée. Les pommes, en saison. De la pâte de pêches, vous en faites ? »

Honor acquiesça, repensant à la pulpe de pêche brûlante qui lui éclaboussait les bras quand elle remuait le chaudron. Cette purée était ensuite séchée et la pâte découpée en bandelettes. Tannées comme du cuir, celles-ci vous fondaient alors dans la bouche, sucrées et piquantes à la fois.

« Des choses comme ça. Qui résistent au voyage. Même du maïs séché, c'est mieux que rien. Je préviendrai les gens qui envoient des fugitifs dans votre coin pour qu'ils sachent où chercher. Mais vous devez jamais me parler de ça. »

Elles faisaient l'objet de regards curieux — pas hostiles, comme ce serait sûrement le cas dans d'autres villes, mais à tout le moins étonnés : il était rare de voir une femme blanche et une femme noire bavarder ensemble en public. Elles avaient maintenant atteint la Première Église, un grand bâtiment en brique qui se dressait à l'angle nord-est de la place. Mme Reed secoua la tête comme pour dire : « J'en ai terminé avec vous », puis gravit les marches à la hâte. Honor recula, car les quakers n'entraient pas dans ce qu'ils appelaient les « maisons à clocher ». Mme Reed était sans doute au courant.

« Ta fille a-t-elle été contente de sa robe de mariée ? » cria-t-elle alors que la femme noire était sur le point de pénétrer dans l'église.

Un large sourire illumina le visage sérieux de Mme Reed. « Elle avait fière allure, ah ça oui. C'était une réussite. »

La fois suivante, quand un autre fugitif se présenta à la ferme, Honor était mieux préparée. Un soir qu'elle et les Haymaker étaient assis sur la véranda de devant pour profiter des dernières lueurs du jour, Donovan passa à cheval. Jack abaissa le journal qu'il était en train de lire, Dorcas cessa de raccommoder un accroc à sa jupe, et Honor s'interrompit, son aiguille à demi enfoncée dans l'appliqué rouge du nouveau quilt auquel elle travaillait. Seule Judith Haymaker continua à se balancer dans son rocking-chair comme si de rien n'était. Donovan souleva son chapeau et sourit à Honor mais ne s'arrêta pas, disparaissant sur le sentier qui s'enfonçait dans le bois de Wieland.

« Il doit y avoir un fugitif dans les environs, commenta Jack. Aucune raison qu'il vienne par ici, autrement. » Il jeta un coup d'œil à Honor comme pour se rassurer.

« Il se racontait au magasin qu'une famille de Greenwich avait arrêté de les aider à cause de la nouvelle loi, remarqua Dorcas. Maintenant que cette portion du chemin de fer est coupée, certains font le détour par ici au lieu de traverser Norwalk.

— Cette famille de Greenwich a du bon sens, déclara Judith Haymaker, même s'il est certain qu'une autre prendra sa place.

— Que... que dit la loi en question ? demanda Honor.

— En substance, qu'un homme comme celui-là — Judith indiqua le dos de Donovan d'un bref mouvement de tête — peut exiger qu'on l'aide à capturer un fugitif. Si on refuse, on est passible d'une amende de mille dollars et d'une peine de prison. Autrement dit, nous perdrions la ferme.

— Le Congrès est sur le point de la voter, ajouta Jack. Caleb Wilson a mené un débat à propos de cette loi lors d'une Réunion d'affaires pendant que tu étais malade, Honor, c'est pourquoi tu n'es pas au courant. Il y a été décidé que chaque individu devait obéir à sa propre conscience pour ce qui était d'aider les fugitifs ou de respecter la loi. »

Reprenant sa couture, Honor passa le fil dans la boucle, tira fermement dessus, et coupa le bout avec ses dents.

Le lendemain matin quand elle alla chercher les œufs, il y en avait deux de moins que d'habitude, et les poules — qui en temps normal, pour pondre, étaient réglées comme des horloges — paraissaient affolées. Bien qu'elle détestât mentir, Honor raconta à Judith qu'elle avait marché dessus et les avait cassés, mais malgré ces explications elle eut l'impression que sa belle-mère ne la croyait pas.

Plus tard, elle récupéra du pain de maïs qui restait, étala du beurre dessus, enveloppa la tartine dans un mouchoir et la cacha sous un cageot qu'elle avait pris dans le hangar à charrette où Jack rangeait ses outils agricoles. Elle posa une pierre par-dessus pour le lester et pour signaler que quelque chose y était caché. C'était risqué : un des trois Haymaker pouvait tomber sur le cageot, ou bien Donovan s'il venait fouiner. Le lendemain matin, quand elle alla chercher les œufs, le pain de maïs avait disparu, et le mouchoir était bien replié. Elle laissa ce soir-là quelques morceaux de bacon, mais le matin ils y étaient toujours, tout grouillants de fourmis. Pour passer inaperçus, se dit-elle, les fugitifs évitaient sûrement de s'attarder.

Elle se mit à guetter avec plus d'attention les signes de leur présence : des bruissements dans les bois ; Digger qui aboyait la nuit ; les vaches qui s'agitaient dans l'étable. Outre ces indices, Honor apprit bientôt à sentir quand quelqu'un rôdait aux environs de la ferme. C'était comme si elle avait un baromètre intérieur qui mesurait les changements alentour, un peu comme avant un orage, quand on sent l'air qui s'épaissit. Elle était convaincue que l'essence des êtres dégageait une sorte de chaleur froide. Peut-être était-ce ce que les Amis entendaient par « Lumière intérieure ».

Souvent elle ne voyait pas les fugitifs, et ne pouvait être certaine qu'ils étaient là que lorsque la nourriture cachée dans le cageot disparaissait. Chaque fois elle redoutait qu'un des Haymaker ne découvre le cageot et ne vienne l'accuser. Mais personne n'allait derrière le poulailler à part quand une poule s'en échappait ou que Jack s'armait de sa houe pour aller détruire les serpents qui vivaient dans des trous et volaient les œufs. D'ordinaire il annonçait quand il allait le faire, et Honor escamotait le cageot jusqu'à ce qu'il ait fini. À son grand étonnement, et parfois à sa grande honte, elle s'habituait à voler et à agir sous le manteau. Cela ne lui ressemblait pas, et cela allait à l'encontre des principes quaker d'honnêteté et de franchise. Mais depuis qu'elle était arrivée en Amérique, Honor trouvait de plus en plus dur d'éviter de mentir et de dissimuler. En Angleterre, sa vie avait été simple et limpide, et même son chagrin d'avoir perdu Samuel s'était joué devant la famille et la communauté. Chez les Haymaker, Honor se retenait en permanence de dire ce qu'elle pensait, et elle affichait une mine impassible pour que ses idées et son comportement ne heurtent pas de front les sentiments de sa nouvelle famille.

Mais si elle ne protestait pas et acceptait que ce soit à elle de s'adapter à eux, il était exclu qu'elle adhère à la position qui était la leur concernant l'esclavage et les fugitifs. Elle demeurait donc aux aguets et, quand elle notait une présence, cherchait des moyens d'aider les fuyards sans attirer l'attention des Haymaker. Il ne fallait pas qu'elle ait l'air de désobéir à la famille de son mari. Sous ces dehors dociles, c'était pourtant ce qu'elle faisait.

Il ne lui était pas commode de cacher ses activités. Les fermes fonctionnaient de manière communautaire : tout le monde mettait la main à la pâte et travaillait ensemble. Honor était rarement seule. Si elle jardinait — comme cela lui arrivait souvent, le potager lui semblant plus familier que le reste de la ferme —, Judith ou Dorcas se tenaient toujours à la fenêtre de la cuisine, secouaient des tapis dehors, faisaient du beurre sur la véranda de derrière, ou bien étendaient du linge dans la cour… Une fois la traite terminée, Jack conduisait les vaches au pâturage pour la journée, après quoi il réparait les clôtures, coupait du bois de chauffage, livrait du fromage dans les bourgs voisins, nettoyait la porcherie, pansait les chevaux ou bien allait aux champs. Sans cesse pris par différentes tâches, ses allées et venues étaient imprévisibles.

Peu à peu Honor trouva des moments de battement où elle pouvait être seule. Elle n'adorait pas s'occuper des vaches, mais elle se chargeait volontiers des poules, car il était plus difficile de commettre des erreurs avec elles. Chaque matin elle leur donnait à manger et ramassait leurs œufs ; une fois par semaine elle nettoyait le poulailler. Jack et Dorcas trayaient les vaches pendant que Judith préparait le petit déjeuner dans la cuisine, et Honor pouvait alors vérifier le cageot. Quand elle se rendait aux cabinets extérieurs pour les utiliser ou vider les pots de chambre, elle en profitait pour mettre de l'eau dans une vieille tasse qu'elle laissait sous le cageot ou à l'orée des bois. Elle accomplissait ces actes en craignant constamment d'être percée à jour, sans savoir ce qu'elle ferait si cela arrivait.

Tant que le climat était doux, les fugitifs de passage demeuraient dans le bois de Wieland, ne s'aventurant en dehors que pour aller chercher la nourriture sous le cageot. Honor ne les voyait jamais, ni n'entendait parler d'eux, à moins qu'ils ne se fassent attraper par Donovan ou par un autre chasseur d'esclaves. Donovan en particulier se plaisait à exhiber ses prises devant Honor, veillant à passer par la ferme des Haymaker, quitte à effectuer un détour. Souvent le fugitif était attaché et, contraint de monter en croupe, s'évertuait à ne pas dégringoler.

Un soir que les Haymaker étaient sur la véranda, Donovan arriva à cheval, souleva son chapeau, puis, d'un coup de coude, fit tomber à terre l'homme qu'il avait capturé. Honor se dressa d'un bond, mais Jack l'empoigna et la retint. « Ne t'en mêle pas, Honor. C'est ce qu'il veut.

— Mais cet homme a besoin d'aide. Il est peut-être blessé. » Le fugitif gisait à plat ventre dans la poussière, lançant des coups de pied pour tenter de basculer sur son flanc.

« C'est une victoire pour un type comme Donovan si tu le rejoins. »

Honor fronça les sourcils.

« Fais ce que te dit ton mari, intervint Judith Haymaker. Et ne me regarde pas comme ça. »

La sécheresse de son ton fit tressaillir Honor. Elle se tourna vers Jack dans l'espoir de le voir tempérer l'injonction de sa mère. Il n'en fit rien : il observait Donovan, les bras croisés sur la poitrine.

« Viens donc m'aider, Haymaker, cria Donovan. J'en ai là un bien excité qui essaie de s'échapper. » Comme Jack tardait à s'exécuter, Donovan eut un grand sourire. « Tu veux que je te cite la loi ? Je le fais avec plaisir : "Tous les bons citoyens reçoivent par la présente l'ordre d'aider et de contribuer à la prompte et efficace exécution de cette loi chaque fois que leur assistance peut être requise." Vois-tu, j'ai appris à lire rien que pour pouvoir citer des textes comme ça... Bon alors, tu vas être prompt et efficace ou bien tu veux que je te dénonce pour manquement à la loi ? À moins que t'aies envie d'un petit séjour en prison, loin de ton joli brin de femme. »

La mâchoire de Jack se crispa. Il est pris à la gorge, se dit Honor, tout comme moi. Est-il pire de ne pas avoir de principes, ou d'avoir des principes qu'on n'est pas à même de défendre ?

Debout sur la véranda, elle regarda son mari aider Donovan à relever l'homme noir et à le hisser à nouveau sur la selle. Le visage de l'homme était couvert d'ecchymoses, ses vêtements déchirés, mais alors que le cheval s'éloignait les yeux de l'esclave croisèrent un instant le regard d'Honor. Donovan ne vit pas cet échange, mais Jack si. Il lança un coup d'œil à sa femme, et elle baissa la tête. Le simple fait de regarder devenait dangereux.

Faithwell, Ohio
30e jour du 10e mois 1850

Très chère Biddy,

Cela fait plusieurs semaines que je veux t'écrire, mais chaque fois que je prends la plume je m'endors sur ma feuille. Nous avons été tellement occupés à rentrer les récoltes que je suis trop fatiguée pour faire quoi que ce soit d'autre que manger et me débarbouiller avant de m'écrouler sur mon lit. Ensuite je me lève à l'aube pour aller traire. Oui, je sais maintenant traire les vaches ! Judith a insisté pour que j'apprenne, et j'ai cru comprendre que si je tenais réellement à être une Haymaker je devais participer à la traite.

J'avoue qu'au début j'étais terrifiée par ces animaux. Elles sont tellement énormes, massives et efflanquées, et puis elles n'en font qu'à leur tête, à sans arrêt changer de position, à taper des sabots et à me bousculer. J'avais peur qu'elles ne m'écrasent les pieds, et je passais mon temps à faire des bonds de côté pour m'écarter. Même quand Judith m'a confié les bêtes les plus placides, j'ai eu du mal à maîtriser la technique. Mes mains sont petites et je n'ai pas beaucoup de force dans les bras. (Judith et Dorcas ont des avant-bras comme des poteaux !) Pendant une période, je mettais deux fois plus longtemps que les autres à en traire une. Je crois qu'ils désespéraient de moi, d'autant que je gaspillais des quantités de lait en butant dans mon seau.

C'est une chose bizarre que de toucher la mamelle d'une vache. Au début, je trouvais le geste inconvenant, et je craignais de contrarier ces pauvres bêtes. Mais Dorcas m'a appris à cracher dans mes mains pour ne pas leur irriter les pis, et les vaches semblent bien le supporter. Petit à petit j'ai gagné en assurance, et cette semaine je n'ai pas renversé un seul seau. Peut-être mes bras sont-ils plus forts, car à présent je réussis à traire une vache en un quart d'heure. C'est toujours plus lent que les autres, qui ne mettent que dix minutes. Mais je persévère. Je commence même à prendre du plaisir à la traite : il y a quelque chose d'apaisant à s'appuyer contre le flanc d'une vache et à l'amadouer pour lui tirer son lait. Il m'arrive même d'éprouver cette sensation de profond recueillement qui m'envahit parfois aux Réunions de culte.

Je suis contente de pouvoir donner un coup de main. À vrai dire, j'y suis obligée, si on veut que la ferme se développe. Chaque année, à condition d'avoir rentré assez de foin pour nourrir une bête supplémentaire, les Haymaker s'efforcent d'ajouter une vache au troupeau. Jack est enchanté que nous ayons eu trois bonnes récoltes cet été, ce qui signifie que nous pourrons garder le veau qui est né le mois dernier.

Je te vois d'ici en train de sourire, avec mes histoires de vaches, de foin et de récoltes. Moi non plus je ne me serais jamais imaginée mener ce genre de vie. Si tu voyais notre réserve, tu n'en reviendrais pas des rangées et des rangées de bocaux remplis de tous ces légumes venant du potager : des haricots, des petits pois, des concombres, des tomates, des courges… Le garde-manger déborde de pommes de terre, de navets, de carottes, de betteraves, mais aussi de pommes et de poires. Les cerises et les prunes sont conservées dans le sirop, ou bien séchées. En ce moment, nous préparons de la compote de pommes et du beurre de pommes, et nous en faisons également sécher des rondelles.

Bien sûr, en Angleterre, nous faisions aussi des conserves avec les produits du jardin, mais pas en aussi grande quantité qu'ici. Nous devons en avoir mis cinq fois plus en conserve que ne le faisait Mère. Un travail titanesque : je suis tout imprégnée d'une odeur de saumure et de vinaigre, et j'ai des brûlures sur les mains et les bras à cause du sirop bouillant et de la cire que nous utilisons pour sceller les bocaux. Par moments, je repensais au jeu d'enfant que c'était à Bridport d'aller dans les magasins acheter le nécessaire. Mais ici nous ne pouvons pas nous permettre ce luxe. Et puis les Haymaker — comme d'ailleurs tous les habitants — sont extrêmement fiers de subvenir à leurs propres besoins. Il est satisfaisant de regarder dans la réserve et de la voir qui regorge de victuailles. Le fenil est plein à ras bord ; le séchoir à maïs est rempli jusqu'en haut. Les cochons engraissent rapidement et seront tués d'ici un mois ou deux, les poulets seront mis en bocaux (oui, on les met bel et bien en bocaux !), et Jack va aller chasser le cerf. Bref, la ferme est prête pour l'hiver, qui paraît-il est long et très froid. Je n'appréhende pas trop : je préfère la neige à la chaleur suffocante. À dire vrai, j'aime bien l'automne ici. « Fall », l'appellent les Américains, à cause des feuilles qui tombent... Il a été assez doux, bien que les nuits soient fraîches, et qu'on ait eu droit à de la gelée blanche il y a quinze jours. Les feuilles ont des couleurs magnifiques, beaucoup plus vives qu'en Angleterre : les érables, si abondants ici, sont rouge et orange vif, les bouleaux dorés, les chênes pourpres. Ce spectacle enchante mon cœur.

Je m'entends un peu mieux avec Judith et Dorcas, maintenant qu'elles voient que je peux me rendre utile. J'ai appris à m'incliner devant Judith et à la laisser me dire ce que je dois faire, car si je décide moi-même je me trompe forcément, à ses yeux. C'est parfois lassant, mais plus facile que de tenter de justifier mes méthodes. Et puis, en m'en remettant à elle, je jouis de plus de liberté, car elle relâche un petit peu sa surveillance. Cela diminue par ailleurs la tension qu'il m'arrive de ressentir chez Jack, qui est tiraillé entre nous. Ce n'est pas évident, d'entrer dans une autre famille.

J'ai bien peur de les avoir déçus avec ma cuisine. Elle ne leur plaît pas : ils la trouvent trop délicate. En fait, les ingrédients ici ne réagissent pas comme je le voudrais. Quand j'essaie de faire un lait de poule, le lait tourne au lieu de roussir. La farine est tellement grossière que mes pâtisseries tombent en miettes. Le bœuf est dur comme de la semelle et je ne sais pas comment le rendre aussi tendre et savoureux que l'agneau anglais. Il n'y a pas d'agneau — les vaches prospèrent mieux ici que les moutons. Le jambon et le bacon sont tellement salés que j'ai du mal à les avaler. La grosse cocotte en fonte chauffe trop et fait tout brûler. Et tout ce que je prépare a le goût de maïs, que j'en mette ou non dans la recette. Désormais je fais simplement ce que Judith me demande de faire : j'épluche, je récure, je balaie.

La seule chose pour laquelle je sois véritablement appréciée ici c'est mon habileté à l'aiguille et mon talent pour le patchwork. Judith m'a cédé tous les travaux de couture, et je les ai acceptés de bonne grâce. À plusieurs séances de quilt, on m'a chargée du matelassage du panneau central de la courtepointe, qui est celui qu'on remarque le plus sur un lit.

Je travaille en ce moment sur un quilt pour Dorcas destiné à remplacer un de ceux qu'elle m'a donnés pour mon mariage — je lui en dois trois. J'avance bien. Dorcas a choisi un motif en appliqué qu'on appelle « couronne de président », fait de cercles de fleurs rouges et de feuilles vertes sur un tissu blanc, disposés en blocs répétés. Il y a d'abord du rouge uni, puis une bordure extérieure de vigne vierge, puis encore des fleurs rouges tout autour. Les couleurs, complémentaires, ressortent vivement sur le fond blanc, et se révèlent très voyantes. L'effet est saisissant mais beaucoup moins subtil que ce à quoi nous sommes habituées toi et moi. Je lui ai dessiné le motif, et elle a changé d'avis plusieurs fois à propos des détails — la vigne vierge en vert ou en rouge, la taille des couronnes, des marguerites pour alterner ou non avec des tulipes... Puis elle a encore changé d'avis alors que j'avais déjà découpé les pièces ! J'ai cru que j'allais devoir jeter plein de tissu, et passer alors pour une gaspilleuse, mais pour une fois Judith est venue à ma rescousse et a dit à Dorcas de me laisser décider ce qui valait le mieux. Dans ce domaine, au moins, je suis ma propre maîtresse.

J'ai bel et bien réussi à convaincre Dorcas de me laisser utiliser du tissu imprimé plutôt que de l'uni, si bien que le rouge présente de minuscules pois bleus, le vert de minuscules pois jaunes. Ainsi, l'appliqué aura un aspect moins plat. C'était une petite victoire, et elle me donne un peu d'entrain. De fait, l'appliqué allant beaucoup plus vite que le patchwork, je ne devrais pas travailler trop longtemps sur ce couvre-pied. Quand viendra le moment d'attaquer le prochain quilt, peut-être l'aurai-je persuadée de m'autoriser à lui confectionner un patchwork à l'anglaise, même si l'exécution prend beaucoup plus de temps.

Je me demande parfois pourquoi je ne fabrique pas des quilts pour moi, de manière à lui rendre simplement les siens quand les autres seront finis. Nous ne nous en sommes pas encore servis, de toute façon : pour l'instant, Jack et moi dormons sous mon quilt de l'amitié et la courtepointe blanche cousue pour nous la semaine avant notre mariage. Je n'ai pas soumis l'idée à Judith, toutefois, car je sens bien qu'elle et sa fille ne seront pas séduites par ma proposition. Mes quilts seront mieux faits, et Dorcas préférera cela, du moment qu'elle aura obtenu les motifs qu'elle désire. Je suis impatiente d'en être au stade du matelassage : elle a moins d'opinions sur cette phase de l'ouvrage, et je pourrai choisir les dessins qui me plaisent. Je crois que je réaliserai une frise de plumes pour la bordure, même si ce motif est plus difficile que d'autres. De cette manière, quand on quittera des yeux le rouge et le vert des couronnes et des fleurs, on remarquera peut-être ce travail de couture qui vient vraiment de moi.

Je suppose qu'à l'heure qu'il est Mère t'aura

réclamé le quilt étoile de Behtléem que je t'ai donné avant de partir pour l'Amérique. J'ai honte d'être obligée de te le confisquer, mais je sais que ma très chère amie comprendra. Les circonstances m'ont conduite à me marier beaucoup plus vite que je ne croyais, et je n'étais pas prête, tant dans le domaine des courtepointes que dans les autres. J'espère un jour refaire un quilt qui pourra effectuer en sens inverse le long voyage jusqu'à toi.

Ta fidèle amie,
Honor Haymaker

ÉTOILE POLAIRE

Alors que le froid s'installait, Honor commença à s'inquiéter à la pensée que les fugitifs dormaient dehors. Ceux qu'elle avait aperçus avaient peu de vêtements avec eux, et rien de chaud. La plupart des esclaves en fuite passaient par la ferme au cours de la nuit, se contentant de prendre la nourriture que leur laissait Honor. Mais de temps en temps, certains se retrouvaient bloqués là avec le jour, et se terraient dans le bois de Wieland. Comme les gelées arrivaient, suivies bientôt d'un peu de neige, elle chercha un lieu plus chaud où les mettre à l'abri dans la journée, au cas où il leur faudrait se cacher. Le fenil était l'endroit le plus évident, offrant en outre de la paille en guise de couchage. Mais étant donné le caractère évident de cette cachette, les chasseurs d'esclaves étaient plus susceptibles de la fouiller. Sans compter que Judith, Dorcas et elle trayaient les vaches dans l'étable deux fois par jour, et que Jack n'arrêtait pas d'entrer et sortir, évacuant la litière souillée et la remplaçant par de la fraîche, ou montant dans le fenil pour nourrir les bêtes. C'était une cachette par trop fréquentée… Elle n'en voyait pas d'autre, pourtant : les poules feraient trop de bruit s'il y avait quelqu'un dans le poulailler, et les vaches, les cochons et les chevaux seraient agités en cas de présence humaine dans leurs stalles. Le hangar à charrette était moins utilisé mais plus à découvert, et froid et inconfortable. Le bûcher était trop près de la maison. Et puis, de toute façon, Honor trouvait que le foin était ce que la ferme avait de mieux ; c'était dans le fenil qu'elle-même se sentait le plus à l'abri.

Le premier fuyard qu'elle y cacha était un garçon d'environ douze ans. Honor l'avait trouvé tapi derrière le poulailler en sortant ramasser les œufs un Premier Jour au matin : il avait tellement froid qu'il pouvait à peine bouger. Lui tendant un gâteau de maïs qu'elle avait glissé dans la poche de son tablier, elle réfléchit à toute vitesse. « Reste ici en attendant de nous voir partir pour la Réunion… pour l'église, rectifia-t-elle afin qu'il comprenne. Puis cache-toi dans la paille tout au fond de l'étable. Ne bouge pas s'il vient quelqu'un d'autre que moi. J'appellerai quand je passerai te voir plus tard. » Comme on était un Premier Jour, et un jour de repos, elle savait que Jack ne changerait pas la litière des animaux et se contenterait de leur donner à manger.

Ce soir-là il pleuvait, une bruine froide mêlée de glace. Honor s'excusa pour aller aux cabinets et, laissant la lanterne devant les latrines, elle courut à l'aveuglette vers l'étable. « C'est moi », appela-t-elle doucement. Elle entendit le garçon qui sortait du foin mais sans le voir, distinguant uniquement les relents âcres de sa peur lorsqu'il s'approcha. « Tiens », dit-elle, brandissant dans le noir du bœuf froid avec des pommes de terre.

Les mains du garçon touchèrent les siennes quand il prit la nourriture. « Merci.

— Tu dois partir cette nuit et te rendre à Oberlin, à cinq kilomètres au nord d'ici. Va derrière l'étable et prends cette direction-là. À Oberlin, cherche une maison rouge dans Mill Street, et guette la bougie à la fenêtre sur l'arrière. » Elle fila avant qu'il ait pu souffler mot : elle craignait que les Haymaker ne se demandent ce qu'elle faisait. Tandis qu'elle refermait la porte, elle l'entendit qui engloutissait les vivres.

Le lendemain, pendant que Jack était parti livrer du fromage et que les femmes étaient occupées à faire cuire des pommes, Honor se faufila dans la grange avec un seau d'épluchures pour les cochons. Elle voulait vérifier que le garçon n'avait pas laissé de traces, et fut sidérée de découvrir qu'il était toujours là, endormi dans un nid de paille. Lorsqu'elle le réveilla, il se leva d'un bond, prêt à détaler. « Pourquoi es-tu encore ici ? s'écria Honor. C'est dangereux de rester. »

Le garçon haussa les épaules et se rallongea dans la paille. « Trop froid dehors. J'ai pas eu chaud comme ça depuis longtemps. Quelqu'un est passé ce matin pour nourrir les bêtes et je suis resté complètement sans bouger. T'as quelque chose à manger pour moi ? »

Au lieu de le gronder, Honor lui donna des pelures de pommes et promit d'essayer de lui apporter autre chose plus tard. Contrairement aux quelques fugitifs qu'elle avait rencontrés, il était bavard et, tout en mangeant ses épluchures, il lui raconta son périple depuis la Virginie. Honor apprit qu'il avait voyagé avec un homme plus âgé, mais qu'ils avaient été séparés dans l'est de l'Ohio quand ils s'étaient fait pourchasser à travers des bois touffus. Le garçon ne savait pas ce qu'il était advenu de son aîné.

« Je voulais pas remonter vers le nord pour aller simplement en Pennsylvanie ou à New York, expliqua-t-il avec l'assurance d'un gamin de douze ans. Encore trop de danger en terre yankee. Y a moins de risques au Canada. J'ai été aidé pour ainsi dire tout du long, surtout par les quakers. T'es quaker ? »

Honor hocha la tête. « Tu es presque arrivé, dit-elle. Il te faudra encore quelques jours avant d'atteindre le lac, et alors quelqu'un t'aidera à trouver un bateau pour le Canada.

— Sûrement. » Mais le garçon semblait indifférent. Il était tellement habitué à se déplacer, se dit-elle, qu'il en avait oublié sa destination.

Avant de partir, elle le recouvrit de telle sorte qu'il ait l'air d'un véritable tas de paille. L'illusion fonctionnait tant que le garçon ne bougeait pas et ne faisait pas de bruit. Mais il en était incapable, car sa jeunesse l'empêchait de se tenir tranquille. Il fallait toujours qu'il secoue son pied ou qu'il remue ses jambes, qu'il change de position, qu'il s'enfouisse un peu plus dans la paille… Honor espérait que si Donovan ou un autre chasseur d'esclaves entrait jeter un coup d'œil, la peur réduirait le garçon au silence et à l'immobilité.

Mais Donovan ne vint pas fureter, et le garçon disparut cette nuit-là. Elle pria pour qu'il pût rejoindre le Canada.

Quelques semaines plus tard elle en cacha un autre. Un matin, en se rendant à l'étable pour la traite, Honor éprouva l'impression désormais familière qu'il y avait quelqu'un dans le bois de Wieland, bien qu'elle prît soin de ne pas regarder dans cette direction-là. Les flaques et les ornières de boue étaient gelées ; il devait être pénible de dormir dehors. Lorsqu'elle alla ramasser les œufs, la sensation était toujours là. Honor se tourmentait mais ne pouvait rien faire.

Dans l'après-midi ils apprirent qu'une Amie commençait à avoir des contractions et réclamait l'assistance de Judith. Dorcas l'accompagna, mais Honor demeura à la ferme pour aider Jack à la traite du soir. Après le départ de sa mère, Jack se fit moins sérieux et plus joueur. Se plaçant de l'autre côté de la bête, il se mit à traire la même vache que sa femme : il s'amusa à l'asperger de giclées de lait, jusqu'à ce qu'Honor, dans un éclat de rire, lui ordonne d'arrêter.

Ils travaillèrent en silence plusieurs minutes ; Honor, la tête appuyée contre le flanc de la vache, pensait au fugitif caché dans les bois. « Une naissance, soupira soudain Jack. Ce sera notre cas bientôt. » Il lui empoigna la main, l'écrasant sous la sienne contre le pis humide. « On peut s'y mettre tout de suite. Le foin au-dessus fait un bon lit…

— Après la traite », insista Honor, souriant contre la robe de la vache.

Mais ils n'avaient pas fini que Jack dut s'en aller chercher le médecin à Oberlin, car la mère perdait du sang. Quand il proposa de la déposer chez Adam et Abigail pour qu'elle ne soit pas seule, Honor affirma qu'elle serait très bien à la ferme. « J'ai Digger avec moi, lui rappela-t-elle, et puis la traite à terminer, et un tas de choses à faire. » Le chien avait beau garder ses distances, il la défendrait en cas de besoin.

Une fois Jack parti, elle enferma Digger dans la maison et se précipita à l'orée du bois munie d'une lanterne. La tenant en l'air, elle tenta d'éclairer l'obscur labyrinthe formé par les arbres. « Sors de là ! appela-t-elle, son cœur battant la chamade. Je peux te cacher ! » Si l'urgence de la situation lui rendait la forêt moins effrayante que d'habitude, elle ne pouvait se résigner à pénétrer dans le sous-bois.

Par chance ce ne fut pas nécessaire : sortant d'un bouquet d'érables, une femme apparut dans le cercle de lumière. Malgré son bonnet et son châle, la fugitive frissonnait de froid. Tandis qu'elle la guidait dans le verger en direction de l'étable, Honor entendait, étouffés, les aboiements furieux de Digger. Soudain, elle reconnut en outre le cheval de Donovan : ses sabots claquaient sur le sentier en provenance de Faithwell.

Honor éteignit la lanterne et se mit à courir, supposant que la femme allait la suivre. Au lieu de gagner la lourde porte de l'étable que Jack et elle avaient finalement décidé de fermer pour la nuit, elle fit le tour du bâtiment jusqu'à une petite porte aménagée au cas où le feu viendrait à condamner les autres issues. Si elles utilisaient la porte principale, Donovan risquait d'entendre le bruit, et il ne manquerait pas de remarquer que la barre du verrou n'était pas enclenchée.

À l'intérieur il faisait si sombre qu'Honor n'arrivait pas à distinguer sa propre main devant son visage. Elle n'avait pas le temps de réfléchir :

elle empoigna le bras de la femme et l'entraîna, heurtant en chemin des balles de foin, jusqu'à la paille entassée dans l'angle. Creusant un trou dans la meule, elles se recouvrirent de brassées de paille, puis attendirent. Donovan arriva dans la cour et elles l'entendirent descendre de cheval, puis faire le tour des diverses dépendances : les poules poussèrent des gloussements dans le poulailler ; la porte du hangar à charrette grinça ; celle des lieux d'aisance claqua. Puis les bruits cessèrent. Il leur fallait maintenant demeurer très silencieuses.

Selon toute apparence, Honor avait enfin trouvé son égale en matière d'immobilité.

En son for intérieur, elle avait toujours tiré une certaine fierté de son aptitude à rester assise sans bouger aux Réunions de culte. Quand elle s'installait sur un banc, les jambes bien serrées et les mains jointes sur ses cuisses, elle pouvait conserver la même position pendant deux heures sans esquisser un mouvement. Partout autour d'elle les hommes et les femmes remuaient sur leurs sièges pour soulager leurs jambes ou leurs fesses douloureuses. Ils remontaient les épaules, se grattaient la tête, toussaient, desserraient les mains, les joignaient à nouveau. Jack était un pénitent bien particulier. Les rares fois où il se levait pour parler, Honor le soupçonnait de n'être pas vraiment mû par l'Esprit saint, mais d'avoir besoin de s'étirer un peu. Être quaker ne voulait pas dire que demeurer sans bouger vous était naturel.

Blottie sous la paille à côté d'elle, sa voisine ne pouvait avoir une aussi grande expérience de l'immobilité qu'Honor. Et pourtant la femme ne bougeait pas : elle était tellement immobile qu'Honor ne réussissait pas à déceler le moindre frottement de paille. Tout ce qu'elle discernait c'étaient des souris dans leur nid, qui frétillaient et qui couinaient non loin de là. Et puis, une fois, le petit bruit humide d'un clignement d'yeux chez la femme, un son infime qui paraissait énorme dans le silence. La chose devint presque une compétition entre elles : il s'agissait de déterminer laquelle savait le mieux se maîtriser.

Soudain elle entendit le craquement d'une brindille, le grincement d'une botte en cuir, et elle se pétrifia. Donovan jouait lui aussi à ne pas faire de bruit, mais moins adroitement que les femmes. L'esclave ne broncha pas, hormis pour décoller sa langue de son palais avec un tout petit « tac ».

Le son fut presque comme un signal. Dans un douloureux raclement de métal, Donovan tira la barre sur la porte de l'étable et ouvrit le battant. Après l'obscurité intense, sa lanterne semblait aussi éclatante que la lumière du soleil. Alors qu'il pénétrait dans la grange, la tentation de déguerpir se révéla presque irrésistible, mais Honor savait qu'elles ne pourraient jamais le distancer. Elles devaient demeurer où elles étaient, et non seulement ne pas bouger, mais réussir à se rendre tellement inexistantes qu'il n'aurait aucun moyen de déceler leur présence. C'était un exploit plus difficile que se tenir tranquille. Cela signifiait accéder à la Lumière intérieure puis réussir à la contenir.

Honor ferma les yeux, bien que la chose allât contre son instinct. Elle aurait voulu pouvoir observer Donovan, dont la silhouette vacillait à la lueur de la lampe tandis qu'il la brandissait pour éclairer les recoins de la grange. Pourtant, si elle neutralisait son pouvoir visuel, et parvenait à s'échapper mentalement de l'étable, peut-être arriverait-elle à amoindrir sa présence. Elle s'efforça de s'imaginer en Angleterre, de l'autre côté de l'océan : elle se tenait avec sa mère et sa sœur sur la colline de Colmer à la sortie de Bridport, à contempler le large.

« Honor Bright. » Donovan prononça son nom comme s'il savait qu'elle était là, et sa voix la ramena instantanément dans l'étable. Honor n'ouvrit pas les yeux, mais elle sentait son regard sur elle, même sous la paille. Son esprit se tendait vers lui, bien qu'il représentât tout ce qui la révoltait.

À l'intérieur de la grange, l'atmosphère était devenue aussi épaisse qu'électrique.

La fugitive ne réagit pas à ce changement, sinon en clignant une nouvelle fois des yeux.

Tous trois demeurèrent figés pendant un long moment.

À la fin Donovan s'éclaircit la gorge. « Je vais te laisser t'en tirer pour cette fois, Honor. Je ne sais pas pourquoi. Mais ça ne se reproduira pas, je te le garantis. »

Honor attendit un quart d'heure après le dernier battement de sabot avant de se laisser aller dans la paille et de fléchir ses jambes raidies. « Très bien, dit-elle. Il est parti. »

La femme noire ne bougea pas pour autant.

« Je n'ai jamais entendu quelqu'un d'aussi silencieux, concéda Honor. Tu ferais une parfaite quaker. »

Là, elle perçut enfin quelque chose : le bruit d'un sourire.

Lorsqu'elles furent à nouveau dehors, Honor chuchota : « Tu sais où tu dois aller ? »

Toujours muette, la femme désigna une étoile au nord dans le ciel : l'étoile polaire. Samuel lui avait expliqué jadis que tout dans le ciel nocturne tournait autour de cette petite étoile sans prétention, et que, comme elle ne bougeait pas, il était possible de la suivre. Que dans un ciel rempli de mouvement puisse exister ainsi un point fixe ne cessait de l'émerveiller.

Faithwell, Ohio
20e jour du 1er mois 1851

Très chère Biddy,

J'ai été vraiment heureuse aujourd'hui de recevoir ta lettre avec le quilt étoile de Bethléem, ainsi que ceux de William et de ma tante. Quel plaisir de recevoir ce colis, avec des lettres de toi, de Mère et de tante Rachel, les trois à la fois, renfermant pour moi tellement de nouvelles et de chaleur. Elles ont rompu de façon merveilleuse la monotonie de ces journées d'hiver.

Quand j'ai déballé les quilts et que je les ai déployés sur notre lit, j'ai pleuré de voir tous ces tissus et tous ces motifs familiers. Je te suis profondément reconnaissante d'avoir renoncé à ce couvre-pied, avec une si grande générosité et une si grande compréhension — d'autant qu'il m'a semblé deviner, à de fréquentes allusions dans tes dernières lettres à une certaine famille Sherborne, que tu auras peut-être bientôt besoin toi-même de quelques courtepointes… Je te remercie, Biddy. Ma belle-mère est contente que les quilts soient arrivés, même si Dorcas et elle les ont inspectés avec une perplexité qu'elles n'ont pas cherché à dissimuler. Il est évident que le patchwork anglais ne leur plaît guère.

Je m'étais imaginé qu'avec la venue de l'hiver je disposerais de davantage de temps pour ma correspondance. J'ai en effet du temps, car plus rien ne pousse à présent, la neige monte jusqu'aux fenêtres, et à part traire, donner à manger aux bêtes et aller aux Réunions, nous sortons rarement de la maison. Et pourtant je suis peu encline à écrire, peut-être parce que j'ai moins de choses à te raconter. Chaque jour est identique au précédent. Comme les poules et les vaches, nous sommes claquemurés depuis un mois, et je m'aperçois que je suis lasse et engourdie. Je ne me rappelle pas avoir éprouvé une telle sensation durant les hivers du Dorset : ils étaient plus doux, avec moins de neige, et habitant en ville, toi, Grace et moi virevoltions sans cesse, et les gens, les marchandises, les idées et l'air marin circulaient suffisamment pour entretenir notre vitalité. Ici je reste assise avec Dorcas et Judith à longueur de journée dans la cuisine, pièce où il fait le plus chaud, et où l'air se trouve aussi peu renouvelé que notre conversation. Alors je me demande ce que je pourrais bien t'écrire, et je remets ce projet à plus tard. Je m'en veux d'une pareille négligence. Mais l'arrivée de ta lettre et des quilts m'a donné une excellente raison de prendre la plume.

Je souris aujourd'hui en repensant que dans ma dernière lettre je disais être impatiente de voir le froid s'installer. Comme j'aspire à l'été à présent ! Cela fait des semaines qu'il y a sur le sol une épaisse couche de neige, qui s'accroît constamment, sans dégel pour la faire fondre. Jack a déblayé des passages pour aller au poulailler, au puits, aux cabinets et à l'étable, et il sort régulièrement les chevaux pour damer un sentier jusqu'à Faithwell afin de livrer le lait. Malgré cela, il est très dur de se déplacer dans la neige, et le froid ne fait que nous confiner davantage à l'intérieur. Quand je vais dehors le matin pour la traite, mes doigts sont si engourdis que j'arrive à peine à tirer sur le pis, et je suis obligée de réchauffer mes mains contre le flanc des vaches. Au moins, les bêtes dégagent de la chaleur, et leur haleine empêche l'étable de geler. Les poules se cantonnent dans leur abri et ne pondent que très peu ; de temps en temps il y en a une qui meurt de froid et nous sommes obligés de la manger, ce qui me contrarie car elles ne sont pas destinées à cela.

La ferme est moins productive. Cela fait bizarre de manger les choses que nous nous sommes donné tant de mal à emmagasiner durant l'été et l'automne, même si, bien sûr, c'était dans ce but que nous le faisions. Chaque jour l'assemblée de bocaux dans la dépense perd un ou deux de ses membres. Toutes les semaines nous tuons un poulet. Nous avons entamé le jambon et le bacon du cochon tué le mois dernier. Les huches de pommes de terre et de carottes diminuent. Dans la grange, le foin où je voyais une si grande montagne s'apparente déjà plus à une colline. Et si le séchoir à maïs est encore plein, les chevaux commencent à puiser dedans, ainsi que dans l'avoine. Devant cette baisse de nos réserves, devant la neige qui nous retient prisonniers, et devant le froid qui interdit à toute végétation de pousser, je suis saisie d'une étrange sensation de panique en imaginant que nous allons manquer de nourriture et mourir de faim. Bien sûr les Haymaker ont vu beaucoup d'hivers de ce genre et se montrent plus confiants. Ils ont l'habitude de faire eux-mêmes tout ce dont ils ont besoin au lieu de l'acheter. Je vois Jack et Judith qui calculent quotidiennement, qui mesurent et qui réfléchissent à la manière de faire durer le plus possible ce que nous avons. Hier Judith a sorti des tranches de jambon pour le déjeuner, avant d'en ranger une sans la faire cuire. Ce petit geste m'a troublée, même si, en l'occurrence, nous avions largement de quoi manger. Je dois me fier à eux pour nous faire passer l'hiver, et présumer qu'un jour je serai aussi sereine et insouciante que Dorcas, qui garde un solide appétit. Elle m'a toutefois avoué qu'au début, en arrivant de Caroline du Nord, elle avait trouvé les hivers de l'Ohio très éprouvants.

Les produits frais me manquent : tous les légumes et les fruits que nous avons sont soit au vinaigre soit séchés, à l'exception de quelques pommes, quelques carottes et quelques pommes de terre. Un aliment a cependant été pour moi une révélation : Jack a mis dans le feu une pelle chargée de maïs séché, si bien que les grains ont éclaté et formé des fleurs blanches. Le « pop-corn » est la chose la plus délicieuse qu'on puisse imaginer. Jack a été tellement heureux que je l'apprécie qu'il m'en a fait trois soirs de suite, jusqu'à ce que Judith le gronde.

Comme je te l'ai dit précédemment, j'aide à la traite tous les matins et tous les soirs, et la tâche est devenue bien plus facile maintenant que les vaches m'acceptent, et que je les accepte. J'avais toujours pensé qu'elles étaient toutes pareilles — des bêtes qui sont là à brouter dans les champs —, mais je sais aujourd'hui que chacune a son propre caractère, exactement comme les gens. Elles ont mis plusieurs semaines à consentir à ce qu'une nouvelle paire de mains les touche. Comme les chevaux et les chiens, elles ont tôt fait de discerner vos incertitudes, et ont tendance, si on leur en laisse l'occasion, à jouer sur cette timidité. J'ai appris à me montrer ferme avec elles, et désormais elles sont dociles. Tu sourirais de voir mes bras, qui ont développé des muscles dont je ne m'étais jamais servie avant. Mes avant-bras sont presque aussi gros que mes bras, et mes épaules sont plus carrées qu'autrefois. Je ne devrais pas me soucier de ce genre de détails, mais je trouve mon corps bizarre — même si cela ne dérange pas Jack, habitué qu'il est aux bras des filles de ferme.

Après la traite nous prenons le petit déjeuner, et pendant que je débarrasse, Judith et Dorcas fabriquent le fromage et le beurre avec le lait du matin. Lorsque j'ai terminé dans la cuisine, j'épluche un demi-boisseau de maïs pour les chevaux. C'est la besogne que je déteste le plus, car décortiquer les épis pour faire tomber les grains m'abîme terriblement les pouces. En conséquence, ils ont grossi à la base, et leur extrémité est quadrillée de cicatrices. À la fin tu ne me reconnaîtras plus ! Par moments cela me semble un exercice totalement vain d'éplucher du maïs pour qu'il soit englouti, puis de recommencer le lendemain matin, et encore le lendemain. Enfermés tout l'hiver dans l'étable, à ne rien faire d'autre ou presque que manger et souiller le sol autour d'eux, les animaux finissent par faire penser à des machines. Je suis sûre que je serai aussi heureuse que les chevaux et les vaches quand le printemps arrivera et qu'on pourra enfin les remettre au pré.

Quand nous avons terminé nos corvées de la matinée, Judith commence la préparation du déjeuner et Dorcas et moi nous installons près du fourneau pour coudre ou tricoter. Je travaille actuellement sur le deuxième quilt en appliqué rouge et blanc que je confectionne pour elle. Je n'ai pas réussi à la convaincre de me laisser faire du patchwork, mais la chose me chagrine moins désormais, car je me mets à aimer de plus en plus la gaieté simple du dessin, surtout en ces mois de grisaille. Mais le travail avance lentement : le froid, la pièce jamais aérée et le caractère répétitif de chaque journée m'ankylosent l'esprit et me rendent moins efficace. Je commets plus d'erreurs, puis me vois obligée de défaire ce que j'ai accompli. Quand nous étions tous si occupés à l'automne, je réussissais pourtant à coudre plus que je n'y parviens aujourd'hui. Et puis, c'est dur d'être enfermés ensemble de la sorte ; par moments j'en deviens presque folle d'exaspération. Je me sens emprisonnée ici, captive d'une maison et d'une famille dont je n'ai toujours pas l'impression de faire partie.

Les prairies du Dorset me manquent : elles demeuraient vertes tout l'hiver. Je n'en faisais pas cas avant d'être ainsi confrontée à la perspective de mois entiers de brun, de gris et de blanc. Je me rends compte à présent que le fabuleux spectacle des feuilles rouges, jaunes et orange à l'automne a été le dernier cadeau de Dieu pour nous aider à supporter ces mois hivernaux dépourvus de couleur.

Nous ne voyons presque jamais personne, car les gens sont cloîtrés chez eux, à attendre la fin des frimas. De temps en temps, très rarement, quelqu'un brave le froid et la neige pour venir chercher du lait et du fromage. Et puis Belle Mills, la modiste, m'a rendu visite une fois… en traîneau ! (Ils lui donnent un autre nom : il me faut apprendre beaucoup de mots nouveaux.) Tu te souviens du perroquet qu'avait ce marin à Bridport ? À voir Belle, on aurait cru que cet oiseau bigarré débarquait à Faithwell : tout en plumes colorées au milieu de la neige ! Judith et Dorcas n'ont pas pipé mot. J'ai été tellement contente de sa venue que j'ai bien peur d'avoir pleuré, et Belle m'a taquinée, car je pleure chaque fois que je suis avec elle. Elle est la seule personne dans l'Ohio dont l'amitié se rapproche de ce qui nous lie toi et moi. Et pourtant elle est aussi différente de toi que les rouges-gorges américains le sont des rouges-gorges anglais. Ici ils sont gros et effrontés, avec une poitrine d'une couleur très vive, à côté de l'oiseau délicat bien plus discret que tu connais.

Belle m'a apporté une magnifique soie couleur ambre que j'espère utiliser dans un quilt quand j'aurai fini ceux que je couds pour Dorcas. Je pourrai alors faire ce qui me plaît, au printemps, quand tout renaîtra à la vie.

Ta fidèle amie,
Honor Haymaker

SIROP D'ÉRABLE

Le dégel avait été comme un poing qui se desserre, le monde — et Honor avec lui — s'épanouissant immédiatement dans cette paume enfin rouverte. C'était extraordinaire le peu de temps qu'avait mis le froid à perdre sa primauté. Un jour Honor se réveilla et l'air avait quelque chose de différent : toujours glacé, mais son âpreté était émoussée et moins insistante.

Elle était en train de terminer la courtepointe pour Dorcas, se chargeant elle-même du matelassage plutôt que de le faire effectuer par le groupe lors d'une séance collective : les réserves de nourriture avaient beaucoup diminué et ce n'était pas le moment de se livrer à ce type de folies. Penchée sur le petit cadre ovale qui tendait le tissu pour qu'il soit plus facile à percer avec l'aiguille, Honor se rendit compte tout à coup qu'elle ne contractait plus ses muscles pour combattre le froid. Puis Dorcas rit d'une remarque qu'avait faite Judith — un son joyeux qu'Honor n'avait pas entendu de l'hiver —, et elle comprit qu'elle n'était pas la seule à sentir le changement.

Ce soir-là, couchée contre le dos bien chaud de Jack, à l'affût d'un autre changement survenu tout au fond de son ventre ces dernières semaines, Honor entendit un égouttement prometteur à l'extérieur. En l'espace d'une journée, le sentier vers Faithwell s'était transformé en une boue épaisse et visqueuse, dans laquelle il était presque aussi difficile de cheminer que précédemment dans la neige. En se rendant au culte, Honor s'y était embourbée jusqu'aux genoux, et Jack, Dorcas et Judith avaient dû combiner leurs efforts pour réussir à l'en extraire. Malgré cela, elle y avait laissé une bottine, et Jack avait dû aller chercher une pelle pour la récupérer.

Le lendemain il posa des robinets sur plusieurs érables dans le bois de Wieland pour en prélever la sève et en faire du sirop. Après le maïs frais, le sirop d'érable était l'aliment préféré d'Honor en Amérique. Elle n'aurait jamais cru qu'une substance puisse avoir un goût aussi sucré, terreux et résineux en même temps. Une telle saveur n'était pas facile à décrire par lettres, et elle aurait bien aimé pouvoir en faire parvenir un échantillon aux membres de sa famille.

Après la traite de l'aube, Jack l'emmena dans le bois récolter la sève : elle allait participer pour la première fois à la confection du sirop. Faire bouillir la sève pour le fabriquer prenait la journée entière, aussi devaient-ils être à pied d'œuvre de bonne heure, afin d'aller chercher la sève qui avait coulé goutte à goutte durant la nuit. Honor était contente d'avoir un moment de tête-à-tête avec son mari : ils étaient très rares, à part quand ils étaient au lit. L'hiver avait fait des Haymaker une entité compacte qui lui donnait parfois envie de hurler. Désormais, peut-être, elle pourrait profiter de la compagnie de Jack sans la présence constante de Judith et Dorcas. Au moins n'y avait-il pas eu de visites inopinées de Donovan pour augmenter encore les tensions. Comme l'avait prédit Mme Reed, on voyait peu d'esclaves en fuite pendant hiver. Cet élément, conjugué à l'épaisseur de la neige, avait maintenu le chasseur à l'écart.

Honor et Jack travaillaient en chœur dans les bois, allant d'arbre en arbre pour transvaser la sève. Ils versaient le contenu des seaux accrochés aux robinets dans des seaux plus grands qu'ils avaient avec eux. Avec ses arbres dénudés et ses fourrés de broussailles dégarnis, le bois de Wieland avait perdu au cours de l'hiver un peu de son côté sauvage, et Honor s'y sentait plus à l'aise et moins menacée. Dans cette atmosphère complice, elle décida d'annoncer à son mari une nouvelle qui allait lui faire plaisir. Elle s'était retenue pendant la froidure, mais en elle aussi, le dégel libérait quelque chose. « Jack... » commença-t-elle.

Soudain un homme noir surgit de derrière un chêne à gros fruits, et Jack et Honor sursautèrent.

« Je voulais pas vous faire peur, monsieur, madame, dit-il, ôtant son chapeau et frottant sa barbe en bataille. À ce qu'il paraît, y aurait des quakers dans ce coin qui refuseraient pas d'aider un homme dans le besoin.

— Nous ne sommes pas...

— Tu n'es pas loin d'Oberlin, dit Honor, interrompant son mari. C'est juste à cinq kilomètres dans cette direction. » Elle désigna le nord. « Une fois là-bas, tu iras à Mill Street... la deuxième à droite sur Main Street. Il y a une maison rouge près de l'endroit où la rue enjambe Plum Creek. Cherche une chandelle à la fenêtre sur l'arrière. Là on te viendra en aide. »

Jack la regardait, éberlué.

L'homme opina du chef. « Merci. » Enfonçant son chapeau sur ses oreilles et serrant son manteau sans boutons autour de lui, il s'esquiva dans la direction indiquée par Honor.

Jack la scrutait d'un œil noir. « Comment es-tu au courant de tout ça ? »

Incapable de croiser son regard, Honor examinait dans le seau le liquide fluide et transparent. Il ne brunirait qu'après avoir bouilli plusieurs heures.

« Nous savions que tu laissais des victuailles dehors, mais nous ne savions pas que tu leur parlais et que tu leur donnais des instructions aussi détaillées... Et que tu parlais aussi à d'autres agents du chemin de fer clandestin, apparemment. »

Honor dressa la tête. « Tu savais que je cachais de la nourriture ?

— Bien sûr. C'est difficile de tromper un fermier. Je suppose que tu as également caché des fugitifs ?

— Quelquefois.

— Je m'en doutais. »

D'une certaine façon elle était soulagée que ses activités soient enfin exposées au grand jour. « Pourquoi n'as-tu rien dit ?

— Mère voulait, bien sûr. Elle était furieuse que tu aies désobéi et que tu nous fasses encourir une amende. Et puis que tu attires ce chasseur d'esclaves... » Jack ramassa le plus grand seau et gagna l'arbre suivant. « Mais je lui ai demandé de te laisser continuer. »

Honor lui emboîta le pas. « Pourquoi ? »

Jack décrocha le seau plus petit du robinet et versa l'eau d'érable dans le grand seau. Puis il regarda sa femme d'un air triste et grave. « Je voulais que tu sois heureuse, Honor, car je savais que tu ne l'étais pas. Je me disais que si je te laissais agir selon tes principes, cela te rendrait plus heureuse d'être ma femme. »

Honor dévisageait son mari. Elle ne se doutait absolument pas qu'il s'était efforcé à ce point de lui faire plaisir. Prenant sa respiration, elle tendit une main vers lui, mais il était déjà devant un autre arbre. Il fallait qu'elle parle, qu'elle lui annonce ce qu'elle voulait lui annoncer, mais les mots étaient coincés dans sa gorge. Une fois passé l'instant propice, il lui fut impossible d'aborder le sujet, d'autant que Jack prenait bien soin de lui tourner le dos.

Lorsqu'ils eurent fini de vider les seaux, Honor et Jack rapportèrent leur récolte à la ferme. Jack y avait construit une cabane provisoire, car faire bouillir la sève produisait tellement de vapeur qu'il valait mieux ne pas le faire dans la maison. Judith et Dorcas avaient préparé un feu et suspendu au-dessus un chaudron en fonte. Elles se relaieraient pour remuer la sève tout au long de la journée, sève qui, en réduisant, deviendrait un épais sirop de teinte foncée.

Honor s'était demandé si Jack allait garder le silence, mais il proclama immédiatement qu'ils avaient vu un esclave en fuite dans le bois de Wieland, et répéta ce qu'Honor avait confié au fugitif.

Judith Haymaker jeta un coup d'œil à son fils tout en le déchargeant d'un des seaux, puis regarda Honor. « Tu ne dois pas recommencer ces absurdités, déclara-t-elle, versant l'eau d'érable dans le chaudron. Je m'en suis remise aux souhaits de Jack à cet égard suffisamment longtemps. Je suis sûre qu'il sera d'accord avec moi pour dire que non seulement tu ne dois pas mettre cette ferme en danger… mais que tu dois aussi penser à l'enfant que tu portes. Il ne serait pas juste pour lui que la ferme ait été ruinée quand il viendra au monde. »

Honor s'empourpra. « Quoi ? » aboya Jack.

Le demi-sourire de Judith s'élargit, bien qu'il réchauffât à peine l'expression de son visage. « Honor, tu n'imaginais tout de même pas pouvoir me cacher une telle chose ? C'est évident à ton visage et à ta façon de marcher. » Elle se tourna vers Jack. « Tu es un homme et tu ne remarquerais pas ce genre de détails. Je pensais attendre qu'Honor te l'annonce elle-même. Je suis désolée que tu l'aies appris de cette manière, mais il faut que tu le saches, pour aider ta femme à comprendre ce qui est en jeu si elle persiste dans ses sottises. »

Jack se tourna vers Honor. « C'est vrai ? Tu attends un enfant ? »

Honor acquiesça.

La colère qu'il éprouvait contre elle fondit comme neige au soleil. Il enlaça sa femme. « Je suis content.

— Tu dois promettre de ne plus te mêler d'aider des fugitifs, reprit Judith. C'est illégal, c'est dangereux, et les Haymaker ne peuvent plus tolérer cela. Nous avons déjà assez souffert.

— Que… que veux-tu dire ? »

Les Haymaker échangèrent des regards. Judith soupira. « En Caroline du Nord nous avons perdu notre ferme après avoir dû payer une grosse amende pour avoir caché un fugitif. Les amendes existaient déjà avant que soit promulguée cette récente loi sur les esclaves en fuite. La nouvelle loi est simplement plus explicite, et plus dure.

— Est-ce pour cela que votre famille s'est installée dans l'Ohio ?

— Oui, répondit Jack. Nous ne pouvions plus supporter de vivre là-bas après ce qui s'était passé.

— Je croyais... » Honor se tut. Ce n'était pas le moment de faire remarquer qu'il avait dit un jour que les Haymaker avaient migré vers le nord pour une question de principes, à l'instar de la plupart des familles quaker du Sud qui avaient fondé Faithwell. Peut-être les principes n'étaient-ils pas un mobile aussi puissant que la réalité d'avoir perdu de l'argent et des terres.

Dorcas remuait la sève de plus en plus vite, le front plissé. « Ce que Mère n'a pas dit... » commença-t-elle. Mais Judith l'arrêta d'un mouvement de tête. « Suis-je la seule à devoir remuer ça ? lança-t-elle, impatiente. Je suppose qu'Honor va en être dispensée, vu son état.

— Ne sois pas ridicule, se récria Judith, Honor n'est pas une porcelaine fragile. Nous le ferons tous à tour de rôle. Quant à toi, Honor, tu dois promettre de ne pas aider les esclaves s'ils s'arrêtent ici.

— Très bien, promit Honor, le cœur serré.

— Parfait. Maintenant tu peux remuer. Dorcas, donne la cuillère à Honor. »

Faithwell, Ohio
27e jour du 2e mois 1851

Chers Mère et Père,

J'ai une nouvelle à vous annoncer tout comme au reste de la famille : je suis enceinte. Je m'en doutais depuis un certain temps, mais j'attendais pour vous prévenir que les signes soient indubitables. Je ne sais pas exactement quand l'enfant arrivera, mais je pense que cela devrait être dans le courant du 9e ou du 10e mois de l'année. Les Haymaker sont contents, bien sûr, même si Judith s'est crue obligée de souligner que je ne servirai à rien pour les moissons puisque je serai énorme ou en train d'allaiter.

Le bébé me fatigue un peu, mais autrement je vais bien, et je ne souffre pas des nausées qui affligent certaines femmes au début de leur grossesse — voire plus longtemps encore, comme dans le cas d'Abigail. Elle en a encore, alors que l'enfant doit naître dans un mois. (Elle dit deux mois, mais nous savons qu'il sera là avant.) Je l'ai à peine vue cet hiver, tout comme Adam Cox, ce qui est fort dommage. J'avais espéré travailler dans son magasin de temps en temps, mais les Haymaker ont dit qu'ils voulaient que je reste à la ferme avec eux. Bien que je sois contente d'avoir si près de moi une personne du pays, nous ne sommes pas les amis que j'avais espéré que nous serions. J'imagine qu'il faudra un moment pour que la gêne entre nous s'évanouisse.

Je suis heureuse de pouvoir dire qu'il n'y a plus de neige, et c'est un soulagement de ne plus se sentir prisonnière dans la maison. Les journées sont plus chaudes, mais les nuits sont encore très froides, et il y a des perce-neige et même quelques jonquilles précoces. Les saules bourgeonnent, parant d'un vert bienvenu le gris et le brun environnants. D'ici quelques semaines nous serons en mesure de bêcher le jardin.

Il est peut-être idiot de ma part d'espérer qu'un jour vous pourrez faire la connaissance de votre petit-fils ou de votre petite-fille. C'est entre les mains de Dieu.

Votre fille affectueuse,
Honor Haymaker

LAIT

La décision d'Honor de ne plus aider les fugitifs ne les empêchait pas de venir. À mesure que le climat s'améliorait, il en arrivait un flot régulier en provenance du sud. Et il n'était pas facile de simplement les refouler comme on l'attendait d'elle.

La première fois ce ne fut pas trop dur. Un homme surgit de derrière les cabinets extérieurs alors qu'Honor en sortait. Il la regarda avec un air d'espoir mais ne dit rien. Elle jeta un coup d'œil vers le potager, où Judith retournait la terre pour faire des plantations. Sa belle-mère s'était arrêtée et elle les observait, appuyée sur sa fourche. Honor répéta les mots qu'elle avait mis au point dans sa tête en prévision de cet instant : « Je regrette mais je ne puis t'aider. » Après quoi elle ajouta à voix basse : « Va à cinq kilomètres au nord à Oberlin, trouve la maison rouge sur Mill Street et demande de l'aide. Que Dieu soit avec toi. » Ces paroles ne pouvaient tout de même pas être considérées comme de l'aide... En les prononçant, pourtant, elle savait que Judith n'approuverait pas.

L'homme opina, tourna les talons et disparut dans les bois.

Ce n'était pas si terrible, songea Honor, qui s'en voulait, mais pas outre mesure. Elle attendit que Judith dise quelque chose, mais sa belle-mère se contenta de se remettre à bêcher.

Le fugitif suivant était une femme d'un certain âge, ce qui étonna Honor : pour la plupart, les esclaves qui s'enfuyaient étaient plus jeunes, car ils étaient plus forts et plus à même d'affronter les difficultés de l'équipée. Elle la découvrit quand Digger se mit à aboyer et à gronder derrière le poulailler : elle était assise les bras autour des genoux, à regarder le chien s'énerver. Son visage était creusé de rides profondes, mais ses yeux, pas encore voilés, étaient d'un marron jaune comme ceux d'un chat. « Chère dame quaker, t'aurais pas quelque chose à manger ? demanda-t-elle quand Honor eut chassé Digger. J'ai une faim du diable.

— Je regrette mais je ne puis... » Honor fut incapable de terminer la formule qu'elle avait apprise.

« Juste un bout de pain et un peu de lait d'une de ces vaches, et je m'en vais.

— Attends ici. » Honor se précipita dans la cuisine, entraînant Digger avec elle et l'enfermant dans la maison. Par chance Judith et Dorcas étaient toutes deux au magasin général, et Jack livrait le lait. Tandis qu'elle découpait une tranche de pain et un morceau de fromage et versait du lait dans la tasse en fer-blanc, elle essayait dans sa tête le raisonnement qu'elle tiendrait à Judith : je ne la cache pas, je lui donne simplement à manger, comme je le ferais pour n'importe quel voyageur de passage qui me le demanderait.

Elle regarda la femme avaler sa pitance, gardant un œil sur le sentier au cas où un des Haymaker reviendrait. La vieille femme mastiqua lentement le pain et le fromage : il ne lui restait pas beaucoup de dents. Après avoir vidé la tasse de lait, elle fit claquer ses lèvres. « Ça c'est du bon lait. Vous avez de braves vaches. » Elle se releva et rajusta les haillons qu'elle avait noués autour de ses pieds en guise de chaussures, puis épousseta les miettes sur son buste. « Merci.

— Tu sais où aller ?

— Mais oui. Vers le nord. » La femme tendit le doigt et, suivant la direction qu'elle venait ainsi d'indiquer, elle se mit à marcher.

Au déjeuner, Honor attendit le moment favorable, buvant des gorgées d'eau pour calmer l'angoisse qui lui tenaillait le ventre. « Une fugitive est venue à la ferme aujourd'hui pendant que tout le monde était absent. Une vieille femme, précisa-t-elle, voulant faire passer la pilule en présentant la fuyarde comme un être particulièrement vulnérable. Je… je lui ai donné du pain et du fromage, et un peu de lait. Puis elle est partie. »

Il y eut un silence. « Nous avons déjà discuté de cela, déclara Judith. Tu as promis de ne plus aider les fugitifs. »

Honor déglutit avec peine. « Je sais. Mais c'est dur de dire non à quelqu'un qui demande à manger. Je n'ai fait que ce que j'aurais fait pour n'importe quel voyageur. Je me suis simplement montrée courtoise : ce n'était pas prêter assistance à un fugitif. » Son argument, soigneusement répété, manquait de consistance.

Judith pinça les lèvres. « Ton chasseur d'esclaves, Donovan, mettrait en doute cette logique.

À l'avenir, si des gens de couleur s'adressent à toi, viens me chercher. »

La fois suivante, quand un esclave en fuite se présenta, Honor ne put se résoudre à appeler Judith. Elle se sentait étrangement protectrice, et n'avait pas envie d'exposer aucun de ces malheureux au sourire figé et au regard froid de sa belle-mère. Le refus paraîtrait moins cruel venant de sa bouche à elle. « Je regrette, mais je ne puis te cacher », dit-elle à un homme à la peau claire quelques jours plus tard. Dire « cacher » au lieu d'« aider » semblait moins brutal, comme si l'espoir demeurait qu'elle pût quand même l'aider un peu. Elle prit l'habitude d'avoir de la viande de bœuf séchée dans la poche de son tablier, si bien que la fois d'après, lorsqu'elle dit « Je ne puis vous cacher » à deux adolescents, elle leur tendit l'aliment — plus pour apaiser sa mauvaise conscience que pour les sustenter.

Un jour, pourtant, son petit discours lui resta dans la gorge. De bonne heure un matin de printemps, alors que Dorcas et elle traversaient la cour après la traite, elles entendirent un cri dans le bois de Wieland qui ressemblait à un cri de bébé. Elles s'arrêtèrent pour écouter. Les cris de bébé retentirent à nouveau, bien qu'étouffés, comme si quelqu'un essayait de calmer l'enfant.

Honor se dirigea vers les arbres, que leurs bourgeons sur le point d'éclore enveloppaient d'un halo vert à l'aspect duveteux. « Tu ne vas quand même pas aller voir ! protesta Dorcas, la suivant à contrecœur. Tu n'as donc pas compris ce que Mère a dit ?

— Ce n'est peut-être pas une fugitive. C'est peut-être quelqu'un qui s'est perdu. »

Une petite femme couleur thé aux joues rondes comme des crêpes était accroupie dans les ronces, serrant un enfant contre son sein. C'était une toute jeune fille.

« Vous allez me dénoncer ? demanda-t-elle.

— Non, répondit Honor.

— J'ai plus de lait pour elle. C'est pour ça qu'elle pleure.

— Dorcas, va chercher du lait, et quelque chose à manger », ordonna Honor.

Dorcas lui lança un regard, mais obtempéra et regagna la maison.

Pendant qu'elles attendaient, Honor essaya de sourire au bébé de manière rassurante, mais elle se forçait. « Quel âge a-t-elle ?

— Quatre mois. J'aurais pas dû m'enfuir avec un petit bébé. C'est pas juste pour elle. Mais j'étais vraiment à bout.

— Vous venez d'où, toutes les deux ?

— Kentucky. Pas si loin par rapport au voyage que certains autres ils font. Mais assez près pour avoir mon maître à mes trousses. Lui et un chasseur d'esclaves du coin. »

Honor se figea. « Est-ce qu'il s'appelle Donovan ? »

La fille haussa les épaules.

« Ils sont loin d'ici ?

— À Wellington, aux dernières nouvelles.

— Pas très loin, donc. Nous ne pouvons pas vous cacher ici, toutes les deux. Mais si vous restez dans ce bois, à l'écart de la route, vous serez aussi tranquilles que n'importe où ailleurs. » Elle lui expliqua où trouver Mme Reed, mais la jeune fille n'écoutait pas. Elle avait les yeux fixés sur autre chose derrière Honor : Dorcas revenait, et elle avait amené sa mère.

Judith Haymaker tendit une tasse de lait à la jeune fille, qui la prit et tenta de la porter aux lèvres du bébé. Mais l'enfant n'arrivait pas à avaler, et la mère préféra tremper son doigt dans le lait pour le donner à téter au bébé.

« Qui t'a dit de venir ici ? demanda Judith.

— Une dame de Wellington, madame, marmonna la jeune fille, concentrée sur l'enfant.

— Comment s'appelait-elle ? »

La jeune fille secoua la tête.

« À quoi ressemblait-elle ?

— Une femme blanche. Le teint un peu jaune. L'air malade.

— Tu l'as rencontrée où ?

— À l'arrière d'une boutique.

— Quel genre de boutique ? » s'obstina Judith.

Du regard, Honor essaya d'avertir la jeune fille.

« Je sais pas, madame. » La jeune fille se tut, puis s'illumina en se rappelant un détail. « Elle avait des plumes dans ses poches. »

Honor gémit intérieurement.

« Quoi, elle tenait un poulailler ?

— Non, madame. Des plumes teintes, en bleu et rouge.

— La modiste. » Judith jeta un coup d'œil à Honor avant de se tourner à nouveau vers la jeune fille. « La fillette a fini le lait ? »

Oui, et elle dormait. À la voir dodeliner de la tête au-dessus de son enfant, la jeune fille avait bien besoin de sommeil elle aussi.

« Maintenant tu dois partir. » Le maintien de Judith était aussi ferme que ses paroles. La jeune fille rouvrit grands les yeux. Elle rendit la tasse à Dorcas et se redressa tant bien que mal, de toute évidence habituée à effectuer ce mouvement sans réveiller le bébé. Posant la fillette sur un carré de tissu à rayures, elle la hissa sur son dos et fit des nœuds au niveau de sa poitrine, de sorte que l'enfant, ainsi emmaillotée, était posée contre elle comme un cocon. « Merci », dit-elle, en regardant leurs pieds. Puis elle s'éloigna d'un pas lourd dans les bois, disparaissant parmi les érables et les hêtres.

Judith repartit vers la maison. « Je vais aller à Wellington parler à cette Belle Mills. Il n'est plus question qu'elle envoie des gens de couleur par ici. »

Honor et Dorcas la suivirent. « Je préférerais lui parler moi-même, dit Honor.

— Je ne veux pas que tu la voies. Il est clair qu'elle n'a pas une bonne influence sur toi. »

Honor sentit les larmes lui piquer les yeux. « Alors je lui écrirai. Je vous en prie. »

Judith grommela. « Profites-en pour lui demander de ne plus nous rendre visite. Elle n'est pas la bienvenue. Et puis montre-moi la lettre quand tu l'auras écrite. Je suis au regret de te dire que je ne me fie pas vraiment à toi, pour ce qui est de m'obéir. »

Faithwell, Ohio
3e jour du 4e mois 1851

Chère Belle,

Je t'écris pour te demander de ne plus envoyer de fugitifs du côté de Faithwell. Avec mon mari et sa famille, nous considérons que la chose est trop risquée pour la ferme. Dernièrement, à Greenwich, un marshal a arrêté un Ami pour avoir aidé un esclave en fuite, et l'Ami est maintenant en prison pour six mois, avec en outre une amende substantielle à payer. Le renforcement de la loi sur les esclaves fugitifs n'a fait que rendre plus fréquents les incidents de ce genre.

Je te suis très reconnaissante de la générosité que tu as montrée envers moi, surtout quand j'étais seule et avais besoin de secours. Nous jugeons préférable, cependant, que tu ne viennes pas nous voir à Faithwell. Notre mode de vie est trop différent du tien. Il n'en demeure pas moins que je te souhaite tout le bonheur possible, et que je vais prier pour que tu marches toujours dans la Lumière.

Avec mes vœux les plus sincères,
Honor Haymaker

OIGNONS

Honor alla avec Jack à Oberlin pour envoyer sa lettre à la modiste. Cela faisait des mois qu'elle n'y avait pas été : d'abord à cause du froid et de la neige, puis parce que, avec le dégel, la route était tellement boueuse qu'il n'y avait pas moyen de prendre la charrette. En plus, Jack refusait de la laisser monter à cheval, de peur qu'elle ne tombe et que l'enfant n'en pâtisse. À la longue, toutefois, le temps s'améliora, et Honor accompagna son mari lorsqu'il alla à l'université pour livrer du fromage.

Il la déposa au magasin de nouveautés Cox, mais au lieu d'y entrer, elle attendit que Jack se fût éloigné pour enfiler Main Street vers le sud. Il y avait quelqu'un d'autre qu'elle devait informer de sa décision.

Bien qu'elle eût décrit bien souvent sa destination à des fugitifs, elle-même n'était jamais allée là-bas. Arrivée à l'embranchement, en regardant Mill Street et en apercevant de l'autre côté du pont la petite maison rouge sur la droite, elle flancha, et décida de marcher encore un peu pour reprendre contenance. C'était un après-midi assez doux, baigné d'air frais et de ce soleil de printemps qui lui avait manqué tout l'hiver.

Elle se dit qu'elle allait continuer vers le sud jusqu'aux confins de la ville où la voie ferrée était en construction. Le déblaiement de milliers d'arbres avait commencé, mais les trains ne circuleraient pas avant un an, reliant finalement Cleveland à Toledo, à cent soixante kilomètres à l'ouest. Honor n'imaginait pas avoir jamais envie d'aller plus loin vers l'ouest que Faithwell. Elle ne marchait même pas vers l'ouest par le bois de Wieland, et n'empruntait jamais vers l'ouest aucune rue d'Oberlin. Les routes et les trains en direction de l'est la tentaient davantage, même si elle savait qu'au terme du voyage elle finirait toujours par se heurter à la barrière de l'Atlantique.

Les planches qui servaient de trottoirs dans Main Street prenaient fin au sud de Mill Street, et Honor se mit à cheminer avec précaution dans la boue épaisse qui aspirait ses bottines et faisait virer au gris le bas de sa robe verte. À l'approche du croisement avec Mechanics Street, elle entendit de gros éclats de rire et s'immobilisa, cherchant à donner l'impression qu'elle s'était embourbée. Elle avait oublié le Wack's Hotel.

De par ses principes fondateurs — ferveur religieuse, vie simple et dur labeur —, Oberlin était une ville où l'alcool était interdit, mais le Wack's Hotel étant situé juste au-delà des frontières municipales, il échappait à cette loi. Dirigé par Chauncey Wack, un démocrate favorable à l'esclavage, c'était le seul endroit de la ville où on pouvait se procurer de l'alcool et du tabac, et bien que la plupart des habitants fussent abstinents, il y avait toujours un noyau de buveurs étrangers à Oberlin pour maintenir l'établissement à flot. En l'occurrence, ils étaient plusieurs à paresser sur la véranda côté rue, profitant du beau temps. Parmi eux, se balançant sur une chaise, Honor, interloquée, reconnut Donovan. Il lui souriait, et la salua en brandissant une bouteille de whisky. Elle le soupçonnait de l'avoir épiée durant toute sa progression dans Main Street.

Elle ne l'avait pas vu pendant l'hiver, mais avec la reprise des évasions, il avait recommencé à passer à cheval sur le sentier près de la ferme et à soulever poliment son chapeau si elle était sur la véranda ou dans la cour. Chaque fois elle essayait, en vain, de rester indifférente, mais elle sentait son pouls qui battait dans sa gorge. Elle n'y avait pas pensé jusque-là, et pourtant si elle ne devait plus aider les fugitifs, ceux-ci allaient cesser de venir à Faithwell et Donovan n'aurait plus à effectuer ses visites. Déjà sa réapparition faisait bougonner Judith et fulminer Jack. Il faut que j'agisse honorablement, se dit-elle. Pour l'enfant. Pour la famille.

Elle rentra le ventre, bien qu'elle fût enceinte de quelques semaines seulement et sût que sa grossesse ne se voyait pas encore. Puis elle se dirigea vers lui, en agrippant son châle. Tandis qu'elle approchait de l'hôtel, les compagnons de Donovan la saluèrent par des huées et des sifflets. Honor ne bougea pas et attendit que les clameurs s'éteignent. « Donovan, j'aimerais parler avec toi, annonça-t-elle, relançant dans l'assemblée les cris de dérision.

— Ça alors, Honor Bright, voilà qui est nouveau ! Je croyais que tu ne pouvais pas me sentir. » Donovan laissa retomber sa chaise et se leva. « De quoi veux-tu discuter ? »

Honor fit un geste pour montrer la rue. « Marchons un peu. »

Donovan eut l'air un rien gêné. Honor n'aurait su dire si c'était parce qu'une femme prêtait attention à lui ou parce que, pour une fois, il n'avait pas pris l'initiative de la rencontre. Toujours est-il qu'il descendit le perron pour la rejoindre, sourd aux obscénités qui fusaient sur les cajoleries qu'Honor pourrait lui faire et qu'il pourrait lui rendre. Honor tâchait de ne pas écouter, marchant d'un pas décidé devant lui, et ne s'arrêtant que pour laisser passer les charrettes et éviter de se faire éclabousser.

Lorsqu'ils furent assez loin de l'hôtel pour que les hommes ne s'intéressent plus à eux, Honor ralentit de façon que Donovan puisse marcher à ses côtés. Il avait maintenant recouvré son aplomb et semblait amusé. « Qu'est-ce que c'est que cette histoire ? Tu n'as jamais voulu de ma compagnie avant. Tu commences à t'ennuyer avec Haymaker ? Ç'a a pas été long. Qu'est-ce...

— Je veux te parler de mon rôle vis-à-vis des esclaves en fuite, l'interrompit Honor pour ne pas entendre ses remarques sombrer dans la grossièreté dont il était coutumier.

— Ha ! Tu le reconnais, alors. Évidemment j'ai toujours été sûr que tu cachais des nègres, mais ça fait plaisir de t'entendre l'avouer.

— La famille de mon mari — ma famille — ne m'approuve pas, et je ne tiens pas à m'opposer à sa volonté. Tu n'auras donc plus besoin de passer par notre ferme. Personne n'y sera plus caché. »

Donovan haussa les sourcils. « Comme ça, d'un seul coup, tu arrêtes ?

— Il n'y a pas eu de fugitifs pendant l'hiver, et seulement quelques-uns depuis. Je ne recommencerai pas.

— Et tes principes ? Je croyais que tu détestais l'esclavage et que tu voulais que tous les nègres soient libérés.

— En effet. Mais ma famille s'inquiète de la loi, et je tiens à respecter ses souhaits.

— Je vais te dire de quoi les Haymaker s'inquiètent, Honor Bright : du fait que tu restes à ta place. Ils ne veulent pas d'une femme qui pense par elle-même.

— Ce n'est pas vrai », répliqua Honor, sans défendre davantage les Haymaker. Elle avait le sentiment de ne pas dire elle-même la vérité, même si elle ne mentait pas vraiment non plus.

Ils avaient atteint le secteur qu'on était en train de défricher pour la ligne de chemin de fer, et où les arbres abattus — surtout des frênes et des ormes — formaient comme un couloir. Honor examinait les souches qui n'avaient pas encore été arrachées et s'étiraient à perte de vue. « Pourquoi ont-ils fait cela ? » demanda-t-elle. Autour de chaque souche une fosse avait été creusée puis remplie d'eau.

« L'eau ramollit le bois pour que la souche soit plus facile à déterrer, expliqua Donovan. Ils la laissent tremper et, en attendant, ils sont partis travailler plus loin, vers Norwalk. » Il indiqua l'ouest.

Ils se tenaient côte à côte, contemplant la grand-route que dessinaient les souches : Honor était étonnée de se sentir plus à l'aise avec Donovan qu'avec les Haymaker, alors qu'il n'était pas quaker et que ses convictions allaient totalement à l'encontre des siennes. Il m'accepte comme je suis, songea-t-elle. Voilà pourquoi.

Donovan ramassa une poignée de cailloux. « Écoute, Honor, commença-t-il, les lançant un par un et les faisant rebondir sur les souches. Si jamais un jour tu veux les laisser tomber et venir avec moi, j'arrêterai ce que je fais. Je pourrai trouver autre chose. Travailler sur la voie ferrée, pourquoi pas ? » Ses mots étaient hésitants, comme s'il était gêné de les prononcer. « On pourrait partir vers l'ouest. Je parie que je te rendrais plus heureuse que Haymaker. »

Le plus surprenant, c'était qu'elle pouvait imaginer la chose, même avec quelqu'un comme Donovan. Il y a un brave homme sous cette écorce, se disait-elle. « Je ne doute pas que tu sois capable de changer, dit-elle à haute voix, mais je porte l'enfant de Jack. »

Donovan grogna et cracha par terre. « Je me demandais quand vous alliez vous y mettre… » Son expression demeura flegmatique, même si Honor eut la sensation qu'une porte s'était refermée.

Elle aurait aimé rester là plus longtemps avec lui, à regarder les souches, mais Donovan fit demi-tour pour reprendre le chemin de la ville, et elle fut obligée de le suivre. L'espace d'un instant elle le plaignit. Cet homme était disposé à changer et avait manifestement besoin d'une femme pour l'y inciter. Désormais le changement ne surviendrait pas. Elle observa son grand dos large devant elle, et retint un sanglot.

Devant le Wack's Hotel, Honor refusa fermement qu'il l'accompagne plus loin. « J'ai des courses à faire », allégua-t-elle. Elle ne voulait pas qu'il la voie aller chez Mme Reed.

Donovan ôta son chapeau, le plaça contre sa poitrine et s'inclina avec outrance. « Porte-toi bien, Honor Bright. Je passerai peut-être par la ferme de temps en temps en souvenir du passé, pour vérifier que tu tiens parole. Mais je m'arrêterai pas, c'est promis. » Il remit son chapeau et sauta sur la véranda, attrapant une bouteille au passage. À peine avait-elle fait demi-tour qu'il se balançait à nouveau sur sa chaise, buvant de grandes lampées de whisky.

Il y avait un cornouiller devant la maison de Mme Reed, dont les fleurs blanches à quatre pétales étaient teintées de rose. Honor resta là à admirer leur délicatesse ; le cornouiller était le seul arbre américain qu'elle aurait aimé connaître dans son enfance. Le petit jardin de devant débordait de fleurs : à gauche du sentier menant à la maison s'étendait le mauve des pervenches, des pieds-d'alouette et des violettes, tandis qu'à droite triomphait le jaune des jonquilles et des primevères. Les violettes en particulier poussaient étonnamment serrées, certaines bleu vif, d'autres plus pâles. Honor imaginait Mme Reed en train d'en cueillir toute une poignée pour son chapeau. Quand ils comportaient des fleurs, la plupart des autres jardins étaient à la fois symétriques et artificiels. Judith Haymaker, par exemple, avait planté ses bulbes de jonquilles et de jacinthes de telle sorte que les fleurs dessinent des rangées bien disciplinées — un agencement rigoureux qui aurait fait sourire les Anglaises. Outre leur profusion, les fleurs de Mme Reed semblaient pointer comme au hasard, à la manière des primevères et des anémones qu'on pouvait rencontrer dans les bois. Elles étaient simplement là, comme si elles y avaient toujours été. Il fallait une réelle habileté pour que, dans un jardin, on ne sente pas la main du jardinier.

Elle resta là à admirer les fleurs le plus longtemps possible, mais vint un moment où elle dut se lancer. Elle rejoignit la véranda et frappa à la porte d'entrée, dont la peinture blanche s'écaillait. Personne ne répondit, bien qu'elle humât dans l'air une odeur d'oignons, et perçût au loin un bruit de casseroles.

Alors qu'elle reculait pour lever les yeux sur la façade, un mouvement attira son regard, et elle se tourna vers la maison voisine, identique à celle de Mme Reed mais en marron, avec de la terre là où Mme Reed avait des fleurs. Un vieil homme noir qu'elle n'avait pas vu jusque-là se balançait dans un fauteuil sur la véranda. Il lui souriait, un sourire édenté tout en gencives, en lui indiquant l'arrière de la maison. Honor remarqua alors le sentier que les pieds avaient tracé au milieu des digitaires. Elle le suivit, avant d'apercevoir par la porte de derrière ouverte une silhouette qui déambulait à l'intérieur. Quand Honor la héla, la silhouette s'immobilisa, et au bout d'un moment Mme Reed fit son apparition. Elle ne portait pas son chapeau de paille, mais un foulard rouge enroulé autour de la tête. Ses lunettes brillaient sous la lumière, et Honor n'arrivait pas à déchiffrer l'expression de ses yeux. « Qu'est-ce que tu fais ici, Honor Bright ? » Elle jeta un regard alentour. « Allons, entre donc avant que quelqu'un te voie. » Elle attira Honor dans la maison et referma la porte derrière elle.

Honor comprit tout de suite pourquoi elle avait laissé la porte ouverte. Ses yeux s'emplirent de larmes, la piquant atrocement : des oignons étaient en train de frire dans un énorme poêlon. Elle sortit un mouchoir pour étancher ses pleurs. « Je suis désolée... les oignons... »

Au lieu d'aller les remuer, Mme Reed croisa les bras sur sa poitrine. « Qu'est-ce que tu fabriques ici ? » répéta-t-elle. Le plissement de son front faisait ressortir sa lèvre inférieure.

Honor finit de s'essuyer les yeux, qui ne tardèrent pas à larmoyer à nouveau. Elle respira profondément. « Je suis venue t'annoncer que je ne vais plus pouvoir... plus pouvoir aider. Je fais savoir à ceux qui orientent les fugitifs vers moi que je ne suis plus en mesure de les cacher ni de leur donner à manger. J'ai pensé que tu devais être mise au courant toi aussi. »

Mme Reed ne réagit pas et se contenta de retourner à sa casserole, laissant ainsi à Honor l'occasion d'inspecter la cuisine. Elle n'était jamais entrée dans la maison d'un Noir et ne savait pas à quoi s'attendre.

La cuisine de Mme Reed était bien plus petite que celle des Haymaker, tout comme l'ensemble de la maison, qui consistait apparemment en deux pièces au rez-de-chaussée et deux à l'étage. La chose n'avait rien de surprenant : les fermes étaient en général plus grandes que les maisons citadines. Contrairement à la cuisine des Haymaker, qui était claire et bien rangée, avec des plans de travail impeccables et un garde-manger rempli de bocaux parfaitement alignés, celle de Mme Reed était sombre et encombrée, envahie d'une odeur d'huile bouillante et d'épices, qui laissait penser que la préparation était sur le point d'accrocher au fond de la marmite. Le fourneau était vieux et il fumait, et sa surface était constellée de taches de graisse et de restes de ragoûts antérieurs. Les étagères de chaque côté étaient pleines de bocaux débouchés contenant du poivre, du sel et du cayenne, mais elles accueillaient aussi des feuilles de laurier et des brins de romarin, des bols de feuilles et de brindilles séchées qu'Honor était incapable d'identifier, des sacs de semoule de maïs et de farine de blé, ainsi que des flacons de sauces foncées couverts de dégoulinades. En hauteur était suspendue une tresse de piments séchés qui provenait forcément d'une autre contrée que l'Ohio. Si le décor avait un aspect chaotique, ce n'était pas le cas de Mme Reed. De fait, le tablier qu'elle portait sur sa robe était encore d'un blanc immaculé, exploit incroyable vu le sifflement des oignons et le bouillonnement de la grosse marmite à l'arrière du fourneau.

Mme Reed souleva la lourde casserole d'oignons. « Attrape-moi cette cuillère en bois », ordonna-t-elle en désignant de la tête la table de cuisine en fouillis elle aussi. Elle tenait le poêlon au-dessus de la marmite, les muscles de ses avant-bras tendus par l'effort. Honor fourragea avec la cuillère : elle racla les oignons pour les faire dégringoler dans la marmite, où ils rejoignirent un ragoût de poulet filandreux accompagné de tomates.

« Merci. » Mme Reed reposa le poêlon et s'empara d'une poignée de piments qu'elle effrita dans le ragoût. Après s'être essuyé les mains sur son tablier, elle enleva ses lunettes embuées pour les essuyer à leur tour, un geste si familier qu'il en était presque inconscient. Elle devait les essuyer dix fois par jour, se dit Honor.

Il y eut un petit moment de gêne. « Autre chose à me dire, ou c'est tout ? » demanda Mme Reed, prenant la semoule de maïs sur l'étagère, puis deux œufs dans un panier à ses pieds. « Va me chercher ce saladier là-bas. » Elle pointa le menton vers un saladier en terre cuite sur le buffet. « Et jette-moi ces noix. Elles sont trop vieilles et trop rances pour qu'on les mange. Je sais pas pourquoi je les ai gardées tout ce temps-là. »

Honor s'exécuta, se demandant si Mme Reed allait lui demander les raisons de sa décision. Mais cela n'avait pas l'air de l'intéresser tellement. « J'attends un enfant », déclara Honor, cherchant à se justifier.

Mme Reed mit deux grosses poignées de semoule de maïs dans la jatte, se saisit du sac de farine, puis en ajouta un peu à la semoule de maïs. « Ah bon ? fit-elle, lançant un regard oblique à Honor. Oui, tu t'es peut-être arrondie. Toujours pas bien grosse, pourtant. » Elle cassa deux œufs dans le mélange, prit une petite casserole sur le fourneau, en versa le contenu dans la jatte, et entreprit de battre le tout. « Apporte-moi cette cruche. Non, pas le lait, le babeurre. Verses-en un peu pendant que je remue. Assez ! Ça va être trop liquide. Rajoute-moi une autre poignée de semoule de maïs, et puis un autre œuf. » Mme Reed donnait des ordres à Honor avec naturel, comme si elle avait l'habitude de diriger une cuisine. « Maintenant, mets-moi trois, non, quatre pincées, de ce bocal. Bicarbonate de soude... »

Alors qu'Honor mettait quatre pincées de bicarbonate dans la pâte, un bébé se mit à pleurer dans l'autre pièce. « Bon sang, la voilà qui se réveille, marmonna Mme Reed. C'est ma petite-fille. Va me la chercher, tu veux ? Je dois enfourner ça tout de suite sinon ça sera jamais prêt à temps. Elle est là-bas. » Elle fit un geste en direction de la pièce de devant.

Honor hésita. Il fallait qu'elle retourne au magasin d'Adam où elle devait retrouver Jack. Elle n'avait pas encore confié la lettre de Belle à la diligence qui partait tous les jours pour Wellington. Mais le vagissement implorant du bébé coupa court à ces considérations, et, de toute façon, il était impossible de dire non à Mme Reed. Tellement impossible qu'Honor savait que si la femme noire le lui demandait, elle serait obligée de continuer à aider les fugitifs. Mais Mme Reed ne le lui demanda pas.

Seul un ruban de lumière filtrant par la fenêtre permettait d'y voir un peu et, avant de rejoindre l'enfant, Honor alla tirer les rideaux. Tandis que le soleil inondait la pièce, la fillette tourna la tête sur la pile de draps où elle était couchée, derrière une barrière faite d'un assortiment de chaises en bois. Elle aperçut Honor, écarquilla ses yeux brillants de larmes, et ajouta un hurlement haut perché à ses pleurs. C'était une enfant potelée, avec des frisottis noirs très serrés, de grosses joues et une bouche toute ronde. Alors qu'Honor approchait, elle roula de terreur et se mit à battre des bras et des jambes comme une tortue perchée sur un caillou. Elle avait cinq ou six mois, d'après Honor. Assez grande pour tourner sur elle-même, mais pas pour se redresser ni pour ramper. Honor réfléchit... la fille de Mme Reed devait déjà être enceinte quand elle avait fait faire sa robe de mariée. Honor espérait qu'il y avait eu assez de tissu.

Elle écarta une chaise, s'accroupit à côté du bébé et lui posa une main sur le dos. « Là, là, ma chérie. Alors, dis-moi, comment ça va ? » Elle essaya d'imaginer la bosse dans son ventre devenir cette petite créature braillarde agitée de contorsions. Pareille métamorphose ne semblait pas possible.

Soudain elle remarqua le quilt.

Honor connaissait désormais la plupart des modèles américains. Elle n'en aimait peut-être pas les couleurs ou les motifs, mais ils étaient conçus avec soin, leur tissu choisi parmi les plus belles matières, même s'ils étaient faits avec des morceaux de vieux vêtements. Les motifs étaient très étudiés et, qu'ils soient simples ou compliqués, ils étaient à l'évidence mûrement médités.

Le quilt de Mme Reed était composé de bandes de tissu cousues ensemble pour former des carrés rudimentaires dans les tons bleus, gris, blanc cassé et marron, entre lesquels, de temps à autre, s'intercalait une bande jaune. Les pièces étaient en laine ou en tiretaine, découpées dans des manteaux, des couvertures, des chemises, des jupons, et elles étaient usées et décolorées. Le couvre-pied n'avait pas été piqué dans les règles de l'art, mais présentait des nœuds en fil marron au centre de chaque bloc — un moyen plus rapide qui permettait de maintenir ensemble le molleton et le revers. Honor retourna d'un doigt léger un coin de la courtepointe. Elle était doublée de tiretaine marron striée de fines rayures orange. Passant sa main sur les carrés, elle en étira deux pour vérifier la qualité des coutures : elles étaient régulières sans être précises à l'excès.

Ce qui la frappait dans ce quilt c'était la même chose que ce qui lui avait plu dans le jardin de devant. La disposition des couleurs semblait improvisée, et pourtant le résultat ne manquait pas de charme. Le gris faisait ressortir la beauté limpide du bleu. Le bleu rendait le marron plus profond tout en enrichissant et en épurant le blanc cassé. Le gris et le blanc cassé n'auraient pas dû s'accorder, or leur rapprochement paraissait aussi naturel que celui de deux pierres côte à côte. Et puis de temps en temps surgissait un peu de jaune, qui conférait aux autres couleurs leur aspect harmonieux. Honor aurait juré qu'il existait un motif d'ensemble qui venait titiller son regard, mais aussitôt qu'elle essaya de le discerner, le patchwork redevint un assemblage de pièces aléatoire. Coloré, somptueux, respirant la spontanéité, le quilt de Mme Reed faisait paraître enfantins les couvre-pieds en appliqué rouge et vert tant prisés des femmes de l'Ohio. Quant à ses propres patchworks si minutieux, Honor, en comparaison, les jugeait maniérés et trop alambiqués.

« C'est bon signe quand un bébé se tait sans qu'on le prenne dans les bras. Tu te débrouilleras très bien avec ton propre enfant. » Mme Reed était appuyée contre le montant de la porte.

Honor sursauta. La fillette était en effet silencieuse, toujours couchée sur le ventre comme si elle était clouée là par la main de l'adulte. Honor leva les yeux vers Mme Reed. « Ce quilt est... » Elle chercha le mot qui convenait. « Il est extraordinaire. »

Mme Reed s'esclaffa. « Ce quilt me tient chaud, voilà tout. » Malgré son ton bourru, toutefois, elle paraissait ravie. Elle caressa une bande marron sur la couverture. « Ça, ça vient du vieux manteau de mon mari. Je le portais quand ma fille et moi on s'est enfuies. Il était pas question pour lui qu'on parte sans manteau, alors il m'avait donné le sien parce qu'il était plus chaud.

— Où est-il aujourd'hui ? demanda Honor, avant de le regretter aussitôt, car le visage de Mme Reed se ferma.

— En Virginie, s'il est encore en vie. Il était censé nous rejoindre plus tard... d'après lui, on avait plus de chances de s'en sortir à deux. Mais il s'est jamais évadé. » Mme Reed se pencha sur sa petite-fille. « Allez, viens, Sukey, on va te donner quelque chose à manger. On va te donner de la bouillie de maïs avec un peu de sirop. T'aimes bien ça. » Elle prit le bébé dans ses bras : la fillette poussa un cri de joie, ses larmes oubliées. Elle empoigna les lunettes de Mme Reed.

« Arrête, petit asticot. Tu vas voir comme je vais t'asticoter ! » Mme Reed transporta l'enfant dans la cuisine.

Honor effleura la bande de tissu marron avant de suivre Mme Reed. Celle-ci se tenait près du fourneau. Le bébé courbé par-dessus son épaule, elle lui tapotait le dos d'une main, tout en remuant de l'autre une casserole de bouillie. Maintenant qu'elle était dans un endroit sûr, la fillette ne semblait plus effrayée, et dévisageait la femme blanche avec insistance. Honor se demanda si c'était sa couleur de peau qui intriguait l'enfant, ou simplement le fait qu'elle lui soit inconnue. Peut-être cela revenait-il au même.

Honor s'éclaircit la gorge. « Il faut que je parte. » Elle marqua une pause. « Je suis désolée », ajouta-t-elle.

Mme Reed se tourna légèrement vers elle, sans cesser de surveiller la bouillie. Ses lunettes étaient à nouveau pleines de buée. « C'est pas à moi qu'il faut dire ça, répondit-elle, tapotant en cadence le dos du bébé. C'est à ces fugitifs qui ont besoin de ton aide que tu dois dire que tu es désolée. Et bonne chance pour ça, Honor Bright. »

Magasin de modes Belle Mills
Main St.
Wellington, Ohio
6 avril 1851

Chère Honor,

Je vais ignorer cette lettre jusqu'à ce que tu m'en écrives une autre qui donne pas l'impression que ta belle-mère était penchée sur ton épaule.

Et puis, il y a des choses qu'il ne faut jamais mettre par écrit. Entre de mauvaises mains, elles peuvent se révéler dangereuses. Dis-le à Mme Haymaker.

Tu as toujours une amie à Wellington, que tu le veuilles ou non.

Fidèlement à toi,
Belle Mills

PAILLE

Pendant un mois le flot des fugitifs se tarit. En fait, Honor avait peu de contact avec quiconque en dehors de Faithwell. Bien qu'il eût menacé de le faire, Donovan ne passa pas par la ferme. Elle ne reçut pas de lettres de sa famille ou de Biddy. Elle n'alla pas à Oberlin, même quand Abigail eut son bébé et qu'Adam aurait eu bien besoin d'une paire de mains supplémentaire au magasin. Et Jack ne proposa pas de l'emmener avec lui quand il livrait le fromage. Honor ne se plaignait pas ; elle travaillait dur dans le potager, termina le quilt de Dorcas et en commença un autre, et prenait de l'embonpoint.

De temps en temps elle relisait la lettre de Belle Mills et souriait.

Elle plantait des courges un après-midi quand, du coin de l'œil, elle crut entrevoir quelque chose. Elle leva la tête et, regardant par-delà le verger vers le bois de Wieland, elle aperçut une silhouette qui se déplaçait furtivement d'un arbre à un autre. Lorsqu'elle gagna l'orée du bois et qu'elle appela doucement, un jeune homme apparut en boitant pour s'immobiliser près des ronces où Honor et Dorcas avaient cueilli les mûres. Il tremblait, de peur ou d'une autre cause qu'Honor ignorait encore. Alors qu'elle s'apprêtait à expliquer qu'il ne pouvait pas faire escale ici, elle jeta un coup d'œil à ses pieds et eut le souffle coupé.

« S'il vous plaît, madame, vous pouvez m'aider ? » L'homme s'adossa au tronc d'un érable. « Je vais pas trop bien.

— Que t'est-il arrivé ?

— Le pied dans un piège. »

Quelqu'un avait tenté de lui porter secours en appliquant sur la blessure un emplâtre de résine de pin, mais son pied était enflé, et du sang et du pus s'en écoulaient. Il en émanait une odeur de pourri un peu douceâtre qui, maintenant qu'elle en connaissait l'origine, lui donnait envie de vomir. Honor n'arrivait pas à croire que Belle ait pu le laisser partir dans cet état. « D'où viens-tu ?

— De Greenwich. On m'a dit d'aller à Norwalk. Je suis à Norwalk ? »

Norwalk était à plus de trente kilomètres à l'ouest. « Non. Je... Nous ne pouvons pas te garder ici. »

L'homme la fixa avec des yeux fiévreux.

Honor soupira. « Attends-moi là. Je vais aller te chercher de l'eau. » Elle se dépêcha de rejoindre le puits. Alors qu'elle remontait le seau pour remplir la tasse en fer-blanc, Judith sortit sur la véranda de derrière. « Tu as promis de ne plus aider les fuyards. »

Honor rougit. « Je lui donne juste de l'eau. Je ne le cacherai pas. » La ligne sévère de la bouche de Judith la poussa à ajouter : « Il est blessé : il s'est pris le pied dans un piège. La plaie s'est infectée. Tu peux aller regarder ? Il y a peut-être quelque chose qu'on peut faire.

— Pas question de nous mêler des problèmes de cet homme de couleur.

— Mais...

— Nous en avons déjà discuté, Honor, et tu as accepté que notre famille n'aiderait pas les fugitifs. Quoi que nous puissions ressentir en tant qu'Amis, c'est contraire aux lois de notre gouvernement, et nous ne pouvons pas nous permettre de les enfreindre. Est-ce que tu veux que ton mari aille en prison ? Ou bien toi, d'ailleurs ?

— Si tu pouvais juste aller voir cet homme, ta conscience te dicterait de l'aider.

— Je n'ai pas l'intention d'aller le voir. »

Honor demeura sans bouger, s'efforçant de refréner la rage qui montait en elle. « Je lui ai promis de l'eau.

— Donne-lui de l'eau, dans ce cas, et retourne travailler au jardin. » Judith se retourna et rentra dans la maison.

L'espoir sur le visage de l'homme quand elle lui tendit la tasse d'eau était si douloureux à voir qu'Honor baissa les yeux et recula. « Laisse la tasse là quand tu auras fini. Oberlin est à cinq kilomètres au nord d'ici. Va à la maison rouge dans Mill Street. Ils feront venir le médecin dont tu as besoin. »

Elle le quitta et se dépêcha de regagner le potager où, dos à l'homme, des larmes brûlantes lui inondant le visage, elle se remit à bêcher. Il lui fallut attendre d'avoir terminé sa rangée pour oser se retourner. L'homme avait disparu, ainsi que la tasse en fer-blanc.

Cette nuit-là elle ne dormit pas. C'était la fin

du printemps, et il faisait chaud, mais pas encore trop — peut-être le temps le plus doux que l'Ohio offrirait jamais. Honor était étendue à côté de Jack, le quilt de mariage lui couvrant le corps à l'exception des pieds, qu'elle laissait en dehors afin de se rafraîchir. Jack dormait à poings fermés, comme toujours après l'étreinte. Son ventre de plus en plus volumineux ne semblait pas le dissuader, et il ne lui demandait jamais si elle préférait s'abstenir. Elle se soumettait quotidiennement à ses attentes nocturnes parce que c'était plus facile. Il y avait eu une période éphémère où Honor avait bien aimé ce qu'ils faisaient au lit — la surprise, la nouveauté, la violence des sensations —, et où ce qu'ils éprouvaient l'un pour l'autre avait la fraîcheur de l'herbe à peine fauchée. Mais depuis le jour du sirop d'érable où elle avait consenti à ne plus aider les fugitifs, les relations entre eux évoquaient davantage de la paille. Ternes et grises, privées de toute vie. Lorsqu'elle était allongée sous son mari, le laissant la besogner, elle ne trouvait plus sa place dans ses mouvements rythmés. S'il le remarquait, il n'en soufflait mot, et s'endormait aussitôt après.

Étendue, Honor pensait à l'homme et à son pied. Elle n'arrivait pas à dormir, car elle sentait qu'il était toujours à proximité, à souffrir le martyre dans le bois de Wieland. Elle devait faire quelque chose pour l'aider, mais elle ne voyait pas comment y parvenir toute seule. Les Haymaker ne lèveraient pas le petit doigt, et Adam Cox non plus, pour ne pas se mettre à dos la famille de son mari. Elle pensa au forgeron Caleb Wilson, qui avait récité Whittier et abordait souvent la question de l'esclavage aux Réunions. C'était assurément un homme de principes, et il se pouvait qu'il lui prête assistance… Sauf que son respect pour Judith Haymaker était lui aussi très profond. En réalité, il serait difficile de trouver une seule personne à Faithwell qui serait prête à défier sa belle-mère, même pour une juste cause.

La réponse flotta tel un fantôme dans son esprit pendant un certain temps avant qu'Honor ne s'autorise à envisager cette idée. Dès lors, elle n'eut plus rien d'autre en tête. En fin de compte, elle se leva et s'habilla sans faire de bruit. Dans le lit, Jack ne bougea pas. Honor descendit à pas de loup et enjamba Digger, qui était couché devant la porte. Il grogna mais ne l'arrêta pas.

Dehors elle resta assise un moment sur la véranda et attendit. Si Judith et Dorcas l'entendaient et venaient voir ce qui se passait, elle pourrait toujours prétendre qu'elle ne se sentait pas bien et avait besoin d'air. En réalité, plus elle aspirait la douceur de la brise nocturne, plus elle se sentait alerte, dispose et résolue. J'ai été obéissante, se dit-elle, et cela n'a rien changé.

Lorsqu'elle fut certaine que personne ne s'était réveillé, elle quitta la véranda et s'engagea sur l'herbe humide de rosée pour rejoindre le sentier qui passait devant la ferme. Il était éclairé par une moitié de lune, et elle se dirigea d'un pas vif vers Faithwell, au milieu des arbres qui finissaient par céder la place au petit groupe de maisons. Elle dépassa le magasin général, la forge, et la maison d'Adam et Abigail. Puis elle mit le cap vers la grand-route entre Oberlin et Wellington. Honor n'avait jamais marché toute seule la nuit dans l'Ohio. Partout autour d'elle résonnaient les cri-cri, les stridulations et les coassements de milliers de grillons et de grenouilles : leurs chants accompagnaient de façon idéale la multitude d'étoiles dispersées dans les cieux. Il n'était pas évident, cependant, de savourer ce concert, car elle entendait par ailleurs d'autres bruits, des froufrous dans le sous-bois qui l'effrayaient un peu. Piquante et âcre, l'odeur musquée d'une mouffette non loin de là lui serra plusieurs fois la gorge, mais elle continua à marcher, regrettant de ne pas avoir pris Digger avec elle. Même après neuf mois de cohabitation, le chien et elle demeuraient sur la réserve, mais l'animal l'aurait rassurée par le sérieux de sa présence. La seule manière d'affronter les sons et l'obscurité alentour était de se dépêcher, en concentrant ses pensées sur la grand-route, qui serait nécessairement un peu plus dégagée et un peu plus sûre.

Dans la journée, cette artère grouillait de gens à cheval, en diligence, en charrette ou à pied allant vers le nord ou le sud, mais là, lorsqu'elle la rejoignit, Honor se rendit compte qu'à cette heure de la nuit la route était déserte, et aussi sombre et peu passante que le sentier de Faithwell. Honor se planta au milieu de la chaussée pour écouter la vie nocturne autour d'elle. Le bruit qu'elle espérait discerner était celui d'un cheval muni de fers épais, arrivant d'un côté ou de l'autre. Donovan ne dormait sûrement pas : si un fugitif traînait aux environs, il était forcément dehors à le chercher, car la plupart des esclaves en fuite voyageaient la nuit et se terraient dans la journée. Honor scruta la route vers le nord en direction d'Oberlin, puis vers le sud en direction de Wellington. Elle pourrait rester là à l'attendre, mais elle ne pensait pas en être capable, car son immobilité semblait rapprocher les bruissements, et accroître sa peur. Mieux valait marcher d'un pas ferme. Elle se tourna vers Wellington. Si elle ne tombait pas sur Donovan, elle irait voir Belle Mills. Elle n'osait pas s'adresser à Mme Reed. Il était dangereux pour une femme noire — surtout une ancienne esclave — de sortir la nuit, loin de son milieu habituel. Et, de toute façon, Honor ne se voyait pas affronter ses lunettes étincelantes et sa lippe redoutable.

Elle se mit à marcher d'un pas tremblant vers Wellington, luttant contre sa terreur grandissante des ténèbres et de la solitude. Elle s'était souvent sentie seule, même en compagnie des Haymaker ou des Amis de Faithwell lors des Réunions, mais à présent, pour la première fois en Amérique, elle était bel et bien totalement seule, obligée de faire face à la vaste indifférence de la nature autour d'elle, ainsi que des étoiles et de la lune dans le ciel. Ce sentiment d'isolement devint si puissant qu'en fin de compte il l'accabla, la dure cruauté du monde pénétrant en elle tel un métal froid dont elle pouvait sentir le goût dans sa bouche. Elle fut contrainte de s'arrêter, aspirant goulée d'air sur goulée d'air comme si elle se noyait. Elle tenta de se soustraire à cette angoisse en descendant en elle comme elle le faisait au culte quand elle essayait d'accéder à la Lumière intérieure et à sa chaleur, mais elle ne réussit pas à se défaire du désir irrépressible qui l'étreignait que Donovan vienne la sauver de ce goût métallique.

Il arriva une demi-heure plus tard. À ce moment-là Honor s'était tellement battue contre sa peur qu'elle était à bout de forces. Elle entendit le cheval aux fers épais loin derrière elle et se posta sur le bas-côté : son bonnet et le V de son encolure luisaient faiblement sous le clair de lune. Malgré cela, Donovan ne la remarqua que quand son cheval broncha et fit brusquement un écart : il poussa un juron en s'agrippant à la crinière de l'animal. Lorsqu'il eut calmé sa monture, il contempla Honor. « Honor Bright », balbutia-t-il, manifestement stupéfait de la trouver là.

Honor eut elle aussi de la peine à parler. « Donovan, je... Quelqu'un a besoin de ton aide.

— Qui ?

— Je te montrerai.

— Grimpe », dit-il, lui tendant une main depuis son perchoir.

Honor hésita — parce qu'elle portait un bébé dans son ventre, parce qu'elle devait lui faire confiance alors qu'il ne lui inspirait que méfiance, parce qu'elle allait devoir lui enlacer la taille et s'appuyer contre son dos et qu'elle savait quelle sensation elle allait éprouver... Mais elle pensa à l'homme dans les bois qu'elle avait abandonné, et son image l'incita à glisser son pied dans l'étrier, à accepter la main de Donovan et à se hisser sur le cheval.

« Où on va ?

— Au bois de Wieland, à côté de la ferme. Mais... »

Honor ne voulait pas lui avouer qu'elle agissait en cachette, même si la chose devait sauter aux yeux, sans quoi elle ne se serait pas trouvée dehors toute seule. « S'il te plaît, ne passe pas par Faithwell ni devant la ferme. Je ne veux pas qu'ils entendent. Nous pourrons laisser le cheval près du village et marcher le reste du trajet. »

Donovan pivota sur la selle pour la regarder. « Y a un nègre dans les bois ?

— Oui.

— Tu m'avais dit le mois dernier que tu arrêtais de t'occuper des fugitifs.

— Il venait de Greenwich et il s'est égaré. Je n'avais pas l'intention de m'en mêler, mais il est blessé et il lui faut un médecin. »

Donovan pouffa. « Tu crois que je vais l'emmener voir un médecin ? »

Elle ne répondit pas. Le cheval faisait de délicats pas de côté en attendant le signal de son cavalier.

« Honor, tu sais que je dois le livrer. C'est mon métier. »

Honor soupira. « Je sais. Mais il mourra sinon. Il vaut mieux qu'il vive, même dans les fers.

— Mais pourquoi me demander ça à moi, voyons ? »

Elle resta muette.

« Tu vis dans un bourg rempli de quakers et c'est à *moi* que tu viens demander de l'aide ? Te voilà dans de beaux draps, ma mignonne.

— Les Amis d'ici sont des gens très bien. Beaucoup feraient leur possible pour aider. C'est juste que… les Haymaker ont vu leurs principes compromis par les circonstances. Et ils ont une grande influence dans la communauté. » Sans le vouloir, Honor s'appuyait contre Donovan, la petite bosse dure de son ventre plaquée contre son dos. Sentant cette pression, il se raidit, puis se pencha en avant pour qu'Honor et lui ne soient plus aussi serrés.

« Bon, très bien », lâcha-t-il enfin. Il tira sur les rênes, fit claquer ses dents, et ils se remirent en route.

L'homme ne bougeait plus lorsqu'ils le trouvèrent ; il était adossé à un chêne à gros fruits, les jambes étendues devant lui, la tasse en fer-blanc à ses côtés. Donovan demanda à Honor d'attendre à quelques arbres de là, le temps d'approcher sa lanterne du visage où s'affichait le rictus de la mort. Honor eut beau fermer les yeux, elle continua à voir la lueur de la lampe et les dents de l'homme qui étincelaient dans le noir.

Donovan revint auprès d'elle et examina ses traits dévastés. Lorsqu'elle se réfugia dans ses bras il ne dit rien, mais l'enlaça et la laissa sangloter contre sa poitrine. Cette fois il ne tressaillit pas en sentant le bébé contre lui. Honor se cramponna à lui longtemps après avoir cessé de pleurer. La joue pressée contre son torse, elle respirait l'odeur piquante de feu de bois qui émanait de lui. Elle sentait sous sa chemise quelque chose de dur. La clé de sa malle. Donovan la portait encore autour de son cou.

S'il me le demandait maintenant, je partirais vers l'ouest avec lui. Car il m'a insufflé sa vigueur.

Mais il ne le lui demanda pas. « Honor, il commence à faire jour, déclara-t-il enfin. Tu devrais rentrer chez toi avant qu'ils s'aperçoivent de ton absence. »

Elle acquiesça d'un hochement de tête. L'effort eut beau lui coûter, elle le lâcha, s'essuyant le visage sur sa manche pour ne pas avoir à le regarder.

« Tu veux que je l'enterre ?

— Non. Qu'ils voient donc ce qu'ils ont fait. Ce que *nous* avons fait.

— Tu sais qu'il serait sans doute mort de toute manière, que tu l'aies emmené voir un médecin ou non. Il avait la gangrène. »

Les yeux d'Honor s'enflammèrent. « Nous aurions dû lui venir en aide. Au moins il ne serait pas mort tout seul dans le noir au milieu des bois. »

Donovan ne protesta pas ; il l'accompagna jusqu'à la lisière du verger où se dressaient les pommiers. Il lui toucha brièvement le bras, puis disparut à nouveau dans les arbres pour contourner le village et aller reprendre son cheval.

Quand Honor sortit du verger, Jack et Dorcas traversaient la cour en direction de l'étable, chargés de seaux pour la traite. Ils avaient l'air perplexes. « Où étais-tu passée ? demanda Jack en voyant son visage barbouillé de larmes et de crasse, son bonnet de travers, la boue sur ses bottines, et en humant sur elle cette singulière odeur de viande que dégagent les chevaux. Nous te croyions aux cabinets. »

Honor ne releva pas. « Digger ! » cria-t-elle.

Le chien accourut de la grange, attiré par l'appel inaccoutumé d'Honor. « Va, dit-elle en indiquant les bois. Cherche. » Digger suivit son doigt, renifla, puis fila comme une flèche.

« Honor, qu'y a-t-il ? »

Elle ne répondit pas. Elle ne trouvait pas les mots. Elle préféra se détourner pour aller dans le fenil. Il restait peu de foin de l'année précédente ;

d'ici quelques semaines, la première fauche viendrait reconstituer les meules presque épuisées. Il y avait de la paille, toutefois. Elle avait beau manquer de parfum, Honor escalada le monticule pour s'y coucher et, recroquevillée sur son ventre, elle dormit.

Lorsqu'elle se réveilla, sa belle-sœur était assise tout près, à tresser de la paille. Honor la regarda sans se redresser. Des trois Haymaker, elle aimait autant que ce soit Dorcas qui soit venue la chercher : Jack l'aurait contrariée et Judith l'aurait mise en colère. Après tous ces mois passés à la ferme, Dorcas l'irritait toujours, mais rien d'insupportable.

Dorcas semblait avoir conscience de la situation. Reposant sa tresse de paille, elle s'étreignit les genoux. « Ils l'ont trouvé. Des hommes sont venus pour aider à l'enterrer. » Après un silence, elle poursuivit. « Je ne te hais pas, Honor, quoi que tu puisses penser de moi. L'été dernier quand tu m'as aidée avec les guêpes, je t'ai entendue parler à l'homme de couleur, et je ne l'ai jamais répété à Mère ni à Jack, et pourtant j'aurais dû. » Elle s'interrompit à nouveau. Honor resta muette.

« Je veux t'aider à comprendre les Haymaker. Il y a quelque chose que nous ne t'avons pas dit au sujet de ce qui s'est passé en Caroline du Nord. Je trouvais qu'il fallait t'en parler, ajouta-t-elle, renouant un instant avec son perpétuel besoin de se justifier. Jack aussi, mais d'après Mère, il s'agissait de vieilles histoires de famille qui n'auraient pas d'importance pour toi. Or elles ont bel et bien de l'importance, car elles pourraient expliquer certaines choses. » Elle avait repris sa tresse de paille et elle jouait avec. « Je n'ai pas prévenu Mère que j'allais te raconter notre histoire. »

Là, Honor se redressa enfin et épousseta sa coiffe. Elle ne parlait toujours pas. Un clapet semblait lui avoir fermé la gorge.

« Tu vois cette porte sur le côté de la grange, qui doit servir en cas d'incendie ? »

Honor fit oui de la tête.

« Jack a pris grand soin de la faire installer. » Elle se tut. « Mère t'a dit que nous avions été condamnés à une amende pour avoir aidé un esclave fugitif en Caroline du Nord. Mais elle ne t'a pas parlé d'un châtiment beaucoup plus grave. Quand Père... quand il... » Dorcas pinça les lèvres. « J'avais dix ans, Jack quinze. Père avait déjà aidé plusieurs fuyards. Un matin il s'en est présenté un, et Père l'a caché dans notre grange. Quand le propriétaire de l'esclave et ses hommes sont venus à sa recherche, Père a déclaré qu'il n'y avait personne dans la grange. Oui, il a menti, mais pour la bonne cause. Alors... alors le propriétaire a empoigné Père, et il a ordonné à ses hommes de mettre le feu à la grange, pour voir ce que Père allait faire. Père a alors avoué que l'esclave y était caché. Ils lui ont demandé d'aller chercher l'esclave pendant qu'ils éteignaient le feu. Mais quand il est entré ils... ils ont mis la barre sur la porte de la grange pour que ni Père ni l'esclave ne puissent ressortir par là. » Les larmes s'écoulaient des yeux pâles de Dorcas. Honor s'empara d'une de ses mains froides.

« Ils ne nous ont pas laissés approcher de la grange. Jack s'est même battu avec eux, alors que, comme tu le sais, les quakers ne se battent jamais. Nous pensions que Père et l'esclave réussiraient à s'échapper par la trappe par où on fait tomber le foin et la paille pour les animaux, mais la fumée devait être trop épaisse. Nous avons entendu… nous… nous… »

Honor pressa la main de Dorcas pour qu'elle ne poursuive pas son récit.

« Le propriétaire de l'esclave n'a même pas été inculpé de meurtre, puisque Père était entré de son plein gré dans la grange en feu, reprit Dorcas après avoir essuyé ses larmes. Au contraire, nous avons été forcés à payer une amende pour "destruction de biens", autrement dit pour la mort de l'esclave. Perdre Père, la grange et l'argent, c'était trop dur, et nous sommes venus dans le nord. Tu peux comprendre à présent pourquoi nous ne voulons plus avoir à faire avec les esclaves en fuite. »

Elles restèrent un moment silencieuses. Pour la première fois depuis qu'elle avait épousé Jack, Honor éprouva une certaine tendresse envers sa belle-sœur ; elle regrettait juste que ce sentiment fût suscité par un pareil aveu.

Dorcas laissa Honor dans la grange : elle n'aurait qu'à revenir quand elle serait prête. Honor ignorait si elle serait jamais prête.

Elle était arrivée dans ce pays avec un principe clair, issu d'une vie entière passée à méditer dans l'attente silencieuse : tous les hommes étant égaux aux yeux de Dieu, il était donc anormal que certains soient asservis par d'autres. Tout système d'esclavage devait être aboli. La chose avait paru simple en Angleterre, et pourtant, dans l'Ohio, ce principe se trouvait écorné. Par des arguments économiques, par des situations personnelles, par des préjugés profondément enracinés qu'Honor décelait même chez les quakers… Elle avait beau jeu de s'indigner en repensant au banc des Noirs à la maison quaker de Philadelphie ; elle-même se sentirait-elle totalement à l'aise assise à côté d'un Noir ? Elle les aidait, mais elle ne les connaissait pas en tant que personnes. À part Mme Reed, un peu : les fleurs qu'elle portait sur son chapeau ; le ragoût bourré d'oignons et de piments ; le patchwork qu'elle avait composé au jugé. Ces petits détails quotidiens, voilà ce qui donnait leur consistance aux individus.

Quand un principe abstrait se trouvait impliqué dans la vie de tous les jours, il perdait de sa clarté et de son intransigeance et il s'affaiblissait. Honor ne comprenait pas comment c'était possible, et pourtant c'était arrivé : les Haymaker avaient démontré qu'on pouvait à bon droit abjurer ses principes et renoncer à agir. Maintenant qu'elle était membre de cette famille, elle était censée épouser son histoire et accepter elle aussi le compromis.

Honor quitta la grange à la tombée de la nuit pour traverser la cour et rejoindre la maison. Ses yeux étaient écarquillés et desséchés, et sa gorge contractée comme si elle avait avalé une balle qui serait restée coincée dans son gosier. Elle se sentait tellement déconcertée par la contradiction existant entre ce qu'elle pensait et ce qu'on espérait d'elle qu'elle était incapable de parler. Peut-être valait-il mieux qu'elle se taise, en attendant d'être plus sûre de ce qu'elle voulait dire. Ainsi ses paroles ne pourraient-elles être déformées et lui être renvoyées à la figure. Le silence était un outil puissant aux Réunions de culte : il ouvrait le chemin vers Dieu. Peut-être allait-il permettre à Honor d'être entendue.

Les Haymaker ne savaient que penser de son silence. Quand Honor revint de la grange, Judith et Jack l'interrogèrent sur son absence de la nuit, et cette odeur de cheval qui prouvait que Donovan avait tenu un rôle dans cette escapade. Comme elle ne répondait pas, que ce soit pour confirmer ou pour démentir, ils prirent son silence pour de la culpabilité. Jack était furieux ; Judith menaça Honor de la faire renier par la communauté, même si elle savait pertinemment qu'il n'y avait aucune raison de prendre une telle mesure. Pour ne rien arranger, leur colère était mêlée de mauvaise conscience après la mort du fugitif.

À la longue, cette colère fut remplacée par une gêne empreinte d'agressivité, car ils interprétaient son silence comme un jugement à leur endroit. Jack et Judith continuèrent à défendre leurs actions, ou leurs non-actions : étant donné qu'ils n'arrivaient pas à savoir si leurs paroles avaient le moindre effet sur Honor, leur exaspération augmentait. Elle leur accordait son attention chaque fois qu'ils parlaient, les regardait droit dans les yeux, puis se contentait de ne rien répondre, retournant traire, faire la vaisselle, bêcher ou encore coudre.

Avec sa belle-sœur, toutefois, ses relations

s'améliorèrent. Peut-être Dorcas sentait-elle qu'elle n'avait plus à être en rivalité avec elle. Elle pouvait parler autant qu'il lui plaisait, et ne s'en privait pas, s'exprimant souvent en lieu et place d'Honor, et l'appelant « ma sœur » : « Je crois qu'Honor voudrait bien une autre part de tarte aux cerises » ; « Honor et moi, ce soir, nous nous chargerons de la traite, n'est-ce pas, ma sœur ? » ; « Je suis sûre qu'Honor matelassera volontiers le panneau central à la séance de quilt, n'est-ce pas, ma sœur ? » Honor laissait Dorcas parler pour elle ; c'était plus facile.

Les Haymaker se mirent à la traiter comme si elle ne pouvait plus parler. Ils cessèrent de lui poser des questions ou de s'attendre à ce qu'elle prenne part à la conversation. Lorsqu'une nouvelle famille arriva à Faithwell, Jack présenta Honor en disant : « Ma femme a étendu le silence des Réunions à l'ensemble de sa vie. » Elle devint la muette de la communauté, souriant et baissant la tête quand quelqu'un disait quelque chose qui réclamait une réponse. Jack se tournait toujours vers elle le soir, mais sans essayer de lui donner du plaisir, ne prenant que le sien. Au fur et à mesure que son ventre grossissait entre eux, devenant aussi rond et dur qu'une citrouille, il la sollicitait de moins en moins.

D'une certaine façon, elle était bel et bien muette. Sa gorge était tellement serrée qu'elle avait du mal à avaler, même si elle se forçait à manger, pour la santé de l'enfant. Elle avait toujours été taciturne, mais jamais totalement silencieuse. Elle était aujourd'hui soulagée de ne plus parler. Ses mots ne pouvaient plus être compris de travers ; c'était maintenant son silence qui l'était. Et comme elle n'avait plus à énoncer ses pensées pour autrui, au bout d'un moment, Honor put cesser de penser, et se borner à être. Pour la première fois depuis son enfance, elle pouvait assister au culte et ne pas essayer de traduire ses impressions en diverses réflexions susceptibles d'être formulées à haute voix. Désormais elle regardait simplement le soleil traverser la pièce silencieuse, et attraper dans ses rayons les atomes de poussière que les Amis soulevaient en bougeant. Elle écoutait les insectes au-dehors, et apprit à faire la différence entre le cri-cri du grillon, la stridulation de la sauterelle, le grésillement du scarabée et le craquettement de la cigale. Elle profitait de la moindre brise qui voyageait d'une fenêtre à l'autre. Elle fermait les yeux et respirait le parfum du trèfle dans le champ voisin, des premiers foins en train de sécher, du chèvrefeuille qui encadrait la porte. Ne pas parler semblait exacerber ses autres sens. C'était une sensation différente de celle que le recueillement lui avait procurée à certaines Réunions, mais elle commençait à la trouver tout aussi riche. Dieu fait ressentir Sa présence de bien des manières, se disait-elle.

Avec le temps, son silence devint moins gênant, et qu'elle soit assise à table, sur la véranda ou au culte, il arrivait à Honor d'éprouver une plus grande plénitude qu'à l'époque où elle parlait. Au fond d'elle-même elle savait, bien que cette décision ne fût pas consciente, qu'elle s'était interdit de parler. Elle ne se demandait pas pourquoi, mais acceptait ce silence comme un don.

Le silence d'Honor contrariait non seulement les Haymaker mais aussi l'ensemble de la communauté. Il semblait que même les quakers, avec leurs assemblées silencieuses et leur esprit de tolérance, n'aimaient guère le jugement du silence.

Adam Cox l'attira à l'écart après une Réunion du Premier Jour. « Je vais te raccompagner à la ferme », déclara-t-il, l'entraînant loin des Haymaker alors qu'Abigail l'observait par-dessus la tête de leur bébé, un fils qu'ils avaient nommé Elias. « Je veux te demander pourquoi tu as décidé de garder le silence, mais je sais que tu ne répondras pas », reprit-il alors qu'ils cheminaient le long du sentier. La boue avait séché pour former de dures ornières acérées qui rendaient la marche presque aussi périlleuse que lorsque la boue était molle. « Jack a dit que tu étais bouleversée par la mort du Noir. Nous l'avons tous été. » Caleb Wilson avait organisé une Réunion du Souvenir pour le fugitif, mais personne n'avait pris la parole, car personne ne le connaissait, pas plus que son nom. « Mais cela ne devrait pas te faire tourner le dos à ta famille et à ta communauté. »

Honor, bien sûr, ne dit rien.

« Judith m'a demandé de te parler, car elle pense que tu écouteras peut-être quelqu'un qui appartient à ton passé. Les Anciens voient ton silence comme un acte d'agression. Ils m'ont demandé de te dire que c'est uniquement parce que tu attends un enfant qu'ils ne t'ont pas forcée à quitter la communauté. Mais tu devras recommencer à parler quand le bébé sera né, sinon il te faudra laisser l'enfant auprès des Haymaker et partir de Faithwell. »

Honor prit une grande respiration. Elle avait beau avoir constaté la sévérité des Amis de Bridport à l'égard de Samuel, elle avait espéré ne pas subir un traitement similaire.

« Je leur ai rappelé que tu avais eu une année difficile : avoir perdu ta sœur et Samuel, avoir quitté l'Angleterre alors que tu aurais peut-être dû rester là-bas... Tout le monde n'est pas fait pour un si grand changement, même si ce n'est parfois qu'après coup qu'on s'en aperçoit. » Adam marqua une pause. « Tu dois comprendre, Honor, que l'Amérique est un pays jeune. Nous regardons en avant, pas en arrière. Au lieu de nous attarder sur les malheurs, nous préférons passer à autre chose... comme je l'ai fait avec Abigail et comme j'avais espéré que tu le ferais avec Jack. Il est mal vu de ruminer les malheurs du passé. Tu ferais mieux d'accepter la vie que t'offrent les Haymaker. Ce sont de braves gens. »

Adam n'avait rien dit à propos de l'esclavage, ou des principes qu'on défendait ou qu'on abandonnait. Il la regarda, espérant manifestement qu'elle allait lui répondre. Mais non, elle examinait les fleurs sauvages qui bordaient le sentier : eupatoires pourpres, chicorées, reines-des-prés... Cela faisait maintenant un an qu'elle habitait l'Ohio, et elle connaissait leurs noms américains.

Le Sixième Jour suivant, avec l'accord des Haymaker, Adam lui demanda de venir l'aider au magasin d'Oberlin. Peut-être s'imaginaient-ils que servir les clients l'obligerait à parler. Honor démontra au contraire que les mots étaient pratiquement inutiles dans les opérations commerciales. Avec des sourires, des hochements de tête et des signes de main, elle arrivait très bien à se faire comprendre. Rares furent les clients à se formaliser de son mutisme. Des quantités de gens souffraient d'une affection ou d'une autre.

Durant l'après-midi Mme Reed apparut pour faire aiguiser des ciseaux. Elle regarda Honor hocher la tête et parler par gestes avec d'autres clientes. Puis elle-même hocha la tête. « Les mots ne sont pas tout, déclara-t-elle à la cantonade, retirant ses lunettes pour les astiquer sur sa manche. Ils vous attirent des ennuis plus qu'autre chose… Peut-être qu'un jour je me tairai moi aussi. » Elle semblait amusée par cette idée.

Quand Adam lui rendit ses ciseaux, elle dit à Honor à voix basse : « J'ai su, pour cet homme. C'est triste, mais ça arrive. » Elle se tut un instant. « Y a aucune raison que ça t'empêche de parler. Tu veux garder le silence, très bien, mais laisse les fugitifs en dehors de ça. » Enveloppant les ciseaux dans un chiffon, elle les rangea dans la poche de sa jupe. Puis elle redressa son chapeau, qui était garni de verges d'or. « Bonne journée à vous. » Elle salua Adam de la tête. « Et à toi, Honor Bright. » Elle se mit à fredonner en regagnant la porte, les plumeaux des verges d'or dansant sur son chapeau.

East Street
Bridport
Dorset
15e jour du 8e mois 1851

Chère Honor,

Chaque jour nous espérons une lettre de toi, car nous n'en avons reçu aucune depuis trois mois. Tu as toujours pris si grand soin d'écrire régulièrement, à part quand tu étais malade, et nous avons peur qu'il ne soit arrivé quelque chose. Quand tu recevras cette lettre il est possible que tu aies eu ton bébé, par la grâce de Dieu, mais nous comptons bien avoir de tes nouvelles d'ici là, et être rassurés.

Tes parents affectueux,
Hannah et Abraham Bright

EAU

Il y aurait toujours un dernier fugitif.

On était le dernier jour du huitième mois, l'air était chaud et immobile, même si la canicule était chassée par la menace de l'automne. Le soleil était juste un peu décentré, les feuilles plus poussiéreuses que d'un vert éclatant, avec des nuances de jaune qui transparaissaient. Honor marchait d'un pas pressé dans un paysage qui semblait attendre que quelque chose survienne, qu'un orage éclate, qu'un champ soit rasé, ou qu'un incendie balaie tout. Elle était en retard.

Les Haymaker rentraient le foin. L'été avait été pluvieux, et c'était seulement la deuxième récolte — une déception, car cela signifiait qu'ils n'ajouteraient sûrement pas comme prévu une nouvelle vache au troupeau. Jack, Judith et Dorcas, ainsi que quelques voisins de Faithwell, travaillaient dans le champ au nord du bois de Wieland. Ils refusaient de laisser Honor les aider, et elle s'en félicitait. Elle s'était réveillée ce matin-là avec une drôle de sensation dans le ventre. Le bébé n'était pas censé naître avant un mois, et pourtant il lui semblait énorme et bas, et appuyait tellement sur sa vessie qu'elle s'était levée plusieurs fois dans la nuit pour se servir du pot de chambre. Elle sentait le désir qu'il avait de s'évader de sa prison, et savait qu'il allait choisir de sortir en avance plutôt que de se cramponner à ses entrailles comme tant de premiers-nés.

Judith lâcha entre ses dents qu'Honor, comme l'année précédente, échappait là encore aux moissons, sous-entendant que la jeune femme avait calculé sa grossesse expressément dans ce but-là. Les paroles de sa belle-mère ne dérangeaient pas Honor. Maintenant qu'elle n'était plus obligée de répondre, rien de ce que Judith pouvait dire ne la dérangeait.

Elle finit de traire toute seule pour que Jack, Dorcas et Judith puissent prendre le petit déjeuner et partir faire les foins avec les autres. Puis elle débarrassa la table et prépara les tourtes à la viande que Judith l'avait chargée de confectionner et de leur apporter aux champs à l'heure du déjeuner. C'était bon de se retrouver seule, et elle ne nourrissait pas de pensées particulières, sauf quand le bébé devint insistant et qu'elle fut contrainte de s'asseoir. Par deux fois Jack et Dorcas revinrent avec la charrette remplie de foin pour la décharger dans la grange. Honor n'alla pas les retrouver, et ils n'entrèrent pas dans la maison ; ils burent simplement au puits avant de remplir une nouvelle cruche pour les autres faneurs.

Disposant même d'un peu de loisir, elle s'assit sur la véranda avec, sur les genoux, des hexagones qu'elle avait entrepris d'assembler en rosaces pour un quilt jardin de grand-mère. Elle avait tout d'abord terminé des formes vertes et marron retrouvées inachevées dans sa corbeille à ouvrage, puis avait poursuivi en ajoutant d'autres couleurs : du jaune, du rouge, encore du vert... Cela faisait maintenant un mois qu'elle s'était attelée à cette tâche, depuis qu'elle avait terminé la dernière courtepointe pour Dorcas. Elle avait sorti les coupons spéciaux qu'elle avait mis de côté — la robe de Grace, les soies jaunes et ambre de Belle, les losanges couleur rouille de la robe de mariée de la fille de Mme Reed —, mais elle ne se sentait pas inspirée. Elle se demandait si elle le serait un jour. Toutefois, n'aimant pas que ses mains restent désœuvrées, elle avait travaillé sur les hexagones. À l'heure qu'il était, elle avait déjà composé une bonne centaine de rosaces, sans la moindre idée de ce qu'elle allait en faire.

Comme elle n'avait pas en vue un ouvrage bien précis, Honor était moins concentrée sur sa couture ; la chaleur aidant, elle ne tarda pas à fermer les yeux. Ce fut Digger qui la réveilla. Contraint de rester à la maison avec elle, à midi, il se redressa en grognant. Honor sursauta : elle était en retard pour apporter le déjeuner aux faneurs. Ayant fourré dans un panier les tourtes, du pain et du fromage, un saladier de tomates et un pichet de lait, elle remonta à la hâte un sentier en bordure de bois pour rejoindre le champ, sa lourde charge cognant contre ses jambes.

Ils étaient encore au travail lorsqu'elle arriva ; ils attendaient sans doute de la voir apparaître pour s'arrêter. La luzerne avait été coupée et laissée à sécher quelques jours plus tôt, puis mise en meules la veille, pour être ensuite rentrée dans la grange. La charrette avait été garée à côté d'un des nombreux tas de foin qui parsemaient le champ. Au moment où Honor posait son panier par terre, Jack et Judith plantèrent leurs fourches dans la meule.

Retentit soudain un cri perçant qui donna un haut-le-cœur à Honor. Elle se figea alors qu'une femme noire surgissait du tas de foin, protégeant ses yeux du soleil. Elle détala avant que quiconque ait eu le temps de réagir. Bondissant comme un chevreuil effarouché, elle fonça droit sur Honor, avant d'obliquer à la dernière seconde. Honor aperçut des yeux affolés et des lèvres serrées. Puis la femme s'enfuit, s'engouffrant dans le bois de Wieland.

Honor la suivit du regard : par intermittence, elle entrevoyait des bras, le flottement d'une jupe marron, une tête coiffée d'un foulard rouge… La femme finit par disparaître, même si les craquements de sa course dans les fourrés résonnèrent encore quelque temps. Bientôt, même ces bruits s'éteignirent. Quand Honor se retourna, tous les quakers du champ la dévisageaient.

Non, se dit Honor. Je n'y suis pour rien.

Mais, à part Caleb Wilson, qui la regardait avec compassion, elle devina à leurs mines qu'ils étaient déjà en train d'établir un lien entre l'apparition de la fugitive et sa propre arrivée. Même si elle rompait le silence pour affirmer qu'il s'agissait d'une coïncidence, ils ne la croiraient pas. Judith affichait déjà son fameux demi-sourire plein de froideur. Sans piper mot, elle s'approcha pour ramasser le panier de victuailles aux pieds de sa belle-fille.

Cette fois, la coupe est pleine, songea Honor. Quoi que je puisse dire, ces gens ne changeront jamais d'avis. Mes paroles ne signifient rien pour eux. Une sorte de déclic se produisit dans sa tête. Incapable d'attendre, ne serait-ce que Judith eût déballé le déjeuner, Honor fit demi-tour et reprit le chemin de la ferme, ignorant les appels de Jack. À côté d'elle s'étendait le bois de Wieland : tout y était silencieux. Où que se trouvât la fugitive, elle ne faisait aucun bruit.

À la ferme, Honor rassembla les hexagones qu'elle avait laissés sur la table de la cuisine et les rangea dans sa corbeille à ouvrage. Puis elle gravit l'escalier, hissant son poids et celui du bébé à l'aide de la rampe. De la porte de la chambre, elle regarda la courtepointe qu'elle avait bien étalée sur leur lit plus tôt ce matin-là. C'était le quilt étoile de Bethléem d'Angleterre — le quilt de Biddy, comme, dans sa tête, elle le qualifiait désormais. Elle s'en voulait toujours d'avoir dû le réclamer. Le quilt de l'amitié de Bridport était plié au pied du lit. Elle ne pouvait emporter ni l'un ni l'autre.

Honor reprit un châle, un canif et un peu d'argent qui lui restait de son voyage et que Jack ne lui avait jamais demandé. Puis elle ôta son bonnet de tous les jours pour le remplacer par le gris et jaune ; si elle le laissait, Judith était capable de le donner par pure malveillance... De retour dans la cuisine elle rassembla un morceau de fromage à pâte dure, une miche de pain, du bœuf séché et un sac de prunes. Elle ne s'était jamais équipée pour une expédition de ce type, et elle ne savait absolument pas si elle prenait ce qu'il fallait. Elle essaya de se rappeler ce que les fugitifs qu'elle avait rencontrés avaient avec eux. Rien, en général. Souvent, ils étaient même pieds nus. Honor abandonna ses légers souliers d'été pour des bottines plus robustes, et ajouta deux bougies et quelques allumettes à ses maigres provisions, qu'elle enferma dans un torchon.

Elle ne pouvait pas emporter les rosaces, ni la boîte à couture de sa grand-mère, et cela faillit l'arrêter dans son élan. Ouvrant alors la boîte, elle en sortit le dé en porcelaine, l'étui à aiguilles et les ciseaux émaillés, ainsi que les coupons de tissu qu'elle avait mis de côté — les souvenirs qu'ils incarnaient étaient irremplaçables.

Digger était couché en travers de la porte d'entrée, essayant de profiter du peu de brise qui pouvait souffler. Quand Honor l'enjamba, il ne grogna pas comme il l'aurait fait d'habitude avec elle. Il a compris, se dit-elle. Il a compris, et il est content.

Traversant le verger — les pommes prenaient une teinte rouge tandis que les prunes, presque blettes, se paraient d'une robe jaune —, Honor pénétra dans le bois de Wieland et avança d'un pas résolu au milieu des érables et des hêtres, parmi des ronces chargées de mûres qu'elle n'avait pas le temps de cueillir. Les arbres étaient couverts de feuilles qui hésitaient entre la maturité de l'été et le déclin de l'automne. Si les feuilles des chênes étaient encore vertes, les feuilles d'érable étaient veinées de rouge ; elles flamboieraient bientôt.

On ne percevait aucun mouvement ni aucun bruit de la femme noire. À un moment donné, malgré elle, Honor se rapprocha de la bordure du champ où travaillaient les Haymaker et entendit leurs voix, sans distinguer leurs paroles. Elle s'enfonça alors profondément dans les bois, où devait se cacher la femme. Dans sa marche, elle était suivie par le chant du colin de Virginie, au cri caractéristique. Jack l'avait taquinée un jour quand elle avait demandé ce que c'était, refusant de croire qu'un oiseau aussi commun n'existait pas en Angleterre. Sur la route avec Thomas il y a plus d'un an, elle n'avait même pas reconnu les cardinaux et les geais bleus. Il y avait tellement de choses à apprendre au sujet de l'Amérique, et pas que des bonnes choses.

En fin de compte, derrière le cri du colin, Honor reconnut le glapissement d'un écureuil, qui caquetait et râlait comme s'il était harcelé par un enfant, ou par un intrus. Elle mit le cap vers ce bruit ; elle n'essayait pas de camoufler sa présence, mais laissait sa jupe frôler les broussailles et ses bottines écraser les branches mortes dans l'espoir que la femme verrait qui elle était, et lui ferait confiance.

La fugitive était perchée sur la branche d'un hêtre deux mètres au-dessus du sol, l'écureuil protestant dans les hauteurs. Honor se jucha sur une des racines de l'arbre et tendit une prune à la femme. Celle-ci la regarda. Elle ne prit pas la prune, mais au bout de quelque temps elle descendit de l'arbre. Plus grande qu'Honor, elle avait de longs membres et une peau aux reflets un peu jaunes. En fait, le visage de la femme lui rappelait quelque chose, mais il lui fallut plusieurs secondes pour la reconnaître. C'était la première fugitive, qui s'était cachée près du puits et avait laissé une tasse en fer-blanc remplie d'eau à son chevet — la tasse qui était maintenant enterrée avec le corps de l'homme non loin de là. Honor se souvint que Donovan l'avait rattrapée ; elle devait avoir été reprise par son propriétaire et elle s'enfuyait à nouveau. Elle paraissait en meilleure santé : elle s'était un peu remplumée, elle n'avait plus de boutons, ses yeux étaient plus blancs, et sa robe avait l'air plus neuve, bien que sale. Elle avait aux pieds une paire de chaussures d'hommes, et portait un baluchon semblable à celui d'Honor.

La première fois qu'Honor avait rencontré cette femme, elle lui avait tendu du pain. Elle rempocha la prune et dénoua son torchon pour lui proposer du pain et du fromage. La fugitive secoua la tête. « Elle m'a bien nourrie là où je me suis arrêtée avant. J'ai besoin de rien pour l'instant. Elle a dit de te dire bonjour si je te voyais... mais elle m'a demandé de continuer jusqu'à l'arrêt d'après si je pouvais, et de pas venir t'embêter, dans ton état et tout ça. » Elle indiqua le ventre d'Honor. « J'aurais jamais été dans ce tas de foin si ce chasseur d'esclaves m'avait pas fait dévier de ma route. Le même que la dernière fois. Il m'avait attrapée dans ces bois. Tenace, celui-là... il doit même pas savoir qui je suis, mais ça l'empêche pas d'être à mes trousses. »

La femme s'interrompit. Avec ces deux intruses qui l'embêtaient, l'écureuil avait redoublé ses criailleries, mais soudain il se tut, et elles entendirent un cheval au loin. Il arrivait sur le sentier, au sud, avec son battement de sabots irrégulier... C'était la première fois que Donovan revenait dans les parages depuis la mort du fugitif. Il n'était pas au courant pour le silence d'Honor.

Et voilà que ce silence, elle le rompait, y mettant un terme naturel on ne peut moins théâtral : « Je vais t'accompagner », dit-elle. Les premiers mots d'Honor depuis plus de trois mois ressemblaient à un chuchotement rauque.

« Merci, mais je sais où je vais. »

Honor se racla la gorge pour que les mots en sortent plus aisément. « Nous devons quitter ces bois. Il va venir y fouiner. » Tout comme Jack : dans quelques heures, Dorcas et Judith retourneraient à la ferme pour la traite du soir ; elles se rendraient compte de l'absence d'Honor, et donneraient l'alarme.

Elles tendirent l'oreille. Elles pouvaient aller vers le nord dans le champ moissonné des Haymaker, où Honor, encore maintenant, percevait les voix lointaines de sa famille, le cliquetis des brides et le grincement de la charrette. Donovan bloquait leur fuite en direction de l'est, les empêchant d'emprunter le sentier après la ferme et le village. Honor n'avait pas envie d'aller vers l'ouest : le sentier à travers le bois de Wieland s'achevait en plein milieu, et de toute façon cet itinéraire les conduirait en territoire inconnu, à l'écart de la grand-route et d'Oberlin. Si elles pouvaient se rapprocher de la grand-route entre Oberlin et Wellington, elles pourraient alors la suivre, en restant dans les champs d'un côté ou de l'autre.

« Si nous traversons le sentier par là — Honor désigna le sud —, il y a un champ de maïs qui n'a pas encore été coupé. Nous pourrons nous y cacher jusqu'à la nuit, puis nous diriger vers l'est pour rejoindre la grand-route. »

L'autre femme acquiesça. « Mais d'abord j'ai besoin de boire. » Elle les mena au ruisseau qui divisait le bois en deux, et où Honor avait roulé Dorcas dans la boue pour apaiser ses piqûres de guêpes. Il était presque à sec à part quelques flaques recouvertes d'écume, autour desquelles voltigeaient des insectes. Les femmes longèrent son lit et finirent par tomber sur un petit filet d'eau coulant sur un rocher. La fugitive plaça sa bouche contre la pierre pour aspirer le liquide. Après avoir bu, elle se redressa et fit signe à Honor. Celle-ci tenta de s'accroupir, puis se mit à quatre pattes dans une position pas très élégante mais plus commode pour son ventre. Elle hésita un instant en s'apercevant qu'elle allait poser sa bouche là où la femme noire avait posé la sienne. Mais cette pensée s'évanouit aussitôt, et elle approcha ses lèvres du rocher. L'eau avait un goût merveilleux.

La femme l'aida à se relever, puis la précéda vers le sud en direction du sentier, prenant de toute évidence les choses en main. Honor n'y voyait pas d'objection, Elle était dehors en train de marcher dans les bois par un après-midi de fin d'été avec une femme noire, et elle allait... elle n'avait aucune idée d'où elle allait. Elle s'enfuyait, un point c'est tout.

La femme noire progressait dans les bois en silence, le pied assuré, maîtrisant si bien son corps qu'elle évitait de frôler les branches ou de faire crisser les feuilles. Honor n'avait pas la même discrétion : elle faisait du bruit en marchant dans les broussailles et s'accrochait souvent dans les ronces. Elle était freinée en outre par le poids qu'elle transportait, et par la douleur qu'elle ressentait dans son bas-ventre et le haut de ses cuisses. Mais la femme ne modérait pas son allure et, bientôt, elle ne fut plus qu'un vague mouvement parmi les arbres. À un moment donné, Honor s'arrêta pour s'essuyer le front, et écouta. Elle n'entendait pas le cheval de Donovan. Il était sans doute à la ferme en train de fouiller la grange et les dépendances. Derrière elle, elle entendait la charrette chargée de foin qui cahotait sur le sentier le long du bois de Wieland : il était en train de quitter le champ pour rejoindre la prairie, puis la grange. Si Jack tombait sur Donovan près de la grange, que se diraient les deux hommes ? Donovan demanderait-il à son mari s'il avait vu la fuyarde ? Jack le lui avouerait-il ? Mentirait-il ? Honor frissonna, et se dépêcha pour rattraper sa compagne d'évasion.

Elle était appuyée contre un érable à l'orée du bois ; le sentier n'était plus qu'un filet de boue craquelée s'étirant d'est en ouest. De l'autre côté, le long du bois, s'étendait dans un chatoiement vert vif l'immense champ de maïs des Haymaker. Hautes, vigoureuses et mûres, les tiges resteraient en place jusqu'à l'automne, quand les épis se seraient desséchés dans leurs feuilles. Honor repensa à ses premiers ébats avec Jack Haymaker dans un champ de maïs... Elle rougit à ce souvenir : c'était il y a à peine plus d'un an, or cet épisode lui semblait aussi lointain que l'Angleterre.

« Tu peux rentrer maintenant, dit la fugitive. Je vais me débrouiller. Je vais juste rester dans le maïs en attendant la nuit, puis je continuerai ma route quand personne pourra me voir. »

Honor secoua la tête. « Je pars avec toi. »

La femme lorgna le ventre d'Honor. « T'es sûre de vouloir partir dans ton état ?

— Le bébé ne doit arriver que le mois prochain. Tout ira bien. »

La fugitive haussa les épaules et scruta le

sentier dans les deux sens, en dressant l'oreille. « Alors, viens. » Elle sortit du bois. Honor la suivit ; le soleil l'aveuglait tellement qu'elle courait sans voir où elle allait. Elle ne tarda pas à heurter des tiges de maïs.

« Chh ! »

Honor s'arrêta, et les tiges s'entrechoquèrent autour d'elle.

« Vas-y doucement sinon ça fait du bruit, chuchota la femme. Et faut pas casser les tiges, pour pas qu'on remarque qu'on est passées par là. On va aller au milieu du champ et attendre. Bon maintenant, suis-moi. »

Elles cheminèrent précautionneusement le long d'une rangée, évitant de secouer ou de casser les tiges. Honor gardait les yeux rivés sur le dos de la femme où, à travers sa robe marron, fleurissait une tache de sueur. Au bout de plusieurs mètres, la femme tourna et coupa à travers les rangées, zigzaguant avec prudence entre les tiges serrées. Pour finir, elle vira dans une rangée et la longea, interminablement, bien plus loin qu'Honor ne l'aurait fait toute seule. S'il te plaît, faillit-elle dire. S'il te plaît, arrête-toi.

Elle s'apprêtait à tendre le bras pour retenir la femme quand la fugitive s'arrêta bel et bien : Honor manqua trébucher contre elle. Elle avait le tournis et le bébé lui comprimait la vessie.

La femme s'assit par terre. « Attendons ici. »

Honor s'éloigna un peu pour s'accroupir. Il faisait tellement chaud que l'urine s'évapora presque tout de suite. Elle revint s'asseoir près de la fugitive et ouvrit son baluchon. Cette fois la femme accepta une des prunes. Honor savoura la pulpe charnue et suça longuement le noyau.

La femme l'observait de biais. « J'aime bien ce bonnet. On croit qu'il est juste gris, et puis y a cette petite pointe de jaune qui lui donne du piment.

— C'est une amie qui me l'a fait. » Honor eut un serrement de cœur en pensant à Belle Mills. Elle n'avait jamais répondu à sa lettre, et maintenant elle ne la reverrait plus.

Le champ de maïs n'avait rien de confortable. Les tiges n'offraient pas beaucoup d'ombre et le soleil tapait dur. Les feuilles la chatouillaient, râpeuses et douces à la fois. Les épis jaillissaient de leurs gangues, mais c'était du maïs fourrager, dont les grains étaient trop durs pour la dentition humaine, et le goût moins délicat que le maïs sucré dont Honor avait fini par raffoler. Il n'y avait aucun tronc d'arbre contre lequel s'adosser, et le maïs poussait trop touffu pour qu'on puisse s'allonger entre les tiges. Épuisée par la chaleur et l'effort physique, elle réussit néanmoins à s'endormir un instant, avant de se réveiller brusquement.

« Dors un peu, dit la fugitive. Je fais le guet. On se relaiera. »

Honor obtempéra. Posant sa tête sur le baluchon, elle se pelotonna autour du bébé et, malgré l'ardeur du soleil, les mouches et la douleur sourde dans son ventre, elle ne tarda pas à s'endormir.

Elle se réveilla la bouche sèche, le noyau de prune collé à l'intérieur de sa joue. Le soleil descendait en arc vers l'horizon. Honor avait dormi longtemps. Elle entendit un cheval au loin, ses sabots cliquetant sur le chemin, et elle se redressa en sursaut. La femme noire était assise à croupetons.

« Tu aurais dû me réveiller. »

La femme haussa les épaules. « Tu avais besoin de sommeil. » Elle effleura du regard le ventre d'Honor. « Je me souviens que j'avais tout le temps envie de dormir vers la fin.

— Tu as des enfants ? » Honor lança des coups d'œil alentour, comme si des enfants allaient apparaître par magie dans le champ de maïs.

« Bien sûr. C'est pour ça que je suis ici. »

Honor secoua la tête pour s'éclaircir les idées. Soudain elle se figea : c'était le cheval de Donovan. Le chasseur d'esclaves avançait à vive allure. Il ralentit, puis s'arrêta, puis repartit lentement, avant de faire demi-tour et de s'éloigner au galop.

Honor était terrifiée, mais la femme ne semblait pas inquiète. Elle osa même glousser. « Ce petit manège dure depuis un moment. Il sait qu'on est là quelque part mais il sait pas où.

— Tu crois qu'il va entrer dans le champ de maïs ?

— Je pense pas. Y a plein de bois et de champs à fouiller. Il va attendre qu'on bouge. »

Honor ne demanda pas quand la chose aurait lieu. « N'oublie pas, il sait pas où on est, mais nous on sait où il est. On a cet avantage sur lui. »

Honor aurait aimé partager l'optimisme de la femme. Non seulement Donovan avait la loi de son côté, mais aussi un cheval, et un fusil.

À la tombée du jour elles entendirent un autre cheval sur le sentier. Quand le cavalier cria son nom, Honor reconnut la voix de Jack. Il avait dû suspendre la moisson pour partir la chercher : il faisait beau et elle savait que les Haymaker avaient prévu de travailler le plus tard possible pour rentrer le foin avant l'arrivée de la pluie. Elle perçut la colère et l'impatience qui vibraient dans sa voix, et elle tressaillit.

La femme noire la dévisagea. « C'est ton mari ? murmura-t-elle quand Jack eut rebroussé chemin. Pourquoi il t'appelle ? Il sait pas que t'es ici avec moi ? »

Honor ne répondit pas.

Soudain la femme comprit. « Quoi, tu es en train de t'enfuir ? s'écria-t-elle, renonçant à chuchoter pour la première fois de la journée. Enfin, pourquoi diable tu fais ça ? Et en plus avec un bébé qui arrive ? T'as besoin de fuir quoi, dis-moi ? »

À chaque question, Honor se renfermait davantage en elle-même, se réfugiant dans le silence.

Quand il fut clair qu'Honor ne voulait pas — ou ne pouvait pas — répondre, la femme fit claquer sa langue. « Pauvre sotte », marmonna-t-elle.

Alors que la nuit arrivait, elles entendirent à nouveau des chevaux, et les appels de Jack associés cette fois à ceux d'Adam Cox. La femme attrapa son baluchon et se releva tant bien que mal.

Honor lui saisit la manche. « Que fais-tu ?

— Je vais leur dire que t'es là.

— Je t'en prie, non ! »

Ce fut la voix de Donovan qui arrêta la fugitive. Sarcastique, amusée, elle s'était jointe aux autres. « Honor Bright, disait le chasseur d'esclaves. Je suis un peu étonné que tu te caches comme ça, après toutes tes promesses de pas aider les nègres. On peut même plus faire confiance aux quakers de nos jours… Bon, maintenant, il est temps de te montrer, ma mignonne… tu fais peur à ton mari. »

Les femmes demeurèrent immobiles, écoutant les hommes qui s'agitaient sur leurs montures et parlaient à voix basse. Honor frissonna et respira à fond.

C'est alors qu'elle entendit l'aboiement.

« Oh, Seigneur, ils ont un chien ! chuchota la femme noire. Oh Seigneur !

— C'est Digger.

— Il te connaît ? Bon ben, au moins, quand il nous trouvera, il te mettra pas en pièces. Tu es prête à cavaler ?

— Il me déteste.

— Ton propre chien te déteste ? Oh Seigneur ! »

Honor entendit remuer dans le maïs, puis elle aperçut la silhouette de Digger qui remontait la rangée en courant. Bizarrement, il n'aboya pas, mais vint se placer à ses pieds. Il leva les yeux vers elle, ignorant la fugitive, et grogna doucement. Puis il se retourna et repartit dans l'autre sens. Les femmes le suivirent du regard.

« On dirait qu'il te laisse t'en aller, murmura la femme noire. Il a raison de pas t'aimer ! Merci, Digger. »

« Le revoilà ! fit la voix de Jack. Tu as trouvé quelque chose, Digger ? Rien du tout ?

— J'ai pourtant cru qu'il était sur une piste, dit Donovan. Cabot de malheur. C'est pour ça que j'utilise pas de chiens… ils font du bruit et on peut pas compter sur eux. Je fais plus confiance à mon propre flair qu'à celui d'un chien. »

Finalement les hommes s'éloignèrent, et les femmes entreprirent de se faufiler à travers les rangées de maïs en direction de l'est. Honor était toute courbaturée : elle secoua les jambes puis les étira afin de les dégourdir. Elle aperçut deux étoiles dans le ciel. Il y en aurait bientôt d'autres.

Au bout du champ elles traversèrent un bois, ce qui les emmena au sud de Faithwell. Alors que la nuit s'épaississait, Honor ne quittait plus des yeux le dos de la femme noire : elle finit par tendre la main pour la toucher et se laisser guider dans l'obscurité.

Elles rejoignirent enfin la grand-route familière entre Oberlin et Wellington. Les lieux étaient tranquilles, mais Honor soupçonnait que Donovan et peut-être Jack se trouvaient quelque part sur le parcours, à les attendre.

« On va entrer dans ce maïs, dit la femme, indiquant l'autre côté de la route. Faut pas rester sur la route, mais faut pas trop s'en éloigner pour savoir où on est, et aussi où est le chasseur. Vaut toujours mieux savoir où il est, pour pas se laisser surprendre. » Elle parlait avec l'assurance de quelqu'un d'aguerri. Elle se dépêcha de traverser la route, qui était une rivière pâle, même sans la lune. Honor lui emboîta le pas et se revit à cet endroit précis quelques mois plus tôt, alors qu'elle cherchait Donovan dans la nuit. À présent elle se cachait de lui. L'obscurité apportait avec elle le même goût de peur métallique. Honor déglutit mais le goût demeura, quoique atténué, puisque cette fois elle n'était pas seule.

Dans le champ de maïs, la femme tourna vers le sud. Comme Honor ne la suivait pas, la fugitive s'arrêta. « Tu viens ou quoi ?

— On devrait aller par là, déclara Honor en montrant l'étoile polaire. Vers Oberlin. »

La femme secoua la tête. « C'est de là que je viens. La femme dans la maison rouge. Elle fait un de ces ragoûts, à t'arracher la tête ! C'est elle qui a dit de pas s'adresser à toi. Je commence à comprendre pourquoi, ajouta-t-elle. T'as toujours pas saisi ? Je vais vers le *sud*, pas vers le nord. Dans le nord, j'y ai déjà été. » Elle rejoignit Honor. « Tu te souviens pas de moi, alors ? J'imagine que, pour toi, on se ressemble tous. » Elle fit claquer sa langue. « Eh ben, je vais te dire une chose : pour nous aussi, les Blancs, ils se ressemblent tous.

— Je me souviens très bien de toi, chuchota Honor. Tu as laissé de l'eau à mon chevet quand j'étais malade. »

Le visage de la femme s'adoucit. « Exact.

— Mais je ne comprends pas... pourquoi vas-tu vers le sud ?

— Mes enfants... Je me suis fait pincer, mais à la première occasion je me suis échappée à nouveau. Je me suis même arrêtée à ta ferme un jour : j'ai pris les vivres sous le cageot. Cette fois, je suis arrivée jusqu'au Canada. Sauf que là-bas, j'arrêtais pas de penser à mes petites filles, et de me ronger les sangs pour elles. Mais quel bonheur, dans ce pays : la liberté qu'on a... Personne pour te donner des ordres. C'est toi qui décides de tout : où t'habites, ce que tu fais, comment tu dépenses l'argent que tu gagnes. Eh oui, tu gagnes de l'argent ! Et puis vivre avec d'autres Noirs, c'est... eh ben, c'est comme toi avec tes copains quakers. Ça va de soi. Je veux que mes filles ressentent ça elles aussi. Alors je retourne les chercher.

— Où est-ce qu'elles sont ?

— En Virginie.

— Mais c'est loin ! Et si tu te fais attraper ?

— Si je me fais pincer j'attendrai juste de pouvoir filer à nouveau. C'est ça l'esclavage... vu qu'on te fait travailler, on peut pas te garder enfermé tout le temps. Un peu de patience, et tu trouves toujours l'occasion de t'enfuir. C'est pour ça qu'ils peuvent bien m'attraper et me ramener en Virginie : je m'enfuirai encore, avec mes enfants cette fois. J'ai goûté à la liberté. Et ce goût-là, maintenant, je pourrai jamais plus m'en passer. »

Honor éprouvait la même sensation que quand elle jouait avec ses frères et sœur : ils lui mettaient un bandeau sur les yeux, la faisaient pivoter sur elle-même, et lorsqu'elle retirait le bandeau, elle se rendait compte qu'elle ne regardait absolument pas dans la direction qu'elle croyait. Elle se tenait dans le champ de maïs, et elle avait l'impression qu'il avait tourné de 180 degrés autour d'elle, si bien que le nord était le sud et le sud le nord. Elle s'était imaginée aller chez Mme Reed à Oberlin, puis faire route vers le nord-ouest en direction de Sandusky, une ville sur le lac Érié où elle pourrait prendre un bateau pour le Canada. C'était ce que faisaient les esclaves en fuite. Et voilà qu'à présent elle allait devoir aller en sens inverse, ou bien en effet vers le nord, mais sans guide.

« Et alors toi, où tu vas ? demanda la femme noire.

— Je... » Honor n'avait aucune idée d'où elle allait. Elle avait seulement pensé à ce qu'elle fuyait, pas à ce qu'elle allait rejoindre. Et il s'agissait en général de deux lieux différents. La question pour Honor n'était pas vraiment d'aller vers le nord ou le sud ; elle n'était pas une esclave noire cherchant à échapper à des lois iniques. Sa décision relevait plus d'un choix entre l'est et l'ouest : un territoire connu contre une terre inconnue. « Je vais aller avec toi à Wellington. Une fois là-bas, je déciderai. » À tout prendre, elle préférait une compagne qui allait vers le sud à une nuit en solitaire dans les bois, avec ce goût de métal dans la bouche.

« Alors, on y va, si c'est vrai que tu viens. » La femme commença la traversée du champ, se coulant entre les rangées de maïs. Une brise s'était levée ; elle agitait les tiges naturellement évitant ainsi aux fuyardes d'avoir à trop se soucier du bruit qu'elles faisaient. Malgré tout elles avançaient lentement, Honor trébuchant dans le noir.

En bordure du champ elles descendirent dans un fossé où elles restèrent allongées quelque temps. Honor ne savait trop pourquoi, et elle posa la question. « On attend le bon moment », daigna seulement répondre la femme.

En fin de compte Donovan passa à cheval, tout seul cette fois-ci, l'air de les narguer en ralentissant sur la route non loin de l'endroit où elles se trouvaient, puis accélérant l'allure à nouveau.

« Il sait qu'on est quelque part par là, déclara la femme. Il le sent. Mais il est désorienté parce qu'il sait pas que je… que nous allons vers le sud. Il se dit qu'on devrait aller vers le nord, mais son intuition lui dit autre chose. Faut juste qu'on attende qu'il se lasse. »

Donovan revint quelques minutes plus tard. Arrêtant son cheval, il cria : « Écoute, Honor

Bright. Je sais que tu es là avec cette négresse. Voilà ce que je te propose : je vais conclure un marché avec toi. Tu te livres et je te laisse aller où tu es censée aller. Ton mari m'a demandé de te retrouver — il a même dit qu'il me paierait un bon prix —, mais je me fiche de lui ou de son argent. Tu veux lui échapper, je ne t'en empêcherai pas. J'ai toujours su que tu t'entendrais pas avec les Haymaker. Il m'a dit que t'avais pas ouvert la bouche depuis la mort de ce nègre. Bon, t'es pas obligée de me parler si tu veux pas. T'as qu'à jeter un caillou vers moi pour que je sache que tu es là, et je te trouverai. »

La fugitive observait Honor ; le blanc de ses yeux brillait dans le noir. Honor secoua la tête pour la rassurer.

Au bout d'une minute, Donovan s'esclaffa. « Écoutez-moi donc, assis là sur mon cheval à parler tout seul ! On dirait bien que tu m'as fait perdre la tête, Honor Bright. »

Il fit demi-tour et repartit vers le nord. Honor se demanda à côté de combien de champs il allait s'arrêter pour répéter son offre.

La femme noire la regardait avec colère. « Qu'est-ce qui se passe avec ce chasseur d'esclaves ? T'es amie avec lui ? Tu quittes ton mari pour lui ?

— Non ! Non. Je m'en vais parce que... parce que je ne partage pas les opinions de la famille de mon mari. »

La femme pouffa. « N'importe quoi. On n'est pas obligé d'être d'accord sur tout avec les gens avec qui on vit.

— Ils m'ont interdit d'aider les fugitifs.

— Ah ! » La femme fit claquer sa langue.

Elles demeurèrent longtemps dans le fossé. Le ciel se remplissait d'étoiles.

« Très bien. On y va, maintenant, annonça la femme. Il nous cherche vers Oberlin, à lancer son petit discours pour toi de temps en temps. » Elle gloussa, puis ouvrit la marche dans les bois. À chaque pas, Honor s'attendait à sentir une main sur son épaule ou à entendre un cri dans son sillage. Mais non, pas de Donovan.

Il faisait bien plus frais à présent ; pas froid, mais la rosée tombait, et Honor resserra son châle autour d'elle. Elles cheminaient dans les bois : Honor trébuchait quelquefois, la femme progressait avec assurance et sans bruit.

À l'autre bout, le bois était bordé par un champ où l'avoine avait été fauchée. Elles ne pouvaient le traverser, car elles seraient trop visibles, même sans lune. Elles continuèrent alors vers l'est, s'éloignant de la route, pour gagner un autre bois, où elles prirent à nouveau vers le sud. Maintenant qu'elles étaient à l'écart de la route et de Donovan, Honor pensait qu'elles pourraient peut-être se détendre. Mais la femme continuait à avancer d'un bon pas, se méfiant des champs moissonnés qui étaient faciles à traverser à cheval. « Il va sillonner tous les champs vers le nord, jusqu'à ce qu'il s'aperçoive qu'on n'est pas là-bas. Et alors il viendra par ici.

— Il ira peut-être vers l'ouest, répliqua Honor. Le nord et l'ouest sont les destinations des fugitifs… pas le sud et l'est.

— Ces chasseurs d'esclaves, ils ont un instinct qui leur fait sentir où sont les fugitifs. Autrement ils seraient au chômage. On va le revoir ce soir… je te le garantis. Mais moi aussi j'ai de l'instinct.

— Comment peux-tu faire ça nuit après nuit ? Et toute seule ? » Honor frissonna, pensant à la froide pression métallique de la nuit.

« On s'habitue. Vaut mieux être seule. Ça... — la femme indiqua les bois alentour —, ça, c'est la *sécurité*. La nature, elle, au moins, cherche pas à m'asservir. Elle peut me tuer, par le froid, la maladie ou les ours, mais y a assez peu de risques. Non, c'est *ça* — là elle désigna la route —, c'est ça le danger. *Les gens,* voilà le danger.

— Les ours ? » répéta Honor en regardant autour d'elle.

La femme pouffa. « C'est plutôt les ours qu'auraient peur de toi. Ils t'embêteront pas si tu te mets pas entre eux et leurs petits. De toute façon, y a pas d'ours par ici. Y en a dans les montagnes, là où je vais. Et va falloir que j'en effraie quelques-uns si je veux récupérer mes petits à moi. Bon, ça y est, on peut y aller. » La femme devait obéir à un signal silencieux qu'elle était seule à percevoir.

Elles avançaient à pas de loup puis s'arrêtaient, repartaient puis s'arrêtaient. À un moment donné, elles tombèrent sur un cours d'eau — la Black River, d'après Honor. La fugitive n'hésita pas et s'engagea dans la petite rivière, tenant son baluchon au-dessus de sa tête. Honor n'eut d'autre choix que de la suivre, ressortant trempée et frigorifiée de l'autre côté. « Tu vas pas être longue à sécher », dit la femme.

Dans l'obscurité d'avant l'aube elles atteignirent les abords de Wellington. Ce serait le plus difficile, se dit Honor : rallier la maison de Belle Mills dans le centre de la ville sans que personne les voie. Déjà elle entendait des chiens aboyer dans les fermes alentour.

La fugitive paraissait moins inquiète. « Tu sais où est la boutique de la dame ? »

Honor tapota son bonnet. « C'est elle qui me l'a fait. »

La femme hocha la tête. « Je m'en doutais. Bien. Tout ce que t'as à faire c'est aller à sa porte et frapper. T'es une femme libre... on peut pas t'arrêter comme ça dans la rue. Même ce chasseur d'esclaves, il en a pas le droit.

— Et toi ?

— Je viens pas avec toi. » Devant l'affolement d'Honor, la femme la fixa avec insistance, en soutenant son regard. « L'alarme a été donnée et c'est trop dangereux en ville. Il m'attraperait, ici ; je le sens. Mais t'en fais pas ; je t'ai assez rapprochée du but pour que t'aies plus rien à craindre. T'as qu'à remonter tranquillement cette rue... t'as pas à te cacher dans les bois avec les ours. Tu vois, il fait déjà moins noir. »

Honor regarda autour d'elle. Il y avait une faible lueur à l'est qui rendait les ténèbres moins épaisses. Elle n'allait pas tarder à mieux y voir et à pouvoir marcher plus facilement. « Mais où vas-tu aller ?

— Je vais me cacher. Pas question que je te dise où. Vaut mieux que tu le saches pas pour que le chasseur d'esclaves puisse pas te tirer les vers du nez. Allez, vas-y, avant qu'un de ces cabots rapplique. Faut que je trouve un cours d'eau... qu'ils puissent pas suivre ma piste. »

Honor savait qu'elle avait raison. « Attends. » Elle ouvrit son baluchon et remit à la femme toute sa nourriture, le canif, et presque tout l'argent. Puis elle ôta son bonnet gris et jaune et le lui tendit.

« Oh. » La femme caressa la doublure jaune. « C'est trop beau pour moi.

— S'il te plaît. J'aimerais que tu l'acceptes.

— D'accord. » Elle commença à le mettre par-dessus son foulard rouge.

« Attends… il faut que tu prennes aussi ma coiffe. Donne-moi ton foulard en échange. » Je m'en servirai pour le quilt, songea-t-elle.

Avec la coiffe et le bonnet bien attaché sous le menton, la femme, de profil, ressemblait à une Blanche. « Merci, dit-elle. Maintenant tu ferais mieux d'y aller. »

Honor hésita. Ses yeux s'emplirent de larmes.

« Allez, file.

— Que Dieu t'accompagne.

— Et toi aussi. » La femme sourit. « Regardez-moi un peu, à porter un bonnet et à parler comme une quaker ! » Elle se retourna pour s'enfoncer dans les bois, et l'obscurité l'engloutit.

Il l'attendait devant la boutique de Belle Mills, appuyé si immobile contre l'angle du bâtiment qu'Honor le remarqua seulement quand elle leva la main pour frapper à la porte.

« Qu'est-ce que tu fais tête nue, Honor Bright ? Et où est cette négresse ?

— Je ne sais pas, put-elle répondre sans mentir, une fois remise de sa frayeur.

— Pourquoi tu es mouillée ? Tu as pataugé

dans la rivière ? Elle t'a montré toutes ses astuces de négresse, c'est ça ? »

Honor baissa les yeux sur sa jupe dans la lumière de l'aube. Elle croyait que ses vêtements avaient séché, mais s'aperçut qu'ils étaient à nouveau à tordre.

« Oh ! fit-elle dans un souffle. Oh ! »

Magasin de modes Belle Mills
Main St.
Wellington, Ohio
4e jour du 9e mois 1851

Mes chers parents,

Ne vous alarmez pas de voir l'écriture d'une étrangère : Belle Mills écrit cette lettre pour moi, car je suis trop faible pour rester longtemps assise. Je voulais que vous sachiez tout de suite que vous êtes désormais grands-parents et que votre petite-fille a pour nom Comfort Grace Haymaker. Elle est née il y a trois jours avec Belle et un médecin de Wellington très compétent pour m'assister. Elle est magnifique. Je suis fatiguée mais pleine de joie.

Pour l'instant il est préférable de m'écrire à Wellington.

Votre fille affectueuse,
Honor

Cette partie-là, je l'écris de mon propre chef : Honor ne le sait pas car elle et le bébé sont maintenant endormis. J'ignore si elle vous a prévenus qu'elle avait rompu avec sa famille. Tout d'abord elle a cessé de leur parler, ce qui est bien le genre de punition qui viendrait à l'idée d'une quaker. Ensuite elle s'est enfuie et elle habite actuellement chez moi.

Elle peut garder le silence des journées entières comme j'ai jamais vu personne le faire. Mais je vais vous dire une chose : mettre au monde ce bébé l'a fait hurler plus fort que n'importe quelle femme, tellement fort qu'elle a maintenant mal à la gorge. Même le Dr Jones a été étonné, et pourtant, des hurlements, il en a entendu. Mais ça faisait du bien d'entendre sa voix, même si c'était à cause de la douleur.

Vous êtes sa famille, alors vous pourrez peut-être la ramener à la raison. Elle a besoin de réfléchir à ce qu'elle va faire. Elle pourra habiter avec moi quelque temps, mais je suis en train de mourir. Le foie. Lentement mais sûrement. Elle n'est pas au courant, et n'a pas besoin de l'être. Elle a assez de problèmes comme ça. Mais un jour, je ne serai plus là et ce magasin reviendra à mon frère. Il vaudrait mieux, alors, qu'elle n'habite plus ici. Ce serait une catastrophe.

Il y a autre chose que je vais vous dire gratis : Honor trouvera jamais mieux que Jack Haymaker... pas dans l'Ohio en tout cas. Si elle cherche l'homme parfait il va lui falloir rentrer en Angleterre pour mettre la main dessus. Et encore, il existe sans doute même pas là-bas.

Le bébé pleure... il est temps que je vous quitte.

Bien fidèlement à vous,
Belle Mills

COMFORT

Honor avait fini par apprécier les rocking-chairs. Il s'en trouvait partout en Amérique : sur les vérandas de presque toutes les maisons, dans les coins des cuisines, dans les salons des auberges, devant les saloons, dans les magasins près du poêle. Seules les salles de culte — et les églises, imaginait Honor, bien qu'elle n'y fût jamais entrée — n'en avaient pas.

Avant l'arrivée de Comfort, elle s'en était toujours méfiée : se balancer lui paraissait un signe de laisser-aller presque agressif. Ce mouvement incessant l'importunait lorsqu'elle était assise à côté d'un fauteuil occupé. Les Américains avaient une manière bien plus démonstrative que les Anglais d'imposer leur propre rythme, et il ne semblait pas leur venir à l'esprit qu'une telle attitude pût déplaire aux autres. À vrai dire, les Américains n'agissaient souvent qu'à leur guise, sans tenir compte des sentiments d'autrui : fiers de leur individualité, ils aimaient en faire étalage.

Lorsqu'elle allait dans d'autres familles de Faithwell, Honor choisissait toujours des chaises à dossier droit, déclarant que c'était mieux pour les travaux de couture qu'elle avait apportés avec elle. Mais, en réalité, elle ne voulait pas se balancer devant les autres et les obliger à subir son rythme personnel.

Après la naissance de Comfort, toutefois, Honor découvrit que le balancement pouvait se révéler extrêmement apaisant, tant pour l'enfant que pour la mère. Elle s'asseyait souvent avec sa fille dans le fauteuil à bascule près du poêle, dans la boutique de Belle, pour l'y allaiter ou la laisser dormir dans ses bras. Les clientes souriaient et la saluaient de la tête : cela ne semblait pas les déranger.

Au fond, se dit Honor un jour, peut-être le problème n'est-il pas que les Américains soient à ce point attachés à l'expression individuelle, mais que nous, les Anglais, portions des jugements par trop catégoriques.

Vu la violence avec laquelle elle était venue au monde — la douleur si longue, le sang, les poussées et les hurlements qui, l'espace d'un moment, transformèrent sa mère en bête sauvage —, il n'était peut-être pas surprenant que Comfort Haymaker soit un bébé qui donne de la voix. Elle avait des cheveux de lin et les yeux bleus de son père, mais elle était petite comme sa mère, et son minuscule estomac se remplissait et se vidait à toute vitesse. Elle pleurait, était nourrie, dormait une heure, puis pleurait à nouveau pour être nourrie, observant ce cycle infantile à longueur de journée et de nuit. Honor n'avait jamais été soumise à des demandes aussi pressantes, pas même quand elle s'occupait de Grace lors de la maladie qui l'avait emportée. Durant une période, son épuisement était tel qu'elle était incapable de faire autre chose que somnoler entre deux tétées.

Si elle avait été chez les Haymaker, Honor ne se serait pas sentie coupable, car, après les couches, les jeunes mères étaient censées se reposer plusieurs semaines. Chez Belle, cependant, elle se sentait outrageusement oisive, surtout quand elle descendait s'asseoir dans la boutique au lieu de rester allongée dans la chambre que Belle lui avait cédée. Belle ne semblait embêtée ni par les pleurs de Comfort, ni par l'oisiveté d'Honor, mais cette dernière insistait pour faire au moins un peu de couture lorsque sa fille dormait, même si, dans son épuisement, elle n'arrêtait pas de désenfiler son aiguille et de faire des points de travers.

Comfort s'habitua sans tarder à ce que sa mère se balance dans son fauteuil, et elle se réveillait et pleurait quand Honor tentait de la coucher dans le panier doublé de patchwork que lui avait prêté Belle. Honor elle-même avait constamment les larmes aux yeux tant elle était exténuée et désemparée. Mère aurait su quoi faire pour l'endormir, songeait-elle. Ou Judith Haymaker.

Belle la regardait se débattre avec le bébé en pleurs. « Il lui faudrait un berceau », dit-elle d'un ton plein de sous-entendus.

Honor serra les lèvres et ne répondit rien. Le lendemain de la naissance de Comfort, Belle avait averti les Haymaker, et Jack était venu leur rendre visite.

Honor fut étonnée d'être aussi contente de le voir. Quand il tint sa fille dans ses bras, contemplant fièrement son visage endormi, Honor éprouva le même sentiment que quand elle assemblait des pièces de patchwork et constatait que celles-ci s'accordaient. « Elle a tes cheveux, et tes yeux », dit-elle. C'étaient les premiers mots qu'elle adressait à son mari depuis des mois.

Jack sourit, l'air soulagé. « C'est bon d'entendre ta voix. »

Honor lui rendit son sourire. « Et la tienne. Tu m'as manqué. » À cet instant-là, elle était sincère.

« J'ai fait un berceau pour le bébé. Mère dit... » Jack s'interrompit. « Elle pourra y dormir quand tu rentreras à la ferme. »

Honor sentit ses épaules se dresser et, comme en réponse, Comfort se mit à pleurer. Jack dut la lui rendre, et l'impression de former une famille fut rompue.

« Honor, pourquoi t'es-tu sauvée ? demanda-t-il. Tu m'as fait très peur. Nous avons tous eu peur. »

Honor s'employait à installer Comfort de telle sorte que l'enfant puisse lui prendre le sein. Les premières succions étaient si douloureuses qu'Honor en eut le souffle coupé.

« C'était de la folie, reprit Jack. Et si le bébé était arrivé quand tu étais dans les bois, seule et loin de tout ? Vous auriez pu mourir toutes les deux.

— Je n'étais pas seule. »

À cette allusion à la fugitive, Jack se renfrogna.

Honor résista à la tentation de se murer à nouveau dans le silence. « J'aimerais l'appeler Comfort, dit-elle. Comfort Grace Haymaker. »

« Pourquoi ne lui as-tu pas dit d'apporter le berceau ici ? » demanda Belle après le départ de Jack. Elle avait dû écouter.

« Ce sont les conditions posées par sa mère. Le berceau est prêt pour Comfort, mais seulement si je reviens vivre chez eux. »

Belle semblait vouloir dire quelque chose, mais elle se retint.

Plusieurs clientes parlèrent de berceaux en voyant Honor s'escrimer à endormir sa fille. « Jolie petite. Mais où est son berceau ? » « Cette enfant n'a donc pas de berceau pour dormir ? » « Vous devez vous procurer un berceau, ma jeune dame. » Et puis un matin, le fils d'une cliente arriva chargé d'un vieux berceau en noyer d'Amérique, avec des cerises décolorées peintes sur la tête de lit. « Je dormais dedans quand j'étais bébé, expliqua-t-il. Ma mère le gardait pour ses petits-enfants. Mais je pars vers l'ouest et j'ai pas encore besoin de berceau. Je pourrai en fabriquer sur place. Alors autant que vous profitiez de celui-là. » Il s'en alla avant même qu'Honor ait pu le remercier.

Le berceau était vieux et branlant, mais il se balançait, et Comfort s'y endormit instantanément. Honor découvrit bientôt qu'en le faisant osciller avec son pied elle pouvait coudre en même temps.

Quand Judith et Dorcas Haymaker vinrent les voir, chacune apportant avec elle un panier de fromage et de pommes, sa belle-mère fit la moue en voyant le vieux berceau. Mais ses traits se radoucirent et son sourire n'était pas feint lorsqu'elle prit sa petite-fille dans ses bras. Réprimant son envie de la lui arracher, Honor resta assise très droite, les poings crispés sur ses cuisses. Le bébé agitait ses petits bras et remuait la tête d'un côté et de l'autre, cherchant le sein de sa mère ; ses yeux bleus, voilés, ne voyaient pas encore.

Honor se détendit un peu quand Dorcas prit la fillette. Berçant Comfort dans ses bras, Dorcas avait l'air plus heureuse qu'Honor ne l'avait jamais vue. « Il y a une nouvelle famille à Faithwell, annonça-t-elle. De Pennsylvanie. Éleveurs de laitières eux aussi. »

Judith bougonna. « Ils ne tiennent pas en place au culte. Et le père parle comme s'il prêchait. »

Elles se trouvaient dans la toute petite cuisine à l'arrière de la boutique, et Honor surprit les regards amusés des clientes : vêtues de leurs robes si sobres, les trois femmes quaker offraient un contraste saisissant avec les plumes et les fleurs bariolées du magasin.

Puis Comfort se mit à pleurer, et Honor reprit alors sa fille.

Ce soir-là, quand Judith et Dorcas furent parties et le bébé endormi, les deux femmes travaillèrent : Honor cousit une bordure en lapin blanc autour d'un bonnet d'hiver de couleur verte, pendant que Belle doublait de soie bleu clair un bonnet gris.

« Quel âge a Dorcas ? demanda Belle, brandissant le bonnet et fronçant les sourcils. La couture est de travers, non ?

— Non. Elle a mon âge.

— Si, elle est de travers. Zut. » Belle entreprit de défaire la couture. « Pourquoi a-t-elle parlé de ces nouveaux arrivants, à ton avis ? »

Honor continua à coudre sans modifier sa cadence. « Les gens comblent souvent les silences par des mots.

— Non, mon chou, ces mots-là n'étaient pas anodins. Tu n'as pas remarqué parce que tu regardais le bébé, mais Dorcas souriait toute seule après avoir mentionné cette famille. Quant à ta belle-mère, elle avait l'air d'avoir mangé une pomme trop acide. »

Honor cessa de coudre, regarda Belle, et attendit qu'elle expose la conclusion à laquelle, évidemment, elle était déjà arrivée.

« Il y a sûrement un mari pour elle dans le lot », déclara Belle.

Honor reprit son ouvrage. Elle ne voulait pas se livrer à des conjectures. N'empêche, elle était contente d'avoir terminé les courtepointes qu'elle devait à Dorcas. Elle en avait encore cinq à faire pour son mariage, mais avant cela, elle se dit qu'elle allait en confectionner une petite en vitesse pour le berceau de Comfort. Elle ne savait pas encore quel en serait le motif ; il lui faudrait d'abord apprendre à connaître sa fille.

Dès qu'elle eut repris des forces, elle emmena Comfort faire de courtes promenades dans Wellington. Étant donné que la plupart des habitantes de la ville se fournissaient chez Belle, et venaient souvent dans la boutique pour regarder, sinon pour acheter, Honor s'aperçut qu'elle en connaissait un grand nombre, qui la saluaient et lui disaient bonjour quand elles la croisaient. Elle se doutait bien que ces femmes échangeaient ensuite des commentaires, car une quaker qui s'était disputée avec la famille de son mari constituait un sujet de cancan auquel il était difficile de résister. Mais Honor mettait un point d'honneur à ne pas se retourner : elle refusait de surprendre les têtes penchées de ces commères en train de médire à voix basse, et leurs regards horrifiés et pleins de jubilation. En sa présence, les femmes de Wellington demeuraient affables, et elle ne pouvait guère en demander plus.

Souvent elle emmenait Comfort regarder le train à destination de Columbus ou de Cleveland faire escale à Wellington. Au début elle était effrayée par la taille et le vacarme du monstre de métal qui ahanait et crachait sa fumée en entrant dans la gare. Comfort, quant à elle, poussait des braillements. Pourtant, Honor ne pouvait nier qu'il était excitant de voir tous ces gens différents qui montaient ou qui descendaient, ces marchandises qu'on déchargeait : le train incarnait la possibilité du mouvement et du changement, du départ et du retour. À la longue, la mère tout comme la fille s'habituèrent à ce remue-ménage, et l'attendaient avec impatience.

De temps en temps Honor tombait sur Donovan, qui revenait des écuries ou discutait avec d'autres hommes dans la rue. Il portait la main à son chapeau pour la saluer mais ne lui adressait pas la parole. Il était clair que la vue de Comfort le mettait mal à l'aise.

« Ton frère n'aime pas les bébés », fit-elle remarquer à Belle tandis qu'un jour elles passaient devant lui, assis devant le Wadsworth Hotel.

Belle gloussa. « Comme la majorité des hommes... les bébés leur font peur, et accaparent à leurs dépens toute l'attention de la mère. Mais c'est autre chose dans le cas de Donovan : ce bébé lui rappelle que tu es mariée. Il s'est amusé cette année à faire comme si tu étais libre de tout attachement. Maintenant il a une preuve concrète qu'un homme a déjà été où il rêvait d'aller. »

Honor rougit.

« T'as une famille maintenant, mon chou, et je

parle pas seulement de celle de ton mari. Donovan sait bien qu'il ne fait plus le poids. Et ça ne lui plaît pas trop. T'as remarqué comme il s'est fait discret depuis ton arrivée ? »

En effet, quand Honor avait perdu les eaux, il avait réveillé Belle puis donné un coup de main pour transporter la parturiente dans la maison, mais ensuite il s'était éclipsé et l'avait laissée tranquille. Il ne passait pas sans cesse à cheval devant la boutique comme il l'avait fait lors du dernier séjour d'Honor — même si un soir où il était saoul, installé en face, au bar du Wadsworth, il l'avait observée par la fenêtre pendant qu'elle berçait Comfort. Il avait fait exprès de recracher sa chique, sachant pertinemment qu'Honor n'aimait pas cette manie. Elle avait fermé les yeux, et quand elle les avait rouverts il avait disparu.

Mais Honor elle-même avait changé. Elle pensait avant tout à son enfant, la responsabilité de ce petit être évinçant tout ce qui n'était pas indispensable à la survie de Comfort. Lorsqu'elle voyait Donovan, il lui semblait contempler le rivage lointain d'une terre qu'elle avait aimée jadis mais qu'elle n'était plus aussi désireuse de rejoindre. Donovan était devenu comme l'Angleterre.

Elle était encore inquiète pour lui, cependant. Plus tard, alors qu'elle veillait en compagnie de Belle, Honor reparla de lui. « Penses-tu que ton frère pourrait changer ? »

Belle s'appliquait à élargir un chapeau de feutre couleur chocolat : après l'avoir humidifié, elle le posait sur un bloc en bois coupé en deux que traversait une vis en métal munie d'une poignée à l'extrémité. Tourner la poignée augmentait le volume du bloc de sorte qu'il étirait le feutre. « Mon frère n'est pas quelqu'un de bien, dit-elle. Il n'a pas ta vision des choses, et il ne l'aura jamais. Pour lui, les Noirs valent à peine mieux que des animaux. C'est comme ça qu'on nous a habitués à voir les choses dans le Kentucky, et tout ce que tu pourras dire ou faire n'y changera rien, quoi que tu puisses t'imaginer avec ta bienveillance de quaker.

— Toi tu as bien changé ta façon de penser. Pourquoi pas lui ?

— Certaines personnes ont le mal dans le sang. » Belle tourna la poignée jusqu'à ce que le feutre ne puisse plus s'étirer davantage. « Je crois qu'au fond d'eux-mêmes la plupart des gens du Sud ont toujours su que l'esclavage était une faute, mais qu'ils ont accumulé des couches et des couches d'arguments pour justifier cette pratique. Ces couches n'ont fait que se solidifier au fil des ans. Pas évident de s'extraire de cette logique, d'avoir le cran de dire : "C'est mal." Il a fallu que je vienne dans l'Ohio pour pouvoir le faire. On peut y arriver, dans l'Ohio… c'est un endroit qui permet ça. J'aime plutôt bien cette région maintenant. » Elle tapota le feutre comme si elle tapotait l'État entier. « Mais Donovan… il est trop difficile à faire évoluer. J'aide les fugitifs en partie pour compenser le mal qu'il y a en lui. Et pour le punir d'avoir poussé mon mari à partir. Mais écoute, mon chou, tu devrais pas perdre ton temps avec des causes perdues. Tu devrais te préoccuper uniquement de ce qui est le mieux pour *elle*. » Elle désigna le berceau où Comfort dormait tranquillement, les bras jetés au-dessus de sa tête comme le vainqueur d'une course.

Magasin de modes Belle Mills
Main St.
Wellington, Ohio
1er jour du 10e mois 1851

Très chère Biddy,

Cela fait fort longtemps que je ne t'ai pas écrit, tu dois te demander ce qui est arrivé à ton amie pour qu'elle se montre si négligente. Je suis désolée. Le silence a pris complètement possession de moi pendant plusieurs mois, si bien que je ne pouvais parler à quiconque, ni écrire. J'espère que tu me pardonneras. À présent je reparle, bien qu'avec parcimonie.

D'abord tu dois noter l'adresse d'où je t'écris, et où j'habite depuis un mois. Je t'ai parlé dans le passé de Belle Mills la modiste, qui a été si gentille avec moi lors de mon arrivée dans l'Ohio. C'est la gentillesse de Belle qui m'a attirée à nouveau vers elle quand j'aurais pu partir ailleurs.

Mes parents t'auront annoncé que j'ai aujourd'hui une petite fille, Comfort, née au moment précis où j'arrivais chez Belle. C'est un beau bébé, avec des cheveux blonds, de grands yeux bleus et une expression intense, comme si elle savait ce qu'elle veut et tenait à se faire entendre. Elle pleure souvent, car elle est encore petite — elle est venue plus tôt que prévu — et toujours affamée, mais en même temps elle grandit vite. Déjà, je n'arrive plus à imaginer ma vie sans qu'elle en fasse partie.

Bien sûr tu dois être étonnée que je ne sois plus à Faithwell avec mon mari et sa famille. C'est dur à expliquer, mais je ne pouvais plus continuer à vivre là-bas. Ils n'étaient pas désagréables avec moi, mais nous ne voyons pas le monde de la même façon. J'ai quitté la ferme, aidée par une esclave en fuite qui allait vers le sud, où elle voulait récupérer ses enfants pour les emmener dans le nord. Je sais que cela peut paraître étrange, mais je lui enviais la certitude qu'elle mettait dans ses actes. Je n'ai pas senti de certitude en moi depuis que Samuel m'a libérée de notre engagement. C'est dur de se trouver livrée à soi-même pendant si longtemps.

Jack est passé nous voir plusieurs fois Comfort et moi, et chaque fois il demande quand je compte revenir. Je ne sais pas quoi répondre.

Judith Haymaker est venue deux fois, et cela a été plus difficile, car elle est bien plus rigide que Jack, et moins affectueuse ou encline au pardon. Elle me voit comme une source d'embarras pour sa famille, et a tenu des propos peu amènes qu'on n'attendrait pas dans la bouche d'une Amie… par énervement, je suppose. « Je n'aurais pas dû permettre à Jack de t'épouser, a-t-elle dit l'autre jour. Tu n'apportes rien d'autre chez nous que tes mœurs anglaises qui ne sont pas les nôtres. » Là-dessus elle m'a annoncé que les Anciens avaient décidé que je devais être rentrée à Faithwell avant le 1er jour du 11e mois, sans quoi ils me renieront, et me prendront Comfort. Dès lors, j'ai rechigné à laisser Judith tenir la petite, car j'avais peur qu'elle ne veuille pas me la rendre. Comfort elle-même ne s'est pas prise de passion pour sa grand-mère. Elle n'a pas pleuré, mais elle est restée toute raide dans ses bras, fronçant les sourcils tout du long. C'était somme toute une visite bouleversante, même si, à l'instar de ma fille, je n'ai pas pleuré.

La visite la plus utile a été celle de Dorcas, ma belle-sœur, qui a réussi à venir toute seule, avec l'aide d'un fermier de Faithwell qui a bien voulu l'emmener. C'était étonnant, vu qu'elle et moi ne nous sommes pas toujours bien entendues. Elle au moins a fait preuve de sens pratique, m'apportant des vêtements ainsi que ma boîte à couture et ma corbeille à ouvrage, sans oublier le quilt de l'amitié que vous m'aviez offert. Elle a aussi apporté des habits de bébé que j'avais faits, en me demandant de ne pas en parler à Jack ou à Judith, car me donner la layette sous-entend qu'elle pense que je ne reviendrai pas. Elle m'a demandé cela avec beaucoup de répugnance, car il est malhonnête de notre part à toutes deux de dissimuler le motif de sa visite.

Mais, cadeau suprême, Dorcas m'a apporté ta lettre, que j'ai été ravie de recevoir, d'autant plus qu'elle m'annonçait que tu allais te marier au début de l'année prochaine. J'aimerais tellement être là pour partager ton bonheur et rencontrer l'Ami de Sherborne qui a su capturer ton cœur. Je me sens très coupable de détenir encore le quilt étoile de Bethléem que tu m'as envoyé pour mon mariage. Je te promets que dès que je pourrai le récupérer je te le renverrai... Mais peut-être ta future belle-famille n'est-elle pas aussi exigeante que les Haymaker sur le nombre de couvre-pieds censés être en ta possession au moment de ton mariage.

Belle a été très bonne avec moi. Elle ne pose pas beaucoup de questions, mais me laisse parler lorsque j'en ai envie. Et puis elle ne juge pas, et ne demande pas combien de temps j'ai l'intention de rester. Elle se contente de me donner du travail. Elle est enchantée de mes talents de couturière, tout comme nombre de ces dames de Wellington. D'ordinaire, Belle ne fait pas de robes, mais je me suis mise à effectuer des retouches et autres raccommodages lorsque des clientes nous confient leurs vêtements. Durant le mois écoulé, Belle m'a aussi beaucoup appris sur la fabrication des chapeaux, même si bien sûr ces accessoires trop recherchés pour une Amie ne me sont pas destinés. Les plumes et les fleurs sont bien trop frivoles, mais je ne peux pas m'empêcher de les admirer.

J'essaie de contribuer aux tâches ménagères, quand Comfort m'en laisse l'occasion. Belle ne fait guère la cuisine, car elle a un appétit d'oiseau. Elle dit qu'elle aime l'odeur de mes préparations, mais n'en avale jamais qu'une bouchée ou deux. Les vêtements pendent autour de son corps. Sa peau et ses yeux ont une teinte jaunâtre, et je subodore une jaunisse, bien qu'elle n'en ait pas soufflé mot.

Biddy, je me sens affreusement désorientée à l'heure qu'il est. Je me trouve dans une région où il y a beaucoup d'allées et venues, or je ne sais pas moi-même où aller. Et puis l'Amérique est une terre si singulière. C'est un pays jeune et inexpérimenté, aux fondations incertaines. Quand je repense à la maison quaker de Bridport, qui existe depuis presque deux cents ans... Lorsque je me recueillais dans le silence là-bas, je sentais la force de cette histoire, les milliers de gens qui avaient pris place sur ces bancs au fil des décennies, tout cela étayait mon assise et affermissait ma conviction de faire partie d'un ensemble plus vaste. Il y avait une certaine commodité — une certaine suffisance, auraient dit d'aucuns — à savoir d'où l'on vient.

Le culte à Faithwell ne présente pas ce caractère de permanence. Et pas seulement parce que la bâtisse est neuve, et qu'elle est en bois au lieu d'être en pierre. Non, la communauté elle-même semble manquer de solidité : on a la sensation que personne n'est là depuis longtemps, et que personne, non plus, ne restera longtemps. Beaucoup envisagent de partir vers l'ouest. C'est une possibilité qui s'offre toujours en Amérique. En cas de mauvaises récoltes, ou de différend avec des voisins, ou bien si on se sent à l'étroit, on peut toujours rassembler ses affaires et partir. Cela veut dire que la famille est encore plus importante. Mais moi, ma famille ici est fragile ; je n'ai pas le sentiment d'y être à ma place. C'est pourquoi il me faut décider si je suis prête à partir. Mais dans quelle direction, je ne sais pas.

Il est donc préférable pour l'instant que tu m'écrives chez Belle. Je ne sais pas où je serai dans quatre mois quand cette lettre te parviendra et que tu me répondras. Mais Belle saura où je suis.

Sois patiente avec moi, Biddy. Avec la volonté de Dieu peut-être nous reverrons-nous.

Ta fidèle amie,
Honor

ÉTOILE DE L'OHIO

Un matin, une femme d'un certain âge qu'Honor n'avait jamais vue entra dans la boutique. « Thomas fait une livraison demain après-midi, dit-elle à Belle. Une grosse. Assurez-vous d'avoir la place. »

Belle hocha la tête. « Merci, Mary », marmonna-t-elle. Elle était en train de coudre un ruché sur un bonnet bordeaux et avait des épingles entre les lèvres.

« Il a à la fois des bûches et du petit bois pour vous. Ça ira ?

— Bien sûr. Comment va votre petite-fille ? Tenez, prenez un de ces rubans pour ses cheveux. Les rubans neufs, ça plaît toujours aux fillettes.

— Merci. Ça vous dérange pas si j'en prends deux ? » La femme choisit deux rubans rouges dans une corbeille sur le comptoir. Elle hésita à la porte. « Vous allez bien, Belle ? Vous êtes sacrément maigre ces temps-ci.

— Ver solitaire. Ça va passer. »

Assise comme d'habitude dans le rocking-chair où elle était en train d'allaiter Comfort, Honor leva les yeux vers Belle. Les os de son visage en triangle étaient encore plus prononcés, et ses yeux noisette étincelaient au-dessus du renflement de ses pommettes.

« Belle... commença-t-elle quand la femme fut partie.

— Pas de questions, la coupa Belle. En général je peux compter sur toi pour te taire. Alors ne dis rien. Tu as fini, là ? »

Honor acquiesça.

« Bien. Je te laisse la boutique un moment... je dois aller faire de la place pour le bois qui arrive. » Elle disparut avant qu'Honor pût être sûre que Comfort ne se réveillerait pas quand elle la mettrait dans le berceau. Peut-être Comfort sentit-elle que Belle n'était pas d'humeur à s'en faire conter, car elle demeura endormie. Honor put servir tranquillement la série de clientes qui se présentèrent durant l'heure suivante, pendant que Belle mettait de l'ordre dans l'appentis. Honor fut étonnée de l'entendre monter plusieurs fois à l'étage, mais elle eut le bon sens de ne pas l'interroger.

Le lendemain en fin d'après-midi, alors qu'il commençait à faire noir et que Belle allumait les lampes, un homme arriva avec une charrette remplie de bois. Quand il entra saluer Belle, il fit un signe de tête à Honor, et elle reconnut le vieillard qui l'avait amenée d'Hudson plus d'un an auparavant. « Vous avez eu une petite, il paraît, dit Thomas. C'est bien. »

Honor sourit. « Oui, c'est bien. »

Belle emmena Thomas à l'arrière pendant qu'Honor restait avec les deux clientes qui se trouvaient dans le magasin : une jeune femme et sa mère hésitant sur des doublures en laine pour leurs bonnets d'hiver... Elles finirent par se décider et régler leurs achats. Elles étaient à peine sorties que Thomas ressurgit pour conduire sa charrette à l'arrière de la maison.

« Je vais l'aider à décharger le bois, annonça Belle. Si par hasard il vient des clientes, tu t'occuperas d'elles. Tu les lâcheras pas d'une semelle. » Elle soutint un instant le regard d'Honor, puis retraversa la cuisine à la hâte pour sortir par-derrière.

Belle venait à peine de disparaître qu'Honor entendit le cheval de Donovan qui remontait la rue en trottant. Soudain Honor comprit. Elle ferma les yeux et pria pour qu'il ne s'arrête pas.

Il s'arrêta. Elle le regarda par la fenêtre jeter les rênes sur le poteau d'attache. « Où est Belle ? s'enquit-il en entrant, son œil se posant brièvement sur Comfort dans son berceau avant de se fixer sur Honor.

— Elle est derrière, pour une livraison de bois. »

Une femme approcha sur le trottoir en planches devant le magasin. Elle ralentit pour examiner les chapeaux dans la vitrine. S'il te plaît, entre, supplia mentalement Honor. Par pitié… Mais la passante reprit sa route ; la nuit tombait, et il valait mieux pour une femme ne pas trop s'attarder dehors.

« Tiens, tiens… Alors, ma mignonne, si tu daignes m'excuser, je vais juste aller jeter un coup d'œil. M'assurer qu'elle se fait pas refiler une cargaison de bois vert. » Donovan la contourna, se dirigeant à grands pas vers la cuisine.

« Donovan… »

Il s'arrêta. « Quoi ? »

Elle devait le retenir d'une façon ou d'une autre, l'empêcher d'aller à l'appentis.

« J'ai toujours… j'ai toujours voulu te remercier de m'avoir aidée ce soir-là. Dans les bois, avec l'homme noir. »

Donovan pouffa. « J'ai aidé personne... le nègre était mort, non ? Pas vraiment une aubaine ni pour toi ni pour moi.

— Mais tu m'as trouvée quand j'étais sur la route, dans le noir. Je ne sais pas ce que j'aurais fait sans toi. » Bien qu'elle n'en touchât mot, elle repensait à la sensation qu'elle avait éprouvée avec lui ce soir-là, ce bref instant où ils avaient été si proches. En lui rappelant cet épisode, elle espérait qu'il s'en souviendrait aussi, et qu'il ne serait plus obsédé par ce qui se passait à l'arrière de la maison. « J'aimerais tant que tu réformes ta conduite, ajouta-t-elle.

— Ça changerait quelque chose ? »

Avant qu'Honor pût répondre, Comfort poussa un petit cri qui signifiait qu'elle n'allait pas tarder à se réveiller.

Donovan eut une grimace. « Ça ne changerait rien, pas vrai ? Plus maintenant. » Il se détourna et partit rejoindre Belle.

Du bout du pied, Honor se mit à bercer Comfort, espérant que le mouvement allait la rendormir. Mais ce fut peine perdue, et Honor prit la fillette et la cala par-dessus son épaule, avant d'arpenter la pièce en lui tapotant le dos. L'oreille aux aguets, elle essayait d'entendre ce qui pouvait se passer près de la remise à bois.

Quelques minutes plus tard, Belle refit son apparition, les bras chargés de bûches. Elle les lâcha dans le coffre près du poêle. Donovan la suivait de près. « Donovan, aucun frère ne laisserait sa sœur rentrer le bois sans porter quelques bûches lui-même. Non mais, bon Dieu, qu'est-ce qui te prend ? Les gens comme Honor ont déjà une assez piètre opinion de toi sans que tu aggraves ton cas avec tes façons de malotru. » Elle s'accroupit et se mit à ranger le bois. « Tu vas en chercher d'autres ou bien est-ce que je vais devoir tout me coltiner moi-même ? »

Donovan fronça les sourcils, puis repartit en sens inverse. Il devait être plus jeune que Belle, songea Honor, se rappelant l'ascendant naturel que ses frères aînés avaient sur Grace et elle.

Belle ouvrit le poêle et ajouta une bûche, bien qu'il fût inutile de relancer le feu : il n'y aurait plus de clientes aujourd'hui et elles iraient s'installer près du fourneau de la cuisine. C'est à ce geste superflu qu'Honor comprit que Belle était nerveuse.

Donovan revint avec une autre brassée de bûches, Thomas derrière lui.

« Avec ça, Belle, vous devriez tenir jusqu'à Noël, déclara Thomas. Mais je vous en rapporterai quand je reviendrai en ville, si vous voulez.

— Merci, Thomas. Je vous dois combien ? » Pendant que Belle et Thomas rejoignaient le comptoir pour faire leurs calculs, Donovan entreprit d'empiler ses bûches par-dessus le bois qu'avait rentré sa sœur. Les yeux de Comfort commençaient à pouvoir se fixer et la fillette suivait ses mouvements par-dessus l'épaule de sa mère. Ce regard devait gêner Donovan, car il se dépêcha de terminer. Alors que Thomas sortait par la cuisine pour aller reprendre sa charrette, Donovan se redressa et gagna la porte du magasin.

« Tu veux du café avant de partir, Donovan ? demanda Belle d'une voix amusée.

— Je risque de faire peur aux clientes. Mais

faites attention, toutes les deux. J'en ai pas fini avec vous. » Il claqua la porte derrière lui.

Belle gloussa. « Cette petite lui flanque une frousse de tous les diables. Il faudrait qu'elle soit là tout le temps. Ça le maintiendrait à distance, comme un talisman. » Elle embrassa Comfort sur le sommet de son crâne, que recouvraient quelques cheveux d'un blond presque blanc. Il était rare que Belle montre de l'affection à la petite.

Elles écoutèrent le clip-clop du cheval de Donovan qui s'éloignait. « Honor, va à la fenêtre vérifier qu'il est bien dessus, dit Belle. Il a déjà tenté cette astuce-là. »

Honor regarda, et reconnut, voûtée sur sa selle, la grande silhouette du chasseur d'esclaves. Elle ne le quitta pas des yeux jusqu'à ce qu'il disparaisse. « Il est parti.

— Parfait. Bon maintenant, tu restes là, et surtout, tu t'assures qu'il revient pas. » Belle fila à l'arrière de la maison. Quelques minutes après, Honor vit la charrette de Thomas s'en aller : elle faisait beaucoup de bruit maintenant qu'elle était délestée de sa cargaison de bois.

Honor et Comfort demeurèrent à la fenêtre, la fillette silencieuse, posée sur l'épaule de sa mère, tendant la main vers l'obscurité. Ces derniers jours elle battait moins des bras, et ses gestes étaient mieux maîtrisés.

Belle ne tarda pas à revenir. « Bon. Je vais préparer le dîner. » Honor allait parler mais Belle l'en empêcha. « Ne pose pas de questions. Si tu sais pas, au moins t'auras rien à raconter à Donovan quand il reviendra. Parce qu'il va revenir ce soir. Il va revenir inspecter. » Elle parlait comme si Honor avait compris ce qui se passait.

Elle l'avait compris, en effet. Mais elle ne s'autorisait pas à y penser ouvertement. Il y avait des choses qui devaient rester cachées.

Mais elles ne le restèrent pas. Honor et Belle étaient en train de dîner dans la cuisine, le bébé endormi dans le berceau aux pieds d'Honor, quand celle-ci entendit un gémissement. Ce n'était pas Comfort : Honor était tellement habituée aux bruits de son enfant qu'elle ne baissa même pas le regard sur le berceau. Elle se figea, son couteau enfoncé dans la côte de porc qu'elle était en train de découper, et elle écouta.

Belle, quant à elle, lâcha ses couverts avec fracas sur son assiette, et repoussa sa chaise en la faisant bien racler sur le plancher. « Tu sais de quoi j'ai envie, là ? De thé… Les Anglais boivent du thé sans arrêt, non ? Je vais faire bouillir de l'eau. » Elle s'empara d'une cruche et remplit la bouilloire. « Ça change du café ou du whisky, non ? » Belle posa brutalement la bouilloire sur le fourneau. « Mais t'as jamais avalé une goutte d'alcool, si ? Ni whisky, ni bière, ni rien. Pauvre quaker. »

Malgré les vaillants efforts de Belle pour faire du tapage, Honor perçut un autre gémissement, puis le murmure d'une voix de femme. Pas n'importe quelle voix : une voix de mère, faisant taire son enfant. Maintenant qu'Honor elle-même était mère, elle était bien plus sensible aux différents tons qu'une mère devait utiliser.

« Où sont-ils ? » demanda-t-elle à la faveur d'une pause dans le tintamarre.

La modiste parut presque soulagée, et sourit comme pour s'excuser d'avoir pensé qu'Honor pourrait être abusée par sa bruyante comédie. « Si je te montre, il faut que tu réfléchisses à ce que tu diras à Donovan s'il t'interroge. Je sais que vous autres quakers n'êtes pas censés mentir, mais un petit mensonge au service d'une plus grande vérité est sûrement admissible, non ? Dieu va sûrement pas te juger pour avoir menti à mon frère, si ? Et si les Haymaker te jugent pour ça, eh bien... » Elle ne prit pas la peine de préciser ce qu'elle pensait de la belle-famille d'Honor.

Honor réfléchit. « J'ai entendu parler d'Amis qui se mettaient un bandeau sur les yeux pour ne pas voir ceux qu'ils aidaient. De cette façon, ils peuvent répondre "non" en toute honnêteté si on leur demande s'ils ont vu les fugitifs. »

Belle pouffa. « Ce petit stratagème, ça m'étonnerait que Dieu en soit dupe... Est-ce qu'il est pas pire de finasser comme ça avec la vérité que de mentir sans vergogne quand c'est pour la bonne cause ?

— Peut-être. » L'enfant ne geignait plus, mais pleurait franchement : le bruit provenait du trou à côté du fourneau donnant sur l'appentis. Belle pouvait y passer la main pour attraper du bois sans avoir à sortir. Le trou avait beau être recouvert d'un épais tissu pour empêcher les courants d'air, celui-ci n'étouffait pas complètement les sons. Honor ne supportait plus ces pleurs. Elle exhala un long soupir : elle ne s'était pas aperçue qu'elle retenait sa respiration. « Je t'en prie, fais venir l'enfant, dit-elle. Je ne voudrais pas qu'il gèle par ma faute. Je mentirai à Donovan si c'est nécessaire. »

Belle hocha la tête. Repoussant le tissu, elle appela par le trou : « Tout va bien, Virginie, tu peux les amener. »

Au bout d'un moment, une paire de mains brunes fit émerger du trou d'abord une, puis une deuxième fillette. Belle les recueillit dans ses bras et les reposa debout côte à côte. C'étaient de vraies jumelles, âgées de cinq ans environ, aux grands yeux sombres : leurs cheveux tressés étaient noués par les rubans rouges que la femme de Thomas avait pris la veille dans la boutique. Elles se tenaient graves et muettes devant Belle et Honor, la seule différence entre elles étant le nez qui coulait et la toux rauque de celle dont les pleurs les avaient alertées.

Belle les repoussa un peu tandis qu'un bonnet gris surgissait par le trou. Remarquant sa doublure jaune pâle, Honor sursauta.

Belle sourit. « Voilà donc où est passé ce bonnet. Je l'avais pas reconnu dans le noir tout à l'heure. Je pensais que tu l'avais laissé chez les Haymaker... Même si Dieu sait ce qu'ils en auraient fait. Ils s'en seraient peut-être servis de seau pour le lait ! » Elle tendit une main à la fugitive pour l'aider à se redresser. Honor se souvenait de sa silhouette grande et svelte, de sa peau cireuse, de son regard impavide.

La femme reconnut Honor et opina du chef. « Je vois que t'es toujours ici. Et t'as eu ton bébé. Eh ben, moi aussi, ça y est, j'ai mes bébés. » Elle passa ses bras autour des petites filles. Sortie de sa cachette, sa mère à ses côtés, la fillette enrhumée se sentit assez rassurée pour se mettre à pleurer sans retenue.

« Honor, apporte-lui de la confiture de framboise mélangée à de l'eau chaude, ordonna Belle. La bouilloire est prête. Et ajoute une goutte de whisky. Ne me fais pas les gros yeux… ça lui fera du bien. Je vais préparer un cataplasme pour ses bronches. » Elle jeta un coup d'œil vers la fenêtre, que masquait un lourd rideau, et vers la porte entre la cuisine et la boutique, qu'elle avait tirée. « Vous ne pouvez pas rester longtemps… Donovan va revenir. On l'a trompé une fois : il croit que vous n'êtes pas encore là. Mais il va pas tarder à repasser.

— Quand ont-elles pu entrer ? demanda Honor.

— Tout à la fin, juste au moment où Donovan s'en allait. C'est toujours le meilleur moment, quand ils sont encore dans les lieux mais qu'ils n'ont plus de soupçons. Le vieux Thomas s'en est occupé. Il les a cachées dans la charrette, dans un compartiment sous le plateau. Vous vous allongez bien à plat et on vous met le faux plancher par-dessus. Pas très confortable, hein, Virginie ?

— C'est de cette manière que Thomas a transporté le fugitif quand il m'a amenée d'Hudson ? » Honor repensa au vieil homme en train de taper des pieds de temps à autre, et de parler tout seul pendant qu'elle était dans les bois, mais aussi à cette sensation qu'elle avait eue d'une présence avec eux.

« Eh oui. Et Donovan n'a toujours pas compris. Il regarde sous la banquette de devant. »

Maintenant qu'elle savait qu'Honor ne divulguerait pas ses secrets, Belle devenait bavarde, fière des subterfuges qu'elle, Thomas et d'autres agents du chemin de fer clandestin avaient mis au point pour dissimuler les fugitifs. Une fois qu'elles eurent assommé l'enfant malade avec la tisane à la framboise corsée de whisky, et étalé sur sa poitrine un emplâtre à la moutarde, Belle demanda à Honor de s'introduire dans le trou : l'appentis le long de la maison était plus profond qu'elle ne l'aurait cru de dehors. Belle et Thomas avaient entassé le bois de telle sorte qu'il donne l'impression d'appuyer contre le mur du fond, mais en réalité il y avait un espace entre les bûches et le mur, formant une petite niche à peine plus grande qu'un placard, à laquelle on accédait en se faufilant comme une anguille derrière le monceau de bois. À l'intérieur de cette niche il y avait trois souches qui avaient sans doute servi de tabourets aux fugitives mais qui, couchées, paraissaient des plus innocentes. Si on faisait dégringoler dans ce réduit les bûches situées au fond de l'appentis, celles-ci prendraient alors l'apparence d'un simple amas de bois attendant d'être brûlé. En contemplant cette cachette, Honor se demandait combien d'esclaves en fuite avaient pu y défiler. Des dizaines ? Des centaines ? Cela faisait quinze ans que Belle habitait Wellington, et il y avait certainement des fugitifs depuis aussi longtemps que l'esclavage existait.

Entendant Comfort pleurer, Honor se dépêcha de la rejoindre : elle s'extirpa si laborieusement du trou que Belle s'esclaffa. Le temps qu'elle se redresse enfin, la fillette, dans les bras de la femme noire, avait cessé de pleurer. Bien qu'Honor voulût la prendre, la femme ne la lui rendit pas. « Je me suis occupée d'une ribambelle de petits enfants blancs pour ma maîtresse, dit-elle, berçant Comfort avec naturel dans le creux de son bras. C'est bon de tenir à nouveau un nourrisson. Regardez-la, les filles, dit-elle à ses jumelles assises à la table. Elle sourit pas encore. Elle a seulement un mois. Encore trop jeune pour nous sourire. Son sourire, il faut le *mériter*. »

Honor lutta pour ne pas lui arracher l'enfant, même si, en toute logique, elle savait que Comfort ne risquait rien.

La femme s'appelait donc Virginie. Durant toute la nuit qu'Honor avait passée avec elle dans les bois et les champs, elle n'avait pas pensé à lui demander son nom. En fait, elle n'avait jamais su le nom d'aucun des fugitifs. À présent elle se demandait pourquoi. Peut-être avait-elle voulu éviter ainsi de leur prêter une réelle existence. Anonymes, il était plus facile pour eux de disparaître de sa vie. Et ils disparaissaient. Tous, à part l'homme sans nom enterré dans le bois de Wieland.

Cherche la part de Lumière en elle, se sermonna Honor, car l'étincelle divine est là, comme en tout individu. Ne l'oublie jamais.

Comfort était trop jeune pour demander autre chose que si elle se sentait bien ou non dans les bras qui la tenaient. La réponse était oui. Elle levait les yeux vers la femme noire, qui se mit à chanter :

Je marche dans des eaux profondes
J'essaie de rentrer chez moi
Seigneur, je marche dans des eaux profondes
J'essaie de rentrer chez moi
Oui, je marche dans des eaux profondes
Dans des eaux profondes
Eh oui, je marche dans des eaux profondes
J'essaie de rentrer chez moi.

« Elle sourit ! » s'écria Honor.

Virginie gloussa. « C'est juste des gaz. Mais ça fait quand même plaisir à voir. Retourne auprès de ta maman, petite fille, et souris-lui à *elle*. »

Belle servit aux fugitives des lamelles de bœuf séché et du pain de maïs, tartinant ce dernier d'un beurre de pommes qu'Honor avait préparé la veille. Une des jumelles engloutit la nourriture, mais la deuxième mangea du bout des dents, avant de poser sa tête sur ses bras. Belle l'observa en redescendant des chambres avec des édredons. « Vous feriez mieux d'y retourner, maintenant... » Elle fourra les quilts dans le trou, mais sortit dans la cour jeter un coup d'œil avant de se faufiler dans l'appentis.

Honor et Virginie se saluèrent, puis les trois fugitives se coulèrent dans le trou pour rejoindre leur cachette. Au bout de quelques minutes Belle revint par la porte de derrière. « J'espère que cette petite va se requinquer. » Elle secoua la tête. « Ça va, il fait plutôt bon là-dedans, mais je ne voudrais pas que son état s'aggrave. Et puis elles sont tellement près du Canada... Même à une cadence de petites filles, elles doivent pas être à plus d'une semaine du lac Érié. En plus, si elles vont à Oberlin, elles pourront se cacher dans la communauté noire le temps que la gamine aille mieux.

— Belle, est-ce que tu es... chef de gare ? »

Belle pouffa. « Tu sais, je n'utilise jamais ces expressions ridicules : *chef de gare, station, chef de train*. Même *chemin de fer clandestin*, ça m'horripile. On dirait des enfants qui jouent à faire semblant, alors que ça n'a vraiment rien d'un jeu. »

La fillette recommença à tousser. Honor écoutait tout en lavant la vaisselle. « Le froid lui tombe sur la poitrine », fit-elle remarquer.

Belle soupira. « Donovan va l'entendre quand il viendra fureter au milieu de la nuit. Il faut qu'elle dorme à l'intérieur dans un lit où elle sera au chaud. Ça l'apaisera... ça, plus un sédatif. Mais on ne peut pas les faire rentrer toutes les trois... Donovan les trouverait. » Elle écarta le tissu et chuchota par l'ouverture. Quelques minutes après, la fillette malade rejoignit Belle. S'emparant d'un flacon, la modiste lui donna une cuillerée d'un épais liquide brun, puis dit : « Allez, mon chou, tu vas te mettre dans mon lit. Surtout, tu ne fais plus de bruit, maintenant. »

Honor alla elle-même se coucher peu après, épuisée par ses nuits de sommeil trop haché et par la tension nerveuse de la journée. Laissant la porte entrebâillée pour entendre les bruits et réussir vaguement à voir grâce à la lumière du rez-de-chaussée, elle s'allongea dans son lit, Comfort à ses côtés : elle voulait pouvoir l'allaiter dans la nuit sans avoir à se lever. Belle était redescendue dans la cuisine pour attendre, confectionnant des fleurs en paille pour ses chapeaux.

Honor ne dormait pas encore lorsqu'elle sentit comme une présence à son chevet. Dans la faible lumière émanant du rez-de-chaussée, elle réussit à distinguer les contours de la fillette. Sans dire un mot, la gamine grimpa sur le lit, prenant garde au bébé, puis se glissa sous la courtepointe pour se blottir contre son dos, tel un petit animal en quête de chaleur. Elle toussa un peu puis s'endormit.

Étendue sans bouger, Honor écoutait la respiration sifflante de la gamine malade et le soupir presque imperceptible de Comfort, stupéfaite et émerveillée qu'une petite fille noire soit lovée contre elle, comme le faisait Grace quand elles étaient enfants et qu'il faisait froid. La barrière entre elles s'évanouissait dans le lit bien chaud ; ici il n'y avait pas de banc séparé. Quelle que soit l'incertitude qui régnait au rez-de-chaussée, à l'extérieur ou dans le monde en général, dans ce lit avec ces enfants toutes proches qui s'en remettaient à elle, Honor se sentait calme : elle faisait partie intégrante d'une famille. Forte de cette conviction, elle aussi parvint à dormir.

Jamais Donovan n'aurait pris la peine d'entrer discrètement. Honor se réveilla en sursaut en entendant tambouriner à la porte. Son brusque mouvement, ou le vacarme en bas, réveilla également la fillette, qui gémit.

« Chhh, murmura Honor. Fais le moins de bruit possible, et surtout ne bouge pas. » Par chance, Honor était couchée sur le flanc face à la porte de la chambre, et la fillette étant lovée contre son dos sous le quilt, Donovan ne la verrait peut-être pas. Honor tira la courtepointe sur la tête de la petite fille, dissimulant ses tresses ornées de leurs rubans rouges.

Elle entendit des voix, mesurées et qui n'enflèrent pas, puis la fouille méthodique d'abord du magasin, puis de la cuisine. Donovan ne se comportait pas en vandale. Il ne brisait pas les vitrines, ne déchirait pas les étoffes et ne piétinait pas les chapeaux. Il ne fracassait pas la vaisselle et ne renversait pas les meubles. Honor entendit même Belle qui riait comme à une plaisanterie familiale. Il était évident qu'il avait fouillé la maison de sa sœur à de multiples reprises. Peut-être le faisait-il simplement pour la forme. Ou bien la soupçonnait-il de le berner et espérait-il découvrir un jour comment elle cachait ses fugitifs.

Soudain la fillette toussa, frémissant contre le dos d'Honor. Une toux pas forte, mais bien distincte. Honor sentit une pointe glacée dans son ventre. Elle entendit la voix de Donovan, et Belle qui lui répondait. Elle crut reconnaître son prénom.

La gamine toussa à nouveau, et quand elle arrêta, Honor toussa aussi, s'efforçant d'imiter la respiration sonore d'une petite fille. Elle entendit des pas dans l'escalier, sentit la peur vibrante de la fillette dans son dos, y adjoignit la sienne.

Soudain la voix de Belle retentit, lui indiquant quoi faire. « Donovan, tu vas l'interrompre pendant la tétée. Tu veux vraiment faire ça ? »

Honor attrapa Comfort et la secoua délicatement en attirant contre elle son petit corps chaud. Déboutonnant le col de sa chemise de nuit, elle en sortit un sein opulent tout gonflé d'où le lait commença à s'échapper avant même que l'enfant émerge de sa torpeur. À moitié endormi, le nourrisson ouvrit la bouche et s'accrocha au mamelon. Mâchonnant le sein de sa mère, Comfort se mit à téter vigoureusement, si bien qu'Honor poussa un hoquet de douleur mâtinée de soulagement.

Donovan commença par fouiller la petite chambre où dormait Belle ; puis la lumière dansante de la lampe pénétra dans la chambre plus grande, dessinant un arc au-dessus d'elle et de Comfort. Honor priait pour que la petite fille ne tousse pas et s'abstienne de bouger. Donovan la dévisagea, essayant de ne pas poser les yeux sur l'enfant et le sein, mais sans y parvenir. Bien qu'il le combattît, une sorte de regret se répandit sur ses traits. La chose eut l'effet espéré par Honor : il ne pénétra pas plus avant dans la pièce pour mettre sens dessus dessous les piles de tissu que Belle y entreposait, ou pour regarder sous le lit.

« Pardon », dit-il. Mais il ne partit pas tout de suite. Ses yeux se promenèrent sur la courtepointe. « C'est le quilt de notre mère. Comment appelles-tu ce dessin ? Tu me l'avais dit, à l'époque où on s'est rencontrés.

— Étoile de Bethléem.

— C'est ça. » Donovan scruta Honor un moment, puis hocha la tête et se retira.

Honor et la fillette demeurèrent immobiles et silencieuses. Seule Comfort se tortilla en tétant, sa main minuscule agrippant la chemise de nuit de sa mère. Elles entendirent Donovan sortir par la porte de derrière. À présent c'étaient les autres qu'il risquait de dénicher. Que feraient-elles de cette gamine si Donovan emmenait la mère et la sœur ? Peut-être était-ce à cela que pensait aussi la petite fille, car soudain elle se mit à sangloter.

« Oh non, pas ça. Retiens-toi. Pas maintenant. » Non sans mal, Honor détacha Comfort de sa poitrine et se redressa. Appuyée contre la tête de lit, elle redonna le sein au bébé et passa son bras libre autour de la fillette. « Ne pleure pas, allons. Nous devons prier pour que Dieu les protège. » Elle ferma les yeux, et écouta.

Il ne les trouva pas. Une demi-heure plus tard

Belle monta et s'assit au bord du lit d'Honor, prenant soin de ne pas réveiller le nourrisson endormi. « Il est parti. Tu peux dormir maintenant. Toi aussi, petite, ajouta-t-elle à l'intention de la fillette plaquée contre Honor.

— Belle, comment va-t-on faire pour les sortir sans danger de la maison ?

— T'inquiète pas pour ça, mon chou. J'ai plus d'un tour dans mon sac. »

Comfort se réveilla encore deux fois cette nuit-là pour téter, et chaque fois la fillette dormait. Quand le soleil levant finit par réveiller Honor, la gamine avait disparu.

En bas dans la cuisine Belle était en train de faire cuire des crêpes et du bacon — bien plus qu'elles ne pourraient en absorber toutes les deux. Elle indiqua le trou d'un mouvement de tête. « La petite fille va mieux. Elle m'a presque souri. » Elle empila les crêpes et le bacon sur une assiette qu'elle glissa par le trou.

Après le petit déjeuner Belle sortit sans préciser où elle allait, laissant Honor garder le magasin. À son retour elle lui tendit une robe lie-de-vin. « La cliente veut qu'on élargisse le bas et les manches. »

Toute la journée, alors qu'elle travaillait — cousant d'abord la robe, puis une jupe d'enfant —, Honor pensait aux trois fugitives entassées dans le réduit derrière le monceau de bois. Les lieux devaient être très sombres et manquer de confort, les bûches n'ayant guère à offrir que des échardes et des nids de souris. Mais peut-être était-ce quand même mieux que de se cacher dans une forêt glaciale.

Belle était d'excellente humeur, manifestant une énergie un peu fébrile tandis qu'elle aidait les clientes à essayer des chapeaux, retirait des fleurs qui avaient un côté trop estival pour le froid grandissant, ajoutait des rubans écossais ou des plumes, notait des dimensions pour les doublures d'hiver. Lorsqu'il n'y avait personne elle travaillait à la table dans l'angle : elle ajustait une voilette jaune sur le chapeau en feutre marron qu'elle avait étiré. De temps à autre elle se rendait à la fenêtre pour jeter un regard dehors.

Quand elle lui rendit les vêtements retouchés, Honor remarqua que Belle tenait un bonnet gris à l'aspect familier : elle avait remplacé les rubans jaunes aujourd'hui fatigués par un ruban gris beaucoup plus large qui faisait le tour du chapeau et qui, une fois noué, en resserrait le bord autour du visage. Elle avait par ailleurs ajouté à la passe un bouillonné de dentelle blanche, qui cachait la doublure jaune. Il était désormais beaucoup trop élégant pour Honor — ou, même, pour Virginie. Aucune femme noire n'arborait des parures aussi raffinées.

Honor écarquilla les yeux. Belle haussa les épaules et fredonna dans sa barbe ; Honor reconnut l'air que Virginie avait chanté à Comfort la veille au soir. « C'est un hymne ?

— Non, juste une chanson qu'on entend dans les champs du Sud. Les Noirs la chantent pour se donner du courage. »

En fin de journée, alors que Belle allumait les lampes, trois femmes entrèrent dans la boutique, accompagnées de plusieurs jeunes filles. « Occupe-toi d'elles, Honor, dit Belle en se dirigeant vers la cuisine. Je reviens. »

Honor la suivit du regard, étonnée qu'elle s'esquive devant un afflux de clientes aussi considérable. Les femmes et les jeunes filles débordaient de vitalité, essayant tellement de chapeaux et de bonnets différents qu'Honor n'avait pas le temps de les ranger. Au milieu de toute cette effervescence, Comfort se mit à pleurer dans son berceau. Avant que sa mère ait pu la rejoindre, une des jeunes filles parmi les plus grandes l'avait déjà prise dans ses bras et dansait la gigue dans la boutique. Comfort cessa de pleurer devant la nouveauté de la situation, et les autres gamines se rassemblèrent autour du nourrisson. Elles paraissaient plus nombreuses à présent, et elles chahutaient, riaient et s'amusaient autour de la fille d'Honor.

Au loin le sifflet du train retentit, déchirant le tumulte. « Allez, les filles, il est temps d'y aller », lança une des femmes. Aussitôt la jeune fille restitua Comfort à sa mère et empoigna la main d'une des gamines plus jeunes. Les autres se choisirent des acolytes et se prirent par le bras. Alors qu'elles franchissaient la porte, une des plus petites, qui portait un bonnet à large bord et avait un châle autour du cou, se retourna pour regarder Honor. C'était une des jumelles de Virginie, bien qu'on n'aperçût d'elle qu'une mince bande de peau sombre. Dans la pénombre dehors, son bras passé sous celui d'une autre enfant, elle serait impossible à différencier. Honor lui sourit, mais la fillette avait l'air trop terrifiée pour parler.

L'autre jumelle s'en alla elle aussi, mêlée à la cohue, et soudain le silence revint. Seule une femme demeura en arrière. Puis Belle réapparut, tirant Virginie derrière elle. La fugitive était métamorphosée par la robe lie-de-vin qu'accompagnait un châle, et le bonnet gris et jaune, noué bien serré sous son menton, faisait que son visage n'était pas visible de profil. On ne pouvait distinguer ses traits que si on la contemplait de face.

« Pas de temps à perdre, déclara Belle. Toute la ville est dehors pour accueillir le train. Tu vas sortir en criant : "Mesdames, attendez-moi !" et leur courir après. Fais comme si tu allais voir le train. Donovan est de l'autre côté de la rue, à faire le guet, alors ne flanche surtout pas. »

Virginie pressa le bras de Belle. « Merci. »

Belle s'esclaffa. « La routine, mon chou. Allez, ouste. Avec un peu de chance, je ne te reverrai pas !

— Que Dieu soit avec toi, Virginie, ajouta Honor. Et avec tes filles. »

Virginie hocha la tête, puis sortit dans le sillage de l'autre femme.

« Écarte-toi de la fenêtre, ordonna Belle. Faut pas que Donovan nous voie regarder, sinon il aura des soupçons. »

La porte s'ouvrit à ce moment-là et une dame de Wellington entra. « Je n'arrive pas trop tard, j'espère ? demanda-t-elle. J'ai juste besoin d'un ruban neuf pour mon bonnet.

— Nous allons rester ouvertes pour vous, répondit Belle. Honor, range-moi tous ces bonnets, veux-tu ? Ces jeunes filles ont semé une sacrée pagaille. »

Honor empila les bonnets d'une seule main, l'autre bras soutenant Comfort. Son cœur battait la chamade. Elle mourait d'envie de regarder dehors pour voir si Donovan avait suivi les femmes, mais elle savait qu'elle ne le pouvait pas.

Dix minutes plus tard Belle reconduisit la cliente à la porte, puis elle tourna le verrou et ferma les volets intérieurs. « Il est parti, annonça-t-elle, mais est-ce qu'il est sur leurs talons, je n'en ai aucune idée. Il est peut-être entré dans le bar s'envoyer un whisky. Dieu sait que j'en boirais bien un. En fait… » Belle se rendit dans la cuisine, où elle se servit un doigt de whisky qu'elle avala d'un trait.

Honor l'observait depuis la porte. « C'est toujours aussi difficile ?

— Non. » Belle reposa brutalement son verre. « Le plus souvent il sait même pas qu'ils sont en ville. Et puis il préfère les attraper au grand air. Il est plus à l'aise dehors dans les bois ou sur les routes que dans une boutique de chapeaux. Mais depuis que tu es là il renifle davantage aux alentours, même s'il ne passe pas tout le temps à cheval devant le magasin comme il le faisait avant. C'est moins facile de cacher les fugitifs avec toute cette agitation.

— J'accrois le danger qu'ils courent. » Honor énonçait là une chose qui lui paraissait maintenant si évidente qu'elle aurait dû en prendre conscience il y a des semaines.

Belle haussa les épaules. « J'ai fait savoir qu'ils devaient éviter la région quelque temps. C'est pour ça qu'on n'en a pas vu depuis que tu habites là, à part Virginie, qui était déjà venue. »

Honor frissonna. Virginie et ses filles auraient pu

se faire capturer pour la simple raison qu'elle s'incrustait chez Belle, incapable de prendre une décision. En fait, d'autres esclaves en fuite risquaient d'être capturés parce qu'ils étaient contraints d'éviter Wellington et d'emprunter d'autres itinéraires. Si Belle ne s'était jamais plainte de devoir héberger Honor, il était clair que la chose avait des conséquences.

Le lendemain un gamin passa pour dire que les fugitives avaient quitté la ville sans encombre, et qu'elles étaient en route pour Oberlin. Belle célébra la nouvelle par un autre whisky.

C'était le dernier Premier Jour avant la date à laquelle Honor devait retourner chez les Haymaker ou bien être reniée par les Amis de Faithwell. La boutique était fermée, et Belle faisait la grasse matinée, ayant veillé une grande partie de la nuit avec une bouteille de whisky. À cet égard, elle ressemblait à son frère. Comme lors de son premier séjour chez elle, Belle n'allait pas à l'église. « Dieu et moi, on aura une longue conversation quand je Le rencontrerai, avait-elle dit. On pourra mettre les choses au point. » À l'entendre, on aurait cru que cette rencontre n'allait pas tarder. Le ventre d'Honor se serrait à cette pensée.

Elle passa voir comment allait Belle. Son amie dormait sur le dos ; son corps osseux se dessinait sous un quilt étoile de l'Ohio, où des carrés et des triangles composaient des étoiles à huit branches dans des teintes rouges et brunes. Honor avait proposé de réparer les coutures, mais Belle avait haussé les épaules. « Perte de temps », avait-elle répondu, sans épiloguer. Le sommeil rendait son visage encore plus émacié ; il faisait ressortir ses pommettes, la peau s'étirant sur une ossature qui en devenait presque apparente. Son teint jaune avait viré au gris. Elle aurait pu être étendue dans un cercueil. Honor ravala un sanglot, et sortit de la pièce à reculons.

Elle descendit dans la cuisine et se tint au fourneau, les yeux rivés sur la bouillie de maïs qu'elle avait préparée pour leur petit déjeuner. Cela faisait déjà trois heures qu'elle était levée, réveillée par Comfort, et elle attendait Belle. Honor aimait prendre ses repas en sa compagnie même si la modiste avait de moins en moins d'appétit ces derniers temps. Ce matin, toutefois, après avoir observé l'état de son amie, elle n'avait plus faim. Elle repoussa la casserole vers l'arrière du fourneau et plaça une assiette dessus pour qu'elle ne refroidisse pas.

Comfort dormait dans son berceau. Pour une fois Honor regretta qu'elle ne soit pas réveillée pour pouvoir la tenir dans ses bras. Désœuvrée, elle s'assit sur une des chaises à dossier droit au milieu de la cuisine silencieuse et ferma les yeux. Depuis qu'elle habitait chez Belle elle n'avait pas eu souvent l'occasion de se recueillir. Il était toujours plus dur de méditer sans le soutien de la force contemplative d'une communauté. Le silence collectif contenait une sorte de ferveur pleine d'attente. À présent, dans la solitude, son silence paraissait vide, comme si elle ne cherchait pas avec assez d'intensité, ou pas là où il fallait.

Elle demeura assise un long moment, distraite de son repli en soi par des bruits qu'elle n'aurait pas remarqués d'ordinaire : les braises qui s'effritaient dans le fourneau ; les légers craquements du bois dans la maison ; les sabots d'un cheval ou les roues d'une charrette passant devant la boutique. Honor se surprit à penser à la courtepointe de berceau qu'elle allait entreprendre et à se demander si les rosaces qu'elle avait assemblées durant tout l'été conviendraient bel et bien à Comfort. Ces rosaces paraissaient très anglaises, or la fillette ne l'était pas.

Soudain elle entendit gratter à la porte de derrière et elle rouvrit les yeux. Par le petit carreau de la partie supérieure, elle aperçut le haut d'un chapeau de feutre marron piqué de feuilles d'érable orange et rouges.

Honor se dépêcha d'ouvrir. « Vite, laisse-moi entrer, dit Mme Reed. Faut pas que les gens me voient. » Elle pénétra dans la cuisine. « Ferme la porte », ordonna-t-elle, car Honor était si étonnée qu'elle restait plantée là, la main sur le loquet.

Mme Reed portait un manteau d'homme avec un châle marron par-dessus. Sa bouche avait son pli habituel, et sa lèvre inférieure avançait. Elle essuya ses lunettes avec la pointe de son châle, puis balaya la pièce du regard. Remarquant le berceau, elle s'illumina, comme avec sa petite-fille quand Honor était venue chez elle. Cette femme aimait les nourrissons. Elle était peut-être austère et méfiante avec les autres, mais les bébés avaient droit à son sourire expansif. Elle se pencha et plaça son visage tout près de celui de Comfort. « Coucou, fillette, tu dors comme un petit ange. Je parie que c'est pas toujours comme ça. On m'a raconté. Tu vas pas tarder à brailler, hein, ma coquine ?

— Veux-tu t'asseoir ? » demanda Honor en

lui proposant le rocking-chair. Elle espérait que Mme Reed n'allait pas réveiller sa fille. Il était toujours plus dur de discuter quand Comfort était réveillée.

Mme Reed choisit une des chaises à dossier droit plutôt que le fauteuil à bascule. Manifestement elle était là pour affaires et non pour un brin de causette ; un rocking-chair créerait une ambiguïté. Elle accepta néanmoins une tasse de café, avec du sucre roux.

« Au nom du Seigneur, qu'est-ce que tu fabriques ici, Honor Bright ? demanda Mme Reed après avoir goûté le café, fait la grimace et rajouté du sucre. À part laisser brûler le café, j'entends. Je savais même pas que t'étais là avant que Virginie m'avertisse. J'ai demandé à Adam Cox ce qu'il en était du bébé et il m'a dit que tu l'avais eu, mais il a jamais précisé que t'étais à Wellington.

— Comment va la petite de Virginie ? s'enquit Honor, ne voulant pas qu'on parle d'elle.

— Celle qui était malade ? Elle va bien maintenant. Un peu de piment nous a chassé ce rhume. Elles sont restées chez moi plusieurs jours, et puis elles sont parties pour Sandusky. Elles devraient y être à l'heure qu'il est, à attendre un bateau, avec un peu de chance. Mais ne change pas de sujet. Si je suis là, c'est pas pour elles mais pour toi. Pourquoi tu es ici et pas avec ton mari ? » Mme Reed observait Honor sans ciller, le regard bien clair à travers ses lunettes. C'était un regard franc : ni furieux, ni triste, ni contrarié, ni aucune de ces choses qu'Honor avait lues dans les yeux des gens depuis qu'elle habitait chez Belle. Cette franchise l'incita à se montrer directe elle aussi.

« Je ne suis pas d'accord avec les Haymaker, qui refusent d'aider les esclaves en fuite. À cause de cela, j'ai l'impression que je ne fais pas partie de cette famille et que je n'en ferai jamais partie. »

Mme Reed hocha la tête. « Ça, Virginie me l'a raconté. C'est ta seule raison ? Parce que si oui, elle est pas suffisante. »

Honor dévisagea sa visiteuse.

« Honor, tu t'imagines sauver à toi seule tous les esclaves en fuite ? Tu t'imagines que le malheureux repas que tu leur offres ou que le sommeil qu'ils peuvent s'accorder dans ta grange sont si importants que ça ? Ils ont déjà parcouru des centaines de kilomètres quand ils arrivent chez toi. Ils ont traversé des épreuves terribles. T'es qu'un tout petit maillon dans une chaîne immense. Bien sûr, on t'est reconnaissants de ce que t'as fait, mais on se débrouillait déjà avant que t'arrives l'année dernière, et on se débrouillera sans toi. Quelqu'un prendra ta place, ou le chemin de fer changera d'itinéraire, voilà tout. On fait ça depuis longtemps, et on continuera encore longtemps. Tu sais combien y a d'esclaves dans le Sud ? »

Honor fit non de la tête. Elle avait les mains posées sur ses cuisses et elle baissa les yeux dessus pour que Mme Reed ne voie pas ses larmes qui montaient.

« Des millions ! Des millions. Et combien t'en as aidé en un an… peut-être une vingtaine ? On a encore un long chemin à parcourir. Et c'est sûr, t'as pas à détruire ton mariage pour ça. C'est de la sottise. N'importe quel fugitif te le dirait. Les esclaves en fuite, tout ce qu'ils veulent, c'est la liberté de mener le même genre de vie que toi. Si tu fiches ça en l'air, c'est comme si tu te moquais de leurs rêves. »

Honor renonça à essayer de cacher ses larmes et les laissa couler à flots sur son visage.

« Je sais pas ce que Belle a pu te dire, mais faut que quelqu'un s'en mêle, parce que tu raisonnes complètement de travers.

— C'est pas évident de dire ces choses-là aux gens quand on vit avec eux. » Les deux femmes sursautèrent : Belle était là, appuyée au chambranle. Maintenant qu'elle était debout, son visage avait repris des couleurs, même si le gris n'avait pas entièrement disparu. « Je suis contente que vous lui remettiez les idées en place. » Elle scrutait Mme Reed, qui lui rendait son regard. Les deux femmes hochèrent la tête en même temps. L'intérêt qu'elles se portaient mutuellement permit à Honor de s'essuyer les yeux et de prendre une respiration tremblante.

« C'est un plaisir de vous rencontrer enfin, Belle, déclara Mme Reed.

— De même, Elsie.

— Vous ne vous êtes jamais rencontrées ? s'écria Honor, stupéfaite.

— Vaut mieux éviter, répliqua Belle. Faut pas attirer l'attention. Mais chacune connaît l'existence de l'autre. » Elle se tourna à nouveau vers Mme Reed. « Quelqu'un vous a vue entrer ?

— Pas que je sache. Un homme avec un cheval m'attend dans les bois en dehors de la ville. Il m'a déposée là-bas. Après j'ai marché. En fait je devrais pas être ici... c'est dangereux par les temps qui courent. Je me suis pas risquée trop loin de chez moi depuis la nouvelle loi de l'année dernière. Mais j'ai fait une exception pour cette créature. » Mme Reed désigna Honor. « Je me demande bien pourquoi, d'ailleurs. »

Belle gloussa. « Eh oui, elle a cet effet sur les gens, pas vrai ? »

Honor, les yeux écarquillés, contemplait tour à tour les deux femmes.

« Je suppose que quand je vois un fugitif, il faut toujours que je l'aide, quelle que soit sa couleur. C'est dans ma nature. » Mme Reed reporta son regard vers Honor. « Bon, pas question que les fugitifs te servent de prétexte pour t'enfuir, *toi*. T'as un problème avec la famille de ton mari, tu restes et tu le règles. À moins que t'aies un problème avec ton mari lui-même ? »

Honor réfléchit.

Belle intervint. « Est-ce qu'il subvient à tes besoins ? Est-ce qu'il te frappe ? Est-ce qu'il est gentil avec toi au lit ? »

Honor acquiesçait ou faisait non de la tête, mais les deux femmes connaissaient les réponses.

« Bien sûr il est quaker, reprit Belle, alors il fume pas, il boit pas et il chique pas. C'est déjà bien. Alors, bon Dieu, qu'est-ce que tu lui reproches ? À part sa mère ? » Mme Reed et Belle attendaient sa réponse.

Une fois n'est pas coutume, Honor regretta que Comfort ne se réveille pas pour les déranger. « Je n'ai rien à reprocher à Jack, lâcha-t-elle enfin. Le problème vient de moi. Je ne suis pas à ma place dans ce pays. »

Alors que Belle et Mme Reed souriaient du même sourire sceptique, Honor comprit le ridicule de ses arguments face à une femme confrontée à la mort et une autre dont la liberté ne tenait qu'à un fil. « Il va de soi que je suis reconnaissante d'avoir été recueillie par les Haymaker, poursuivit-elle, mais je ne me sens pas chez moi. C'est comme si... comme si je flottais juste au-dessus du sol, sans que mes pieds touchent la terre. Là-bas en Angleterre je savais où j'étais, et je me sentais enracinée. »

À son grand étonnement — car elle ne s'attendait pas à ce qu'elles comprennent —, les deux femmes hochèrent la tête. « C'est le propre de l'Ohio, confirma Mme Reed. Des tas de gens disent ça.

— L'Ohio est un État qu'on se contente de traverser pour aller ailleurs, ajouta Belle. Les esclaves en fuite qui vont vers le nord ; les colons qui partent vers l'ouest. Quand on rencontre des gens, on ne peut jamais être sûr qu'on les reverra le lendemain. Le jour d'après, le mois d'après ou l'année d'après, si ça se trouve, ils auront déguerpi. Elsie et moi on est des cas à part. Ça fait combien de temps que vous êtes à Oberlin ? demanda-t-elle à Mme Reed.

— Douze ans.

— Moi je suis à Wellington depuis quinze ans. C'est une éternité pour la plupart des gens. La ville n'a été fondée qu'en 1818, et elle n'a toujours pas été incorporée officiellement. Et Oberlin est plus récente encore.

— La ville d'où je viens a mille ans d'existence », déclara Honor.

Mme Reed et Belle pouffèrent. « Alors, évidemment, mon chou, on est des nouveau-nés par rapport à toi, commenta Belle.

— C'est ça que tu veux, Honor Bright ? reprit Mme Reed. Une ville qui a mille ans d'histoire, et des gens qui la quittent pas de toute leur vie ? Si c'est ça, t'es pas dans la région qu'il faut.

— Si c'est cette sensation d'enracinement que tu cherches, il faudra aller à Boston ou à Philadelphie, ajouta Belle. Mais même ces villes n'ont pas plus de deux cents ans. En réalité, tu n'es pas dans le pays qu'il faut. Tu devrais peut-être retourner en Angleterre. Qu'est-ce qui t'en empêche ? »

Honor repensa à sa nausée incessante à bord de l'*Adventurer*, à toutes ces semaines passées à chercher son équilibre. Mais avait-elle jamais trouvé son équilibre en Amérique ? Elle n'avait peut-être plus de haut-le-cœur, mais ses jambes étaient toujours flageolantes.

« Et pourquoi t'as quitté l'Angleterre, d'ailleurs ? » demanda Mme Reed. Si elle fermait les yeux, Honor ne serait pas toujours capable de distinguer laquelle des deux parlait.

« Ma sœur était venue ici pour se marier, mais elle est morte en chemin.

— Je t'ai pas interrogée sur ta sœur, je t'ai interrogée sur *toi*. T'as de la famille en Angleterre ? »

Honor acquiesça.

« Pourquoi ne pas être restée là-bas ? T'étais pas obligée d'accompagner ta sœur. »

Malgré le goût amer qu'elle avait dans la bouche, Honor se sentit tenue de répondre. « J'étais censée me marier, mais il a rencontré quelqu'un d'autre. Il a quitté la Société des Amis pour être avec elle. » Évoquer Samuel lui rappela que bientôt elle non plus ne serait plus une Amie.

« Et alors ? Ça voulait pas dire que tu pouvais pas rester. »

Honor prit sa respiration et se força à exprimer ce qu'elle n'avait jamais formulé à voix haute, ni même dans sa tête. « Là-bas il y avait une case dans laquelle ma vie était censée se loger. Mais cette case m'a été confisquée et j'ai eu l'impression qu'il n'y avait plus de place pour moi. J'ai pensé qu'il valait mieux que je parte pour essayer de recommencer ailleurs. C'est ce que je me disais, du moins.

— Une notion très américaine, ça, de laisser ses problèmes derrière soi et de passer à autre chose… Si tu t'es dit ça, commenta Belle, peut-être que tu n'es pas si anglaise en fin de compte. Peut-être que tu as le tempérament pour tout recommencer. Bon allez, cite-moi plusieurs choses que t'aimes bien dans l'Ohio. »

Comme Honor hésitait, Belle reprit : « Moi je peux t'en citer une. » Elle indiqua le chapeau de Mme Reed. « Les feuilles d'érable… Tu parles toujours de cette teinte rouge qu'elles prennent en automne. Tu dis que ça ne fait pas ça avec les arbres anglais. »

Honor acquiesça. « Oui, c'est beau. Comme les cardinaux, et les pics à ventre roux… Je ne pensais pas que des oiseaux puissent être aussi rouges. J'aime bien aussi les colibris. » Elle se tut. « Le maïs frais. Le pop-corn. Le sirop d'érable. Les pêches. Les lucioles. Les tamias. Les cornouillers. Certains quilts. » Elle jeta un coup d'œil à Mme Reed, repensant à la courtepointe dans son salon.

« Tu vois ! C'est déjà pas mal… Continue à chercher, en gardant l'esprit ouvert, et tu trouveras d'autres choses. »

Un son se fit entendre dans le berceau. Comfort ne pleurait pas : par ses petits bruits de bébé, elle leur signalait simplement qu'elle était là.

« Ah, trésor ! » Honor n'eut pas le temps de dire ouf que Mme Reed avait déjà extrait la fillette de son berceau et la tenait contre elle en lui tapotant le dos. Comfort ne pleura pas, mais resta dans les bras de cette inconnue, sans rechigner. « J'adore sentir le poids des bébés, déclara Mme Reed. On dirait des sacs de semoule de maïs... Ils sont là, bien compacts, on en mangerait ! » Elle fit claquer ses lèvres contre l'oreille de la petite fille. « Mmm, ce que je peux adorer les bébés ! »

Honor regarda sa fille et, l'espace d'un instant, elle eut cet étrange sentiment d'être une pièce de patchwork se trouvant enfin à sa place, s'ajustant à la perfection. Cette fois ce n'était pas avec Jack, mais avec deux femmes, dont les ressemblances, si profondes, rendaient accessoire leur couleur de peau. Mais Honor savait qu'une telle harmonie ne pouvait pas durer : Mme Reed devait rejoindre sa propre communauté, et Belle — assise à présent, déjà vidée de toute l'énergie qu'elle avait pu emmagasiner dans la nuit — ne tiendrait pas longtemps. Honor ne pouvait pas rester ici ; elle s'en rendait bien compte. La question était de savoir si elle pourrait trouver ailleurs la même sensation de plénitude.

Le bruit fut si retentissant que Belle et Mme Reed poussèrent un cri. Quant à Honor, elle demeura sans voix, tout comme Comfort, qui ne se mit à hurler qu'au bout d'une seconde.

Donovan avait défoncé la porte de derrière,

d'un coup de pied si violent que les gonds se tordirent et que la vitre vola en éclats. Les femmes se levèrent d'un bond et pivotèrent pour lui faire face, Mme Reed cramponnée à Comfort.

« Doux Jésus, Donovan, mais qu'est-ce que tu fais ? s'écria Belle. Non mais qu'est-ce qui te prend de démolir ma porte ? Tu vas payer pour la faire réparer. Ou plutôt, bon sang, c'est *toi* qui vas te charger de la réparer !

— On s'organise un petit goûter, mesdames ? persifla Donovan. Désolé de vous interrompre, mais je cherche quelqu'un.

— Elle n'est plus là... tu l'as manquée d'une semaine.

— Je ne l'ai pas manquée... elle est ici. » Il adressa un grand sourire à Mme Reed.

« Qu'est-ce que vous me voulez ? » demanda cette dernière, la mine sévère. Comfort ne hurlait plus, mais vagissait sans désemparer.

« Empêchez ce foutu bébé de pleurer », gronda Donovan.

Mme Reed remit Comfort à sa mère, et Honor enveloppa la fillette dans son châle pour la protéger du froid qui s'engouffrait désormais par la porte cassée.

« Qu'est-ce que vous me voulez ? répéta Mme Reed.

— J'ai une petite affaire à régler. Ton ancien maître en Virginie va être diablement content de te revoir après toutes ces années. Tu as beau être une vieille femme aujourd'hui, il arrivera bien à te faire trimer un peu.

— Bon Dieu, mais qu'est-ce que tu racontes ? intervint Belle. C'est une femme libre, elle habite Oberlin.

— Oh ! mais ma chère sœur, je sais très bien où habite Mme Reed... Dans cette petite maison rouge de Mill Street, où se passent tant de choses intéressantes. Je connais toute son histoire. Je sais qu'elle a fui la plantation de son maître il y a douze ans, avec sa fille. Ne t'inquiète pas, je vais la retrouver, elle aussi, ainsi que ta petite-fille. Je vous ramènerai toutes les trois ensemble. Ça vaudra la peine grâce à la petite. En grandissant elle fera une excellente esclave, si elle a pas déjà été pervertie par la liberté. » Il prononça ce dernier mot avec dégoût, comme s'il s'agissait d'une maladie.

« Tu ne peux pas faire ça, protesta Belle. Elle est protégée par la loi. Et l'enfant est née libre.

— Tu sais très bien que la loi sur les esclaves fugitifs me donne le pouvoir de la ramener même si elle s'est enfuie il y a des années. » Il se tourna vers Mme Reed. « Dis, qu'est-ce que tu fais ici à boire le café avec ma sœur et Honor Bright ? C'était risqué, non, de t'éloigner autant de chez toi, et tout ça pour quoi... pour elle ? » Il eut un mouvement de tête vers Honor.

Mme Reed ne répondit pas, mais sa bouche se pinça.

Comfort avait cessé de pleurer ; elle avait à présent le hoquet. « Donovan, s'il te plaît, laisse Mme Reed tranquille », dit Honor à voix basse. Elle savait pourquoi il faisait cela : pour la punir d'avoir eu un enfant avec Jack. « Comfort et moi, nous quitterons Wellington demain et tu ne nous reverras jamais. Je t'en prie.

— Trop tard, maintenant. » Donovan les regardait elle et la fillette comme de loin, les yeux éteints, et Honor comprit que quelque chose s'était remis en place dans sa tête, un mode de raisonnement qui était plus facile pour lui. Le moment où, seuls tous les deux, ils avaient contemplé les souches à la sortie d'Oberlin et où il avait proposé de changer pour elle lui semblait appartenir à un temps très reculé.

Il sortit de sa poche un morceau de corde. Saisissant les poignets de Mme Reed, il les lui tordit derrière le dos puis les lui attacha, d'un mouvement rapide, comme s'il craignait qu'elle ne se débatte. Mais Mme Reed ne se débattit pas. Elle se borna à le regarder par-dessus son épaule, ses lunettes effaçant l'expression de ses yeux.

Soudain Belle se rua sur son frère et, lui sautant sur le dos comme un chat, elle se mit à lui taper dessus et à essayer de l'étrangler. Bien qu'elle l'eût pris de court, Belle était si faible que ses coups furent de peu d'effet, et Donovan se débarrassa d'elle sans difficulté. Honor rejoignit son amie en trébuchant et s'accroupit auprès d'elle. Belle remua vaguement la main. « Ne t'occupe pas de moi. Va aider Elsie. » L'espace d'une seconde, Honor ne comprit pas de qui elle parlait, puis elle se souvint : c'était le prénom de Mme Reed. Honor ne le lui avait jamais demandé.

Donovan était déjà en train de traîner sa prise par la porte de derrière et descendait les marches du perron. Mme Reed ne résistait pas à proprement parler, mais elle jouait les poids morts ; elle semblait ainsi conserver sa dignité. Foulant la digitaire couverte de gelée blanche le long de la maison, Donovan la tira derrière lui jusqu'à la rue et la grand-place. C'était un matin froid et gris, et extrêmement calme. Honor les suivait.

Toujours dans ses bras, Comfort cherchait son souffle dans l'air glacé, mais autrement l'enfant ne bronchait pas. « S'il te plaît, arrête, Donovan », cria Honor, sachant que cette requête n'aboutirait à rien. Elle regarda autour d'elle, espérant qu'un riverain pourrait lui venir en aide. Mais la place était déserte : tout le monde était à l'église. Même le bar de l'hôtel était vide.

Tout le monde sauf son mari. Avec son chapeau noir à large bord et son manteau de même couleur, ses bretelles étincelant sur sa chemise blanche au rythme de ses mouvements, Jack Haymaker descendait Main Street en provenance du nord. Il avait à la main un bouquet d'asters tardifs cueillis dans le jardin d'agrément de sa mère. Il progressait d'un pas ferme et sourit en apercevant sa femme et sa fille. Honor n'aurait jamais cru qu'elle serait aussi soulagée de le voir. « Jack ! » s'écria-t-elle, courant à sa rencontre.

Le sourire de Jack s'évanouit, toutefois, lorsqu'il reconnut Donovan. Ce dernier s'escrimait à faire monter Mme Reed sur son cheval.

« Il faut que tu nous aides ! » lança Honor, pressante, en rejoignant son mari.

Jack dévisagea Donovan. Il s'éclaircit la gorge. « Que fais-tu, mon ami ? »

Donovan se retourna. À la vue du petit trio familial, il sourit. « Jack Haymaker, fit-il d'une voix traînante. Tu tombes bien. Ça faisait un moment que je voulais te redemander un coup de main avec un fugitif, mais, par respect pour ta femme, je t'ai laissé tranquille. Aide-moi donc à hisser cette négresse sur mon cheval. Elle et moi, on a un petit voyage à faire.

— J'ai pas besoin de son aide pour monter sur

ce cheval, protesta Mme Reed. Faites-moi juste la courte échelle et j'y arriverai. Pas besoin de mêler les quakers à cette histoire.

— Ah mais si, justement, j'y tiens. Alors, Haymaker, tu vas m'aider et contrarier ta femme, ou bien tu vas enfreindre la loi et ruiner ta ferme et ta famille ? T'as choisi la loi la dernière fois que je t'ai demandé de m'aider. Tu vas faire la même chose cette fois aussi ? Je l'espère. Tu as une fille maintenant. »

Jack pâlit. Il jeta un coup d'œil vers Honor, et elle sentit une contraction familière dans ses intestins. « Jack… commença-t-elle.

— Surtout, ne faites rien, Jack Haymaker ! lança Mme Reed. Cet homme essaie juste de monter votre femme contre vous. N'allez surtout pas l'aider. »

Jack regarda autour de lui, affolé. « Honor, je… » Il fit un pas vers Donovan.

Honor entendit d'abord le déclic. D'une certaine façon, il lui parut plus sonore que l'explosion qui suivit.

Elle hurla. Plus fort et plus longtemps que jamais de sa vie. Elle hurla alors que la poitrine de Donovan explosait telle une fleur rouge qui s'épanouit. Elle hurla alors que le cheval, apeuré par le bruit, hennissait et se cabrait, puis s'enfuyait dans la rue. Alors que Mme Reed poussait un grognement comme si elle avait reçu un coup de poing dans le ventre, et allait valdinguer contre le trottoir en planches devant le magasin. Alors que Comfort se raidissait de terreur et que son hurlement venait couvrir le sien… Puis Jack les attira toutes les deux dans ses bras et les serra si fort qu'elle n'arrivait plus à respirer. Elle dégagea son visage pour reprendre son souffle et, par-dessus l'épaule de Jack, elle vit Belle Mills, toujours debout à côté de la maison, tenant le fusil dont elle s'était servie jadis pour tuer la vipère cuivrée. Des projections de poudre lui constellaient le visage, si bien que sa peau jaunâtre était criblée de taches noires. Tandis qu'Honor la regardait, Belle s'écroula à genoux, sa robe se gonflant autour d'elle, et posa le fusil sur le sol.

La détonation lui avait paru si retentissante qu'Honor imaginait qu'une foule allait aussitôt accourir. Mais il fallut un temps fou pour que des gens approchent. Le tenancier du Wadsworth Hotel apparut à la porte de son établissement, se séchant les mains à un torchon, mais il ne bougea pas. Le groupe d'hommes qui sortait de l'Église méthodiste gagna très lentement le milieu de la chaussée, comme dans un rêve.

Honor était maintenant aux côtés de Belle, sa fille dans les bras.

« T'en fais pas pour moi, mon chou, dit Belle. Tu sais que je suis en train de mourir. C'était déjà clair quand on s'est connues. Le nœud coulant fera qu'accélérer un peu les choses, c'est tout. »

Jack avait détaché les liens de Mme Reed, qui vint auprès de Belle. « Je suis désolée que vous ayez dû faire ça, mais je vous remercie. »

Belle hocha la tête. « C'est pas très dur de choisir entre le bien et le mal.

— Faut que je déguerpisse, maintenant. » Mme Reed jeta un coup d'œil vers le groupe d'hommes au loin. « C'est jamais bon pour un Noir de se trouver sur les lieux d'une fusillade.

— Passez par-derrière et marchez jusqu'aux voies ferrées, puis suivez-les pour sortir de la ville, dit Belle. Y a moins de risques qu'ils aillent par là-bas. Je suis vraiment contente d'avoir fait votre connaissance, Elsie.

— Moi aussi. » Mme Reed enleva ses lunettes et s'essuya les yeux. Aucun changement n'était survenu dans sa physionomie, mais Honor se rendit compte qu'elle pleurait.

Elle remit ses lunettes et s'emmaillota dans son châle. « Je vais prier pour vous. » Mme Reed lança un regard à Honor et Jack. « Pour vous tous. Si je lanterne pas trop, j'ai une chance d'arriver à temps pour la fin de la messe. » Elle commença à longer la maison vers le jardin de derrière, puis elle se retourna. « Au revoir, trésor, dit-elle à Comfort. Débrouille-toi pour que tes parents prennent bien soin de toi. »

La fillette, à point nommé, se mit à pleurer. Mme Reed sourit. Puis elle fit volte-face et disparut derrière la bâtisse.

« Honor, chuchota Belle. Tu vois ce bonnet dans la vitrine ? Le gris auquel je travaillais ? »

Honor leva les yeux sur le bonnet gris à la doublure bleu ciel.

« Il est pour toi. Il est temps de changer de couleur. Mais tu le savais. »

Oui, elle le savait.

« Honor, reprit Belle. Il est mort ? »

Personne n'était allé voir Donovan, qui gisait sur le dos dans une mare de sang avec, à côté de lui, son chapeau et le bouquet de fleurs que Jack avait lâché. Son gilet brun, déchiqueté, se parait d'une teinte rouge foncé.

« Non, il n'est pas encore mort. » Honor pouvait sentir sa présence, comme celle des fugitifs dans les bois.

« Personne ne devrait mourir seul, murmura Belle, pas même une fripouille comme Donovan. Quelqu'un doit l'accompagner. C'est mon frère. »

Le groupe d'hommes était enfin arrivé sur la grand-place, mais demeurait en retrait. Ils avaient remarqué Belle avec son fusil, et attendaient le dénouement.

Honor se mordit la lèvre. Elle se redressa et alla vers son mari. Ils s'entre-regardèrent. « Nous ne pouvons pas continuer comme avant, dit-elle. Nous devons trouver une nouvelle forme d'existence, différente de celle de ta famille. »

Jack acquiesça.

« Maintenant il y a une chose que je dois faire. » Jack acquiesça à nouveau.

Honor lui confia leur fille et se rendit auprès de Donovan. S'agenouillant à côté de lui, elle vit sur sa poitrine, au milieu de la bouillie de sang métallique et de tissu déchiré, la clé de sa malle qui luisait. Le gilet marron de Donovan était zébré de très fines rayures jaunes. J'en utiliserai un bout dans mon prochain quilt, se promit-elle. Car il était normal qu'il en fasse partie.

Honor le dévisagea. Il avait les yeux fermés et sa bouche dessinait une grimace qui indiquait que la mort était proche.

Soudain Donovan ouvrit les yeux. Honor parvint tout juste à discerner les petites taches noires, en suspens dans ses iris marron.

« Tiens-moi la main, Honor Bright. »

Et elle le fit, lui pressant la main jusqu'à ce qu'elle sente la Lumière s'évanouir.

Faithwell, Ohio
10e jour du 3e mois 1852

Très chère Biddy,

Ceci est la dernière lettre que je t'écrirai de Faithwell. Quand je l'aurai terminée, il me faudra ranger mon matériel d'écriture, pour le mettre dans la charrette avec nos autres objets personnels. Demain Jack, Comfort et moi partons vers l'ouest. Tout l'hiver nous nous sommes demandé où aller. Dans un premier temps nous nous rendrons dans le Wisconsin, où des Amis de Faithwell se sont installés et dont ils nous ont dit grand bien dans leurs lettres. Il y a de l'avenir pour les fermes laitières là-bas. J'ai appris aussi que certaines régions de l'ouest offrent ce qu'on appelle ici des « grandes prairies », c'est-à-dire de vastes espaces dégagés où se dressent très peu d'arbres. Je suis impatiente de voir cela.

Nous avons attendu que l'hiver se termine, et que Dorcas se marie. Elle a épousé, la semaine dernière, un éleveur de laitières qui s'est établi ici. Il reprend la ferme familiale — et Judith Haymaker avec. Nous avons laissé à Dorcas le choix de venir avec nous ou de rester à Faithwell, et je suis soulagée de t'annoncer qu'elle a décidé de rester. Elle prétend qu'elle a suffisamment bougé, et j'accepte son prétexte de bon cœur.

Nous laissons la majeure partie de nos affaires derrière nous, car tous ces objets, nous pourrons les racheter là où nous allons. Nous emportons cependant quatre quilts. (Je suis vraiment contente de t'avoir renvoyé le tien !) Le quilt de l'amitié de Bridport, bien sûr, dont les signatures me seront chères à jamais, où que je puisse aller. Notre quilt de mariage, fabriqué si hâtivement par les femmes de Faithwell. Il n'est peut-être pas d'une facture merveilleuse, mais il tient chaud, et parfois, on n'en demande pas plus à un quilt. J'ai aussi confectionné un petit couvre-pied de berceau pour Comfort avec des bouts de tissu du Dorset et de l'Ohio. Il présente un motif appelé étoile de l'Ohio, composé de triangles et de carrés en marron et jaune, rouge, blanc cassé et rouille. Comfort dort toujours bien sous cette courtepointe. Et enfin, une femme noire du nom de Mme Reed m'a fait cadeau d'un patchwork que j'avais un jour admiré, fait de bandes de tissu bleues, blanc cassé, marron et jaunes. Il est très différent de tous les quilts que tu aies pu voir, car il a un côté brouillon assez agréable qui défie toute description. J'aimerais apprendre à faire des patchworks comme celui-là. Peut-être que dans l'ouest j'en aurai l'occasion.

Tu seras heureuse de savoir que pour la première fois j'ai pris la parole au culte, lors de la dernière Réunion à laquelle j'aie assisté à Faithwell. J'ai toujours trouvé que les mots n'arrivaient pas à réellement restituer ce que je ressentais au fond de moi. Mais voilà, l'Esprit m'a poussée à porter témoignage pour expliquer, même imparfaitement, que je juge important d'aider les esclaves en fuite, dans l'attente de ce jour où l'esclavage sera enfin aboli dans ce pays. Car je suis convaincue qu'il sera aboli. Il le faut. Quand je me suis rassise, l'atmosphère était lourde de réflexions, et après, le forgeron m'a félicitée d'avoir osé parler.

Je ne regrette pas de quitter l'Ohio et de partir vers l'ouest, sauf qu'un tel choix m'éloigne encore de toi, Biddy. Je t'écrirai à nouveau quand nous aurons trouvé un endroit où nous établir. Étant donné que toi tu ne bouges pas, il m'est plus facile de m'en aller, car tu peux tenir lieu pour moi de point fixe, d'étoile qui demeure toujours à la même place. Après ma traversée de l'océan, je n'aurais pas cru avoir un jour l'énergie de partir à nouveau, mais maintenant que j'ai décidé de le faire, je suis contente.

Je suis inquiète, bien sûr. Je suppose que je ne dormirai pas cette nuit à la pensée de ce que réserve l'avenir. Mais ce n'est pas comme quand j'ai quitté

Bridport avec Grace ; à l'époque je fuyais, et c'était comme si mes yeux étaient fermés et qu'il n'y avait rien à quoi se raccrocher. Aujourd'hui j'ai les yeux ouverts, et je peux aller de l'avant, en m'accrochant à Jack et à Comfort. C'est ce que font les Américains. Peut-être suis-je en train de devenir une Américaine, en fin de compte. Je suis en train d'apprendre la différence entre fuir quelque chose et fuir vers quelque chose.

Toujours avec toi en esprit,
ta fidèle amie,
Honor Haymaker

Remerciements

J'ai eu recours à de multiples ouvrages pour composer ce roman, mais voici quelques-unes de mes sources au cas où d'aucuns voudraient approfondir certains thèmes évoqués.

Sur le chemin de fer clandestin et l'abolitionnisme : *The Underground Railroad from Slavery to Freedom* de Wilbur H. Siebert (1898), qui est le classique dans lequel tous les autres livres puisent leur matière première ; *Let My People Go: The Story of the Underground Railroad and the Growth of the Abolition Movement* d'Henrietta Buckmaster (1941) ; *Freedom's Struggle: A Response to Slavery from the Ohio Borderlands* de Gary L. Knepp (2008).

Sur les quakers : *The Quaker Reader*, édité par Jessamyn West (1962) ; *An Introduction to Quakerism* de Pink Dandelion (2007) ; *Reminiscences of Levi Coffin, the Reputed President of the Underground Railroad*, édité par Ben Richmond (1991) ; *Slavery and the Meetinghouse: The Quakers and the Abolitionist Dilemma, 1820-1865* de Ryan P. Jordan (2007) ; *A Fine Meeting There Is There: 300 Years of Bridport's Quaker History* de Suzanne Finch (2000 ; merci, Marian Vincent, de m'avoir trouvé cette pépite).

Sur Oberlin et ce qu'il y a autour : *Oberlin: The Colony and the College* de James H. Fairchild (1883) ; *The Town that Started the Civil War* de Nat Brandt (1990) ; *A Place on the Glacial Till: Time, Land, and*

Nature Within an American Town de Thomas Fairchild Sherman (1997).

Sur les quilts : il y a énormément d'ouvrages sur les quilts et leur histoire fascinante, mais ceux qui se sont révélés le plus utiles pour décrire les talents d'Honor sont *Quilts in Community: Ohio's Traditions*, publié par Ricky Clark (1991), *Classic Quilts from the American Museum in Britain* de Laura Beresford et Katherine Hebert (2009), et *Philena's Friendship Quilt: A Quaker Farewell to Ohio* de Linda Salter Chenoweth (2009).

Parmi les écrits de l'époque : *Buckeye Cookery and Practical Housekeeping* (1877 ; merci à Carole DeSanti de m'avoir prêté ce trésor) ; *Our Cousins in Ohio* de Mary Botham Howitt (1849) — moins un roman que le récit d'une année dans la vie d'une ferme de l'Ohio ; et puis, bien sûr, *La Case de l'Oncle Tom* d'Harriet Beecher Stowe (1852). Pour le point de vue anglais du XIXe siècle sur les Américains, on ne fait pas mieux que *Domestic Manners of the Americans* de Frances Trollope (1832) et *American Notes* de Charles Dickens (1842) ; même si tous deux se montraient extrêmement critiques à l'égard des États-Unis, nombre de leurs observations sont encore valables aujourd'hui.

Je suis reconnaissante à beaucoup de gens pour l'aide qu'ils m'ont apportée pour ce livre.

Dans l'Ohio : Gwen Mayer, archiviste plus que passionnée de la ville d'Hudson, et aussi Sue Flechner, pour sa généreuse hospitalité. Je regrette que la ville n'occupe pas une plus grande place dans le roman, mais Hudson m'a bel et bien fourni un nom et une profession : Belle Mills la modiste, pour laquelle je suis infiniment redevable à cette ville. Tim Simonson sur l'histoire de Wellington ; Bob Gordon sur l'agriculture ; et un merci particulier à Maddie Shetler, pour m'avoir fait visiter par deux fois sa ferme familiale. Merci aux divers collaborateurs anonymes de l'Oberlin Heritage Center et des Oberlin College Archives. Et enfin, mes plus grands remerciements vont à Kathie

Linehan et à Glenn Loafmann pour les innombrables services qu'ils m'ont rendus sur le terrain (et même, pour Glenn, dans les airs !) : merci de m'avoir aidée à élucider mille questions grandes ou petites, de m'avoir mise en contact avec de véritables puits de science, de m'avoir fait survoler en avion les décors du roman, de m'avoir hébergée et de m'avoir supportée, et de s'être si activement intéressés à mes recherches sur l'Ohio qu'ils sont devenus partie intégrante du processus. Oberlin est un endroit à part, et Kathie et Glenn sont la crème de la crème parmi ses habitants.

Sur les chapeaux : Rose Cory et son cours de confection de chapeaux à Woolwich, et Shelley Zetuni pour m'avoir fait découvrir cet art ; Oriole Cullen au Victoria and Albert Museum à Londres.

Sur les quilts : bien sûr j'ai dû m'y mettre. Merci à Fiona Fletcher pour m'avoir enseigné les bases ; et au groupe de patchwork du Vol d'Oies au nord de Londres, qui m'a tellement aidée et soutenue à chaque étape de la fabrication de mon premier quilt. Que vos points soient toujours réguliers.

Sur les quakers : Christopher Densmore du Swarthmore College pour avoir répondu à mes questions diverses et variées ; à l'Assemblée de Hampstead pour ces heures partagées à attendre dans l'espérance.

J'aimerais remercier John Wieland d'avoir acheté le privilège d'avoir un bois à son nom, lors d'une vente aux enchères au bénéfice du Woodland Trust, une association caritative anglaise dédiée à la conservation des forêts.

Pour son génie des mots, merci à Richenda Todd.

Et enfin, merci comme toujours aux êtres qui me tiennent la main : Clare Ferraro et Denise Roy chez Dutton, Katie Espiner chez HarperCollins, Jonny Geller chez Curtis Brown et Deborah Schneider chez Gelfman Schneider.

DU MÊME AUTEUR

Aux Éditions Quai Voltaire

LA JEUNE FILLE À LA PERLE, 2000 (Folio n° 3648)
LE RÉCITAL DES ANGES, 2002 (Folio n° 3943)
LA DAME À LA LICORNE, 2003 (Folio n° 4166)
LA VIERGE EN BLEU, 2004 (Folio n° 4355)
L'INNOCENCE, 2007 (Folio n° 4272)
PRODIGIEUSES CRÉATURES, 2010 (Folio n° 5267)
LA DERNIÈRE FUGITIVE, 2013 (Folio n° 5884)

Composition Nord Compo
Impression Novoprint
à Barcelone, le 05 janvier 2015
Dépôt légal : janvier 2015

ISBN 978-2-07-045564-5./Imprimé en Espagne.

256920